CUANDO NO QUEDEN MÁS ESTRELLAS QUE CONTAR

María Martínez

CUANDO NO QUEDEN MÁS ESTRELLAS QUE CONTAR

CROSS BOOKS

DESTINO 2021
Editado por Editorial Planeta, S. A.

Avda. Diagonal, 662-664, 08034 Barcelona
Primera edición: julio de 2021
ISBN: 978-84-08-24587-2
Depósito legal: B. 11.319-2021
Impreso en España – Printed in Spain

El papel utilizado para la impresión de este libro está calificado como papel ecológico y procede de bosques gestionados de manera sostenible.

Para aquellos que piden deseos cuando
ven una estrella fugaz.

Una despedida es necesaria antes de que volvamos a vernos, por ello no cabe la tristeza cuando decimos adiós.

Tú y otros desastres naturales

Luchar contra uno mismo es agotador.

Contra el hecho innegable de que ya nada volverá a ser como antes. Porque las cosas que han ocurrido no se pueden cambiar, por mucho que sueñes, una y otra vez, que vuelves a ese momento. Al punto exacto en que todo se desmoronó.

Aun así, lo intentas. Regresas a ese instante fatídico. No importa si es dormida o despierta, porque hace tiempo que el deseo y la impaciencia no distinguen entre las pesadillas y los recuerdos. Te colocas frente a tu destino y, en lugar de dar un paso adelante, das dos hacia atrás. Solo dos, suficiente para evitar el desastre. Los recreas en tu mente sin descanso. Te sumerges en ese bucle infinito en el que miras cómo tus pies retroceden y te apartan del dolor. Del sufrimiento. De ese crujido que acompaña a un sueño cuando se rompe, en trocitos tan pequeños que jamás podrás recomponerlo.

Dos pasos. Solo dos. Suficiente para alejarte de las sirenas que anuncian la tragedia. Para acercarte de nuevo a los aplausos y la admiración.

A ese mundo en el que importas, donde no eres invisible y floreces cada vez que pisas un escenario.

A un mundo en el que existes. En el que posees el control.

Por eso sigues intentándolo. Cierras los ojos, regresas a ese segundo decisivo y, mientras contienes el aliento, das dos pasos hacia atrás. Aguardas con el corazón en un puño y suplicas en silencio: ¡Por favor, por favor, por favor...! Como si ese mantra fuese un hechizo y tu mente, el corazón de una bruja invocando la magia.

Sin embargo, las cosas que han ocurrido no se pueden cambiar. No existe un conjuro que pueda deshacer el pasado. Ocurrió y permanecerá. Yo di un paso adelante y aquel coche no pudo esquivarme.

Puede que estuviera escrito.

Que fuese una casualidad.

No pude predecirlo.

Dejé de ser la princesa y me convertí en un cisne para siempre.

Punto final.

Y el principio...

1

Quizá Antoine tenía razón y la culpa era mía. Las cosas no iban bien entre nosotros desde hacía semanas. Discutíamos demasiado y siempre por el mismo motivo: mi actitud. Según él, yo estaba cambiando. Ya no era la misma de antes. Me mostraba fría y desinteresada. Ausente.

Y, en cierto modo, así era. Los últimos seis meses habían sido una tortura para mí. La operación y la convalecencia en el hospital. La vuelta a casa y las semanas de rehabilitación. Los reproches constantes de mi abuela y su facilidad para hacerme sentir culpable por cada mal que asola la Tierra. Probablemente, los casquetes polares se están derritiendo porque, por una sola vez, hice algo sin su aprobación.

Solo porque yo lo deseaba.

Una sola vez, y el castigo fue tajante.

Creo que en el fondo se alegraba por el accidente. La satisfacción en su cara cada vez que pronunciaba un «Te lo dije» o un «Si me hubieras obedecido» era un cruel deleite en el que parecía regocijarse. Su mirada me gritaba «Te lo mereces» cada vez que se posaba en mí, para después brindarme su perdón a través de una sonrisa condescendiente, siempre y cuando le ofreciese a modo de sacrificio cada segundo de mi existencia.

Nadie debería ser responsable de cumplir los sueños de otra persona. Es imposible estar a la altura de unas expectativas que se alimentan de ilusiones y deseos nacidos del propio fracaso.

Sin embargo, lo que más me costaba soportar era la incertidumbre.

La espera me estaba consumiendo y no era capaz de pensar en otra cosa.

Quizá Antoine tenía razón y lo había alejado de mí del mismo modo que a los demás. Aunque yo habría agradecido un poco de empatía por su parte. Algo más de comprensión y paciencia. Si bien conocía a Antoine desde los quince años, cuando su familia se trasladó de París a Madrid por motivos de trabajo y él comenzó a dar clases en el Real Conservatorio Profesional de Danza donde yo estudiaba, y sabía que era incapaz de mostrar esas habilidades emocionales. Ni siquiera era consciente de su nula pericia para ponerse en el pellejo de los demás.

Y, pese a todo, yo había aprendido a quererlo con sus defectos. Al principio, como amigo; y años después de un modo más íntimo, cuando ambos entramos en la Compañía Nacional de Danza como solistas. Aparte del ballet, Antoine era la relación más sólida y estable que había tenido en mis veintidós años de vida. El único amor incondicional que me había permitido.

Por ese motivo me daba miedo perderlo, necesitaba su afecto. Por ese mismo miedo cerré los ojos y contuve el aliento cuando se pegó a mí bajo las sábanas y, aún somnoliento, deslizó la mano entre mis piernas. Presionó con sus caderas mi trasero y pude notar su excitación. Tomé aire y lo solté despacio. Me concentré en sus dedos acariciándome y en el calor de su pecho en mi espalda. La forma en que se apretaba contra mí.

Abrí los ojos y miré las manecillas del reloj. Un minuto menos para acabar con la agonía.

Tragué saliva e hice una mueca de dolor cuando su dedo trató de abrirse camino en mi interior. Intenté relajarme, pero era incapaz de sentir nada.

—Tengo que irme —susurré.

Antoine gruñó junto a mi cuello y me dio un mordisquito en el hombro.

—Oh, vamos, mira cómo me tienes.

Empujó una vez más contra mí y comencé a impacientarme.

—Llego tarde.

—Uno rapidito —forzó su acento francés, como si esa entonación fuese un afrodisíaco irresistible.

A mí me molestó.

Me zafé de él y me levanté de la cama. Mis ojos volaron de nuevo al reloj y una punzada de ansiedad me encogió el estómago. Agarré mi vestido de la silla. Desde la cama, Antoine resopló malhumorado y se tumbó de espaldas sin apartar los ojos de mí.

—¿En serio? Joder, Maya. Ya nunca lo hacemos y yo... Yo tengo necesidades.

Me pasé el vestido por la cabeza y fulminé a Antoine con la mirada.

—¿Nunca? ¿Y lo de ayer qué fue?

—Montárselo en un baño con la ropa puesta no cuenta.

Puse los ojos en blanco y me senté para atarme las zapatillas. Durante un segundo, contemplé las cicatrices que tenía en la pierna. Empezaban a aclararse y parecían más lisas al tacto. No estaba segura, porque aún evitaba tocarlas directamente con la mano. Me puse de pie y cogí mi móvil de la mesita.

—¿Te marchas de verdad? —me preguntó, como si ver que me dirigía a la puerta no fuese suficiente.

—No puedo quedarme, ¿vale? Tengo cita con el traumatólogo en menos de una hora.

Sus ojos se abrieron como platos y se levantó de un bote. No pude evitar recorrer su cuerpo desnudo con la mirada. Toda una vida dedicada al ballet lo había transformado en una escultura viviente de proporciones perfectas. Y tampoco sentí nada.

—¿Es hoy? —inquirió sorprendido. Asentí y un nudo de pánico me cerró la garganta—. ¡Mierda, lo siento! Lo había olvidado por completo.

—No pasa nada.

—¿Quieres que te acompañe?

—No hace falta. Casi... prefiero ir sola.

Vi el alivio en su mirada, y eso sí que lo sentí, un pequeño mordisco bajo la piel que me hizo apretar los dientes. Vino hacia mí y me rodeó con sus brazos mientras me besaba en la frente.

—Todo irá bien, ya lo verás. Volverás a bailar y serás primera figura. Ambos lo seremos y recorreremos el mundo. Danzaremos en los grandes teatros. Hablarán de nosotros como lo hacían de Fonteyn y Nureyev. En el escenario somos una pasada, Maya.

Me tomó por la barbilla y me hizo mirarlo a los ojos. Eran de un verde tan brillante que costaba creer que fuesen de verdad. Le dediqué una leve sonrisa. Era cierto, en el escenario nos compenetrábamos hasta convertirnos en uno solo. Funcionábamos como una única mente y confiábamos el uno en el otro. Nunca temí que me dejara caer.

Ojalá todo hubiese sido igual de perfecto en nuestra relación personal.

—Luego te cuento —dije.

—Envíame un mensaje. Hoy tengo clase y después ensayo, acabaré tarde.

—Vale.

Le di un beso fugaz en los labios y salí del cuarto. Entré en el baño casi a la carrera. Tras asearme un poco, me tomé un momento frente al espejo. Observé mis ojos, tan oscuros que costaba distinguir las pupilas en su interior. El arco de mis cejas y el cabello castaño, repleto de enredos que no había logrado deshacer, enmarcándome la cara.

Me incliné hacia delante y me miré más de cerca. Mi aspecto era tan distinto al del resto de mi familia. Mi abuela, mis tíos, mis primos, mi madre..., todos ellos eran rubios y tenían los ojos claros. Sus facciones eran un reflejo de la sangre ucraniana de mi abuela que corría por nuestras venas. En la estirpe española de mi abuelo también predominaban la tez clara y el pelo pajizo.

Yo era la excepción. Y siempre que reparaba en todas esas diferencias, no podía dejar de pensar que en alguna otra parte eran similitudes. Rasgos que recordaban a otra persona. A él. Fuese quien fuese.

Salí del baño.

Mientras recorría el pasillo, me llegaron voces desde el salón. Encontré a Matías y a Rodrigo desayunando en la mesa. Ambos formaban parte del cuerpo de baile de la compañía y compartían piso con Antoine. Es curioso lo pequeño y hermético que es el mundo del ballet. Siempre lo he comparado con un minúsculo ejército al que sirves y dedicas todos tus esfuerzos. Trabajas dieciséis horas diarias, seis días a la semana. Duermes por el ballet. Comes por el ballet. Respiras por él.

Quizá por ello, los bailarines apenas nos relacionamos con otras personas fuera de nuestro universo de mallas y puntas. Entre nosotros nos entendemos, nos comprendemos. Convivimos la mayor parte del tiempo, ya sea entrenando, ensayando o durante las giras.

—¡Buenos días! —saludé.

—Buenos días —dijo Matías.

Rodrigo se puso de pie y acercó una silla a la mesa.

—¿Te apetece un café?

—No, gracias. Lo último que necesito hoy es un chute de cafeína.

Miré a mi alrededor, buscando mi bolso, y lo localicé sobre el sofá. Después me acerqué a la mesa y tomé la manzana que Matías me ofrecía. Siempre tan atento. Le di las gracias con una sonrisa y un besito en los labios.

—Hoy es el gran día —me dijo.

—O el peor de todos —respondí.

—No pienses eso, Maya. Seguro que irá bien.

Lo miré a los ojos. Matías era mi mejor amigo, el único al que podía contárselo todo y no sentir que me juzgaba. Con el que compartir mis preocupaciones y la sensación de soledad inherente al espíritu competitivo de esta disciplina. Al que podía mostrarle mis lágrimas y cada carencia impresa en mis huesos y en el corazón.

—Es lo único que sé hacer bien, no puedo perderlo.

—Y no lo perderás. Como mucho, puede que Natalia te coloque en el cuerpo de baile hasta que recuperes el ritmo y te sientas segura. Después volverá a promocionarte para bailarina principal.

—¿Lo crees de verdad?

—Claro, desde que entró como directora de la compañía, hizo todo lo posible para que formaras parte del elenco. Te seguía la pista desde el conservatorio.

Asentí con el deseo crudo y feroz de que tuviera razón.

Empecé a bailar a los cuatro años y no había hecho otra cosa desde entonces. Incluso había sacrificado otros estudios para dedicarme en exclusiva al ballet. Escalando día a día una cima para la que todos me creían predestinada. Tenía lo necesario para lograrlo. Y aunque el fantasma de una lesión es algo que siempre nos persigue a todos los que formamos parte de este mundo, nunca pensé que a mí me ocurriría, y menos de un modo tan absurdo.

2

Me despedí de Matías y Rodrigo, y abandoné el piso.

Con el estómago revuelto, me obligué a comerme la manzana mientras bajaba los tres tramos de escaleras hasta la calle. Fuera, el sol brillaba en un cielo despejado. Solo eran las nueve de la mañana, pero ya empezaba a notarse el calor. El verano irrumpía con fuerza en Madrid y junio avanzaba con unas temperaturas demasiado altas para esas fechas.

Caminé mientras me ponía los auriculares y escogía al azar una lista de música en mi teléfono. Llegué a Lavapiés y bajé las escaleras hasta la estación de metro para dirigirme al hospital 12 de Octubre. Treinta minutos después, cruzaba la puerta principal del Centro de Actividades Ambulatorias y me encaminaba al bloque D con un nudo en la boca del estómago.

Saqué el tique con el horario de mi cita y fui a la sala de espera.

Frené en seco al verla sentada frente a la puerta de la consulta, de espaldas a mí. Tan recta. Tal altiva. Llevaba el cabello rubio recogido en un moño perfecto, ni muy apretado ni muy suelto, en el que no había un solo pelo fuera de su lugar. Unas gafas de sol le cubrían gran parte de la cara, pero yo sabía que bajo esos cristales oscuros había unos ojos verdes y fríos maquillados con tanta pulcritud como sus labios rojos.

Olga Yarovenka, mi abuela. La mujer que me había criado desde que mi madre me abandonó cuando yo solo tenía cuatro años, porque lo de cuidar de su propia hija le venía grande.

Se puso en pie nada más verme.

—Llegas tarde —me espetó.

—¿Qué haces aquí?

—Anoche no fuiste a dormir.

—Salí con Antoine, se hizo tarde y me quedé en su casa.

—Ya veo lo mucho que te preocupa esta cita. Tu vida pende de un hilo y te dedicas a salir con ese gañán que se cree el nuevo Serguéi Polunin.

Su tono de desprecio me espoleó como un latigazo.

—¿Cómo puedes decir que no me preocupa? Quiero más que nadie seguir bailando.

—Y no habrías dejado de hacerlo si me hubieras hecho caso. Pero crees que sabes mejor que yo lo que te conviene, y mira dónde has acabado.

—Fue un accidente fortuito, nunca ha tenido nada que ver con mis decisiones.

Abrió la boca para replicar, pero la voz de la enfermera la interrumpió.

—¿Maya Rivet Yarovenka?

—Nosotras —respondió mi abuela.

—¿No han visto el número en la pantalla?

—Perdone, nos hemos distraído —intervine.

La enfermera nos indicó que entráramos en la consulta y mi abuela pasó primero.

Por un momento, pensé en pedirle que saliera y esperara fuera. Después de todo, yo era una persona adulta que podía exigir privacidad. No tuve el valor y las palabras murieron en mi boca. Mi abuela no era una persona a la que contradecir y enfrentarse, podía doblegarte con una sola mirada. Yo lo sabía por propia experiencia. Había vivido bajo su mano de hierro toda mi vida.

—Doctor Sanz, me alegro de volver a verlo —saludó ella.

—Lo mismo digo, señora Yarovenka —respondió mi traumatólogo desde su mesa.

—Llámeme Olga, por favor. No soy tan mayor.

Él asintió y nos dedicó una sonrisa.

—Sentaos, por favor.

—Gracias.

Con un gesto de concentración, el doctor Sanz se puso a teclear en su ordenador. Su mirada se deslizaba por la pantalla, al tiempo que unas arruguitas aparecían y desaparecían en su frente. Tras unos segundos, sus ojos amables se posaron en mí.

—Bueno, Maya, ¿qué tal estás?

—Bien.

—¿Sigues con la rehabilitación?

—Acude puntual a todas las sesiones —respondió mi abuela.

El doctor Sanz asintió sin apartar sus ojos de mí.

—¿Dolores, calambres, inflamación...?

—Nada de nada, se encuentra perfecta —volvió a contestar ella por mí.

Yo asentí en respuesta, aunque no era cierto. Tenía molestias en la rodilla y el tobillo solía dolerme a menudo cuando forzaba la pierna más de la cuenta. Sin embargo, no iba a confesarlo. El dolor ya forma parte del ballet sin necesidad de una lesión. Te acostumbras a él y se convierte en un elemento más de tu día a día. Además, yo quería volver a bailar y no iba a poner en riesgo esa posibilidad por algo que podía controlar con analgésicos y antiinflamatorios.

—Eso está bien —dijo él.

Miró de nuevo la pantalla del ordenador y comenzó a clicar con el ratón. Desde mi posición pude ver cómo abría radiografías, analíticas y otras pruebas que me habían hecho unos días antes. Tragué saliva, cada vez más nerviosa, y empecé a tirar de un pellejito que tenía en el dedo.

—¿Podrá volver a bailar? —preguntó mi abuela de repente.

Su voz sonó como un azote y mis tripas se encogieron.

Miré al médico y contuve el aliento mientras él alzaba las cejas.

—Sí, claro que podrá...

—¡Gracias a Dios! —exclamó ella.

Yo solté de golpe todo el aire que estaba conteniendo.

—Pero no de forma profesional como hasta ahora, lo siento —apuntó él en un tono compasivo. El suelo se abrió bajo mis pies y noté que mis ojos se llenaban de lágrimas. Me sostuvo la mirada mientras ignoraba la batería de preguntas que mi abuela estaba soltando casi sin respirar—. Maya, tus análisis siguen mostrando las enzimas CK muy altas, eso significa que el daño muscular es permanente. El resto de pruebas lo confirman. Tu pierna no soportará un año más de ballet profesional, puede que ni siquiera medio. Ya tenías lesiones anteriores al accidente: bursitis, tendinitis, debilidad ósea... —Hizo una pausa y se inclinó hacia delante, buscando toda mi atención—. Solo tienes veintidós años, te queda mucha vida por vivir, ¿quieres hacerlo con un bastón en el mejor de los casos o en una silla de ruedas para siempre?

Negué con la cabeza. Nadie quiere pasarse su vida en una silla de ruedas, pero...

—¿Y no hay nada más que pueda hacer? —pregunté casi sin voz.

El doctor Sanz apoyó la espalda en su sillón y entrelazó las manos sobre la mesa.

—Maya, no eres la primera bailarina a la que trato, y he visto de primera mano lo que esta disciplina le hace a un cuerpo. Con tu pierna en esas condiciones, habrá más lesiones que irán empeorando. Si regresas al ballet profesional, perderás mucho más que tu carrera.

3

Mi abuela no dejó de maldecir mientras regresábamos a casa en su coche. Durante cuarenta minutos tuve que oír lo decepcionada y dolida que se sentía. Defraudada de un modo que jamás lograría compensarle, tras haber sacrificado tantos años por mí.

Me relató por enésima vez todo lo que había hecho por mi futuro, desde que empezó a darme clases cuando yo solo era una niña muy pequeña. Me había dedicado su tiempo para formarme en su academia de baile y, años más tarde, cuando entré en el Real Conservatorio de Danza Mariemma, continuó guiándome desde la sombra. Controlaba mi tiempo, mis estudios, lo que dormía, lo que comía, cómo vestía y hasta con quién me relacionaba.

Crecí bajo sus alas, con la mirada puesta en una meta que ella también había decidido por mí. Debía convertirme en primera figura de la Compañía Nacional de Danza. Ni más ni menos. Tenía que ser ese puesto en concreto y nunca cedió, ni cuando otras compañías se interesaron por mí.

Con el tiempo descubrí que su obsesión ocultaba un motivo personal. Lo averigüé por casualidad, cuando a Fiodora, una de mis profesoras en el conservatorio y más tarde repetidora en la compañía, se le escapó que Olga había sido rechazada durante años en todas las audiciones a las que se presentó. Ni siquiera llegó a formar parte del cuerpo de baile.

Acabó montando su propia escuela de ballet en el barrio de Delicias, donde fue a vivir con mi abuelo después de casarse, y allí formó a decenas de niñas y niños para los distintos centros de danza y conservatorios. Sus angelitos, como a ella le gustaba llamarlos.

Accedimos al ascensor desde el garaje y ella continuaba con sus reproches. Dejé de escucharla cuando entramos en casa y vi a mi abuelo junto al balcón abierto. Carmen, la mujer que nos ayudaba a cuidarlo, se encontraba sentada a su lado y le leía el periódico. Se detuvo al vernos.

Mi abuelo ladeó la cabeza y su mirada perdida revoloteó por el salón al encuentro de nuestras voces. Hacía años que su visión se había ido deteriorando por culpa de la diabetes y ahora apenas percibía luces y sombras.

—¿Qué ocurre? —preguntó.

—¿Que qué ocurre? Se acabó, eso es lo que ocurre. Toda su carrera por la borda. El esfuerzo de tantos años, la dedicación y el dinero invertido en su educación. ¡Todo a la basura! —gritó mi abuela.

La miré sin dar crédito. ¿Dinero? Yo me había dejado los cuernos desde los dieciséis años para conseguir una beca tras otra. Durante los últimos seis años no había necesitado su ayuda; al contrario, colaboraba en casa todos los meses con el escaso sueldo que percibía de la compañía. Salario con el que ya no podía contar. Otro golpe que desmoronaba un poco más el castillo.

—¿Maya? —me llamó mi abuelo. Alzó la mano y yo se la cogí. Me arrodillé a su lado y con la otra mano me palpó la mejilla—. ¿Estás bien, cariño?

—No la trates como si fuese una víctima. ¿No ves que

todo es culpa suya? Si me hubiera hecho caso como debía... ¡Por el amor de Dios!, lo tenía al alcance de la mano. Unos meses más y lo habría logrado —rezongó ella con desprecio.

Apreté los puños y no pude contenerme.

—¿A quién te refieres, a ti o a mí? ¿Cuál de las dos lo habría conseguido?

Ella se quedó inmóvil y me fulminó con la mirada.

—¿Cómo te atreves a insinuar algo así? Todo lo que he hecho ha sido por ti. Por tu potencial y talento. He sacrificado mi vida por ti, para darte la oportunidad de ser alguien, y lo estaba consiguiendo hasta que tú...

—Yo no hice nada —estallé al tiempo que me ponía de nuevo en pie. Mi abuelo me apretó la mano y susurró mi nombre para hacerme callar—. Un coche se saltó un semáforo y me pasó por encima. Deja de culparme.

—Las dos sabemos qué pasos te llevaron a ese momento. Solo tenías que hacer las cosas bien y seguir mis consejos, pero no... Tú no podías conformarte con la vida que tenías aquí. Preferías marcharte y ser una mediocre más en medio de la nada antes que convertirte en la *prima ballerina assoluta*. Bien, pues aquí tienes tu premio. ¡Eres un fracaso, al igual que tu madre!

Los ojos se me llenaron de lágrimas. No era justo que me tratara de ese modo. Aunque, ¿de qué me sorprendía? Ella había sido siempre así, agotadora, inconstante en su carácter y poco razonable. Vivir con ella era extenuante. Nunca tenía suficiente.

Desde muy pequeña, tuve que trabajar muy duro para complacerla, incapaz de soportar su desaprobación. Ella me llevaba al límite de mis posibilidades con una exigencia cruel y despiadada, mayor incluso que la de mis profesores más estrictos. Y seguía sin ser suficiente.

Nunca sentí su afecto, ni el amparo de su protección.

Daba igual lo importante que fuese la meta o el logro que pudiera alcanzar, jamás me felicitaba o animaba, porque ser la mejor y seguir escalando hasta la cima era lo que se esperaba de mí. En cambio, no se cortaba a la hora de mostrar su desprecio si me equivocaba. Era implacable.

Yo nunca había sido su nieta, sino su proyecto. En ese momento, mirándola a los ojos, lo tuve más claro que nunca. Me había transformado en una marioneta asustadiza y obediente, que siempre acababa bajando la cabeza y volviendo al redil. Pensé en mi madre y, aunque mi cuerpo se rebelaba ante ese pensamiento, comprendí por qué huyó de aquella casa. Aunque en medio de esa huida también me abandonó a mí.

Me di cuenta de que estaba a punto de desmoronarme. Sin embargo, no pensaba darle esa satisfacción y, mucho menos, pedirle el perdón que me exigía con su mirada. Así que salí del salón sin decir nada más y me encerré en mi habitación.

Abrí la ventana para que entrara algo de aire y me senté en la cama.

Contemplé el póster de Maya Plisétskaya que colgaba de la pared. El día que nací me pusieron su nombre, presagio de lo que después sería mi vida. Ojalá también hubiera heredado su espíritu libre y salvaje. La voluntad para defenderme y ser solo yo.

Traté de evitarlo, pero el dolor, la tristeza y la amargura se apoderaron de mí. ¿Qué iba a hacer ahora? Saqué el teléfono y marqué el número de Antoine. Tras varios tonos, saltó el contestador. Colgué y le envié un mensaje:

No ha ido bien.
Llámame cuando acabes, por favor.

Después le escribí a Matías:

¿Estás?

¿Cómo ha ido?

Me limpié las lágrimas con la mano y me sorbí la nariz.

Mal.

Te recojo dentro de treinta minutos.

¿Y las clases?

Tú eres más importante.

Sonreí. Adoraba a Matías.

Me asomé a la ventana y esperé hasta que vi a mi amigo caminando por la acera. Lo saludé con la mano y le pedí que me esperara abajo. En el salón solo se encontraba mi abuelo, y desde la cocina surgían las voces de Carmen y mi abuela organizando la lista de la compra y las comidas. Me acerqué a él y posé mi mano sobre la suya.

—Lo siento —susurré.

Él esbozó una pequeña sonrisa.

—No has hecho nada malo. Y no te preocupes por ella, ya se le pasará. Es dura contigo porque la criaron de ese modo. Si hubieras conocido a su madre, la entenderías.

Me mordí el labio con fuerza y asentí, aunque no estaba de acuerdo con él. Mi abuelo la adoraba y siempre la disculpaba, y arreglaba a su manera los destrozos que ella causaba. Solo que no todo podía arreglarse, y menos las personas. Un espíritu quebrado no se compone de trozos que se puedan pegar. Es como el agua que se escurre entre los dedos y se filtra en la tierra seca. Es la ceniza que queda tras el paso del fuego y se deshace con un pequeño soplo. Es un trozo de hielo bajo el sol. Desaparece y no hay modo de recuperarlo.

—Ya... —musité.

—No es el fin del mundo, aunque pueda parecerlo, Maya. No olvides que cuando una puerta se cierra, siempre se abre una ventana.

—¿Y si la ventana también se cierra?

—Golpeas la pared hasta abrir un agujero.

Lo miré y le dediqué una sonrisa, a pesar de que sabía que no podía verme. Le di un beso en la mejilla.

—Voy a salir a dar un paseo.

—Ten cuidado.

Me escabullí sin hacer ruido y bajé las escaleras a toda prisa. Matías me recibió con los brazos abiertos y me apretujó contra su pecho como si hiciese meses que no nos veíamos. Me miró a los ojos y chasqueó la lengua al ver que los tenía hinchados y rojos.

—Necesitamos una cerveza y un pincho de tortilla.

—Solo son las once. Además, ¿qué pasa con tu dieta?

—Que le den a la dieta. Esta noche no ceno y listo.

—Matías... —susurré.

Me preocupaba su salud en ese sentido, porque debía hacer muchos sacrificios para mantener su cuerpo esbelto y dentro de un peso aceptable. El problema era que del sacrificio a un trastorno solo había una línea muy delgada, fácil de cruzar. Lo había visto muchas veces a lo largo de los años y no todo el mundo lograba salir de ese agujero.

Me sonrió y yo le devolví la sonrisa.

Conocía a Matías desde los ocho años, cuando ambos nos presentamos a las pruebas de acceso al conservatorio. Nos colocaron en el mismo grupo y compartimos los nervios de las audiciones. Semanas después volvimos a coincidir, esta vez como compañeros de clase. Y nos hicimos inseparables.

Enlacé mi brazo con el suyo y nos dirigimos al centro.

—¿Qué te ha dicho el médico? —me preguntó.

—Que no puedo continuar en el ballet profesional. Tengo la pierna destrozada y, si sigo bailando con esa exigencia, acabaré necesitando un bastón para caminar, o algo aún peor.

Matías se detuvo y me miró con los ojos muy abiertos. Era evidente que no esperaba tal noticia.

—Pedirás una segunda opinión, ¿no?

—¿Para qué? Eloy Sanz es el mejor traumatólogo de este país. Si él no ha podido arreglarme, nadie lo hará. Se acabó, Matías, no volveré a bailar en un escenario.

Él suspiró consternado. De repente, me abrazó de nuevo. Me estrechó muy fuerte, aunque de un modo distinto, con una emoción que me atravesó la piel y llenó mis ojos de lágrimas.

—Lo siento mucho, Maya. Joder, no sé qué decir.

Asentí con el rostro escondido en su cuello.

—¿Y ahora qué? No sé hacer otra cosa.

Matías me rodeó los hombros con el brazo y me instó a seguir caminando.

—Podrías convertirte en profesora, aún estás a tiempo de matricularte en María de Ávila. No creo que tengas problemas para entrar.

—Pedagogía son cuatro años de estudios y no sé si tengo madera para enseñar.

—También podrías formarte como coreógrafa. Eres muy creativa y tienes un gran sentido artístico.

Medité sus sugerencias. No conocía otro mundo más allá de las puntas, las barras y los pasos de ballet. Convertirme en profesora me mantendría cerca de lo que consideraba un hogar, pero no estaba segura de tener tal vocación. Tampoco el carácter.

La coreografía era otra cosa, siempre me había fascinado esa parte. Crear de la nada toda una historia, transformarla en movimientos, gestos y expresiones... En emociones que hicieran sentir.

—Me lo pensaré, pero antes tengo que buscar un trabajo. Haga lo que haga, necesito dinero. Ahora mismo no podría pagar ni las tasas de la matrícula.

—Así me gusta, resuelta y sin lamentaciones. La mirada puesta en el futuro.

—Estoy hecha una mierda, Matías —le confesé—. Me siento dentro de una pesadilla de la que no sé cómo despertar.

Matías negó con la cabeza y suspiró al tiempo que se inclinaba y me besaba la sien.

—Lo sé. ¿Cómo se lo ha tomado tu abuela?

—¿Tú qué crees? —Puse los ojos bizcos y saqué la lengua—. Como si fuese su vida y no la mía la que se ha caído a pedazos. Dice que soy un fracaso como mi madre.

Matías se estremeció y sus ojos marrones se abrieron mucho. Resopló disgustado.

—Es una arpía sin corazón.

—No digas eso.

—Es la verdad.

—Sigue siendo mi abuela y ella no me abandonó. No sé, supongo que a su manera me quiere.

—Pues tiene un modo bastante extraño de quererte.

Avanzamos en silencio, entre una multitud de personas que vivían sus vidas ajenas a las nuestras. Decenas y decenas de historias. De pequeños mundos, cada uno con sus problemas y alegrías. Esperanzas y decepciones.

—No eres un fracaso, así que no se te ocurra pensar que

puede tener razón. Eres increíble, Maya. Lo has sido siempre —dijo él con una sonrisa llena de ternura.

Le devolví la mueca. Inspiré hondo y solté el aire con un suspiro entrecortado.

Pensé en mi madre. Una mujer a la que había visto una docena de veces en toda mi vida. Mi abuela no solía mencionarla. Sin embargo, cuando lo hacía, el dolor y el desprecio impregnaban su voz. También el rencor. El mismo resentimiento que había visto hacia mí esa mañana.

Cerré los ojos y traté de recordar un momento en el que hubiera visto a mi abuela realmente feliz. No encontré ninguno. Quizá, cuando superé la audición y me convertí en solista de la compañía. En ese instante, sus ojos me miraron con un brillo especial antes de pedirme entre dientes que no la decepcionara.

4

A los doce años.

—Otra vez.

Su voz era como un látigo sobre mi piel.

Tomé aliento y me dirigí al centro del aula. Era sábado y, después de estar toda la semana dando clases en el conservatorio, en el instituto y ensayando el ballet que íbamos a representar al finalizar el curso, solo deseaba tumbarme frente a la tele y no hacer nada más.

Me costaba respirar y me dolían los pies. Mi abuela puso de nuevo la música y se colocó frente a mí con el ceño fruncido. Me miró de arriba abajo.

—Y el uno, y el dos, *plié, passé...* —Enumeró de nuevo los pasos y los hice—. *Demi, demi,* completa, *port de bras* y arriba. Segundo *port de bras,* atrás. Cuarto... ¡Firmes los pies, Maya!

Asentí e hice lo que me pedía. Llené mis pulmones de aire y seguí moviéndome. Notaba los dedos apretados dentro de las zapatillas y los de las manos me hormigueaban. Ignoré el malestar. Tampoco pensé en mi columna vertebral estirándose y rotando hasta hacerme creer que podría separarse.

—*Plié tendu*, tres y cuatro. *Développé croisé, plié en arabesque*... ¡Maya, usa la música, usa el tiempo! Hombro abajo.

Apreté los labios. Odiaba tanto que me gritara... No importaba si lo hacía bien o mal, su voz se alzaba hasta reverberar en las paredes y caía sobre mí como un rayo.

—Vamos, Maya, arriba, arriba... Extiende la pierna y *jeté*. —Al apoyar el pie se me dobló el tobillo y ella maldijo en ucraniano. Lo que significaba que comenzaba a cabrearse—. ¡Maya!

Tenía los músculos tensos y me ardían. Aun así, volví a colocarme en posición y repetí los pasos. Vi cómo asentía de forma imperceptible, mientras se movía a mi alrededor sin dejar de analizar mis movimientos.

—No mires al suelo, niña. Atrás, atrás, *arabesque... Pas de bourrée*, cinco y arriba hasta el *passé*...

Continué esforzándome durante otra media hora. Me tenía que concentrar mucho para bailar con la cabeza porque, en cuanto me dejaba llevar solo un poco, era mi corazón el que tomaba el control. Lo que me costaba algún error que ella siempre notaba. Odiaba bailar pensando en que lo hacía: no era divertido.

Al principio, durante los primeros años, ese era el motivo por el que me gustaba el ballet. Era un juego que, además, se me daba muy bien. Aprendía los pasos y las coreografías con rapidez y luego solo tenía que danzar y sentir la música. Saltar, girar y volar. No pensar en nada y aletear como una mariposa.

Poco a poco, conforme progresaba, mi abuela convirtió mi pasatiempo preferido en una competición y dejó de ser divertido. Aún me gustaba, pero de otro modo. No era lo que sentía al bailar lo que me motivaba, sino ese mínimo gesto de reconocimiento que ella me dedicaba cada vez que me superaba a mí misma y a las demás. La necesidad de aprobación que me estrujaba el estómago y me escocía en los ojos.

—Bien... *arabesque*, pirueta y final con cuarta posición.

Me quedé inmóvil, con la barbilla alta y el pecho subiendo y bajando muy deprisa en busca de aire. La miré a los ojos, esperando una reacción. Lo había hecho bien, mejor que bien, y estaba segura de ello. Solo tenía doce años, pero mi nivel ya era bastante avanzado.

Mi estómago sonó de forma ruidosa y mis mejillas se calentaron. Podía controlar muchas cosas, pero no los ruidos de mi vientre, y estaba hambrienta. No había comido nada desde la manzana y el yogur que había tomado en el desayuno. Los párpados de mi abuela descendieron un momento, una caída lenta que no mostró ninguna emoción salvo indiferencia. Puede que disgusto.

—Repítelo desde el principio, y esta vez intenta moverte con algo de elegancia —me dijo con voz queda.

5

Matías y yo acabamos pasando el día juntos. Comimos en un bar de pinchos cerca de El Retiro, tomamos un granizado junto al estanque y dormitamos en los jardines bajo la sombra de los árboles. Eran casi las ocho cuando recibí un mensaje de Antoine, en el que se disculpaba por no haber respondido antes. Se lamentaba de las malas noticias y me pedía que lo esperara en su casa.

Guardé el móvil en mi bolsillo y traté de ignorar el malestar que se me arremolinaba en el estómago. No más ensayos para mí. Debía hablar cuanto antes con Natalia, la directora de la compañía, y explicarle lo ocurrido. Iba a ser un mal trago. Ella había confiado en mí desde el principio y, tras el accidente, había hecho todo lo posible por mantenerme en mi plaza a la espera de que me recuperara.

—¿Estás bien? —preguntó Matías. Me encogí de hombros—. ¿Era Antoine?

Asentí con la cabeza y forcé una sonrisa.

—Dice que aún le quedan un par de horas de ensayo.

Matías frunció el ceño un instante y apartó su mirada de mí. Solo fue un segundo, pero noté la tensión que le hizo estirar la espalda y alzar la barbilla. Lo conocía demasiado bien para captar esos detalles.

—¿Ocurre algo?

—No, nada —respondió al tiempo que me tomaba por el brazo para cruzar un paso de cebra—. Llamaré a Rodrigo para ver si está en casa y puede abrirte. Yo me he dejado la mochila con las llaves en el vestuario.

Negué con un gesto.

—No te preocupes, te acompaño.

—¿Seguro que quieres venir?

—Sí, tranquilo, no voy a venirme abajo ni nada de eso. Además, así podré hablar con Natalia. Cuanto antes mejor, ¿no?

—¡Joder, Maya, es tan injusto! —suspiró Matías apesadumbrado.

Lo miré a los ojos y le sonreí a medias.

Cansados de caminar, decidimos tomar el autobús. Quince minutos después, recorríamos el paseo de la Chopera hacia el edificio que albergaba las instalaciones de la compañía. Cuando entramos, todas las salas de ensayo estaban apagadas y no había nadie salvo el conserje. Me pareció raro, no hacía ni media hora que había recibido el mensaje de Antoine.

—Hoy han acabado pronto, ya se han ido todos —nos dijo.

—Me he dejado la mochila, ¿te importa si pasamos a cogerla? —le preguntó Matías.

Apreté su mano, que aún sujetaba la mía.

—Necesito ir al baño —le susurré.

—¿Otra vez?

—Tengo la vejiga pequeña, ya lo sabes. Nos vemos aquí dentro de un minuto.

Matías fue en busca de sus cosas y yo corrí al baño. Empecé a dar saltitos mientras levantaba la tapa y me subía el vestido hasta la cintura. Me bajé las braguitas de un tirón y suspiré de alivio conforme desaparecía la sensación de urgencia.

Me estaba lavando las manos cuando oí caer agua en las duchas y una risa conocida llegó hasta mí. El corazón me dio un vuelco. Agucé el oído. Una risita más aguda y un gemido ronco. Mi mente me gritaba que era imposible. No podía ser. Me encaminé a las duchas, con el aire congelado dentro de mis pulmones.

El vapor comenzaba a llenar la habitación y empañaba los azulejos. Me asomé casi con miedo. Distinguí un cuerpo bajo el agua, una espalda, la silueta de unos brazos y unas manos que no le pertenecían sobre su trasero.

Mis pies se detuvieron y mi pecho tembló.

Era Antoine, y no estaba solo. Oculto tras él, había un cuerpo más menudo, más delgado y femenino. ¡Se estaba liando con otra! De repente, él la alzó en el aire y ella le rodeó las caderas con las piernas. Entonces pude verla. Era Sofía, mi sustituta. La misma que me enviaba mensajes todos los días, deseándome una pronta recuperación. ¡Qué hipócrita!

Sentí que me moría.

Quise darme la vuelta y salir corriendo, pero no podía dejar de contemplar la escena. La forma en que las caderas de él se movían entre las de ella, como si ya supieran en qué postura encajaban mejor. El sonido que hacían sus cuerpos al restregarse. Gruñidos y gemidos. Jadeos que reverberaban en las paredes.

Se me revolvió el estómago y di un paso atrás.

Dolor. Decepción.

Entonces, ella abrió los ojos y su mirada se encontró con la mía. Tardó un segundo en reaccionar.

—¡Maya!

Antoine volvió la cabeza y sus ojos se abrieron como los de un ciervo ante los faros de un coche. Una emoción dolorosa y visceral hizo que me diera la vuelta y saliera de allí a toda prisa. Me temblaba el cuerpo y estaba tan enfadada que apenas veía nada. A mi espalda, podía oír a Antoine llamándome a gritos.

Vi a Matías esperándome al final del pasillo y corrí hacia él. Las lágrimas me quemaban en los ojos. Al verme, su gesto se transformó. Su mirada voló por encima de mi cabeza, intentando comprender qué ocurría y por qué mi novio me perseguía gritando mi nombre.

—Maya, espera —me suplicó Antoine. Me giré y le lancé una mirada furiosa—. Deja que te lo explique. No es lo que parece.

—Te estabas tirando a Sofía, eso es lo que parecía.

—Ni siquiera sé cómo ha pasado, estábamos ensayando y luego... ¡Dios, lo siento!

Lo miré de arriba abajo y lo que vi me provocó asco. Estaba completamente desnudo y su miembro aún se alzaba con cierto orgullo.

—Eres un cerdo —le espeté y me dirigí a la salida.

—Maya, espera, por favor. Lo siento, no ha sido premeditado, te lo juro.

—Me importa una mierda cómo haya ocurrido, no quiero volver a verte.

—Creo que ha sido por la coreografía, ya sabes cómo es el *pas de deux* de *Carmen*. Tantas horas de ensayo juntos, la interpretación... Creo que me he dejado llevar por el personaje.

Frené en seco, con la mano apoyada en la puerta medio abierta. Lo miré por encima del hombro. ¿De verdad iba a intentar colarme esa excusa?

La rabia y la vergüenza me calentaron la cara.

—Que te den, Antoine. Gracias por hacer que este día de mierda sea aún peor.

Salí a la calle y me tapé los oídos para dejar de escuchar mi nombre en su boca.

A cada paso que daba, el dolor era más intenso y no sabía qué hacer con él. Se me clavaba muy dentro y escocía.

No miré atrás ni una sola vez. No quería volver a ver a ese imbécil en toda mi vida.

Matías me dio alcance y me obligó a detenerme. Me sostuvo por los hombros, mientras me observaba con sus ojos oscuros, y no dijo nada. No hacía falta, conocía cada expresión de su cara y lo que significaba.

—Tú lo sabías.

—Tenía la sospecha.

—¿Y por qué no me has dicho nada? —lo acusé con rabia.

—Porque no estaba seguro, Maya. No podía arriesgarme a joder lo vuestro por una duda. Lo siento.

—¿Y desde cuándo lo sospechabas?

—Un par de meses, más o menos.

—¿Un par de meses, de verdad?

—Empecé a notarlo raro días después de que Natalia le pidiera a Sofía que te sustituyera como su pareja. Ella le tiraba los tejos y él se dejaba querer, ya sabes cómo es. Pero no se me pasó por la cabeza que Antoine hiciera nada. ¡Joder, te adora! Luego vi ciertas cosas y...

—Vale, déjalo, prefiero no saberlo.

Escondí la cara en su pecho y mis lágrimas le mojaron la camiseta. Noté su mano en mi nuca y un pequeño beso en el pelo. Con la otra mano me frotó la espalda de arriba abajo.

—Es un capullo —dijo en voz baja. Asentí y se me escapó un sollozo—. No te merece.

—No.

—¿Qué quieres hacer?

—Atocha no queda lejos, podría ponerme delante del siguiente AVE que salga. Con ese morrito en punta es imposible que falle —gimoteé. Noté que él se agitaba con una risa silenciosa—. No tiene gracia.

—Sí que la tiene.

—Quiero ir a casa —susurré, esta vez en serio.

—Pues vamos.

Guardamos silencio durante todo el camino. Él me sostenía, como siempre hacía, y yo me dejaba arropar por su cariño real y desinteresado. Lo quería con locura y es que su mera presencia tenía un efecto inmediato en mí. Me tranquilizaba.

Mi teléfono no paraba de sonar. Su timbre era una tortura, porque sabía de quién se trataba. Me detuve un momento y bloqueé sus llamadas y mensajes. Después borré su número.

—¿Estás segura de eso? —me preguntó Matías con cautela.

—Me ha puesto los cuernos. A saber desde cuándo y con cuántas chicas. No pienso hablar con él.

Cuando llegamos al portal de mi edificio, me costó un mundo deshacerme de su abrazo.

—¿Estarás bien? —me preguntó.

—Sí, no te preocupes.

—Puedo quedarme, si quieres.

—Ya sabes cómo es mi abuela.

—Y a mí se me da de maravilla ignorarla.

—Por eso no te aguanta.

—Como si me importara.

Bajé la mirada a mis pies. En el fondo no quería despedirme de él, porque sabía que, una vez se fuera, se llevaría consigo el salvavidas que me mantenía a flote y entonces me hundiría sin remedio en un océano de autocompasión.

—Sabes que tú y yo seríamos la pareja perfecta, ¿verdad? —le dije en voz baja.

—Ya lo somos, tonta.

—Deberíamos hacer una de esas promesas desesperadas, que tan bien quedan en las películas. Si dentro de diez años tú no has encontrado al hombre de tu vida y yo sigo saliendo con capullos, nos casaremos y envejeceremos juntos.

—Me parece bien. Pero ¿qué pasa con el sexo?

—El sexo está sobrevalorado.

—Eso solo lo diría alguien que no ha echado un buen polvo en su vida.

Fruncí el ceño y le di un manotazo en el pecho.

Matías rompió a reír y me abrazó con fuerza contra él. Me encantaba su risa, suave y susurrada, y la forma en que sus brazos me sostenían. Mi niño. Mi refugio.

La gente pasaba a nuestro alrededor.

El mundo continuaba moviéndose.

El tiempo avanzaba inexorable.

La inmensidad del universo nos envolvía y, en ese espacio infinito, mis problemas y yo no éramos más que un punto invisible.

Era aterrador sentirse tan insignificante.

6

Al día siguiente, mi abuela cambió su estrategia de tortura y se dedicó a ignorarme. Hacía como si yo no existiera y lo llevó a tal extremo que, a mediodía, no había un plato en la mesa para mí.

Mentiría si dijera que no me dolió, porque lo hizo.

Matías me había dicho en alguna ocasión que lo que Olga hacía conmigo podía considerarse maltrato. Nunca quise escucharlo. La mera idea me parecía atroz. Mi abuela siempre había sido muy severa conmigo, cierto, pero lo hacía para motivarme. Me empujaba a trabajar duro dentro de un mundo muy competitivo en el que, para ganarte un nombre, no puedes conformarte con ser solo buena.

Los problemas entre nosotras surgieron cuando yo empecé a tener mis propios sueños. Deseos que no coincidían con los suyos y que yo acababa sacrificando para complacerla. Así que, de una manera u otra, ella siempre se salía con la suya y yo me conformaba con tal de evitar discusiones.

Puede que por inercia.

Puede que por costumbre.

Puede que Matías tuviera razón y en realidad siempre la había temido.

Mis abuelos eran mi única familia cercana, las personas con las que había crecido. Cuando yo nací, mis dos tíos, hermanos mayores de mi madre, ya vivían fuera de Madrid y solo nos visitaban en Semana Santa y Navidad. Nunca tuve mucha relación con ellos ni sus familias.

No tenía a nadie más que mis abuelos y la posibilidad de perderlos y quedarme sola me había aterrado desde muy pequeña. Si a mi madre le había costado tan poco dejarme, ¿por qué no a ellos? Ahora, ese miedo comenzaba a diluirse bajo otra cosa. Amor propio, dignidad, no estaba segura. Lo único que sabía era que no merecía un trato tan humillante. No había hecho nada malo y, durante los últimos seis meses, mi abuela había logrado que viviera un infierno de reproches y comentarios hirientes.

Carmen me lanzó una mirada apenada desde la mesa, mientras ayudaba a comer a mi abuelo, y yo le sonreí para que no se preocupara por mí. Regresé a mi cuarto con un vacío inmenso que parecía colarse por todas partes. Encendí el móvil y de golpe entraron un montón de notificaciones.

Me sorprendió encontrar un par de mensajes de Sofía, pero los borré sin molestarme en leerlos. Tarde para la sororidad.

Un número desconocido me había escrito una decena de veces. Abrí la conversación y un sabor amargo se pegó a mi lengua. Era Antoine. Lo borré todo y bloqueé el número.

Vi un par de llamadas perdidas de Natalia y se me aceleró el corazón. Le envié un mensaje, preguntándole si podíamos vernos esa misma tarde. Me respondió que sí y quedamos a las seis en las instalaciones de la compañía. Debía hablar con ella lo antes posible y explicarle que esa recuperación que ambas habíamos estado esperando no se iba a producir. No más proyectos. No más planes. Al menos, no conmigo.

Me tumbé en la cama, me puse los auriculares y abrí Spotify. Cerré los ojos. Empezó a sonar una canción, luego otra, y dejé que me llenasen. Me perdí en las notas, en la melodía, y, sin darme cuenta, acabé poniéndome en pie al ritmo de la música.

Sin ser consciente de mí misma.

Sin preocuparme de cómo me movía.

Solo me dejé llevar y volé. Subí muy alto y continué ascendiendo mientras mis brazos se agitaban y mi cuerpo se contorsionaba. Mi corazón se sacudía y mis pulmones se contraían.

Sentí el sabor salado de las lágrimas.

Giré sobre las puntas de mis pies.

Una vez más.

Y otra.

Quizá, si las deseaba con más fuerza, aparecerían.

Apreté los párpados y mis movimientos se convirtieron en una danza rabiosa.

Y, durante un segundo, casi las noté bajo la piel, abriéndose paso en mi espalda.

Casi.

Mis alas invisibles.

Las que me sacarían de allí y me harían libre.

Como la hicieron a ella.

Y yo deseaba tanto la libertad...

7

A los cuatro años.

Entré en la academia de la mano de mi abuelo, que me había recogido en el colegio. Me dio un beso en la cabeza y volvió a salir para hacer unos recados. Yo seguí el sonido de la música hasta el aula y entré sin hacer ruido. Mi abuela solía enfadarse mucho cuando interrumpían sus clases.

Me senté en el suelo, con la espalda pegada al espejo, y observé a mi madre con una sonrisa.

—Otra vez, Daria —le indicó mi abuela mientras se movía a su alrededor—. *Pirouette en dedans, attitude derrière... Pirouette* en posición *attitude* y *arabesque*. ¡No dobles la rodilla! Bien, *développé* en posición *écarté devant, attitude derrière... Grand allegro..., jeté, jeté* y *grand jeté*.

Al tocar el suelo, mi madre trastabilló hacia delante.

—Lo siento —se apresuró a disculparse.

—Por Dios, pareces una principiante. ¡Concéntrate!

—Llevo horas aquí, estoy cansada.

—Pronto serán las audiciones; no puedes aflojar ahora —replicó mi abuela con severidad.

Vi como mi madre apretaba los párpados muy fuerte y su

pecho se llenaba con una brusca inspiración. No sé por qué, pero sentí ganas de llorar. La observé. Siempre parecía tan triste, rodeada por un halo de desolación que apagaba su mirada.

La voz de mi abuela resonó entre los espejos y me sobresaltó. Dijo algo en ucraniano, apagó la música y salió del aula a toda prisa. Yo no me moví. Solo podía mirar a mamá. Se acercó a la ventana y apoyó las manos en el cristal. Permaneció allí un largo instante, temblando, hasta que poco a poco comenzó a mecerse.

Unos tenues rayos de sol dibujaban extraños reflejos en el suelo e iluminaban sus pies.

Se alzó sobre las puntas. Unos compases inaudibles guiaban sus manos, sus brazos y sus piernas. Giraba y saltaba en el aire, para descender con la elegancia de una pluma. La música sonaba dentro de ella y yo no podía dejar de mirarla.

Mi madre era muy guapa. Tenía el pelo rubio y unos ojos grises que siempre se llenaban de lágrimas cuando me observaban. Quizá por ese motivo no solía mirarme a menudo y prefería contemplar el suelo.

Un peso se instaló en mi pecho. Sus emociones llegaban hasta mí, pero no las entendía. Solo las sentía. Nunca la había visto bailar de ese modo y era tan bonito. Tan aterrador.

—¿Por qué bailas así, mami?

—No bailo, Maya.

—¿Y qué haces?

—Vuelo. ¿No lo ves? Estoy volando.

Dio otro salto y agitó los brazos como si fuese un elegante cisne.

—Pero tú no tienes alas, mami.

—Sí que las tengo, pero son invisibles; por eso no puedes verlas.

Sonreí y comencé a imitarla. Di saltitos y coloqué las manos como me había enseñado la abuela.

—Yo también quiero, mami. ¿Puedo tener unas alas invisibles como las tuyas?

—Claro, Maya. Algún día descubrirás las tuyas y volarás muy lejos.

—¿Adónde?

—Adonde tú quieras, porque lo de menos es el lugar. Lo importante es que serás libre.

Me tomó de las manos y me hizo girar. Vi lágrimas en sus ojos y cómo su sonrisa se hacía mucho más amplia. Me alzó en el aire y yo reí.

—¡Libre! —grité.

—Libre —repitió ella. Me abrazó y continuó girando conmigo entre sus brazos—. Lo siento, Maya. Lo siento mucho.

—¿Qué sientes, mami?

—No ser más fuerte.

No entendí qué quería decir. Para mí era muy fuerte y en ese momento hacía que yo volara muy alto sin tener alas. Me miró a los ojos como nunca antes lo había hecho, y no apartó la mirada durante mucho tiempo. Después, me dio un beso y me dejó en el suelo.

Esa misma noche se marchó sin despedirse.

Sin decir adónde.

Solo se fue.

8

La felicidad no depende de lo que nos pueda pasar, sino de cómo percibimos aquello que nos ocurre. Yo aún no había descubierto esa verdad cuando me reuní con Natalia y el resto de su equipo. Así que salí de esa reunión con sabor a despedida, pensando solo en los hechos y su significado, y no en cómo me sentía realmente con lo sucedido.

Los hechos eran simples. Me había lesionado. El ballet profesional se había terminado para mí. Tenía veintidós años y dieciocho de ellos los había consagrado a esa disciplina, mi único objetivo siempre fue ser bailarina principal en una gran compañía. Había soñado con formar parte del Ballet de la Ópera de París, del Mariinski o del Bolshói. Todo esto me había llevado a vivir en un mundo propio, donde solo el baile tenía razón de ser. Un mundo que exigía mucho sacrificio. Que podía ser muy ingrato si no destacabas. Un mundo al que me había entregado en cuerpo y alma, y que ya no tenía espacio para mí.

La puerta se había cerrado en mis narices.

Solo podía pensar en el fracaso que suponía. En la decepción de mi abuela. En todo el trabajo perdido y el sufrimiento para alcanzar cada peldaño que había defendido con uñas y dientes.

Sin embargo, no me detuve a pensar en cómo me sentía de verdad. En esa cadena que se había aflojado en torno a mi pecho y que no percibí. En ese soplo de aire que se coló entre tanta infelicidad acumulada y que no noté. Capas y capas que se habían ido pegando a mi piel y que ahora sentía tan mías como si hubiera nacido con ellas.

Me encaminé a la salida con paso rápido. No quería que nadie me viera llorar.

La música del segundo acto de *Giselle* brotaba de la sala de ensayo y podía oír la voz de Mar repitiendo los pasos para los bailarines. Noté que se me ponía la piel de gallina y el deseo de mirar dentro. No lo hice, mi corazón no se lo podía permitir.

Estaba a punto de alcanzar la salida cuando una mano se posó en mi hombro.

—Maya.

Su voz...

Empujé la puerta y salí sin mirar atrás.

—Maya, por favor —insistió Antoine.

Frené en seco y me di la vuelta. Lo miré a los ojos con una mezcla de desdén y hastío. Tenía unas profundas ojeras y el verde de sus iris no lucía como otros días. Solo llevaba un pantalón de algodón y unos calentadores, y su torso desnudo brillaba con una capa de sudor.

—¿Qué? —le espeté.

—Lo siento.

—¿Y qué sientes exactamente, llevar un mes liado con ella o que te haya pillado? —Sus ojos se abrieron por la sorpresa y lo supe, fue su confirmación—. ¿Crees que soy idiota? Ayer no fue la primera vez.

Él bajó la mirada, como si de verdad estuviera avergonzado.

—Te quiero —me dijo.

—Bonita forma de demostrarlo.

—Siento haberte hecho daño. Sofía no significa nada para mí. Al principio, todo empezó como un juego. Nos seducíamos durante el baile, intentábamos encontrar algo de química entre nosotros porque parecíamos dos robots. No era como cuando tú y yo bailábamos. —Se pasó los dedos por el pelo, frustrado, y alzó la vista para mirarme a los ojos—. Se me fue de las manos y me arrepiento tanto... He sido un imbécil, Maya.

—¿Esperas que me sienta mejor? Porque no es así.

—Perdóname, por favor. Déjame arreglarlo y compensarte por todo. No veré más a Sofía. Le pediré a Natalia que me cambie de compañera, haré todo lo que quieras, pero... ¡Perdóname!

—Lo siento, no puedo. Ya no confío en ti.

—Maya, por favor.

—No, se acabó, y espero por tu bien que no me hayas pegado nada. Por lo que vi ayer, ni siquiera te has preocupado de cuidarme un poco.

—Te juro que siempre he usado protección, no te haría eso. Ayer... Ayer solo...

—Ayer os estabais restregando el uno contra el otro como dos... —Suspiré agotada—. Da igual, me largo.

—Maya, no te vayas. Habla conmigo, lo solucionaremos.

—¡No! Esto no se puede arreglar, y ¿sabes qué? En el fondo es lo mejor que podía pasarme. Cortar de raíz con todo esto puede que me ayude a superarlo. Lo siento, Antoine, pero tú y yo hemos terminado.

—Cometí un error y no volverá a pasar. No puedo perderte.

—Haberlo pensado antes.

Me di la vuelta y comencé a alejarme.

—Maya... Maya, por favor.

Ignoré el ruego que impregnaba su voz y el hecho de que me seguía fuera del recinto.

Un autobús pasó por mi lado y se detuvo unos metros más adelante en una parada. Crucé sus puertas un segundo antes de que se cerraran. Con un nudo muy apretado en la garganta, recorrí el pasillo y me sujeté a una de las barras. Miré a través del cristal trasero y vi a Antoine en la acera, inmóvil, haciéndose pequeñito mientras yo me alejaba.

Me obligué a respirar, pero el aire se negaba a entrar en mis pulmones. Me estaba costando un mundo mantenerme entera y no desmoronarme entre esos desconocidos que me rodeaban, ajenos a mi existencia y el drama que se había apoderado de ella.

Fui directamente a casa, pese a que era el último lugar en el que quería estar. La tensión entre mi abuela y yo podía cortarse con un cuchillo. El ambiente que nos envolvía era pesado y asfixiante, y ni siquiera necesitaba dirigirme la palabra para hacerme sentir mal.

Abrí la puerta y entré, aún pensando en Antoine. No sabía muy bien cómo me sentía respecto a él. Me había engañado y habíamos roto después de un año juntos.

Se suponía que debía estar enfadada, triste, rota...

Sin embargo, me sentía...

En realidad, no sentía nada, y eso me desconcertaba.

Oí voces en el salón. Hablaban a un volumen muy bajo, pero ese cuchicheo no disimulaba que estaban discutiendo. Me asomé y vi a mis abuelos sentados en el sofá. Me sorprendió encontrarlos en esa actitud, porque ellos no solían discutir nunca. Se adoraban. Se entendían a la perfección. Se complementaban a su manera y siempre había sido así.

Ella era la ola que lo arrasaba todo y él, la espuma que la seguía.

Ella era el grito y él, el eco.

Ella le pedía que saltara y él solo preguntaba a cuánta altura.

Olga alzó la mirada, me vio y se puso en pie, dando por finalizada la conversación.

—Hola —saludé.

—Hola, cielo. ¿Todo bien? —me preguntó él.

—Sí, voy a mi cuarto.

Él asintió con la cabeza y forzó una sonrisa.

Giré sobre mis talones, y ella tosió para llamar mi atención.

—¿Has pensado ya qué vas a hacer?

—¿Sobre qué?

—Tu vida a partir de ahora, por supuesto.

Me sentía como si acabara de sacar la cabeza del agua después de haber estado a punto de ahogarme y aún diera bocanadas para respirar de nuevo. Así que no, aún no había pensado qué hacer con mi vida.

Me encogí de hombros y pensé en lo que me había dicho Matías.

—Podría volver a estudiar. Matricularme en María de Ávila y hacerme profesora.

Ella me miró y dejó escapar un suspiro. El pecho se me encogió, a la espera de una respuesta afilada.

—Deberías buscar trabajo. Lo antes posible.

Asentí y me dirigí a mi habitación. Una vez dentro, lo primero que hice fue pedir cita con mi médico. Después me tumbé en la cama y me quedé allí durante horas, a ratos dormida, a ratos despierta, hasta que perdí la noción del tiempo por completo.

Con la mente en blanco.

Sin pensar en nada.

Pensando en todo.

A la espera del estallido que no terminaba de llegar.

De las grietas.

Del derrumbe.

De los escombros a mis pies.

Mis propios pedazos.

Sin embargo, no hubo nada de eso, solo lágrimas. Amargas y saladas. Ardientes y dolorosas. Que me dejaron vacía e insensible.

Lágrimas que no tenían una razón concreta, ya que, al pensar en Antoine, solo escuchaba una vocecita que me decía que las relaciones empiezan y acaban. Así, sin más. Escarbé en mi interior, buscando la rabia, el orgullo herido, el dolor por la traición y la ruptura. Y no encontré esas emociones por ninguna parte.

Y me aterraba, porque ¿qué decía eso de mí? De él. De nosotros. ¿Hubo un nosotros?

Lágrimas que no tenían un motivo concreto ya que, al pensar en la carrera profesional que se había deshecho entre mis manos como un cubito de hielo, solo sentía la ansiedad que me provocaba el miedo a mi abuela. A su rechazo. Su indiferencia. A perderla también a ella. Su cariño hacia mí siempre había sido proporcional a la perfección de mis piruetas y saltos. ¿Podría quererme ahora por ser solo yo?

Y me asustaba, porque si la respuesta era no, ¿qué me quedaba?

Solo quedaría yo.

Y ¿quién era yo?

9

Habían pasado varios días desde que me hice las pruebas cuando mi médico me llamó para darme los resultados. Respiré aliviada al escuchar que no tenía de qué preocuparme. Ni infecciones ni enfermedades de transmisión sexual. Todo seguía bien.

—Gracias.

Colgué el teléfono y todo mi cuerpo se relajó.

Después miré a Matías. Estábamos tomando un café en la terraza del Starbucks situado en la plaza de Callao. Él me observaba desde el otro lado de la mesa.

—¿Buenas noticias? —me preguntó.

—Sí, mi vagina sigue siendo un jardín incorrupto y mi pubis no se ha convertido en un criadero de ladillas.

Matías rompió a reír y salpicó la mesa con el café que acababa de sorber. Miré con horror la pila de currículums. Me había costado la vida hacer algo decente que no me avergonzara enseñar, y la copistería tampoco había sido barata. ¡Qué desastre!

—¡Mierda, Matías, los has estropeado! —gimoteé. Los repasé uno a uno y aparté los que se habían salvado. Mientras, él seguía muerto de risa—. ¿Te hace gracia que diga *vagina*?

—Es una palabra feísima.

—Porque *pene* es música en los oídos.

—Para mí sí.

Entorné los ojos con malicia y una sonrisita se dibujó en mis labios.

—Vagina, vagina, vagina... Vaginaaaaaaaa.

Una señora me miró con el ceño fruncido desde una mesa cercana. Junto a ella, un señor que parecía su marido disimulaba una sonrisa tras un periódico.

—Es mi ginecólogo —le dije a la mujer con mi expresión más inocente.

Las carcajadas de Matías sonaron mucho más fuertes. Se inclinó hacia delante, con lágrimas en los ojos, y apoyó la frente en la mesa. Me miró de soslayo.

—Estás loca.

—Y tú eres un crío. Por cierto, además de invitarme al café, me debes cinco euros por los currículums.

—¡No ha sido culpa mía! —Lo taladré con la mirada. Él hizo un mohín y me dio una patada bajo la mesa—. Vale. ¿Qué quieres hacer ahora?

Me encogí de hombros y tamborileé con los dedos sobre los folios.

—No sé, por esta zona hay bastantes tiendas y cafeterías. Debería echar alguno de estos, ¿no?

Matías asintió y se puso en pie. Me ofreció la mano y yo me aferré a su cintura como un bebé koala, lo que hizo que me ganara uno de sus besos en la frente. Lo quería con locura. Mi única constante en medio de tanta incertidumbre.

Pasamos la mañana visitando tiendas, cafeterías y restaurantes. A la hora de comer, me dolían los pies y tenía calambres en la cara de tanto sonreír para causar buena impresión.

—¿Crees que me llamarán? —le pregunté a Matías frente al portal de mi edificio.

—Algo caerá.

—Eso espero, necesito ahorrar este verano para sobrevivir al invierno.

Su expresión se volvió más dulce y me apartó el pelo de la cara.

—Busca un gestor y mira lo de las prestaciones, ¿vale? Es posible que tengas derecho a paro o a alguna otra ayuda.

—Lo haré, no te preocupes.

—Tengo que irme. Le he prometido a Rodrigo que comeríamos juntos.

—Rodrigo y tú pasáis mucho tiempo juntos.

—No te jode, vive conmigo.

—Y a ti eso no te disgusta.

Se le escapó una risita.

—No le intereso.

—Él se lo pierde.

Nos despedimos con un abrazo y me sostuvo así durante un ratito. Sus brazos eran un refugio para mí, entre ellos todo parecía ir bien. Tenían ese efecto. Me relajaban. Me calmaban.

Subí a casa por las escaleras. Al llegar arriba, Carmen salía del piso con los ojos rojos y el rostro descompuesto. La miré y el corazón me dio un vuelco.

—Carmen, ¿qué pasa? ¿Mi abuelo está bien? —Pensé en él de inmediato.

—Sí, Maya, está bien —respondió con una sonrisa que no llegó a sus ojos.

—Entonces, ¿qué ocurre?

—Me marcho, tu abuela ha prescindido de mis servicios.

—¿Te ha despedido? ¿Por qué?

—Será mejor que entres. —Su pecho se llenó con una brusca inspiración—. Mucha suerte, Maya. Y si me necesitas, ya sabes dónde encontrarme. No dudes en llamarme, ¿de acuerdo?

—Claro.

—Adiós, cuídate mucho.

Me la quedé mirando mientras las puertas del ascensor se abrían y ella entraba en su interior. Me dedicó una última sonrisa a modo de despedida y desapareció.

Dentro del piso se oían varias voces. Entré sin hacer ruido y el corazón se me subió a la garganta al darme cuenta de que una de esas voces pertenecía a mi tío Andrey. ¿Qué hacía allí? Él vivía en Alicante y sus visitas no eran habituales.

—No estoy de acuerdo con nada de esto. No está bien —dijo mi abuelo.

—Vamos, papá, ya lo hemos hablado. Tú necesitas ayuda hasta para comer y, con el tiempo, mamá no podrá hacerse cargo de todo. Además, aquí estáis muy solos. Lo lógico es que vengáis con Yoan y conmigo. Que estéis cerca de nosotros, de vuestros nietos —le explicó mi tío.

Me quedé sin aire al darme cuenta de que estaban hablando de mudarse y dejar Madrid. Y así, de repente, de un día para otro.

—Las cosas no se hacen de este modo. Y tú y yo sabemos perfectamente cuál es el motivo por el que te empeñas en dejar Madrid así —replicó mi abuelo.

—Nos hacemos mayores y estamos lejos de nuestros hijos. Aquí no pintamos nada, Luis —repuso mi abuela.

—La estás castigando.

—No digas tonterías, y ¡no quiero seguir discutiendo este asunto contigo! —dijo ella con la voz alterada—. Los de la mudanza vendrán pasado mañana y la inmobiliaria ya ha encontrado una pareja interesada en alquilar el piso. Nos vamos.

—Papá, mamá tiene razón...

Con pasos temblorosos, me acerqué a la puerta del salón, donde ellos se encontraban.

—¿Vais a alquilar nuestra casa?

Los tres se volvieron hacia mí. Incluso mi abuelo, que no podía verme, me buscó con su mirada perdida.

—Sí —respondió mi abuela.

—Maya, cielo... —empezó a decir mi abuelo.

—Papá —lo cortó mi tío. Inspiró hondo y tragó saliva antes de mirarme a los ojos—. Me llevo a los abuelos conmigo. Necesitan un cambio de aires, y la playa y el sol les vendrán bien. El tío Yoan, la tía Ana, tus primos... Todos queremos estar cerca de ellos.

—¿Y qué pasa conmigo? ¿Por qué nadie me ha consultado nada? Yo también vivo aquí, esta es mi casa.

—Es mi casa —puntualizó mi abuela.

La miré confundida y mi corazón se aceleró. Una profunda inquietud se apoderó de mí, porque no tenía ni idea de qué lugar ocupaba yo dentro de todo ese plan. Fuese cual fuese, no parecía bueno. La idea de dejarlo todo y mudarme con ellos a Alicante me parecía un disparate. ¿Y cómo demonios iba a quedarme en Madrid si alquilaban la casa? Debería buscarme otro sitio y, en ese momento, apenas tenía dinero.

—¿Y qué pasa conmigo? —insistí.

Mi tío no se anduvo con rodeos. En ese sentido, era muy parecido a mi abuela.

—Lo siento, Maya, pero solo tengo un cuarto libre. Además...

—Además... —lo atajó ella—, eres una persona adulta. Tienes veintidós años, a tu edad yo ya me ganaba la vida sin ayuda de nadie. Va siendo hora de que busques un trabajo y te independices. De que vivas la vida que has elegido. ¿No querías eso? ¿Marcharte a Nueva York?

Percibí el sarcasmo en su voz. Los reproches. El tono afilado con el que seguía culpándome de lo que ella consideraba la magnitud total de su fracaso. La maldad que impregnaba sus palabras. Sabía tan bien como yo que ese tren ya había pasado y que no volvería. Lo mucho que me dolía haber perdido esa oportunidad.

—Olga —mi abuelo le llamó la atención.

—¿Acaso no es cierto? Iba a marcharse y a dejarnos aquí, después de todo lo que me he sacrificado por ella. De todo el tiempo que le he dedicado para que fuese alguien.

Abrí la boca para defenderme de su ataque, pero no lo hice. No tenía fuerzas para indignarme ni decir una palabra, estaba derrotada. Me sentía indefensa. Escuchar esas palabras me había dejado helada. Ni siquiera se había inmutado al decirlas, y sentí como si una parte de mí muriera.

—¿De cuánto tiempo dispongo?

—El piso debe quedar libre dentro de tres días —dijo mi tío.

Asentí y salí del salón sin decir nada más. Mis pies se movieron de forma automática hasta mi cuarto. Una vez dentro, cerré la puerta y me apoyé contra la madera. Sentía que me faltaba el aliento, como si una mano invisible aferrara mi garganta, impidiendo que pasara el aire.

Acababan de darme la patada, sin preludios ni paños calientes.

Siempre me sentí sola dentro de mi propia familia.

Siempre hubo un *ellos* y un *yo*. Separados por una línea gruesa y marcada, que nos dividía como si fuésemos equipos rivales dentro de un campo de juego. Nunca supe el motivo. Si era culpa de mi aspecto, tan distinto al suyo. Por tener una madre ausente, la oveja negra de la familia. O porque mi padre era un desconocido que no sabía de mi existencia.

Fui fruto de un error que nadie deseaba. Cambié sus vidas. Trunqué un sueño y después tuve que enmendarlo. Hacerlo real. Cumplirlo.

No lo logré.

Me acerqué a la ventana y bajé la persiana para aliviar un poco el calor. Entonces, sonaron unos golpes en la puerta, el pomo giró y vi la cara de mi abuelo asomándose.

—¿Maya?

Fui hasta él y lo tomé por el brazo.

—¿Necesitas algo?

Me apretó la mano y negó con la cabeza. Luego lo conduje hasta mi cama y lo ayudé a sentarse.

—No consigo que razone. Cuando algo se le mete en la cabeza, no ve más allá. Se niega a escuchar —me dijo muy apenado.

—No te preocupes. No quiero que discutas con ella por mi culpa.

—¿Cómo no me voy a preocupar, hija? Dejarte así, desamparada.

Me acomodé a su lado y sonreí con resignación.

—Me las apañaré, ya no soy una niña.

—Nunca has sido una niña —musitó apesadumbrado—. Ojalá pudiera hacer algo, pero desde que perdí la visión, todos me tratan como si fuese idiota. Un cero a la izquierda, cuya opinión no cuenta. ¡Me he quedado ciego, no tonto! Mi cabeza funciona perfectamente.

—Claro que funciona. —Guardé silencio un momento—. En el fondo, no es mala idea que os mudéis con los tíos. Tienen una casa estupenda, con un jardín muy grande. Podrás tomar el sol y dar paseos por la playa.

Él chasqueó la lengua con disgusto.

—No me gusta la playa.

Sonreí aunque no podía verme y apoyé la cabeza en su hombro. Quería a mi abuelo con locura. No puedo decir que fuese como un padre para mí, porque nunca intentó ocupar ese lugar, pero trató de criarme lo mejor que pudo y sus brazos siempre estaban ahí para consolarme. Solo los suyos.

—Todo irá bien —susurré.

—Eso tendría que decirlo yo. —Hizo una larga pausa—. Quizá no debí quererla tanto. Si la hubiera querido un poco menos, habría tenido el valor para enfrentarme a ella y decirle que ese no era el modo de criar a nuestra nieta. Sin embargo, se lo permití.

«Yo también se lo permití», pensé.

Nos quedamos en silencio, con el sonido del tráfico de fondo y el traqueteo de la lavadora al otro lado del pasillo.

—¿En qué piensas? —me preguntó al cabo de unos minutos.

—En que no sé dónde voy a meter todas mis cosas —respondí mientras miraba a mi alrededor.

El dolor que sentía en el pecho no se iba, y aumentó al darme cuenta de que dentro de unos días otros cuadros decorarían mis paredes, otra ropa colgaría del armario y otra persona dormiría en mi cama.

—Puedes bajarlas al trastero; vamos a conservarlo.

—Vale.

—Todo irá bien —dijo en voz baja mientras buscaba mi mano con la suya.

—Lo sé.

Y rogué en silencio que fuese verdad.

10

—Y aquí está el baño. Es un poco pequeño y no tiene ventana, pero para ducharse y plantar un pino no hace falta mucho más, ¿verdad?

Miré al chico que me estaba enseñando la casa y parpadeé alucinada. Solo llevaba puestos unos slips y una camiseta sin mangas que no había visto una lavadora en mucho tiempo. De sus labios colgaba un porro y el olor comenzaba a marearme. Me dedicó una sonrisa y se pasó la mano por el pelo. Yo miré de nuevo el cuarto diminuto y entrecerré los ojos. Había moho en el techo y las juntas de los azulejos tenían un color amarillento muy raro. Parecía que nadie había limpiado en meses, y el olor...

Me entraron ganas de vomitar.

Aun así, era el piso más decente que había encontrado hasta ahora; y lo más importante, podía permitírmelo. Si aprendía a no respirar, vivir allí podría estar bien.

Matías, que se encontraba a mi espalda, debió de notar ese atisbo de determinación en mi postura, porque me agarró por el brazo y me hizo retroceder.

—Gracias por enseñarnos el piso, tío. Vamos a pensarlo y te diremos algo —dijo en tono alegre mientras me arrastraba hacia la puerta.

—Que sea pronto, hay muchos interesados.

—Claro, no te preocupes.

Salimos al rellano de la escalera y Matías logró cerrar la puerta al tercer tirón. Me hizo bajar los cuatro pisos a toda prisa. Una vez en la calle, me soltó y me miró muy serio.

—¿Te has vuelto loca? ¿De verdad estabas pensando en quedarte ahí? Es un basurero, y ese tío...

Se estremeció e hizo una mueca de asco.

—Llevamos dos días visitando pisos por todo Madrid y no he encontrado nada que pueda pagar. Apenas tengo ahorros, estoy sin trabajo y mañana tendré que dejar mi casa para siempre. No puedo ponerme en plan exquisito.

—Pero sí puedes quedarte conmigo hasta que encuentres algo mejor.

—Tu cama es muy pequeña.

—Puedes dormir en el sofá. Yo puedo dormir en el sofá —rectificó de inmediato, lo que me hizo gracia.

—¿Y ver a Antoine todos los días? No, gracias. —Me apoyé en la pared del edificio y me pasé las manos por la cara. El pánico se arremolinó en mi estómago—. No sé qué voy a hacer.

Matías me tomó de la mano y tiró de mí para que caminara a su lado.

—De momento, vamos a comer algo; después visitaremos los tres pisos de la lista que nos quedan y cruzaremos los dedos.

Cuando regresé a casa a última hora de la tarde, el alma se me cayó a los pies y se hizo trocitos como un espejo roto. El salón estaba lleno de cajas y también el pasillo. Mi tío Andrey, armado con cinta de embalaje y un rotulador, las precintaba y anotaba en la tapa su contenido. Por primera vez sentí que aquella pesadilla era real. Que la única familia que tenía me abandonaba cuando más la necesitaba.

Corrí a mi cuarto y cerré la puerta. Junto a la cama descubrí varias cajas de cartón vacías.

¡Qué sutil!

Tiré el bolso sobre la cómoda y me quité las zapatillas. De nada servía alargarlo más, así que comencé a recoger todas mis cosas. Empecé por los libros que llenaban mi estantería. Después continué con la ropa y el calzado. Con cada caja que cerraba, una profunda ansiedad me llenaba el pecho. Aún no tenía un lugar donde vivir y el tiempo huía, se me escapaba y yo no sabía qué hacer.

No había tenido suerte con los pisos que visitamos durante la tarde. Una de las habitaciones la habían alquilado esa misma mañana. La segunda ni siquiera podía llamarse habitación, ya que habían metido una cama en un balcón acristalado y pretendían cobrar trescientos euros al mes por ese espacio diminuto. Y la tercera quedó descartada en cuanto vi en el portal del edificio un aviso por peligro de derrumbe.

«Termitas, aunque lleva así diez años y nunca ha pasado nada. Una vez que te acostumbras a los ruidos...», me había explicado una vecina.

Me senté en la cama en cuanto cerré la última caja. Me dolía la rodilla. Saqué un analgésico del cajón de la mesita y lo mastiqué con aire distraído, fingiendo que no sentía aquella opresión.

La pantalla de mi teléfono se iluminó con una notificación de Instagram. Una mención en la cuenta de la compañía. La abrí con un nudo en el estómago y vi una foto de mis ensayos, que se tomó pocos días antes de las últimas fiestas navideñas. Días antes de que todo se derrumbara.

«Hasta siempre, Maya. Seguirás bailando en nuestros corazones», expresaba el comentario.

—Ni que me hubiera muerto —mascullé.

A ver, agradecía el gesto, pero sonaba tan deprimente y definitivo.

Fui a mi cuenta y revisé el resto de notificaciones y mensajes. No había nada importante. Tampoco era raro, ya que apenas publicaba fotos. Súbitamente, dejándome llevar por un impulso, desbloqueé la cuenta de mi madre y me descubrí mirando sus publicaciones. La última era del 31 de diciembre, poco antes de las campanadas. Se encontraba con Alexis, su pareja desde hacía diez años, a orillas de una playa con una bolsa de uvas en la mano. Entre ellos aparecía Guille, mi hermano pequeño.

Hermano.

Esa palabra continuaba atascándose en mi garganta. Ya tenía cinco años y yo solo lo había visto una vez en todo ese tiempo. Inspiré hondo mientras deslizaba el dedo y pasaba una foto tras otra. Miré sus caras y sus gestos. Las risas y los abrazos. Momentos especiales. Parecían tan felices...

Noté que me quedaba sin aire. Una punzada insistente en el pecho.

No quería, pero una parte de mí envidiaba a ese niño por tener a mi madre con él, de un modo que yo nunca la tuve. A mí jamás me miró con esa luz en los ojos, ni con esa sonrisa que nacía más allá de sus labios, bajo las costillas. Nunca me abrazó hasta querer apartarla para que me dejara respirar. Ni me besó con esas ganas que te espachurran dolorosamente las mejillas.

Me detuve en el rostro de mi madre y acerqué la cara a la pantalla para verla de cerca. Apenas teníamos relación más allá del regalo que solía enviarme por mi cumpleaños y un par de llamadas a lo largo de los meses, que duraban lo justo para preguntarnos qué tal estábamos, entre silencios incómodos y frases sin mucho sentido que después me dejaban con una sensación amarga.

No vino a verme cuando tuve el accidente y, en cierto modo, agradecí que no lo hiciera.

Dicen que el tiempo todo lo cura, y yo no dejaba de preguntarme cuánto necesitaría para superar que me había abandonado. Que me había dejado como rehén, a cambio de su propia libertad.

Espiré, inspiré...

Por un instante, quise llamarla.

Por un instante, quise tener el valor de ir a buscarla.

No lo hice. Me limité a ponerme en pie y cargar con la primera caja.

Tomé la llave del trastero, que colgaba de un armarito en la entrada, y salí del piso. Las puertas del ascensor se abrieron y bajé hasta el garaje. Localicé nuestra puerta y la abrí con un poco de esfuerzo. Esa cerradura llevaba años sin usarse. Una bocanada de aire seco y rancio se coló en mi nariz. La luz parpadeó y yo contemplé la estrecha habitación. Había más espacio del que imaginaba. Si movía la bici y apilaba las cajas de plástico en el suelo, podría hacer un hueco para mis cosas en las estanterías.

Media hora más tarde, toda mi vida yacía amontonada en una habitación de cemento sin ventilación. Coloqué la última caja y me froté el pecho. En ese momento sentía mi orgullo herido, rabia y mucha tristeza.

Me di la vuelta para largarme de allí y el bolsillo de mi pantalón se enganchó en algo pesado. Solo tuve tiempo de dar un salto hacia atrás para evitar que una caja de madera me cayera sobre el pie. Chocó contra el suelo y crujió con fuerza. La tapa se soltó de las bisagras y los laterales se resquebrajaron. De su interior surgieron unas notas armoniosas, como las de un carillón de manivela.

Era una caja de música.

Me agaché y la tomé entre las manos, arrepentida de mi torpeza.

Era preciosa, pintada de azul y dorado.

La miré con atención. Parecía muy antigua. Hecha a mano. Rocé con la yema del dedo la bailarina de porcelana que escondía en su interior y solté un suspiro de alivio. Era un milagro que no se hubiera roto. Giré la caja, en busca de más desperfectos, y vi que el suelo se había desencajado. Un trozo de papel asomaba por la abertura.

Intrigada, tiré de la base de madera y encontré varias fotografías. En ellas aparecían mi madre y un chico moreno. Me puse en pie y las miré de cerca, bajo la bombilla que colgaba del techo. De repente, el corazón me dio un vuelco y mi respiración se aceleró.

El chico...

El chico que aparecía en las fotos era idéntico a mí.

Nunca he sido muy buena a la hora de encontrar parecidos, pero este era tan evidente... Como si alguien hubiese cogido mi cara y la hubiera usado en una de esas aplicaciones que te muestran cómo sería tu aspecto si fueses un hombre. Y ese lunar sobre la ceja... Yo tenía uno en el mismo lugar.

Recogí los trozos de la caja de música y los coloqué en la estantería. Después me guardé las fotos bajo la ropa y salí del trastero a toda prisa y confundida. Mientras subía en el ascensor, las manos no dejaban de temblarme y mi cuerpo se cubrió con un sudor frío.

Mi madre siempre había asegurado que no sabía quién era mi padre, que una noche bebió demasiado y tuvo sexo con un chico al que no conocía de nada. No sabía su nombre, su edad ni de dónde era. Un fantasma.

Nadie cuestionó su versión.

Nadie puso en duda que esa fuese la verdad.

Sin embargo, las fotos contaban una historia muy diferente.

Movida por un impulso, cogí mi bolso y me planté en la calle. Por la hora que era, Matías aún estaría despierto y yo necesitaba saber si me estaba volviendo loca, viendo cosas donde no las había. Paré un taxi y cinco minutos después se detenía frente al edificio donde vivía mi amigo. Le mandé un mensaje, pidiéndole que bajara, y no tardó en aparecer.

—¿Qué ocurre? ¿Estás bien? —me preguntó preocupado. Alargué la mano y le entregué una de las fotos. Él la tomó sin entender—. ¿Qué es esto?

—Dime qué ves.

Matías parpadeó varias veces y contempló la fotografía con atención. A la luz de las farolas se veía un poco oscura, pero los rasgos eran evidentes.

—Es tu madre, ¿no?

—Sí, pero ¿qué más ves?

—Bueno, este es el vestíbulo del Mariemma y, por la edad que aparenta tu madre, aún estudiaba allí.

Sin mucha paciencia, le quité la fotografía de la mano y la puse junto a mi mejilla.

—Fíjate bien en el chico que hay a su lado. —Le lancé una mirada elocuente y señalé mi cara. Después me recogí el pelo, para que pareciera corto—. ¿No hay nada que te llame la atención?

Matías frunció el ceño y acercó la nariz al papel. De repente, sus ojos se abrieron como platos.

—¡No me jodas!

Tragué saliva para aflojar el nudo que se me había hecho en la garganta.

—No me lo estoy imaginando, ¿verdad? Me parezco a él.

—Niña, sois iguales.

Noté que me flaqueaban las rodillas, y tuve que apoyarme en la pared.

—Ella siempre dijo que yo fui fruto de un desliz con un desconocido. Que no sabía nada de él y, mucho menos, cómo localizarlo. Pero estas fotos indican otra cosa. Además, las tenía escondidas. Si esa caja no se hubiera roto...

Matías negó con la cabeza y se colocó a mi lado en la pared, con la mirada revoloteando por mi cara.

—¿Qué quieres hacer?

—No estoy segura. Nunca le di mucha importancia al hecho de no tener un padre, que ni siquiera sabía que yo existía. Pero ahora... No sé... ¿Y si de verdad es mi padre? ¿Sabe que existo? ¿Dónde está?

—Deberías enfrentar a tu madre y exigirle que te cuente la verdad.

—Han pasado veintidós años, ¿crees que de haber querido no me lo habría contado ya? Y no es que confíe mucho en lo que pueda decir, ¿sabes? Si este hombre es quien creo que es, ella ha hecho todo lo posible por ocultarlo.

—¿Entonces?

—No tengo ni idea, Matías. Ahora mismo estoy hecha un lío. No sé lo que siento, si deseo saber quién es, si quiero conocerlo... Puede que nuestro parecido sea pura casualidad y que esté alucinando mucho. —Negué con la cabeza, frustrada por tantos pensamientos imprecisos, por la incertidumbre que se apoderaba de mí.

—Si yo tuviera una hija por ahí, me gustaría saberlo.

—¿Y si ya lo sabe?

—Si ese fuera el caso, todo se reduce a lo que tú necesites. No tienes por qué respetar sus decisiones. Te afectan demasiado.

Cerré los ojos y pensé en lo que había dicho mi amigo.

Traté de acallar las voces que me embotaban la cabeza, las que surgían de la parte racional y lógica de mi mente. La que se debatía entre lo seguro y lo correcto. La que tenía miedo a sufrir y prefería ignorar las pruebas. La que pensaba en los demás antes que en sí misma.

Matías tenía razón. Yo no había nacido por arte de magia. Tenía un padre y una madre con los que no me relacionaba, porque así lo habían decidido ellos. Pero ¿qué pasaba con lo que yo quería? ¿Por qué debía aceptar sin más una realidad que había condicionado mi vida desde siempre?

De pronto, las palabras salieron solas, empujadas por una ansiedad hasta ahora desconocida para mí.

—Necesito saber si es mi padre. Y si realmente lo es, quiero conocerlo. Quiero saber su nombre, su edad, dónde vive y a qué se dedica. Si tiene una familia. Cómo suena su voz y a qué huele su piel. Necesito saber si me conoce y si piensa en mí alguna vez.

—Pues hazlo, Maya. Busca a ese hombre.

Asentí, cada vez más convencida de que ese era mi deber.

—Voy a hacerlo.

11

Siempre hay un primer paso. Ese que nos pone en camino y marca todos los que vendrán después. El que se convierte en brújula y nos señala una dirección. Encontrar esas fotografías fue mi primer paso en un viaje cuyo destino aún hoy desconozco. Porque así es la vida, aleatoria, impredecible, imposible de planificar. Y no dejas de vivirla hasta el día que mueres, porque ese es su verdadero destino. Su fin.

Cuando llega ese momento clave que lo cambia todo, el paso que alterará tu rumbo, lo sabes. Lo sientes. Puede que se te corte la respiración. Que solo sea un cosquilleo molesto. Un presentimiento que no te deja concentrarte o un nudo en el pecho que te hace mirar por encima del hombro.

Y lo sabes.

Yo lo sentí a la mañana siguiente, después de toda la noche sin dormir.

Me levanté temprano y me dirigí al Real Conservatorio Profesional de Danza. Tenía la certeza absoluta de que mi madre no me daría las respuestas que buscaba si mis preguntas solo se basaban en suposiciones. Por ello necesitaba mucho más que una foto y un parecido.

Sabía que Fiodora continuaba dando clases todos los

martes y jueves, de nueve a once, y que le gustaba llegar con bastante antelación. La esperé en la entrada, hecha un manojo de nervios. Cuando la vi aparecer por la puerta principal, corrí a su encuentro.

—Maya, ¿qué haces aquí? —me preguntó con una gran sonrisa—. Estás estupenda.

—He venido a verte.

Algo debió de notar, porque la sonrisa se borró de su rostro y, con una mano en mi espalda, me apartó a un rincón. Conocía a Fiodora desde que entré en el mundo del ballet a los ocho años y siempre había sido muy buena conmigo. Una mentora.

—¿Viste mi mensaje? Siento tanto que hayas tenido que abandonar la compañía.

—Sí, lo vi. Gracias. Pero no he venido por eso —le dije.

—¿Va todo bien?

Saqué las fotografías de mi bolso y se las mostré.

—¿Conoces al chico que está con mi madre?

—La verdad es que no.

—Pero parece un estudiante y en esta foto lleva mallas. —Señalé la escalera que había en el vestíbulo—. Es esa misma escalera, ¿lo ves?

—Sí.

—Cuando mi madre estudiaba aquí, tú ya eras profesora. Es posible que le dieras clase, ¿seguro que no te suena?

—No, Maya, no tengo ni idea de quién es. Puede que no fuese alumno del centro. Quizá vino a alguno de los cursos de verano. ¿Por qué tanto interés?

—Creo que es mi padre. —Fiodora me miró atónita—. Necesito que me ayudes a averiguar quién es. Si estuvo aquí, es posible que guardéis alguna documentación, un nombre, una dirección..., algo que me ayude a encontrarlo.

—Lo que me estás pidiendo va contra las normas, no se puede facilitar información personal.

—Han pasado décadas, Fiodora. Por favor, es posible que esta sea la única pista sobre él que pueda llevarme a alguna parte.

—¿Y qué te hace pensar que este chico puede ser tu padre?

—Míralo bien y dime que es imposible.

Ella contempló de nuevo las fotografías y se humedeció los labios, pintados de un bonito tono rosa. Soltó un suspiro entrecortado.

—Os parecéis mucho —susurró. Yo asentí con lágrimas en los ojos y una súplica—. Ni siquiera sé por dónde empezar a buscar.

—Fiodora, por favor, puede que no sea nadie, pero ¿y si es él? Tengo derecho a saberlo.

Ella me observó, indecisa, mientras por sus ojos pasaba todo un caleidoscopio de emociones encontradas. Pude ver sus dudas. El aprecio que sentía por mí. La necesidad de hacer lo correcto. Su titubeo al cuestionarse qué era realmente lo correcto.

—De acuerdo, lo intentaré. Te llamo si averiguo algo.

—No, espero aquí —dije en tono vehemente.

—Maya...

—Mi abuela quiere irse de Madrid y han alquilado el piso. Me deja en la calle y no tengo idea de dónde estaré mañana.

—¿Olga se va de Madrid?

—Tomó la decisión en cuanto supo que yo no podría seguir bailando.

Sus ojos se abrieron como platos y después se entornaron con una emoción que no supe interpretar. Parecía sorprendida y, al mismo tiempo, como si no esperara otra cosa. Fuese lo que fuese, la empujó a tomar una decisión.

—Espérame en la cafetería de Puerta Bonita, voy a hacer

todo lo que pueda para averiguar quién es ese chico. Mereces esta oportunidad, por pequeña que sea.

—Gracias.

Salí del conservatorio y me dirigí a la cafetería. Pedí un té y me senté a una mesa en la terraza. No sé cuánto tiempo estuve allí, esperando nerviosa, pero se me antojó una eternidad. Mientras, empecé a hacerme preguntas. ¿Y si lograba un nombre? ¿Y si conseguía una dirección? ¿Me presentaría ante él sin más: «Hola, me llamo Maya y creo que soy tu hija»?

No era el mejor modo.

Pero ¿acaso había otro?

Me aparté la melena de la cara e inspiré hondo.

Fiodora apareció en la terraza y yo me puse en pie de un bote.

—¿Has encontrado algo?

—Casi nada —respondió.

Noté que el suelo giraba bajo mis pies. Ese «casi nada» significaba un algo. Una posibilidad, aunque esta fuese diminuta.

Fiodora se sentó frente a mí y me devolvió las fotos.

—No he encontrado nada en los archivos ni en los expedientes de los últimos años que tu madre estuvo en el conservatorio, pero se me ha ocurrido buscar en las fotografías grupales que les hacemos a los alumnos al finalizar cada curso, incluidos los de verano.

Asentí y me clavé los dedos en los muslos hasta hacerme daño. Estaba tan nerviosa que me palpitaba el estómago y me costaba respirar.

—¿Y?

Fiodora puso la fotocopia de una fotografía sobre la mesa y la empujó hacia mí. Era en blanco y negro y se veía un poco oscura. Aun así, pude reconocer en el grupo al chico que buscaba. Era el cuarto, empezando por abajo. Bajo la foto había un texto con una lista de nombres.

—De izquierda a derecha... Uno, dos, tres... Giulio Dassori.

Contuve el aliento y lo repetí en mi mente: «Giulio Dassori, Escuela de Ballet del Teatro de San Carlos de Nápoles». Mi mirada se encontró con la de Fiodora. Ella me dedicó una leve sonrisa y alargó el brazo para posar su mano sobre la mía. Su gesto me reconfortó y moví mis dedos hasta apretar los suyos.

—Gracias —susurré casi sin voz.

—Mi padre decía que si ves una señal, no pases de largo y síguela. Porque, una vez que la dejas atrás, nunca vuelve.

Sacudí la cabeza.

—¿Qué quieres decir?

—Creo que esta es tu señal, Maya, y creo que deberías seguirla. Mi padre también decía que las casualidades no existen y que todo pasa por algo. Son hilos que lanza el destino para guiarnos hasta él. —Sacudió la cabeza—. No como marionetas, sino como protagonistas de nuestra historia y secundarios de las historias de otros.

—Lo dices como si las personas fuesen los actores de una obra y el destino, el director.

—Pues sí, por qué no. La vida real se compone de historias, unas entrelazadas con otras, y el mundo es el escenario. Así de sencillo, y así de complicado.

Sonreí y bajé la mirada hacia nuestras manos, que seguían unidas. A mí me parecía bastante complicado. Tragué saliva y alcé la vista.

—¿De verdad piensas que esto es una señal?

—Merece la pena averiguarlo, ¿qué puedes perder?

Mientras miraba a Fiodora a los ojos, sentí una seguridad a la que no estaba acostumbrada. Una ligera ilusión abriéndose camino en mi pecho. Un deseo silenciado desde siempre: conocer a mi padre.

—No quiero hacerme ilusiones, podría no ser él.

—Podría no serlo. Pero ¿y si lo es?

«¿Y si lo es?», pensé. ¿Dejaría pasar la señal? ¿Agarraría los hilos de ese destino que parecía estar llamándome? ¿Me convertiría en protagonista de mi historia o dejaría que las decisiones de otros continuaran dirigiéndome?

Una mano invisible me estrujó el corazón. Me asustaban todas las posibilidades.

Me despedí de Fiodora con dos besos colmados de gratitud y me dirigí a la parada del autobús sin dejar de pensar en ese chico que aparecía en las fotos con mi madre. Era tan evidente la confianza entre ellos. La comodidad con la que posaban abrazados... La complicidad que se reflejaba en sus ojos al mirarse...

Me pregunté qué les habría pasado para que ella nunca lo hubiera mencionado.

Quizá él se había asustado y la dejó tirada al saber que estaba embarazada.

Quizá era una persona incapaz de asumir su responsabilidad y pensar en nadie que no fuese él mismo. El mundo estaba plagado de ellas. Seres necios y egoístas.

Me obligué a frenar esos pensamientos negativos. Era posible que él no fuese nadie y yo ya lo estaba condenando sin ningún juicio.

Mientras esperaba, cogí mi teléfono y tecleé su nombre en Google. Aparecieron varios enlaces y fui pinchando en todos y cada uno de ellos. No encontré nada que pudiera ayudarme. Abrí Instagram. Quizá tuviera una cuenta.

El corazón se me aceleró al ver una decena de perfiles.

Comencé a revisarlos, hasta que uno llamó mi atención. Miré la foto de perfil y lo reconocí. Más mayor, más maduro, y con la sombra de una barba de pocos días que le endurecía los rasgos. Sin embargo, tenía los mismos ojos. Vivos, despiertos e infantiles. Tan parecidos a los míos que la idea de que pudiera ser real empezó a echar raíces en mi interior.

Resoplé al comprobar que la cuenta era privada. Sin embargo, bajo su nombre, había una breve información que me devolvió el aire:

> Giulio Dassori
> Scuola di Balletto Giselle
> Sorrento

Subí al autobús. Iba hasta arriba de viajeros y tuve que guardar el teléfono. Durante el trayecto, no dejaba de pensar en Giulio. Me preguntaba si esa escuela sería suya, si trabajaría allí. Si tendría familia. Esposa. Hijos. Mi mente era como una olla a presión a punto de explotar y no estaba acostumbrada a sentirme de ese modo. Fuera de control. Asustada. Libre. Porque ahora lo era, completamente libre, y no sabía qué hacer con esa libertad cuando toda mi vida había estado controlada por órdenes, rutinas y horarios que me decían qué hacer, cuándo y cómo.

Llegué a casa poco después de las once.

Mis abuelos y mi tío discutían en el salón. No habían hecho otra cosa durante los últimos tres días y siempre por algo relacionado conmigo.

Me escabullí por el pasillo y corrí a encerrarme en mi habitación. Pegada a la puerta, contemplé las paredes desnudas y los muebles vacíos. Ya no quedaba nada de mí en su interior, salvo una triste maleta, una bolsa de mano y un montón de ropa. Era la imagen más deprimente que había visto nunca. Casi tanto como la idea de que en pocas horas tendría que abandonar esa casa y aún no sabía adónde ir.

Me senté en la cama y volví a sacar el teléfono. Busqué la

escuela de Giulio y encontré una cuenta pública con un montón de fotos. Él no aparecía en ninguna.

Había una dirección y la memoricé.

Pensé en mi madre. Siempre se me hacía muy difícil hablar con ella. Sin embargo, en esta ocasión lo necesitaba. Marqué su número. Los tonos se sucedieron y acabó saltando el contestador. Dudé, pero acabé enviándole un mensaje.

Si supieras quién es mi padre,
me lo habrías dicho, ¿verdad?

Al cabo de unos segundos, apareció en línea y el mensaje se marcó como leído. El corazón me dio un vuelco al ver que comenzaba a escribir. Se detuvo un momento, y volvió a teclear. De repente, dejó de estar en línea. Esperé y esperé, hasta que asumí que no iba a responder.

Un día, muchos años atrás, me juré que nada de lo que ella pudiera hacer, o no hacer, me causaría dolor. Nunca pude cumplir esa promesa. Aunque lograba sobrellevarlo sin que me afectara demasiado.

En aquel momento, mirando la pantalla, la odié como nunca antes lo había hecho.

En el salón, la discusión continuaba, y yo empecé a sentirme atrapada. Un dolor agudo se instaló dentro de mi pecho, bajo el esternón. Me costaba coger aire y todo mi cuerpo temblaba como si estuviera dentro de un congelador. Solo que no era frío lo que sentía, sino calor, como pequeñas descargas que me electrizaban la piel.

Me puse en pie, agarré el montón de ropa que había dejado en la silla y la fui guardando en la maleta. De pronto, la puerta se abrió y entró mi tío. Me dedicó una mirada irritada. Alzó el mentón con desdén y lanzó un sobre, que aterrizó dentro de la maleta abierta. ¿Por qué todos me trataban como si yo fuese una penitencia con la que debían cumplir?

—Que conste que no estoy de acuerdo con esto —dijo con acritud—. A tu edad yo ya me ganaba la vida sin ayuda de nadie. No entiendo por qué es tan blando contigo, si por mí fuera...

Lo miré sin entender nada y cogí el sobre. Me puse pálida al ver que dentro había dinero.

—¿Es para mí? ¿Por qué?

—Pregúntale a tu abuelo. —Me apuntó con el dedo—. Yo no lo aceptaría.

Salió de mi habitación hecho un basilisco. En el salón comenzaron de nuevo los gritos. Solo se oía a mi abuela y a mi tío. Por las cosas que decían, la idea de darme ese capital había sido de mi abuelo y ellos no estaban de acuerdo.

—Es mi dinero y haré lo que me dé la gana con él. No voy a dejar a Maya completamente desamparada —indicó mi abuelo.

—¿Sabes que tienes más nietos y que deberías tratarlos a todos por igual? —replicó mi tío.

—Y eso estoy haciendo, ¿crees que no sé que tu madre ha pagado el carnet de conducir de tus dos hijos? ¿O la entrada para el coche nuevo que no necesitabas?

—¿Desde cuándo debo pedirte permiso para ayudar a nuestros hijos? —intervino mi abuela.

—¿Y por qué debo pedirlo yo para ayudar a mi nieta?

—¿En serio, después de todo lo que ha hecho?

—¿Y qué ha hecho, Olga? ¿Cuándo te darás cuenta de que no se puede vivir a través de otras personas y destrozarles la vida en el camino? Daria, Maya, ¿quién es el siguiente?

—¡Papá!

—¿Qué te está pasando? Nunca me habías hablado de este modo.

—Y empiezo a darme cuenta de que debí hacerlo mucho antes.

—¡Luis!

Me tapé los oídos sin fuerzas.

Todo el mundo tiene un límite, y yo había caminado sobre el mío durante demasiado tiempo. Dando tumbos, aguantando el equilibrio, tropezando..., y ya no podía más. Ni con los reproches, ni los silencios que dolían más que las palabras. Ni con las miradas que me hacían encogerme y sentir culpable. Simplemente por existir, por querer ser yo.

Mis ojos se llenaron de lágrimas.

Lancé el sobre a la cama —no lo quería—, y metí la ropa en la maleta sin ningún cuidado. La cerré a tirones mientras me ahogaba en lágrimas y sollozos. Después recogí el resto de mis cosas en la bolsa de mano y me la colgué del hombro.

Me encaminé a la puerta con decisión. Necesitaba salir de allí. Escapar. Alejarme de todos ellos y de mí misma, aunque para ello tuviera que abrirme camino a través de mi carne y mis huesos.

Aferré el pomo y, por un instante, me di cuenta de que no tenía adónde ir.

La idea pasó por mi mente como un rayo. Un fulgor que debió de dejarme frito el cerebro, porque lo único que recuerdo después es que apreté los dientes, tomé el sobre con el dinero y me fui del piso a toda prisa y sin despedirme.

Del mismo modo que mi madre se largó muchos años atrás.

Como un ladrón que huye.

O un preso que logra escapar.

Con alivio y rabia.

Con la conciencia aleteando como una mariposa dentro de un tarro de cristal.

Por un segundo, me metí en su piel.

Por un segundo, pude comprenderla.

No fue suficiente para que pudiera redimirla.

Ni yo perdonarme.

Quizá sea algo familiar. El odio visceral a ese acto. El momento, la palabra o todo lo que implica, no lo sé... Pero nunca pude decir adiós. Ni con palabras, ni gestos o miradas. Ni siquiera podía permitirme el sentimiento y lo aplastaba bajo capas y capas de otras cosas.

Siempre he pensado que *adiós* es una palabra sin esperanza.

Y cuando no hay esperanza, no queda absolutamente nada.

Todo se desvanece.

Y yo, en ese instante, apostaba sin saberlo la escasa esperanza que me quedaba a un impulso desesperado sin sentido.

12

Cuando fui consciente de la locura que había cometido, ya me encontraba sobrevolando el mar Mediterráneo, dentro de un avión con destino a Roma. En el vuelo más inmediato y barato que había encontrado a la capital de Italia.

El pánico se apoderó de mí y estuve a punto de ponerme a gritar que quería bajarme, que mi presencia allí se debía a un gran error. Me faltó un pelo para hacerlo, pero la mirada de la mujer que se sentaba a mi lado me hizo hundirme en el asiento. Me observaba con una mezcla de miedo y desconfianza, como si yo fuese peligrosa y estuviese a punto de estrellar el avión.

Me puse en pie y fui corriendo al baño, disculpándome cada vez que golpeaba a alguien con mi bolso. Me escondí en ese diminuto espacio y cerré los ojos. No podía respirar. Lo intentaba, pero era como si algo tuviera agarrados mis pulmones y no los soltara. Abrí el grifo y me mojé la cara y el cuello. Después apoyé las manos a ambos lados del espejo y me concentré en mis ojos.

Una profunda inhalación. Dos. Tres...

Al cabo de unos minutos, conseguí respirar otra vez y dejé de sentir esa ansiedad tan angustiosa. Más tranquila, regresé a mi asiento. La mujer de al lado me observó sin ningún disimulo y se inclinó hacia mí.

—¿Mejor?

La miré de reojo y me topé con una sonrisa amable.

—Sí, gracias.

—Llevo tantos años sufriendo ataques de pánico que reconozco uno a kilómetros. Por suerte, acaban pasando. Parece que te vas a morir, pero nunca sucede, ¿verdad? Yo siempre pienso en eso, en que pasará.

Asentí, sin saber qué responder. Entonces, ella sacó un puñado de caramelos de su bolso y me ofreció uno. Lo tomé por educación. Volví a mirarla. Hablaba un español perfecto, pero su acento era de otra parte. No supe identificarlo.

—Gracias —susurré.

—¿Vacaciones?

—¿Disculpe?

—Si vas a Roma de vacaciones.

—Ah, no, me dirijo a Sorrento, pero el billete era mucho más barato si volaba hasta Roma.

—Conozco Sorrento. ¡Es precioso! ¿Es la primera vez que lo visitas?

—Sí.

—No dudes en ver la catedral, es una maravilla. —Le dediqué una sonrisa mientras le daba vueltas al caramelo en la boca—. Y si tienes tiempo, visita las ruinas de Pompeya. No quedan muy lejos. Mi hija vive en Roma desde hace años y todos los veranos voy a verla. A mi hija, no las ruinas —apuntó con una sonrisa—. Me instalo un mes con ella y aprovecho para hacer turismo. Mi Lorenzo prefiere quedarse en Toledo, no le gustan los aviones. ¡Qué hombre más soso y testarudo! —exclamó—. ¿Sabes? Aún no sé cómo me lio para que me casara con él y me quedara en España.

Sacó la lengua con un gesto de disgusto que me hizo mucha gracia.

—¿De dónde es usted?

—De Chile. Solo tenía dieciocho años cuando vine a España con mis padres a la boda de unos familiares. Y ya sabes lo que dicen, de una boda siempre sale otra, y mi Lorenzo siempre ha tenido los ojos más bonitos del mundo. Aunque ahora no es que vea mucho. —Rompió a reír y yo me contagié de su risa—. Por cierto, me llamo Chabela.

—Yo soy Maya.

—Es un nombre precioso.

Chabela continuó hablando sin parar. Me contó cosas sobre su marido, sus hijos y sus nietos, a los que adoraba. Sobre todo al más pequeño, mucho más sensible que el resto. Me recomendó libros de autoayuda para controlar la ansiedad y hasta me explicó cómo hacer un buen bizcocho de yogur. Nada de aceite, solo mantequilla. Resultó que Chabela era una mujer encantadora y muy cariñosa, con una risa fácil y contagiosa.

Yo no podía dejar de mirarla. Debía de tener la edad de mi abuela, pero eran tan distintas... Ojalá hubiera tenido una Chabela en mi vida.

Bajamos juntas del avión y, cogidas del brazo, nos dirigimos a buscar nuestras maletas. La acompañé hasta que localizó a su familia y nos despedimos con un abrazo.

—Sigue las indicaciones, la estación no tiene pérdida. Compra un billete a Nápoles y, una vez allí, busca la línea Circumvesuviana, sale un tren cada media hora y no cuesta más de cinco euros, pero debes tener cuidado con los carteristas y no perder de vista tu equipaje. Es un viaje un poco pesado, aunque merece la pena por lo bonito que es.

—Gracias, Chabela, por todo.

—Nada, preciosa, y ten cuidado. Una chica sola siempre llama la atención.

—Lo tendré.

—Adiós.

Yo no respondí, solo la observé alejarse.

Un viento cálido me recibió a la salida del aeropuerto de Fiumicino.

Me quedé inmóvil en la acera, más consciente que nunca de dónde me encontraba. Pensé en dar media vuelta y tomar un avión de regreso a España. Ahora que volvía a ser yo, y no una loca desquiciada, mi mente funcionaba con lucidez. Mi abuelo me había dado tres mil euros, era mucho dinero, y con eso podría alquilar una habitación e ir tirando hasta encontrar trabajo.

Era lo más sensato.

Lo más prudente en mi situación.

Sin embargo, no me moví. Mis pies parecían anclados al suelo. La gente pasaba por mi lado y yo seguía quieta como una estatua. Pensando. Dudando. ¿Qué me esperaba realmente en España? Nada, salvo Matías, y él tenía su vida. Además, pronto se iría de vacaciones a Gijón con su familia.

¡Oh, Matías!

Me había ido sin decirle nada. Saqué mi teléfono del bolso y lo encendí. De repente, entraron un montón de mensajes. Eran suyos, me preguntaba si estaba bien y si quería salir a tomar algo. En el último parecía bastante cabreado y amenazaba con denunciar mi desaparición. Le escribí, asegurándole que me encontraba bien y que pronto se lo contaría todo.

Volví a guardar el teléfono y las palabras de Fiodora aparecieron en mi cabeza como un suspiro.

«Creo que esta es tu señal, Maya, y creo que deberías seguirla.»

Yo también empezaba a creerlo, porque lo necesitaba. Aunque no tenía ni idea de qué estaba buscando, ni qué esperaba encontrar. Adónde me conducía realmente aquel impulso. Solo sabía que necesitaba ir hasta ese pueblo y ver a Giulio.

Compré un billete y me dirigí al andén a toda prisa. El siguiente tren a Nápoles partía en solo cinco minutos. Una vez dentro, coloqué mi maleta en el portaequipajes y ocupé mi asiento. Una leve sensación de vértigo me hizo agarrarme al reposabrazos.

Cerré los párpados.

De pronto, noté unos golpecitos en el brazo.

—*Mi scusi, signorina, siamo arrivati a Napoli.* —Abrí los ojos y me encontré con el revisor, que me miraba desde arriba con una sonrisa. Debía de haberme quedado dormida en algún momento del trayecto. Él señaló la ventanilla—. *Siamo alla stazione di Napoli. Capisce la mia lingua?*

Me espabilé de golpe al darme cuenta de lo que me decía. Asentí. No es que entendiera perfectamente el italiano, pero durante los primeros años en el conservatorio tuve un profesor de Técnica que era genovés y solía hablarnos todo el tiempo en su idioma materno.

—*Grazie.*

Me puse en pie. Cogí mi equipaje y bajé del tren.

La Estación Central de Nápoles era enorme y me costó un poco averiguar dónde se encontraba la línea Circumvesuviana. Compré un billete en la taquilla y me dirigí al andén subterráneo desde donde salía el tren. Me encontré con un montón de gente esperando: mochileros, turistas, familias al completo y personas que volvían a sus casas después del trabajo. Me sorprendió que hubiera tanta afluencia para ser un día entre semana.

Localicé un hueco junto a las puertas del vagón y me senté en mi maleta. Me puse los auriculares y elegí una *playlist* al azar. Comenzó a sonar *Everyone changes* de Kodaline.

Cualquier otro sonido desapareció: las voces, las risas, el traqueteo sobre los raíles. Era como si el mundo se hubiera quedado mudo y solo existieran la música, el paisaje y mi corazón latiendo muy fuerte.

Empecé a cantar bajito. Al otro lado del cristal, las vistas iban cambiando conforme avanzábamos. Chabela tenía razón. El trayecto desde Nápoles a Sorrento era precioso. Ciudades grandes y pueblos pequeños. Colores tierra y verdes oscuros. De vez en cuando, el mar asomaba perezoso a lo lejos, entre tonos azules que iban del cian al turquesa.

Cuando el tren se detuvo en la estación de Sorrento, eran casi las nueve. El sol perdía fuerza tras los tejados y las farolas comenzaban a alumbrar las calles.

Dejé atrás el andén y me adentré en el corazón del pueblo. Me parecía mentira que esa misma mañana me hubiera despertado en Madrid. Tenía la sensación de que habían pasado años desde que había hablado con Fiodora, o desde que había salido huyendo de la que ya no era mi casa para subirme a un avión sin detenerme a pensar en lo que hacía.

Inspiré hondo y el olor a comida se enredó en mi nariz. Mi estómago protestó con un gruñido y me di cuenta de que no había ingerido nada en todo el día, salvo un té y un caramelo. Necesitaba comer algo, cualquier cosa, pero antes debía encontrar un lugar donde dormir. Otro detalle en el que no había reparado hasta ahora.

Miré a mi alrededor y vi una plaza al fondo de una calle. Fui hasta allí y me senté en un banco, después encendí mi móvil y busqué información sobre hostales y hoteles. La oferta era bastante amplia.

—Lo siento mucho, pero todas nuestras habitaciones están ocupadas. Mañana es la fiesta de San Andrés Apóstol en Amalfi y suele venir gente de todas partes.

—¿Y sabe dónde podría conseguir una habitación?

La recepcionista me miró con pena y forzó una sonrisa.

—No, lo siento, y dudo que encuentre algo, la verdad. La gente reserva con semanas de antelación. La fiesta de San Andrés es una de las más importantes de la región y vienen muchos turistas. Amalfi es un pueblo muy pequeño y, como está cerca, suelen elegir Sorrento para instalarse.

—Gracias de todas formas.

—Puede probar a través de Airbnb o Booking, hay muchos particulares que alquilan habitaciones durante los meses de verano.

—Lo intentaré, gracias.

Salí de allí con el ánimo por los suelos. Había recibido la misma contestación en todos los hoteles en los que había probado suerte: «Completo».

No sabía qué hacer. Estaba hambrienta, cansada y necesitaba una ducha.

Miré al cielo y vi las primeras estrellas brillando.

Eché a andar sin saber muy bien adónde me dirigía. Las calles hervían atestadas de gente, al igual que todos los bares y terrazas que iba encontrando a mi paso.

Al doblar una esquina, un cartel llamó mi atención. Dejé de respirar y el dolor del hambre dio paso a otra cosa dentro de mi estómago. Se me aceleró el pulso mientras me acercaba al local de paredes amarillas y puerta de madera.

Scuola di Balletto Giselle, podía leerse en una placa.

—*Ciao, Adriana.*

—*A presto, Giulio.*

Di un respingo y me giré hacia la voz que había pronunciado ese nombre.

Unos metros más arriba, había un comercio de licores y una mujer, ataviada con un delantal, agitaba la mano a modo de despedida. Un hombre le devolvió el saludo y yo sentí que el suelo se movía bajo mis pies al reconocerlo.

Era él, estaba segura.

Pasó por mi lado sin fijarse en mí, y yo fingí que miraba mi móvil. Levanté la cabeza y vi que se alejaba. No lo pensé y lo seguí. ¿Cuántas posibilidades había de encontrarme con él nada más llegar, en un pueblo de dieciséis mil habitantes y que había duplicado su población con el comienzo del verano? Muy pocas, pero allí estaba.

¿Sería otra señal? Quería averiguarlo.

Me mantuve a una distancia prudencial, haciendo todo lo posible por no perderlo de vista entre la gente. Sorrento estaba formado por un laberinto de estrechas callejuelas, plazas y edificios de colores. Era fácil desorientarse.

De repente, el pueblo terminó de forma abrupta en un acantilado, rodeado por un mirador, desde el que se divisaba todo el horizonte. El mar brillaba bajo un cielo estrellado y se podían ver barquitos navegando cerca de la costa. Me acerqué a la balaustrada y miré abajo. Vi el puerto y una estrecha playa con varios muelles. Bares y terrazas que parecían surgir de la pared de piedra, con mesas pegadas a la orilla y sobre los embarcaderos.

Aparté la mirada de las vistas y busqué a Giulio. Se alejaba rápidamente y lo perdí al adentrarse en un parque. Corrí en esa dirección, con la maleta de ruedas traqueteando a mi espalda y el aire silbando en mi garganta. Cuando llegué al otro lado, había desaparecido.

Decepcionada, miré a mi alrededor.

Un poco más adelante, había un bar restaurante con una terraza. Pasé entre las mesas, repletas de clientes, al tiempo que me fijaba en las pizzas y en los platos de pasta, en el pescado y un pan tostado que olía a aceite de oliva y orégano. La boca se me hizo agua y me sentí más cansada que nunca.

Vi que una pareja se levantaba y dejaba una mesa libre y yo me apresuré a ocuparla. Mi cuerpo se desplomó en la silla y, durante un largo instante, no hice otra cosa que respirar y mirar el mar. Mis piernas parecían de plomo y notaba la garganta seca.

Me pasé una mano por el pelo enmarañado. Me obligué a no pensar en mi aspecto.

—*Buonasera*.

Ladeé la cabeza y me encontré con una chica que portaba una bandeja y un paño. Me dedicó una sonrisa amable y yo se la devolví. Comenzó a recoger los platos sucios con celeridad. Después limpió la mesa y me ofreció la carta con el menú.

—*Grazie* —susurré.

Se alejó igual de rápido y entró en el interior del restaurante.

Ojeé el listado de platos. Todo sonaba muy bien, pero los hidratos de carbono, las grasas y las calorías eran el ingrediente estrella, y yo...

Me di cuenta de algo. Ya no tenía que preocuparme por el peso, ni por mantener un cuerpo esbelto a fuerza de sacrificio y de controlar el hambre. Comencé a sonreír y una carcajada tonta escapó de mis labios. Solo podía pensar en queso fundido, caliente y aceitoso. Pan. Mucho pan.

De pronto, una mano masculina apareció ante mis ojos y colocó un plato limpio y unos cubiertos en la mesa.

—*Buonasera, che cosa ordina la signorina?*

13

Alcé la mirada y me encontré con unos ojos de un azul grisáceo que me miraban con curiosidad. Abrí la boca para contestar, pero me quedé muda intentando averiguar qué me había preguntado. Su sonrisa se hizo más amplia y un mechón rebelde le cayó sobre la frente. Un rizo que apartó con un soplido.

En ese momento no lo sabes. Nunca lo sabes. Nadie reconoce el instante que va a cambiar su vida para siempre. Solo es uno más, que llega, pasa y todo sigue como si nada. Sin embargo, ha ocurrido. Algo ha cambiado y ya no hay vuelta atrás.

Del mismo modo que nadie reconoce a esa persona que está destinada a cambiarte para siempre. Solo es una más, que aparece un día, sin esperarla, y que te mira. En ese momento no lo sabes, pero ha ocurrido algo. Unas pupilas que se dilatan. Un soplo en la piel que hace que te erices. Una mirada que se alarga. Detalles imperceptibles que atribuyes a otras cosas, pero que son el comienzo de algo importante. Algo que puede salvarte o hundirte. Porque hay olas que te devuelven a tierra y otras que te arrastran al fondo del mar.

—*Ha bisogno di pensarlo ancora un po'...?* —dijo el chico mientras señalaba la carta.

De acuerdo, quería que pidiera. Volví a repasar el menú.

—*Voglio mangiare una pizza ai quattro...* —Sacudí la cabeza con el ceño fruncido y dije para mí—: ¡Ay, Dios, ni siquiera sé si se dice así!

Él dejó escapar una suave risa.

—¿Española? —Mis ojos volaron hasta él con alivio y asentí. Su boca se curvó con una sonrisa ladeada—. ¿Ciudad?

—Madrid. —Sonreí sin poder contenerme, porque su acento no dejaba lugar a dudas—. ¿Español?

Dijo que sí con la cabeza. Lanzó una mirada a mi equipaje y volvió a observarme.

—También soy de Madrid.

—¡Qué coincidencia!

—No creas, te sorprendería la cantidad de españoles que viven en estos pueblos. Bueno, ¿qué quieres tomar?

—Estooooo... —Deslicé el dedo por el menú plastificado hasta encontrar lo que quería—. Un refresco de cola, una pizza cuatro quesos y uno de esos panes tostados que he visto en las otras mesas.

—¿De qué quieres el pan? Lo hay de orégano, cebolla, alcaparras, aceitunas negras...

—No sé. ¿Cuál me recomiendas?

—El de aceitunas negras. Y si lo aliñas con nuestro aceite especiado, te encantará.

—Vale, pues ese.

Lo anotó todo en una libretita, sin dejar de sonreír.

—Tardará unos quince minutos.

—Vale.

Se alejó y yo me lo quedé mirando hasta que desapareció dentro del local.

Inspiré hondo y el aire salado penetró en mis pulmones. Observé con disimulo a las personas que ocupaban las mesas. Empecé a preguntarme si de verdad había visto a Giulio o si solo había querido verlo. Ya no estaba segura.

Mi teléfono sonó dentro del bolso y lo saqué. Matías me había enviado un mensaje.

¿Puedo llamarte? Estoy preocupado.

Apenas quedaba batería y no sabía cuándo podría cargarla. Debía reservarla.

No es un buen momento,
pero te prometo que estoy bien.

Pues cuéntame qué está pasando.
Al menos dime si ya has encontrado
un sitio donde quedarte.

Suspiré, y me sentía mal por no contarle más, pero si le decía dónde estaba y por qué, iba a preocuparlo. Aunque, en cierto modo, eso ya lo estaba haciendo con mi actitud.

Se llama Giulio y es italiano.
Vive en un pueblo cerca de Nápoles.

¿Te refieres al tío de las fotos?

Sí. Tengo que conocerlo,
tú mismo me dijiste que lo buscara.

¡Joder! ¿Estás en Italia?
¿Te has marchado sola y sin decir nada?

Eso he hecho, y te prometo que estoy bien.

Se te ha ido la pinza, en serio. Largarte así, sin avisar, y tan lejos.

Como si tú no hubieras hecho cosas más locas.

Entonces, admites que es una locura.

Puse los ojos en blanco. Cuando sacaba ese lado protector, me ponía de los nervios; y lo quería mucho más por ello.

Confías en mí, ¿verdad?

¡Qué remedio!

Prometo que te escribiré todos los días y te mantendré informado.

Vale.

Te quiero.

Yo también te quiero, pero sigo pensando que estás como una cabra.

Apagué el teléfono y volví a guardarlo. En ese instante, el camarero regresó con una bandeja. Dejó sobre la mesa un cesto con pan de aceitunas, una aceitera en la que flotaban hierbas y guindillas, y un refresco de cola.

—La pizza estará dentro de cinco minutos —me dijo.

—Gracias.

En cuanto se alejó, me llevé la bebida helada a los labios. Gemí al notar el sabor dulce en la lengua y las burbujas explotando bajo mi nariz, haciéndome cosquillas. A continuación, corté el pan en pequeñas rebanadas y les puse aceite. Mucho aceite. Tanto que casi nadaban en él. Cerré los ojos con el primer bocado y sentí que tocaba el cielo. Estaba buenísimo. Me comí las dos primeras sin respirar. Estaba a punto de engullir la tercera cuando, de repente, comenzó a picarme la boca.

¡Oh, Dios! ¡Me ardía!

Bebí, me abaniqué la cara y volví a beber. Saqué la lengua y noté que los ojos se me llenaban de lágrimas.

—¿Cuánto aceite le has puesto? —me preguntó el camarero mientras dejaba sobre la mesa la pizza. Quise contestar, pero no podía. La sensación era horrible—. Vale, no tomes nada más, enseguida vuelvo.

Solo tardó unos segundos en regresar con un vaso de leche y otro de agua. Los puso en la mesa y se sentó frente a mí. Lo miré agradecida y empecé a beberme la leche. Poco a poco, el dolor que notaba en la boca fue disminuyendo.

—¿Mejor? —me preguntó. Asentí con vehemencia—. ¿No has visto las guindillas en la aceitera?

—Sí, pero no pensaba que picarían tanto. ¿De dónde las sacáis, del infierno?

Él se echó a reír y apoyó los antebrazos en la mesa. Me miró sin perder la sonrisa. En realidad, parecía bastante divertido por mi apuro. Entonces, sin preguntar ni pedir permiso, separó un triángulo de la pizza ya cortada y me lo ofreció.

—Come, así se te pasará antes.

—Gracias.

—La grasa del queso ayuda.

Di un mordisco y comencé a masticar. Cerré los ojos un momento y un ruidito ahogado escaló mi garganta.

—Está buenísima —dije con la boca llena.

Cuando abrí los ojos, él me miraba sin ningún pudor. Se inclinó hacia delante y yo no tuve más remedio que fijarme en él. Llevaba el cabello moreno revuelto y sin peinar, unas ondas descontroladas que le cubrían parte de las orejas y se rizaban en su nuca. Tenía una mirada intensa, que me recordaba a un mar plomizo en invierno. Una de esas que no se quedan solo en la piel, sino de las que taladran como si quisieran verlo todo de ti, medio escondida tras unas pestañas largas y espesas.

Sin embargo, lo que más me llamó la atención de él fueron sus pecas. Las tenía por todo el rostro. Un mapa de estrellas marrones que se extendían desde su nariz hasta difuminarse en los contornos de su cara. Un rasgo que nunca me había parecido sexy en un hombre. Hasta ahora. Porque ese aire travieso y aniñado despertó algo bajo mi piel sin yo saberlo.

—Me llamo Lucas.

—Y yo Maya.

Nos sonreímos y, con torpeza, nos inclinamos sobre la mesa para darnos dos besos a modo de saludo. Noté su piel suave en contacto con la mía y lo bien que olía, a algo cítrico con un toque amaderado que sentí pegándose a mi lengua.

—Encantado de conocerte, Maya. Y si no necesitas que apague ningún otro fuego, debo volver a la barra.

Me guiñó un ojo con expresión seductora y se puso de pie. Me mordí el labio para contener una sonrisa.

—¿A la barra?

—No suelo servir las mesas. Casi siempre me encargo de las bebidas, así que a la leche invito yo.

Asentí, sin dejar de sonreír como una idiota. Su mirada se entretuvo sobre la mía un poco más. Después se pasó la mano por la nuca y dio media vuelta.

Lo observé mientras se alejaba. Era alto, más de lo que me había parecido en un primer momento, y caminaba con zancadas largas y seguras. Me descubrí pensando que era guapo, y no de un modo clásico, tampoco deslumbrante, sino de una forma pura y sencilla. Nada estudiado y sin artificios. Ese aire descuidado que lo envolvía, la actitud reservada que no podía esconder su sonrisa, habían llamado mi atención.

Esos pensamientos hicieron que me ruborizara. No era habitual en mí fijarme de ese modo en un chico, solo por una cara bonita y unas palabras amables. Ni siquiera en aquellas circunstancias, que me hacían sentirme un poco perdida y vulnerable.

Solo hacía unos días que lo había dejado con Antoine.

Antoine...

No había vuelto a pensar en él, y darme cuenta me hizo sentir extraña. Fría.

Habíamos sido pareja durante un año y me había engañado con otra chica. Debería sentir algo, ¿no? Cualquier cosa. Sin embargo, dentro de mí no había nada.

Aparté esas ideas que tanto me inquietaban y traté de disfrutar de la cena.

Acabé la pizza y pedí un helado de postre. No me cabía nada más en el estómago, pero seguir consumiendo era el único modo de continuar allí sentada, alargando las horas de una noche que se me iba a hacer eterna sin tener adónde ir.

Poco a poco, los clientes se fueron marchando y los camareros comenzaron a limpiar y recoger las mesas. Pagué la cuenta, tomé mi equipaje y me dispuse a marcharme. Los focos que iluminaban la terraza se apagaron y solo quedó la luz amarillenta de las farolas.

Mientras me alejaba, eché un vistazo fugaz al interior del restaurante. Vi a Lucas tras la barra, secando con manos rápidas unos vasos. No sé por qué, pero deseé que levantara la cabeza y nuestras miradas se encontraran.

Queda bonito en las películas, ¿verdad? Esa conexión predestinada que nos golpea con la fuerza de un tsunami. Con la que soñamos y, al mismo tiempo, de la que renegamos, porque el amor a primera vista es imposible.

No es real.

Todo el mundo debería saberlo.

Ese amor, que explota de la nada como una supernova, no existe. Solo es un pensamiento idealizado, que solemos confundir con otra reacción química igual de arrolladora: la atracción. Ese algo que te hace mirar los labios de un desconocido y que los tuyos se entreabran por puro reflejo. Que tu piel se erice allí donde sus ojos se posan. Ese estremecimiento tan íntimo que te hace contraer los músculos y aguantar la respiración. Esa mirada que, de repente, te hace sentir. Cosas buenas. Agradables. A veces desconocidas. Ese aroma único y personal que provoca una liberación descontrolada de endorfinas que invaden tu sangre como una droga y crean una dependencia inmediata.

Y te descubres necesitando otra dosis.

En forma de sonrisa.

De mirada.

De un olor que se te pega en la lengua y que paladeas mucho tiempo después.

Y la atracción se transforma en deseo.

Del que duele y no se calma.

Pero Lucas no levantó la cabeza y yo me alejé.

Este podría haber sido el final.

Sin embargo, no estaba destinado a serlo.

Solo fue una oportunidad para ignorar las señales. Para poder huir.

No lo hice, me quedé.

Porque hay trenes que solo pasan una vez.

Que ya no vuelven.

Y te subes sin dudar, aunque sepas que van a estrellarse.

Porque es más fácil seguir viviendo con la certeza de lo que no fue que con la incertidumbre de lo que podría haber sido.

Es así.

14

Deambulé sin rumbo, con el eco de mi maleta traqueteando a mi espalda, y solo podía pensar en lo extraña y patética que estaba siendo esa noche. Cuantas más vueltas le daba, más me convencía de que había cometido una locura. Marcharme a cientos de kilómetros, con cuatro trapos en una maleta y un «quizá». Sin pensar. Sin medir las consecuencias. Nunca había hecho nada parecido, y las pocas decisiones que había tomado por mi cuenta a lo largo de mi vida las había meditado a conciencia.

Pero allí estaba, en caída libre tras haber saltado sin paracaídas.

Alguien silbó a mi espalda y me sobresalté. Todo mi cuerpo se puso en tensión al escuchar unos pasos. No me atreví a volverme y aceleré el ritmo, consciente de pronto de lo solitaria que estaba aquella calle. Al llegar a un cruce, giré a la izquierda. Me topé con unas escaleras. Levanté la maleta y comencé a bajar.

No tardé en arrepentirme de mi decisión. La escalinata no parecía tener fin. Era estrecha y muy inclinada, y me costaba ver dónde ponía los pies. Por las vistas, deduje que conducía a la playa. Cuando por fin llegué abajo, las piernas me temblaban por el esfuerzo. Miré a mi alrededor. No muy lejos de donde me encontraba, aún quedaban algunos bares abiertos. Sus luces me permitieron ver varias hileras de sombrillas y tumbonas en una estrecha franja de arena, cerca de la orilla.

Me adentré en la oscuridad y busqué la hamaca más alejada, cerca de un par de botes varados. Metí mis cosas debajo y me recosté en la madera. El cielo estaba plagado de estrellas, que parecían temblar en lo más alto del firmamento. La brisa que soplaba era algo fresca y arrastraba un fuerte olor a sal. No me importó. Estaba tan cansada que apenas podía mantener los ojos abiertos.

Mis párpados se cerraron y me dejé llevar por el sueño.

Me desperté de golpe, con el corazón a mil y sin ninguna noción del tiempo. Sin embargo, estaba segura de haber oído un ruido.

Miré a mi alrededor, pero no vi nada.

Entonces, me llegó el olor a tabaco.

Una inspiración. Un punto luminoso cobró fuerza con un chisporroteo. Una sonora exhalación.

Entorné los ojos y forcé la vista en la oscuridad, hasta que pude distinguir la silueta de un hombre apoyado en uno de los botes. No parecía que hubiera reparado en mi presencia, así que permanecí quieta, a la espera de que acabara su cigarrillo y se largara lo antes posible.

De pronto, algo húmedo y caliente me tocó el brazo. Di un bote y solté un grito. ¿De dónde había salido ese perro? Miré sus ojos brillantes como si fuesen los del mismísimo diablo. Siempre me han dado un poco de miedo.

—Fuera —supliqué.

El perro me gruñó y después salió corriendo.

—*Tutto bene?* —preguntó una voz ronca.

El tipo del bote se acercaba deprisa y el corazón me dio un vuelco.

—Sí, sí..., *grazie*.

Me agaché y tiré de mi maleta. Se había quedado atascada. Tiré más fuerte, la maleta se soltó y yo caí de culo sobre la arena. Oí un clic. La llama de un mechero prendió por encima de mi cabeza. Parpadeé deslumbrada y mis ojos se abrieron como platos.

—¿Maya?

—¿Lucas?

—¿Qué haces aquí? —Abrí la boca para contestar, pero no se me ocurrió nada creíble que me ahorrara la vergüenza de ese momento. No hizo falta—. ¿Pensabas pasar aquí la noche? —Sacudió la mano y la llama se apagó—. ¡Joder, me he quemado!

—¿Estás bien?

—Sí, no es nada. Oye, no es seguro que te quedes aquí y sola.

—Lo sé, pero no tengo muchas más opciones.

—¿Por qué?

—He venido sin reserva. Pensaba que sería fácil poder encontrar alojamiento, pero mañana hay una fiesta importante en no sé dónde y no queda una sola cama libre en todo Sorrento.

Podía sentir su mirada en la oscuridad, también podía sentir su sonrisa.

—La festividad de San Andrés, en Amalfi —dijo.

—Sí, esa.

—Vienen miles de personas todos los años.

—Debe de ser una fiesta alucinante —repuse disgustada.

Lo oí suspirar y frotarse la cara. El silencio se alargó y yo empecé a inquietarme. Me ponía nerviosa no poder verle la cara. Entonces habló:

—Aún queda una cama libre en Sorrento.

—¿Dónde? —pregunté esperanzada.

—En mi casa. Puedes quedarte en mi casa, si tú quieres.

El corazón se me aceleró. Tener un lugar donde dormir, lavarme y cambiarme de ropa me parecía una maravilla. Aunque, por otro lado, no conocía a Lucas de nada y no pude evitar cierto reparo.

—No te ofendas, pero... —Hice una pausa, sin saber muy bien cómo continuar—. Es que no te conozco y acompañarte a tu casa, así como así...

—¿No te fías de mí? —preguntó en un tono más serio.

—No tengo motivos para no hacerlo, pero tampoco para confiar. —Me abracé el cuerpo, cansada y con frío por la humedad que se condensaba a nuestro alrededor—. Lo siento, no sé...

—No, lo entiendo. Es normal. —A mí se me encogió el corazón cuando hizo el amago de darse la vuelta y marcharse—. Vale, espera un momento...

Mis ojos empezaban a acostumbrarse a la oscuridad y pude ver con más nitidez cómo sacaba algo de su bolsillo. La luz de su teléfono nos iluminó.

—Ten. —Alargó el brazo hacia mí y me ofreció su DNI—. Puedes hacerle una foto y enviársela a una amiga, a tu madre, a tu novio... También diles dónde trabajo. —Se encogió de hombros—. ¿Te hace sentir más segura?

Solo tardé unos pocos segundos en sopesar la situación. Lucas parecía un buen tío y me estaba ofreciendo su casa. Intentaba que me sintiera segura y lo había logrado con ese gesto. Un gesto amable que me hizo pensar que era muy mono.

—No tengo novio. —No sé por qué fue eso lo primero que dije—. Bueno, lo tenía hasta hace poco, pero ya no. Me puso los cuernos... con otra chica... Así que se acabó. Del todo. Y me vendría bien quedarme en tu casa esta noche, gracias.

Sonrió, solo un poco, y no dejó de mirarme, lo que hizo que me pusiera más nerviosa aún.

—Vamos —dijo de pronto.

Agarró mi maleta y la levantó en peso. Yo cargué con la bolsa de mano. Me pidió que lo siguiera y caminamos uno al lado del otro en silencio. Vi que sacaba unas monedas de su bolsillo. Pasó de largo al llegar a las escaleras y continuó hasta lo que parecía un túnel en la pared del acantilado, de la que colgaba un cartel: LIFT-ASCENSORE.

—¡Venga ya! ¿En serio? —mascullé. Lucas me miró por encima del hombro—. Casi me mato al bajar por esas escaleras.

Él se echó a reír y sacudió la cabeza. Lo seguí hasta una taquilla en el interior, donde una mujer se distraía mirando un diminuto televisor. Compró dos tiques, los pasó por un escáner y nos adentramos en el túnel. No tardamos en alcanzar los ascensores. Las puertas se abrieron y entramos sin decir nada. Poco después, salíamos a un parque con vistas a la bahía.

—Por aquí, mi coche no está lejos.

—¿Qué hacías en la playa? —me atreví a preguntar.

—Cuando tengo turno de noche, siempre doy un paseo hasta aquí. Me fumo un cigarrillo mientras escucho el mar y entonces vuelvo a casa.

—¿Es una especie de ritual?

—Solo es algo que me gusta hacer. —Nos miramos, y yo sonreí—. ¿Y tú qué haces aquí? ¿Ese novio tuyo tiene algo que ver? ¿Viaje espiritual para un corazón roto?

Aparté la mirada para escaparme de la suya, tan penetrante.

—Ex —apunté en voz baja. Me encogí de hombros—. Él no tiene nada que ver. Rompimos y ya está. Sin dramas. ¿De qué sirve sentirte mal o cometer una estupidez por alguien que ha decidido hacerte daño de forma deliberada?

—No sirve de nada, pero cuando alguien a quien quieres te hace daño, lo normal es sufrir. Es inevitable. —Hizo una pausa e inspiró por la nariz—. Y sí, hay personas que cometen estupideces cuando sufren, como largarse a cualquier parte, lo más lejos posible, sin planes ni reservas.

Mis ojos volaron hasta los de él un segundo, con la sensación de que no se refería solo a mí. Contuve el aliento y contemplé el fondo de la calle. Ver a Antoine en esa ducha con Sofía me había hecho mucho daño. En ese instante me sentí herida y traicionada. Me lastimó. Sin embargo, solo lo hizo durante un momento. Después fue perdiendo intensidad, hasta convertirse en un eco sordo. Y todo ese proceso solo había durado unos pocos días.

Un pensamiento incómodo se abrió paso en mi cerebro. ¿Significaba eso que yo nunca había querido a Antoine de verdad? Rechacé esa idea. No estás con una persona todo un año, compartiendo tantas cosas como habíamos compartido nosotros, sin quererla. ¿O sí?

Noté que aún contenía la respiración y la solté de golpe.

—¿Y a ti qué te ha hecho quedarte aquí? —le pregunté.

Él giró la cabeza para mirarme.

—Ayudé a alguien en apuros. Me invitó a tomar un helado y después... ella... me hizo una proposición que no pude rechazar. Ya han pasado casi dos años desde entonces, y aquí sigo.

Por el brillo que iluminó sus ojos y la sonrisa sincera que curvó su boca, «ella» debía de ser muy especial para él.

—¿A alguien en apuros como yo?

Me arrepentí de inmediato de haber hecho esa pregunta. Ni siquiera sabía de dónde había salido ni por qué. De nuevo me azotó esa sensación extraña. El cosquilleo en el estómago. La piel erizada. El corazón acelerado.

Nuestras miradas se enredaron.

—No, como tú no.

Me ruboricé por el modo en que lo dijo.

Frené en seco, consciente de repente de sus palabras. Había una persona en la vida de Lucas.

—Oye, pensándolo mejor, quizá no sea buena idea que me quede en tu casa.

—¿He dicho algo que te haya molestado?

—¡No! Es por la chica que has mencionado. Tu novia, supongo. O mujer, rollo, no sé... Quizá no le guste que aparezcas con una desconocida en plena madrugada.

Él hizo una mueca y sonrió.

—La «chica» de la que hablo es mi casera y la única dueña de mi corazón, te lo aseguro. Aún intento convencerla de que debe casarse conmigo, pero se niega. Dice que con setenta años y dos maridos difuntos, pasa de enterrar a un tercero. Eso me dolió.

Me lo quedé mirando con los ojos muy abiertos, alucinada. Él me devolvía la mirada muy serio. De repente, rompimos a reír con ganas. Las carcajadas brotaban de mi pecho sin control. Eran de esas que te dejan sin aire y al mismo tiempo te ayudan a respirar, porque se llevan consigo toda la tensión. Te liberan de la rigidez y sueltan nudos.

Compartimos un suspiro que sentí cómplice y continuamos caminando.

Tras recorrer un par de calles, Lucas se detuvo frente a un coche de color rojo bastante antiguo. Sacó unas llaves del bolsillo, abrió el maletero y guardó mi equipaje dentro. Luego me invitó a subir.

El motor arrancó al tercer intento y vibró como si fuese a desmontarse en cualquier momento. Los temblores sacudían toda la carrocería y se extendieron por mis huesos, como uno de esos sillones de masaje. Intenté no reírme.

—¿De dónde has sacado este trasto?

—Eh, sin ofender, que es un Fiat 128 Coupé del 75. Un clásico. Lo cambié por un reloj. Uno bastante caro, por cierto —dijo en un tonito suficiente muy gracioso.

—¿Lo dices en serio?

—¿Por qué iba a mentir?

—Por nada, seguro que tenías tus razones.

Sacudió la cabeza, divertido. Se peleó durante unos segundos con la palanca de cambios, hasta que logró meter una marcha. Resopló. Dentro del coche hacía mucho calor.

Yo intenté girar la manivela para bajar la ventanilla de mi lado.

—Espera, tiene truco —dijo él al tiempo que se inclinaba sobre mí. Me pegué al respaldo para dejarle espacio y traté de ignorar el hecho de que estaba tan cerca que el olor a coco de su champú era inconfundible—. Ya está, solo baja hasta ahí.

—Así está bien.

—Pues vámonos.

Lucas pisó el acelerador y salió disparado. Por puro instinto, me aferré al asiento y no me solté hasta que me convencí de que aquello era seguro.

Dejamos atrás el centro del pueblo y nos dirigimos al sur.

Sorrento se extendía en un laberinto de callejuelas estrechas, que parecían colgar del acantilado como un racimo. Desde la carretera, las vistas al golfo de Nápoles eran asombrosas. Un cielo repleto de estrellas se fundía con el mar, creando un manto negro que envolvía la costa. En el horizonte, la sombra del Vesubio se elevaba inconfundible, coronada por una diminuta luna creciente.

—Es precioso —susurré.

—Espera a verlo de día.

Sonreí, y sentí un hormigueo en todo el cuerpo. Una anticipación que aceleraba mis latidos.

Lucas comenzó a reducir la velocidad y puso el intermitente. Giró a la izquierda, cruzó al otro lado de la carretera, y se detuvo junto a un muro, tras una furgoneta blanca con el logo de una floristería.

—Es aquí.

Bajó del coche y sacó mi equipaje. Yo lo seguí envuelta en aquella oscuridad tan silenciosa. No se veía nada salvo esa pared de piedra, cuya silueta parecía extenderse hasta el infinito. Al doblar la esquina, nos alumbraron dos faroles que colgaban sobre un portón de madera, encajado en un arco y dividido en dos hojas.

No estaba preparada para lo que encontré al traspasar la puerta. Un jardín inmenso, con árboles, arbustos y maceteros de piedra repletos de flores. Rosales trepadores y jazmines se enredaban en una estructura de hierro forjado y formaban un techo natural de hojas. En medio de aquel oasis, se alzaba un edificio de tres plantas, de paredes color tierra y contraventanas de madera. Era enorme y de la fachada colgaban varios faroles que iluminaban la entrada con una tenue luz.

—¿De verdad vives aquí? ¡Es una pasada!

Lucas me miró con una sonrisa.

—¡Bienvenida a Villa Vicenza!

—¡Madre mía, es de película! Vivir aquí tiene que ser genial.

—Tuve suerte, creo que conseguir este apartamento fue lo que hizo que me quedara.

—¿Hay más gente?

—Sí. Hay seis viviendas, dos por planta. En la primera vive la familia dueña de la casa. En la segunda se aloja un matrimonio gallego de jubilados: Iria y Blas. Son muy simpáticos. También Roi, un escritor mallorquín. Es un poco raro, pero buen tío. La tercera la ocupamos Julia y yo. Julia también es española, pero lleva en Sorrento casi quince años. Tiene una peluquería en el centro. Ahora han venido sus sobrinos de visita y estoy a punto de hacerlos desaparecer. Se pasan las noches dando por culo con la consola. Ah, y siempre hay un par de gatos por aquí. —Vaciló un momento y puso cara de susto—. No serás alérgica, ¿verdad? ¡Joder, debería habértelo preguntado antes!

Se me escapó una risita, no pude evitarlo al verlo tan nervioso. Él me miró, y sus ojos brillaron con timidez.

—No sé por qué te estoy contando todo esto —susurró.

—Yo te he preguntado, y no soy alérgica a los gatos, creo. No me acerco mucho a los animales. No suelo caerles bien.

Su mirada se cruzó con la mía.

—Pues no entiendo por qué.

El tono ronco de su voz me hizo enrojecer. Lo observé mientras abría la puerta y noté un revoloteo en el estómago. Por un instante, sentí que todo era demasiado, cuando en realidad no estaba ocurriendo nada.

—Entonces, ¿todos los vecinos son españoles? —me interesé.

—Casi todos.

—¡Qué coincidencia!

—La dueña es española y ha transformado este sitio en una pequeña comuna, o un refugio, no sé cómo llamarlo. A mí me encanta —respondió. Abrió la puerta principal y añadió en voz baja—: Espera un momento, no vayas a tropezar.

Me quedé quieta. De pronto, una luz se encendió sobre mi cabeza y parpadeé varias veces. Una lámpara de bronce con bombillas de vela colgaba del techo. Contemplé lo que parecía el vestíbulo del edificio. Era muy amplio, con paredes encaladas y unas cenefas azules pintadas a mano que dibujaban las esquinas. Algunas partes estaban desconchadas, pero le daban un aspecto mucho más natural y auténtico. Había dos puertas, una a cada lado, con esteras de rafia en el suelo a modo de felpudo. También una escalera de piedra con la baranda de hierro que ascendía a los pisos superiores. Al fondo del vestíbulo, distinguí otro portón idéntico al de entrada.

Lucas se encaminó a la escalera y yo lo seguí. Alcanzamos la última planta, cuyos techos eran más bajos. Él encajó la llave en la puerta de la izquierda y me invitó a pasar mientras encendía las luces.

—Perdona el desorden.

Eché un vistazo rápido. Era un piso amplio. Se entraba directamente al salón y desde él se accedía al resto de habitaciones. Una cocina, un baño y un par de dormitorios. No había más, y así era perfecto.

Las paredes estaban desnudas y los muebles eran los justos. Un sofá, una mesa con cuatro sillas, un aparador y un par de estanterías. Una pequeña mesa auxiliar y un televisor, que colgaba de la pared, completaban la decoración. Me gustó, era muy acogedor.

—Puedes dormir aquí —dijo Lucas al tiempo que encendía la luz de uno de los dormitorios y entraba con mi maleta.

Me asomé desde la puerta y vi una cama sin ropa, un armario, una cómoda y un escritorio con una silla. Era un cuarto bastante grande y tenía dos ventanas por las que debía de entrar mucha luz durante el día.

—Gracias por dejar que me quede aquí esta noche. Me iré a primera hora, no quiero molestarte más de lo necesario.

—No hay prisa. El chico que compartía este piso conmigo lo dejó la semana pasada y aún no ha llamado nadie interesado. La habitación está libre.

—Entonces, ¿la alquilas?

Asintió con la cabeza y se frotó la nuca con una mano.

—Gano lo justo para ir tirando. Alquilar la habitación me ayuda y a mi casera no le importa.

—Puedo pagarte.

Alzó una ceja al mirarme.

—¡Oye, no voy a cobrarte por unas horas! Es un gesto desinteresado, ¿de acuerdo?

—Vale. —Me mordí el labio y apreté las piernas con nerviosismo—. ¿Puedo usar el baño?

—Claro. Y en el armario hay toallas, por si quieres darte una ducha. Estás en tu casa.

—Gracias.

Me quité el bolso a toda prisa y entré en el baño con la bolsa de mano.

No sé cuánto tiempo pasé sentada en la taza del váter, con las braguitas y los pantalones por las rodillas y la cara escondida entre las manos. Estaba agotada y aquel, por muy raro que fuese, era el primer momento en todo el día en el que me sentía cómoda y tranquila. Sí, en el baño de un desconocido que me había ofrecido su casa por lástima.

Me miré en el espejo. Necesitaba una ducha y desenredarme el pelo. En la bolsa llevaba una camiseta y ropa interior limpia, así que no dudé en aceptar la oferta de Lucas.

Me desnudé, descorrí la cortina de la bañera y abrí el grifo. Esperé a que el agua saliera templada y entonces me di una larga ducha. No sé por qué, pero acabé usando el champú de coco de Lucas y sentir ese aroma en mi piel me aceleró la respiración.

No quería pensar en por qué me sentía así.

Por qué esos detalles despertaban esas sensaciones en mí.

Cuando salí del baño, todas las luces estaban apagadas, salvo una lamparita sobre el aparador. Una respiración profunda y pausada me llegó desde el dormitorio de Lucas. Entré en el otro cuarto y encontré la cama con sábanas limpias y una colcha doblada en la silla. Sonreí, agradecida por su amabilidad.

Puse el teléfono a cargar. Apagué la luz y me dejé caer en la cama. El aire que entraba por la ventana entreabierta olía a limón y a jazmín. No se oía nada, salvo el murmullo de los árboles agitados por la brisa y el rumor del agua al caer. Cerca debía de haber una fuente. Era un sonido agradable, relajante.

Me hice un ovillo y cerré los ojos.

Sentí el cansancio que me entumecía el cuerpo.

Sentí el sueño que me envolvía.

Sentí las lágrimas que me quemaban en la garganta.

Un nudo que no lograba deshacer.

Y así me dormí.

15

Cuando desperté, el sol entraba a raudales por la ventana. Abrí los ojos y contemplé el ventilador que colgaba del techo. También era blanco. En ese cuarto todo lo era: el techo, las paredes, las ventanas, las cortinas...

Me gustaba.

Me incorporé y apoyé los pies en el suelo. Moví los dedos y, durante un largo instante, me los quedé mirando. Ya no tenía las uñas rotas, ni me sangraban las ampollas. Tampoco me dolían tanto como cuando ensayaba todos los días, pero seguían siendo igual de feos. Deformes.

Tomé aliento y busqué unos calcetines cortos en la maleta. Luego cogí el teléfono y lo encendí. Abrí los mensajes. Matías me había escrito a primera hora de la mañana, y un número desconocido insistía en hablar conmigo y me pedía otra oportunidad. Lo borré sin dudar. Me quedé mirando la pantalla, la pequeña foto que acompañaba al nombre de mi madre en la lista de chats. Abrí la conversación y allí seguía, una cruda realidad.

Una pregunta sin respuesta.

Un silencio que decía demasiado.

La confirmación de una certeza. Una vez más.

Inspiré hondo y borré la conversación. Después hice lo mismo con el número. ¡A la mierda! Estaba harta. Harta de ella. De una familia que nunca lo había sido para mí. Harta de todos.

Abrí la ventana de par en par. El sol brillaba con fuerza y en el cielo no había una sola nube. La imagen era tan perfecta que parecía una postal. Me asomé al exterior y lo que sentí en ese momento solo puedo describirlo como una explosión. Un estallido de formas, colores y aromas que sobrecargaron mis sentidos.

Había tantos detalles que mirar que no sabía dónde posar los ojos. Si en las flores plantadas en todo tipo de recipientes; en la fuente de piedra con forma de mujer; en los cipreses que bordeaban el muro y olían a resina. En los parrales de los que colgaban racimos de uvas aún verdes o en los pajaritos que saltaban de un lado a otro sin dejar de piar.

El jardín era una fantasía.

La recreación de un escenario de cuento.

Me incliné un poco más sobre la repisa. De repente, mi mano resbaló en el borde y el teléfono se me escurrió entre los dedos.

—¡No! —Lo vi caer sobre un arbusto, rebotar y desaparecer entre sus ramas—. ¡No, no, no...!

Ese móvil poseía la mitad de mi vida en su memoria. Actué por un mero impulso. Salí del piso a toda prisa y me lancé escaleras abajo. Alcancé el vestíbulo. Tiré de la puerta y me precipité fuera. Después corrí hasta el arbusto. Era enorme y estaba cubierto por un montón de pequeñas flores azules. Empecé a apartar ramas y acabé con medio cuerpo enterrado en el seto.

Un suspiro de alivio escapó de mi garganta cuando encontré el teléfono intacto.

—*Va tutto bene?* —preguntó una voz de hombre a mi espalda.

Pegué un respingo y el primer pensamiento que tuve fue que solo llevaba una camiseta y unas braguitas con un dónut y la frase «I'm so sweet» estampados en el trasero, del que le estaba ofreciendo una vista panorámica. Me di la vuelta, al tiempo que asía el borde de la camiseta y tiraba hacia abajo.

Abrí la boca para contestar, pero al encontrarme con su cara me quedé muda.

¡Ay, madre, era él! ¡Era él! ¡Él! ¡Giulio!

¿Cuántas posibilidades había de que un encuentro así ocurriera? ¿Una entre cien mil? ¿Una entre un millón? No tenía ni idea, pero allí estaba.

—*Stai bene?* —preguntó desconcertado.

Balbuceé algo sin sentido, mientras mis ojos revoloteaban sobre él. Debía de rondar los cuarenta, como mi madre, pero parecía mucho más joven. Era guapísimo, con el pelo oscuro repleto de rizos y unos ojos negros en los que apenas se podían distinguir las pupilas. Tenía la piel tostada por el sol y una sonrisa encantadora que mostraba unos dientes perfectos. Sobre la ceja derecha, un lunar idéntico al mío.

El suelo se movió bajo mis pies y tuve que concentrarme.

—¿Qué has dicho? —logré articular.

Me miró de arriba abajo y su sonrisa se hizo más amplia.

—Oh, ¿española? —inquirió con un marcado acento. Asentí—. Te preguntaba si estabas bien. Como te he encontrado dentro del jazminero...

Se me escapó una risita tonta y noté que me ponía roja. Alcé la mano con el teléfono y la camiseta se me subió. Rápidamente me cubrí de nuevo.

—Se me había caído.

—Ya... No me suena haberte visto antes.

—Llegué anoche.

—¿No serás la nieta de Iria y Blas? No te esperábamos hasta dentro de unas semanas.

—¡Eh..., no! Estoy en casa de Lucas.

Su expresión se tornó pícara.

—¡Con Luca! *Va bene.*

La voz de una mujer resonó en el interior de la casa.

—Giulio.

—*Sto arrivando, mamma* —gritó sin apartar la mirada de mí. Hizo una mueca con los labios—. Mi madre, si no le preparo yo el café... ¿Entras? —me preguntó mientras señalaba la casa.

—Sí, debería vestirme.

—Aquí no creo que le moleste a nadie.

Se le escapó una risita.

Lo seguí hasta la casa, haciendo todo lo posible para no mirarlo embobada. Intenté relajar los músculos y frenar mis latidos, pero no podía. Mi corazón había entrado en barrena y rebotaba dentro de mi pecho como una bola de billar.

—Hablas muy bien español —comenté.

—En esta casa, el que no lo habla lo... *come si dice...* ¿parlotea?

—¿Chapurrea?

—Sí, eso, chapurrea. —Asintió y me dedicó una sonrisa—. Mi madre es española, vino a Italia con su familia cuando era muy joven.

Entramos en el vestíbulo y una mujer mayor abrió la puerta que se encontraba a mi izquierda.

—Giulio, la cafetera no funciona. —Se fijó en mí con curiosidad—. ¿Quién es?

—*Mamma,* ella es...

—Maya, me llamo Maya —me apresuré a presentarme.

—Está en casa de Lucas —le explicó él.

La mujer me miró de arriba abajo y sonrió como si yo le hiciera gracia.

—Hola, Maya, yo soy Catalina. ¿Has alquilado la habitación de Lucas?

—No, qué va... Yo solo... No.

Ella se fijó en mis mejillas rojas y sonrió con ternura.

—*L'estate è per i giovani amanti* —le dijo a Giulio en un susurro de confidencia.

Él rompió a reír.

—¿Qué ha dicho? —pregunté.

—Que el verano es para los jóvenes amantes —respondió Giulio.

—¿Amantes? —Se refería a Lucas y a mí—. ¡No! Él y yo no somos... nada de eso. No.

No me salían las palabras. Esa mujer podía ser mi abuela y yo... Yo estaba medio desnuda en su vestíbulo.

—Es una broma —dijo ella.

Forcé una risa, que sonó muy ridícula. Me moría de la vergüenza y, si me quedaba allí un segundo más, me desmayaría. Estaba segura, porque mis piernas parecían de goma y se negaban a sostenerme.

—Será mejor que suba. Se me había caído el teléfono por la ventana y... solo he bajado a buscarlo. Sí, solo eso —balbuceé como una idiota—. Ha sido un placer conocerla. Conoceros a los dos.

Tiré de la camiseta hasta que las costuras crujieron y me dirigí a la escalera. Empecé a subir los peldaños con toda la dignidad que pude, a sabiendas de que ambos me observaban. Del interior de la casa surgieron las voces de unos niños y una voz femenina más mayor comenzó a reñirlos.

Seguí subiendo por pura inercia, porque en ese momento todo era... demasiado. La situación se me escapaba de las manos. Me desbordaba.

Llegué al tercer piso y encontré la puerta cerrada.

«Genial», pensé nerviosa.

Llamé al timbre. Poco después, la puerta se abrió y Lucas apareció con una toalla en las caderas y el pelo escurriendo agua. Me miró de arriba abajo, y yo lo observé del mismo modo, lo que no decía mucho en mi favor. Se hizo a un lado y me dejó pasar con una sonrisita burlona que no se molestó en disimular.

—Se me ha caído el móvil por la ventana —dije como si nada, y me dirigí al dormitorio.

—A mí me pasa todo el tiempo —replicó él en el mismo tono indiferente—. ¿Te apetece desayunar? No tengo dónuts, pero sí un bizcocho que grita: «Soy tan dulce...».

Me sonrojé como si fuese una adolescente. Se me escapó la risa y solté la camiseta, que salió disparada hacia arriba para después caer a la altura de mi cintura. Qué importaba, si él ya lo había visto todo. Entré en el cuarto y me desplomé sobre la cama.

La situación era de locos y no tenía ni idea de cómo afrontarla. No habían pasado ni dos días desde que encontré esas fotos y ahora... Ahora estaba en la casa de ese hombre, que podía ser mi padre, y mi culo era lo primero que había visto de mí.

Mi padre...

La simple idea me hacía morir de miedo, porque él nunca había sido una posibilidad en mi vida. La hicieron desaparecer en el mismo instante que mi curiosidad despertó y noté la falta de esa pieza. Cuando me di cuenta de que no me reconocía en sus rostros, que yo era distinta, y empecé a hacer preguntas.

Me arrancaron esa posibilidad de raíz.

Y lo acepté.

Lo olvidé.

Crecí sin echarlo de menos.

O quizá sí lo hice, y por eso estaba allí, buscando desesperada un lunar sobre una ceja, un gesto compartido, una rareza heredada. Mi reflejo en la mirada de un desconocido.

Y lo más disparatado de todo era que, pese al miedo y la incertidumbre, quería quedarme allí. Reunir el valor y encontrar el momento para enseñarle esas fotos a Giulio y descubrir la verdad que se ocultaba tras ellas, si es que había alguna.

Averiguar si mi madre me había quitado esa parte de mí.

16

A los siete años.

—Prométeme que no vas a contarle nada a la abuela.

Contemplé a mi abuelo sin entender nada.

—¿Por qué?

—Porque lo que vamos a hacer hoy es un secreto.

—Pero la abuela dice que los secretos son malos.

—No todos son malos. Este es bueno, te lo prometo.

Acepté su respuesta, aunque no estaba muy convencida, y me dediqué a observar a la gente que remaba en el estanque de El Retiro.

—¿Cómo de bueno? —insistí a los pocos minutos.

Él me miró desde arriba y apretó mi mano.

—Muy bueno, Maya. Y si quieres que se repita, la abuela no puede saberlo. Se enfadaría mucho y no nos dejaría volver.

Yo no quería que ella se enfadara. No me gustaba cuando gritaba y rompía cosas. Incluso me daba miedo y corría a esconderme, aunque eso la hacía enojarse mucho más.

—Vale, guardaré el secreto. Lo prometo.

Noté que el abuelo se ponía tenso y que su mirada se perdía entre la gente. Una pequeña sonrisa se dibujó en su boca, colmada de tanta emoción que los ojos se le llenaron de lágrimas. Me soltó la mano y se alejó unos pasos. Se detuvo delante de alguien que yo aún no podía ver y abrió los brazos.

—¡Daria!

—Hola, papá.

—Cuánto tiempo sin verte, cariño. Te he echado mucho de menos.

—Y yo a ti. Gracias por hacer esto por mí.

—¿Cómo no voy a hacerlo? Es tu hija.

El abuelo se apartó a un lado y pude ver a la persona que hablaba con él. Una mujer alta y rubia, con los ojos grises y una sonrisa muy pequeña en los labios. Ella acortó la distancia que nos separaba y se agachó para quedar a mi altura. Luego tomó mis manos entre las suyas. Le temblaban mucho y no dejaba de mirarlas. Poco a poco, alzó los ojos hacia mí y los latidos de mi corazón se dispararon sin saber muy bien el motivo.

—Hola, Maya.

—Hola —susurré.

—¿Sabes quién soy?

Negué con la cabeza y la boca seca, aunque una parte de mí lo sospechaba. Como si mi cuerpo reconociera el suyo y leves recuerdos despertaran.

—No.

—¿No te acuerdas de mí? —Se humedeció los labios y soltó un suspiro—. Maya, soy yo. Soy tu madre.

Pasamos ese día juntas. Comimos helado, montamos en las barcas y hablamos de muchas cosas. Un sábado increíble, en el que solo fui una niña, haciendo cosas de niña con su madre.

El abuelo no se separó de nosotras en ningún momento y tampoco dejó de sonreír. Nunca lo había visto tan feliz.

A media tarde, nos sentamos en la terraza de un bar. El abuelo entró a pedir unos granizados de limón, y ella y yo nos quedamos a solas. Puse sobre la mesa el libro de colorear y los rotuladores que me había regalado, y comencé a pasar las páginas. En otra mesa cercana, una niña merendaba con sus padres.

Yo no podía dejar de mirarlos, aunque hacerlo me ponía triste.

—¿Por qué no vives con nosotros? —le pregunté a mi madre.

Ella me miró con los ojos muy abiertos y tragó saliva. Forzó una sonrisa que no se reflejó en su cara.

—La abuela y yo no nos llevamos bien, por eso no vivo con vosotros.

—¿Y por qué vivo yo con los abuelos y no contigo? Yo quiero vivir contigo.

—Porque estás mucho mejor con ellos, te lo aseguro.

—Pero los hijos viven con sus madres, lo sé porque todos los niños de mi clase lo hacen.

Ella dejó escapar un suspiro entrecortado.

—No todos, Maya. A veces no es posible y los niños tienen que vivir con otras personas que los quieren tanto como sus mamás.

—Pues yo creo que la abuela no me quiere.

Ella me miró con inquietud.

—¿Por qué dices eso? —Me encogí de hombros. No sabía responder a esa pregunta. Solo lo sentía. La mirada de mi madre se entristeció—. Es que a veces no me apetece bailar. Me gusta, pero también quiero ir a baloncesto con mi amiga Estrella, y al parque, y a los cumpleaños... La abuela no me deja.

—Te entiendo —suspiró.

Mi mirada voló hasta la niña. Su padre se la había sentado en el regazo y le daba muchos besos en las mejillas. Se reían sin parar y yo sonreí al verlos.

Un pensamiento inesperado se coló en mi cabeza.

—¿Puedo vivir con mi padre? —pregunté casi sin voz.

Tenía siete años y ya sabía que todos los mamíferos tenían un papá y una mamá; y que los humanos también éramos mamíferos. Mi profesora nos lo había explicado en clase. Así que yo debía de tener un papá en alguna parte. Puede que tampoco se llevara bien con la abuela y por eso no venía a verme.

De pronto, mi madre posó su mano sobre la mía y la apretó con fuerza.

—Tú no tienes padre, Maya.

—Todos los mamíferos...

—No sé quién es tu padre. No sé cómo se llama, ni dónde vive. Nada. Así que olvídalo, porque nunca podrás conocerlo. ¿Está claro?

La miré a los ojos, sorprendida por su severidad pese a la lástima que reflejaba su rostro mientras me observaba. Asentí con un nudo en la garganta.

—Sí.

—No hay un papá pensando en ti. No sabe que existes, ¿lo entiendes?

—Sí —repetí con lágrimas en los ojos.

—Estas cosas pasan. Algún día lo entenderás, cuando seas mayor.

—Vale.

—Entonces, prométeme que no volverás a pensar en esto.

—Lo prometo.

Y así, ese deseo quedó escondido en lo más profundo de mi alma, enterrado en un olvido impuesto.

—Y también debes prometerme que serás buena, así seguiré viniendo a verte —susurró en el mismo tono rígido.

—Te lo prometo.

Lo cumplí. Fui buena y me porté bien. Mi madre volvió al año siguiente para pasar un día conmigo. Y también al siguiente. Aunque en algún momento dejé de ser buena, sin darme cuenta, porque ella dejó de visitarme.

17

Hice un recuento de lo que llevaba en la maleta y el mundo se me cayó encima. ¿Y mi ropa? Estaba segura de que había guardado muchas más prendas que aquel par de vestidos, tres pantalones cortos y media docena de camisetas, algunas demasiado viejas para salir a la calle con ellas.

Rebusqué otra vez, como si la ropa fuese a multiplicarse por arte de magia solo porque yo no dejaba de gimotear como un bebé. Me quedé sentada en el suelo, resignada y malhumorada, y me esforcé por ver el lado positivo. Decidir qué ponerme ya no iba a ser un problema.

Elegí el vestido menos arrugado. Después me cambié los calcetines por otros más cortos y me puse las zapatillas. Salí del cuarto un poco nerviosa, aún impresionada por mi encuentro con Giulio. Una casualidad que quizá no lo fuera, o eso quería creer.

Dicen que tus decisiones marcan tu destino, pero ¿y si el destino me había elegido a mí? ¿Y si todo formaba parte de su plan? ¿Más señales?

El aroma a café recién hecho me distrajo de mis pensamientos desquiciados y floté tras la estela de ese maravilloso olor hasta la cocina. Encontré a Lucas de espaldas a la puerta, junto a la encimera, atareado con algo que no podía ver bien. Lo observé. Iba vestido con un pantalón de lino beis y una camisa blanca con las mangas enrolladas hasta los codos.

—Buenos días —saludé, como si unos minutos antes no nos hubiéramos visto medio desnudos.

Giró la cabeza y una sonrisa espontánea y sincera se dibujó en sus labios al descubrirme.

—Buenos días, ¿tienes hambre?

—Mucha —confesé.

Me pidió con un gesto que me sentara. Llevaba la camisa abierta y yo intenté no mirarlo más de lo necesario, mientras él quitaba del fuego la cafetera y la ponía sobre un paño en medio de la mesa. Sacó tazas de un armario y dos cucharillas de un cajón. Por último, colocó un plato con varios trozos de bizcocho.

Se sentó frente a mí y sirvió el café.

Luego me ofreció una de las tazas.

—Gracias —susurré. El café olía fuerte y era espeso. Le di un sorbo y después cogí un trozo de bizcocho, que me fui comiendo a pellizcos—. Está muy bueno.

Lucas masticaba e hizo un mohín burlón.

—Y muy dulce.

Mis ojos se abrieron como platos y rompí a reír. ¡Qué idiota!

—¿Vas a decirme que nunca has visto a una chica con unas braguitas ridículas?

—A mí no me han parecido ridículas. A ver, en conjunto estaban bastante bien.

Le sostuve la mirada y sacudí la cabeza. Era imposible no darse cuenta del aire despreocupado de su postura o la confianza que impregnaba sus movimientos. Eran contagiosos. Y no sé, me salieron sin más. Las palabras tomaron forma en mi boca antes de ser consciente de que las estaba pronunciando.

—Lucas, ¿me alquilarías la habitación?

Él me miró por encima de su taza. Lo había pillado por sorpresa.

—¿Quieres alquilar la habitación? —preguntó extrañado—. ¿Por qué?

—¿Has visto este sitio? Es genial, me encanta.

—Maya, la alquilo por meses, no por días. No es ese tipo de inquilinos el que me interesa.

—Es que he pensado quedarme un tiempo —dije como si nada. Él me miró suspicaz—. Oye, tengo dinero.

Me observó durante una eternidad. Con curiosidad, con calma, y tuve la impresión de que Lucas no era de esa clase de personas que se precipitan. Pese a que parecía que vivía a impulsos, al día y sin ataduras.

Inspiró hondo y soltó el aire con fuerza por la nariz.

—Serían trescientos euros al mes con gastos incluidos, y una fianza de ciento setenta y cinco.

—Me parece bien —dije sin dudar. Entre lo poco que tenía ahorrado y el dinero de mi abuelo, podía permitírmelo. Quería estar cerca de Giulio y aquella era la mejor forma.

—Las tareas de la casa son compartidas, y te correspondería la mitad del espacio en armarios, nevera y baño. Puedes invitar a amigos, pero nada de fiestas, y siempre avisando primero. Yo haría lo mismo contigo. Tu cuarto, tu castillo; lo que pase ahí dentro y con quién es cosa tuya.

—De acuerdo. Voy a darte el dinero.

Me dispuse a levantarme cuando él se inclinó sobre la mesa y me frenó con una mano en la mía. Noté un cosquilleo allí donde me tocó.

—Para que vivas aquí, debo saber algunas cosas sobre ti. Son las normas de Catalina y también las mías.

Me puse a la defensiva de inmediato, fue instintivo.

—¿Qué cosas?

—Nada incómodo, espero. —Se echó hacia atrás y mi mirada resbaló por su pecho desnudo. La aparté cohibida y me centré en los pequeños arañazos que tenía la mesa. Él continuó—: Mira, la gente que vive en esta villa es como una gran familia. No son de esa clase de personas que se saluda por educación o compromiso al cruzarse en el rellano. Aquí se convive y se comparten los días. Yo soy el que menos tiempo lleva en la casa, y ya son dos años. Valoro mucho todo esto, lo que tenemos aquí, y no puedo dejar que entre cualquiera. —Hizo una breve pausa—. No es nada personal, Maya.

Asentí varias veces. Entendía lo que quería decir y apreciaba su preocupación, aunque no pude evitar sentirme juzgada.

—Vale, ¿qué quieres saber?

—Empecemos por lo básico: edad, si estudias o trabajas. Qué te trae a Sorrento y cuánto piensas quedarte. Antecedentes... Todo lo que me ayude a conocerte.

—¿Va en serio? ¿Tengo pinta de delincuente? ¿También quieres un informe médico y psicológico? —salté.

—Es lo que hay.

Nos quedamos mirándonos. Él tranquilo y yo tan tensa que temblaba. Y no entendía por qué me lo estaba tomando de ese modo. No tenía nada que ocultar, salvo lo que me negaba a compartir. Algo que era solo mío y de nadie más.

—Está bien. Me llamo Maya Rivet, soy de Madrid y tengo veintidós años. Hasta hace unos días, trabajaba como bailarina en la Compañía Nacional de Danza, pero tuve un accidente meses atrás y las lesiones han hecho que pierda mi puesto. Puedes comprobarlo si miras sus redes sociales. Vivo con... —Hice una pausa para rectificar—: He vivido con mis abuelos desde siempre, pero ahora han decidido alquilar nuestra casa y mudarse a la costa.

Di un sorbo al café porque se me estaba secando la boca. Continué bajo la atenta mirada de Lucas.

—Pillé a mi novio, que también era mi compañero de baile, tirándose a una solista y he roto con él. Mi plan inmediato era encerrarme en casa de mi mejor amigo y llorar en sus brazos toda una semana, pero comparte piso con mi ex. Así que, dadas las circunstancias, pensé que lo mejor que podía hacer era subirme al primer avión que saliera de Barajas y cambiar de aires durante un tiempo. Ya sabes, para alejarme de todo y olvidar...

Hice otra pausa para recuperar el aliento.

—Aterricé en Roma, oí hablar a unos turistas de Sorrento y aquí estoy —mentí sin parpadear, porque los motivos reales solo me pertenecían a mí—. No tengo antecedentes y no sé cuánto tiempo voy a quedarme, la verdad. Pero te prometo que puedes fiarte de mí y que no te dejaré colgado.

Él apuró su taza, sin dejar de mirarme, con esa forma tan particular e intensa que tenía de hacerlo. Ignoré las cálidas sensaciones que me producían sus ojos azules. Unas veces soñadores; otras, atormentados.

Inspiró hondo y sonrió.

—Ya me tenías en el bote cuando no has pedido leche para el café. Me gusta la gente que lo toma solo.

Rompí a reír. En parte por la tensión, y también por la ilusión que me hacía poder quedarme.

—¿Eso es un sí?

—Un sí rotundo.

—¡Gracias, Lucas! —Se encogió de hombros, como si le quitara importancia. Yo me puse en pie, nerviosa—. Ya que voy a quedarme, tendré que comprar algunas cosas. ¿Hay algún centro comercial por aquí cerca?

Él negó con un gesto y también se levantó.

—No, lo siento, el más cercano está en Pompeya, a unos cuarenta minutos en coche. Pero el comercio local está muy bien —respondió mientras comenzaba a recoger la mesa.

Me mordisqueé el labio, pensativa. Tenía la sensación de que la villa se encontraba un poco apartada y empecé a preguntarme si sería posible ir a pie desde allí a las tiendas del pueblo.

—¿Se puede ir andando o hay servicio de autobús?

—No estoy seguro sobre el autobús y no te recomiendo que vayas andando, son varios kilómetros.

—Vaya —susurré desencantada.

—Aunque yo hoy libro, y también tengo que hacer algunas compras. Podemos ir juntos.

Mi cara se iluminó.

—Eso sería genial.

—Vale, dame un momento para cambiarme y nos vamos.

Asentí con una sonrisa enorme, que no era capaz de borrar. No obstante, algo dentro de mí se agitó, la sensación de estar en un punto de inflexión y no poder controlarlo.

Lucas se dirigió a la puerta, pero se detuvo un momento y me miró.

—Por cierto, soy muy respetuoso con la libertad y las manías de mis compañeros y... Bueno, quiero que sepas que... —Encogió un hombro, casi con indiferencia—. Si a ti te gusta ir por ahí en ropa interior, yo no tengo ningún problema con eso. Vamos, que por mí no te cortes. Dónuts, bizcochitos, galletas..., me encanta lo dulce.

No lo pensé. Agarré un limón del frutero, que reposaba sobre la encimera, y se lo lancé. Lo atrapó por los pelos y corrió a su cuarto, riendo a carcajadas. ¡Qué idiota! Me apoyé con ambas manos en la mesa y permanecí inmóvil unos segundos, sintiendo algo nuevo. Algo diferente. Una emoción con la que no estaba familiarizada, que me calentaba por dentro. Un deshielo inesperado. Y lo peor de todo era esa sonrisa estúpida que no se borraba de mi cara.

Cogí mi bolso y esperé junto a la puerta. Lucas apareció poco después, con unos vaqueros azules y una camiseta negra. Las gafas de sol a modo de diadema y un cigarrillo sobre la oreja. Lo observé mientras se guardaba la cartera en el bolsillo y tomaba unas llaves de un cuenco sobre el aparador. Me las lanzó y yo tuve que hacer malabares para atraparlas.

—Son las tuyas.

—Gracias.

—¿Vamos?

Dije que sí con la cabeza y bajamos las escaleras en silencio. Una vez fuera, volví a sentir la magia que emanaba de aquel lugar. El olor a cítricos era muy intenso y la humedad de unos aspersores se condensaba a nuestro alrededor, creando destellos de colores con la luz del sol.

Bajo el techo de rosales, vi a Catalina podando algunos tallos.

—Buenos días —saludó Lucas.

Ella se giró con una mano en la frente a modo de visera.

—Buenos días —respondió. Sus ojos volaron hasta mí y me dedicó una sonrisa—. ¿Vais a salir?

—Tengo que llenar la nevera —comentó Lucas—. Por cierto, *nonna,* te presento a Maya. Voy a alquilarle la habitación, si tú estás de acuerdo.

—Por supuesto, si a ti te parece bien, a mí también. —Dejó las tijeras de podar sobre la mesa y se acercó para darme dos besos—. Hola de nuevo, Maya. ¿Tu teléfono está bien?

Noté que me sonrojaba, el calor se extendía por mis mejillas.

—Sí, el jazminero ha amortiguado la caída.

Lucas alzó las cejas, sorprendido.

—¿Ya os conocéis?

—Hemos coincidido esta mañana en el vestíbulo, cuando he bajado a rescatar mi teléfono —respondí.

Él esbozó una sonrisa lenta, traviesa, y yo tuve ganas de darle un pisotón.

Catalina nos miraba con curiosidad.

De repente, se llevó las manos al rostro e hizo un ruidito con la garganta.

—¡Nuevo inquilino! ¿Sabéis lo que significa eso?

Lucas frunció el ceño un segundo, y luego me dirigió una mirada divertida.

—¿Barbacoa?

—Barbacoa de bienvenida —dijo Catalina—. ¿Cuándo fue la última? No lo recuerdo.

—Cuando Paolo vino a vivir aquí, hace más o menos un año, creo —contestó Lucas.

—¿Barbacoa de bienvenida? —me interesé, aunque el nombre ya debería haberme dado una pista.

—Cuando alguien nuevo se instala en la villa, celebramos una pequeña cena de bienvenida. Así podemos conocerlo. ¡Haremos una para ti! —exclamó Catalina.

«¿Para conocerme a mí?», pensé nerviosa.

—Oh, no es necesario.

—Por supuesto que sí.

—Por supuesto que sí —repitió Lucas.

—No tiene que molestarse por mí. En serio, no hace falta —las palabras se me atascaban.

—Es una tradición —dijo Catalina.

—Es una tradición —coreó Lucas.

—Y así conocerás al resto de vecinos y ellos podrán conocerte a ti.

—Y ellos podrán conocerte a ti.

Lo fulminé con la mirada y él no se achantó en ningún momento. Al contrario, me dedicó su sonrisa más inocente.

—Bien, pues avisaré a todo el mundo —convino Catalina, y se encaminó a la casa—. Le pediré a Giulio que compre todo lo necesario y a Blas que se ocupe de la leña.

—Nosotros nos encargamos de la bebida —gritó Lucas.

—*Sì, va bene.*

Observé a Catalina hasta que desapareció dentro de la casa. Luego clavé mis ojos en Lucas y se me escapó una risita nerviosa. Él seguía tan tranquilo, incluso divertido con mi evidente apuro.

—¿De verdad se va a reunir todo el mundo para conocerme?

—Ya te he dicho que somos como una gran familia.

—Pero no imaginaba que fuese tan literal.

—Aquí las cosas funcionan así.

—¿Y a ti te gusta? —pregunté mientras caminábamos hacia el portón en busca del coche.

Me agobiaba la idea de conocer a esa gente y no sabía por qué. Siempre me había considerado sociable. Una persona amigable. Sin embargo, una profunda inseguridad se estaba adueñando de mí. Quizá por la situación, las circunstancias o esa vocecita de dentro de mi cabeza que hacía que me sintiera como una delincuente a punto de cometer un delito.

Lucas se detuvo y se bajó las gafas de sol. Me miró a través de los cristales oscuros y puso sus manos sobre mis hombros.

—Maya... —Esa forma de pronunciar mi nombre me hizo contener el aliento—. Mira a tu alrededor. ¿Ves lo bonito que es todo esto? —Asentí con la cabeza—. ¿Sientes el sol y el aire en la piel? ¿Notas la sal del mar en los pulmones y en la lengua? —Asentí otra vez, porque lo sentía, como un reflejo inmediato a sus palabras susurradas—. Bien, pues ahora estás aquí. Y por lo que me has contado, creo que es el mejor sitio que podías haber elegido para alejarte de todo y olvidar. Así que hazle caso a alguien que llegó aquí del mismo modo. —Se inclinó sobre mi oído y su aroma me envolvió—. No pienses y permite que las cosas sucedan.

Sus palabras se colaron en mí y todo mi mundo se detuvo con el eco ronco de su voz.

Se apartó muy despacio y nuestros ojos se enredaron en silencio.

Un instante entre dos personas que no tenía por qué haber sido algo más.

Pero lo fue.

Sin saberlo, nos convirtió en dos gotas de agua resbalando sobre el mismo cristal, jugando a esconderse y a encontrarse. Fingiendo ser dos, cuando ya empezábamos a mezclarnos, a fundirnos. Porque hay cosas que solo ves al cerrar los ojos, y nosotros no podíamos dejar de mirarnos.

18

Conocerlo a través de los ojos de Lucas hizo que aquel pueblo me pareciera un lugar mucho más bonito de lo que en un principio había imaginado. Él me explicó que había dos formas de vivir en Sorrento. La primera, como turista. La segunda, como un sorrentino más, la que él prefería. Así que me mostró los comercios donde los vecinos solían comprar, mucho más asequibles y familiares; los restaurantes y bares fuera del circuito turístico, en los que comer se convertía en una experiencia casi íntima, y esos rincones que aún respiraban a salvo de las multitudes, en los que podías perderte durante horas.

Y eso hicimos, nos perdimos en sus calles, hablando de todo y de nada. Compartiendo helados, bromas y risas. Improvisando en una hoja en blanco. Empezando a escribir un después que ni siquiera imaginábamos.

—¿Tierra de sirenas, en serio? —pregunté.

Lucas me miró de reojo y sacudió la cabeza.

—Sí, hay varias leyendas sobre ellas en esta zona. Aquí es donde Homero situó el encuentro entre Ulises y las sirenas durante su regreso a Ítaca. —Alzó la cabeza al cielo e inspiró—. Me encantan los lugares en los que se respiran el arte, la cultura y la historia, y por aquí han pasado Byron, Dickens, Goethe y Nietzsche. ¡Joder! ¿No te parece increíble estar caminando por las mismas calles que ellos pisaron un día?

Sonreí al ver la emoción que desprendía al mencionar a esos escritores y poetas, a los que yo solo conocía de oídas.

—No he leído nada de ninguno de ellos. —Me miró con atención. Yo me encogí de hombros ante su interés y añadí—: La verdad es que hace mucho que no leo sobre nada.

—¿No te gusta leer?

—Me encantaba, pero con el paso de los años el ballet acabó ocupándolo todo. Casi no tenía tiempo para dormir. —Él me dedicó una pequeña sonrisa, como si lo entendiera—. Quizá sea un buen momento para retomarlo, ahora que tengo tiempo de sobra.

Fijé la vista en el suelo mientras caminábamos por una estrecha callejuela cubierta de toldos de colores. Noté que Lucas me observaba con disimulo, puede que con la misma curiosidad que yo sentía por él. Me preguntaba qué le habría llevado hasta allí, por qué había decidido quedarse. Qué había hecho que cambiara Madrid por un lugar tan diferente.

—Lucas.

—¿Sí?

—¿A qué te dedicabas antes de todo esto?

Se dio la vuelta y comenzó a caminar de espaldas para mirarme.

—¿Tú qué crees?

—No sé. Se me ocurren algunas respuestas, pero dependen un poco de lo mayor que seas. ¿Cuántos años tienes?

—Veintisiete.

Sonreí. Llevaba todo el día intentando calcular su edad.

—Vale, entonces creo que eras profesor, pero profe de instituto. Y dabas clases de Historia, o puede que de Filosofía. Seguro que ibas a trabajar en bici y llevabas unas gafitas de pasta negra muy monas, jerséis de pico y una bandolera repleta de libros. Un profesor como Robin Williams en *El club de los poetas muertos*. Ya sabes, enrollado.

—Enrollado —repitió con una sonrisita íntima, casi tímida.

—Sí, un poco capullo, aunque guay.

Se echó a reír con ganas y se dio la vuelta. Caminó a mi lado, tan cerca que nuestros brazos, cargados con varias bolsas del supermercado, se rozaban.

—No has dado una —dijo al cabo de unos segundos—. Estudié ADE y Derecho, e hice un grado de Enología. Después de eso, empecé a trabajar en el negocio familiar.

—¿Qué clase de negocio?

—Vino. Mi familia tiene una bodega en La Rioja. También exporta aceite de oliva *gourmet* y creo que han abierto un hotel rural en Huesca.

No me pasó desapercibido ese «creo» que marcó arrugas en su frente. Lo miré con más atención y no pude imaginármelo olfateando una copa de vino o dentro de un despacho entre libros de cuentas, balances de ventas y ese tipo de cosas. No parecía ir con él.

—¿Y a qué te habría gustado dedicarte de verdad?

Se detuvo de golpe y me observó muy serio. El ambiente cambió a nuestro alrededor y tuve la impresión de que se había puesto tenso, como si yo hubiera dicho algo fuera de lugar.

—¿Por qué me has hecho esa pregunta?

—Perdona, no tenía intención de...

—No, en serio, ¿por qué? —inquirió, dando un paso hacia mí.

Tragué saliva.

—Por nada, supongo que me gusta más mi versión imaginaria que la de verdad. Esa no te pega mucho.

Un sinfín de emociones circularon por su rostro. Apartó la mirada y reanudó el paso. Lo seguí sin tener muy claro qué había pasado, si continuábamos bien o se había enfadado por algún motivo. Cruzamos la plaza en silencio y nos adentramos en una callejuela atestada de comercios que exponían sus productos en la calle.

Nos apartamos bajo un portal para dejar paso a un hombre que empujaba un carrito de bebé.

—A mí también —dijo Lucas en voz baja.

—¿Qué?

Sonrió, solo un poco, pero ese gesto me devolvió el aire.

—También me gusta más tu versión. Ni siquiera soporto el sabor del vino. Lo odio. —Había cierta vulnerabilidad en su voz y un aire sombrío—. No sé a qué me habría dedicado de verdad si hubiera tenido opciones. Pero no las tenía, así que nunca pensé en ello.

La curiosidad se apoderó de mí. Quería saber más, conocer la historia tras esa mirada despreocupada. Además, no podía pasar por alto ciertas similitudes entre su historia y la mía. Paralelismos que me encogían el estómago.

—¿Y ahora? —le pregunté.

—Aún no he averiguado lo que quiero, así que vivo el día a día hasta que lo descubra.

Mis ojos se detuvieron en los suyos.

—¿No sabes lo que quieres?

—¿Qué hay de malo en no saberlo?

—Tienes veintisiete años.

Una risa inesperada brotó de su garganta. Un disparo de adrenalina.

—¿Acaso hay un máximo de edad? Si llego a los treinta sin saberlo, ¿me exiliarán a una isla para fracasados?

—No, claro que no —respondí mientras me ruborizaba, y me sentí un poco idiota.

Lo estaba juzgando y no tenía motivos para hacerlo. Yo menos que nadie.

Retomamos el paso, en dirección a la vía principal. Oí cómo inspiraba hondo y después exhalaba por la nariz.

—Maya, no sé lo que quiero hacer con mi vida y tampoco me preocupa, porque para mí es perfecta en este momento. —Me miró—. Aunque sí sé lo que no quiero hacer.

—¿Y qué es?

—No quiero volver a ser la persona que era antes de acabar en este pueblo. ¡Jamás! Con eso ya me basta.

Recordé lo que me había dicho esa mañana: «Hazle caso a alguien que llegó aquí del mismo modo». Él creía que yo había acabado en Sorrento huyendo del desastre que era mi vida, buscando espacio y olvidar. Me pregunté de qué huía él y qué buscaba. Si alguien también le pidió que se dejara llevar.

—¿A qué te habría gustado dedicarte de no ser bailarina? —me devolvió la cuestión antes de que yo pudiera preguntarle nada más.

—No lo sé, yo tampoco tuve opciones. Que algo pudiera torcerse ni siquiera era una posibilidad, pero lo hizo. Todo se ha desmoronado, y ahora no sé qué hacer ni qué quiero ser. No sé qué rumbo darle a mi vida —lo dije sin disimular el agobio y la frustración que me producía mi situación.

—¿Y qué prisa tienes por averiguarlo?

Me sorprendió su pregunta.

—No es que tenga prisa, solo... —Dudé, porque no encontraba las palabras para describir la ansiedad que me causaba haber perdido mi estabilidad y mi rutina. La seguridad que me proporcionaba saber que al levantarme cada día tenía un propósito, una planificación, un horario. Había sido así durante toda mi vida y ahora sentía que, sin todo eso, yo no era nada—. No lo sé, supongo que ninguna.

Lucas se giró y me cortó el paso. Clavó su mirada en la mía y volví a sentirlos. Sus ojos abriéndose camino a través de mí, como si buscara algo que no lograba entender.

—¿Alguna vez te has dejado llevar solo por lo que tú quieres y no por lo que se supone que se espera de ti?

—¿A qué te refieres?

—A vivir según tu instinto, por lo que te pide el cuerpo.

Me tensé. La respuesta era sí. Lo hice una vez. Lo aposté todo a ese pálpito y gané. Solo un sueño, porque nunca llegó a más. Y por ese sueño perdí otras cosas que, con el tiempo, pesaron mucho más.

—¿Y si mi instinto es una mierda? —repliqué.

—No lo es.

—¿Cómo lo sabes?

—Porque el instinto es un impulso que nace de ti, de tu interior, sin condicionantes ni reflexiones. Es un deseo.

—¿Un deseo? —pregunté en tono suspicaz.

Su mirada voló por encima de mi hombro e hizo un gesto con la barbilla. Me volví y vi que nos encontrábamos frente al escaparate de una pastelería.

—¿Ves esa tarta de chocolate?

Sobre un plato con pie y tapa de cristal había una tarta de chocolate negro y frutos rojos. Tenía un aspecto delicioso.

—Sí.

Lucas se acercó a mí y se inclinó para hablarme al oído, mientras ambos mirábamos el dulce.

—Nada más verla, lo he sentido. El impulso. El deseo. Lo he notado en el estómago y después, en la boca. Quiero un trozo. Me apetece y estoy absolutamente convencido de que lo voy a disfrutar.

—No sé adónde quieres llegar.

Sentí su sonrisa, el calor de su aliento y el olor de su pelo, todo demasiado cerca. Podría haberme apartado, pero no lo hice. No era incómodo. No era extraño. Era... atrayente.

Él bajó la voz:

—Puedo hacer caso a ese impulso, entrar ahí y comprar un trozo, comerlo y relamerme satisfecho hasta acabar con la última miga. O puedo convencerme de que en realidad no lo necesito. —Chasqueó la lengua—. Seguro que me quitará las ganas de cenar y una manzana es mucho más saludable. Además, llevará azúcar refinado y es malísimo. —Mientras me hablaba, ladeé un poco la cabeza y atisbé su perfil, la línea que formaba su nariz y el movimiento de sus labios—. Y deberían preocuparme las calorías y las grasas saturadas. A todo el mundo le preocupan y ya tengo una edad. Mejor me doy la vuelta y me largo, aunque deseo ese trozo de tarta más que nada.

No pude ignorar el hecho de que el corazón me latía desbocado y mi respiración no era más que un jadeo superficial. Sonreí para mí misma, de repente intimidada por una extraña y vibrante timidez. Ese chico había reducido toda mi vida a una manzana y lo peor de todo... es que tenía razón. ¡Quería la tarta! Siempre la había querido. Siempre me la he negado.

—Lo pillo —suspiré.

—¿Seguro?

—No importa si todos piensan que debo comerme la manzana, yo quiero esa tarta y es lo único que cuenta.

—Maya... —Respondí con un ruidito—. Pruébalo, déjate llevar. Quizá te sorprenda todo lo que puedes averiguar sobre ti misma si lo haces. Y, quién sabe, igual también descubres qué quieres ser.

Llené los pulmones de aire y esta vez no me dolió, porque no se quedaron a medias, sino que se hincharon por completo y dejé de sentir ese ahogo. Me di la vuelta y lo miré. Sus labios se curvaron hacia arriba.

Lucas tenía una boca preciosa. Cuando sonreía, sus ojos cobraban un brillo especial y entonces era imposible resistirse a él. Y yo, por algún motivo, quería impresionarlo.

—Vale, lo intentaré.

Alzó la vista por encima de mí y separó los labios como si fuese a decir algo más.

—Enseguida vuelvo —anunció.

Entró en la pastelería y yo me quedé inmóvil, pensando en la conversación que acabábamos de mantener. No hacía ni un día que había visto a Lucas por primera vez y ya había compartido con él pensamientos que nadie más conocía. Nunca me había cruzado con alguien que me transmitiese tal sensación de seguridad y me hiciera abrirme sin más. Y no encontraba una explicación a algo tan inesperado. A esa confianza que no debería surgir entre dos desconocidos, pero que allí estaba, mucho más intensa que la que sentía hacia personas que llevaban a mi lado casi toda mi vida.

19

Empezaba a anochecer cuando Lucas llamó a mi puerta.

—Ya voy —respondí.

Terminé de abrocharme el pantalón y metí los pies en las zapatillas.

Le eché un último vistazo a la habitación. Mi ropa colgaba del armario. La cama parecía otra con las sábanas y los cojines que había comprado, y la pared ya no resultaba tan fría con el pañuelo estampado que había colocado a modo de cabecero. Sentí que era mi espacio y eso me reconfortó.

Salí del cuarto y encontré a Lucas esperándome junto a la puerta. Cargaba con toda la bebida que habíamos comprado para esa noche.

—Deja que te ayude con eso.

—No, tú lleva la tarta.

Señaló el aparador y vi la caja de la pastelería. Sonreí y un cosquilleo se extendió por mi estómago. Me dije que nunca más vería una tarta de chocolate del mismo modo. No sin pensar en ese momento en el que Lucas me había descrito al oído su deseo de comerse un trozo.

Cogí la caja y bajamos juntos las escaleras. Al llegar al vestíbulo, vi que el portón que daba a la parte trasera del edificio estaba abierto de par en par. Fuera se oían voces y música, y el olor de una fogata flotaba en el aire.

—Estoy nerviosa —confesé en voz baja.

—No debes estarlo.

—Apenas sé unas frases en italiano, ¿cómo voy a hablar con la gente?

—Aquí habla español todo el mundo, tranquila.

Salimos fuera y yo me quedé sin habla. El jardín era inmenso. Una terraza de gravilla se extendía a mis pies, decorada con grandes maceteros de piedra y terracota. De los árboles colgaban guirnaldas de pequeñas bombillas, que cobraban fuerza conforme el sol se iba poniendo. El centro lo ocupaba una mesa enorme, con una veintena de sillas, llena de platos, vasos y cubiertos.

El ambiente era hogareño y acogedor, con el césped salpicado de muebles de mimbre blanco y cojines azules y naranjas.

A la izquierda, junto al muro que delimitaba la propiedad, una barbacoa escupía humo mientras las llamas consumían unos troncos. Giulio atizaba el fuego y yo noté que se me cerraba la garganta.

—Ya estáis aquí.

Me volví hacia la voz y vi a Catalina, que se levantaba de un sillón y venía hacia nosotros. Llevaba el pelo recogido en una trenza y vestía un caftán de color rosa, tan largo que solo dejaba a la vista sus pies descalzos. Me encantó su aspecto.

—Lucas, hay un barreño con hielo sobre aquella silla, coloca dentro esa bebida. —Él la obedeció de inmediato. Entonces, ella me miró y se fijó en la caja—. ¿Habéis traído dulces?

—Es una tarta... De chocolate.

—¡Los niños se van a volver locos! —exclamó.

—Y los no tan niños —dijo un hombre a mi espalda. Me

miró y me dedicó una sonrisa—. *Ciao*, soy Marco, el marido de Ángela.

—Hola, yo soy Maya. —Se inclinó para darme dos besos y ambos chocamos con la caja. Nos reímos—. ¡Hablas español!

Él asintió con una risita, al percatarse de lo exagerada que era mi sorpresa, pero es que yo no podía evitar sentir ese agobio.

—Con esta familia, ¿cómo no hacerlo?

—¿Quién es Ángela?

—Ángela es mi hija —me explicó Catalina—. Ven, dejaremos esto en la mesa y te presentaré a todo el mundo.

Tomé una bocanada de aire y lo solté de golpe, nerviosa. La seguí hasta el borde de la terraza, con el corazón golpeándome las costillas como si quisiera escapar de mi pecho.

—A ver, prestadme todos atención. Quiero que conozcáis a Maya. —Me miró con una sonrisa y yo se la devolví con las mejillas encendidas. Me tomó del brazo y me llevó junto a una mujer morena de ojos marrones, que cortaba un pan en rebanadas—. Ella es Ángela.

—Hola, encantada de conocerte.

Ángela me dedicó una sonrisa, que se transformó de inmediato en un gesto de pánico.

—Gianni, aparta ahora mismo esas tijeras del pelo de tu hermana.

Me volví y vi a un niño de unos once años que corría con unas tijeras de punta redonda tras una niña más pequeña.

—*Mamma, dice che sono una pianta e che deve potarmi. Non voglio essere potata* —gritaba la niña mientras trataba de proteger su melena rizada con las manos.

—Chiara, tu hermano no va a podarte, solo está jugando.

—*Certo che lo farò, così crescerà più forte.*

Apreté los labios para no reírme, pero era imposible no hacerlo viendo esa escena.

—Marco, ¿quieres dejar de comerte el queso y ocuparte de tus hijos? —gritó Ángela.

Marco dio un respingo y se apresuró a tragarse lo que tenía en la boca.

—*Gianni, se provi a tagliarle i capelli a tua sorella, poi ti taglio io un'altra cosa.*

—*La coda, papà. Gli taglierai la coda, vero?* —reía Chiara.

Rompí a reír y Ángela lo hizo conmigo.

—Son unos demonios y no paran quietos. Si en algún momento te molestan, no dudes en decírmelo.

—No, tranquila, seguro que nos llevaremos bien.

Catalina enlazó su brazo con el mío.

—Ven, quiero que conozcas al resto. —Nos acercamos a un grupo de personas, reunidas alrededor de una mesita redonda de hierro forjado y cerámica, que bebían vino y conversaban. Señaló a una mujer mayor, con el pelo corto y blanco y unos ojos enormes—. Ella es Iria, y el que está a su lado es Blas, su marido. Vinieron de vacaciones hace ya cinco años, y se quedaron con nosotros. El que fuma en pipa es Roi, y también nuestra celebridad. Es escritor y ya ha publicado varios ensayos y libros de viajes con mucho éxito. —Catalina apoyó la mano en el hombro de una mujer rubia, que estaba embarazadísima—. Esta pareja tan adorable de aquí son Mónica, mi sobrina, y su marido, Tiziano. Viven en la casa que hay al otro lado de la carretera.

Alcé la mano a modo de saludo.

—Hola a todos.

—Hola.

—Bienvenida.

—*Benvenuta.*

En ese mismo instante, apareció una mujer tirando de

dos adolescentes. Parecía que los estuviera remolcando a trompicones. Los chicos la seguían cabizbajos, mientras ella parloteaba tan rápido que costaba entenderla.

—Y os vais a quedar aquí, cenareis con los demás y os relacionareis. Nada de sonidos ni gruñidos. Palabras, quiero oír muchas palabras. A ser posible, con más de una sílaba. ¿Está claro? —Los chicos murmuraron algo ininteligible—. ¿Qué acabo de decir?

—Sí, tía Julia.

La mujer puso los ojos en blanco y vino hasta nosotros. Sus pasos eran enérgicos y no dejaba de atusarse la melena, teñida de color fresa.

—Son dos setas, no hacen absolutamente nada —soltó nada más llegar—. Se pasan el día jugando con esa cosa y gruñendo. Salgo por la mañana a la peluquería y cuando regreso a mediodía siguen en la misma posición. Sus culos están haciendo marcas a mi sofá.

—Los adolescentes de ahora son así, Julia —dijo Iria entre risas.

—Tienen diecisiete años. No sé, pero ¿lo normal no es que estén por ahí intentando que les sirvan cerveza y desvirgarse lo antes posible? Es lo que yo hacía a su edad.

—Hablas de la virginidad como si fuese un problema de acné —intervino Roi.

Julia le guiñó un ojo.

—No todos la conservamos como una reliquia. —Lejos de molestarse por el comentario, Roi se echó a reír. Se miraron con cierta complicidad y tuve la impresión de que tras ellos dos había una historia. Entonces, ella me miró—. ¡Hola, tú debes de ser Maya!

—Sí. ¡Hola!

—¡Bienvenida a este edificio de locos! —Frunció los labios con un mohín—. Me encanta tu pelo, qué color más bonito. Si quieres cortarlo o peinarlo, pásate por mi peluquería. Te haré descuento.

—Gracias.

—Bueno, ¿dónde está el vino?

Alguien subió el volumen de la música y en mi mano apareció una copa de vino tinto. Para mi sorpresa, solo fui el centro de atención durante esos minutos en los que Catalina me fue presentando. Después me convertí en uno más. Se esforzaban por incluirme en las conversaciones, me hacían partícipe de ellas, pero nadie trató de saber más de lo que yo mostraba. Y la presión que se había ido instalando en mi pecho a lo largo del día por ese motivo se fue diluyendo.

Aparecieron más amigos y vecinos a los que Catalina también había invitado. A esas alturas ya había una veintena de personas congregadas en el jardín. Iria me contó que esas reuniones eran habituales, la casa siempre estaba llena de vida. Miré a mi alrededor y vi a gente contenta que charlaba en pequeños grupos o ayudaba a preparar la cena. Otros dos niños se habían unido a Gianni y Chiara, y no paraban de jugar y reír.

En esos instantes, contemplando aquella escena, la sensación que me sobrevino fue irreal.

Mis ojos se detuvieron en Giulio, que continuaba atareado con el fuego. Tras unos segundos de dudas, me acerqué a él.

—Hola.

Giró la cabeza y me vio. Una amplia sonrisa curvó sus labios.

—Hola. ¿Te diviertes?

—Sí, todo el mundo es muy amable. Son... son estupendos.

Giulio dejó a un lado el atizador y tomó de la repisa de la leñera una copa de vino. Bebió un sorbo mientras se daba la vuelta para observar el jardín.

—Son buena gente —afirmó.

Yo tuve que obligarme a apartar los ojos de él. Observarlo fijamente era algo que no podía evitar. Me quedaba ensimismada en su rostro, en el color de su pelo, el tono de su piel. Me fijaba en detalles como la longitud de sus dedos y la forma ovalada de sus uñas. El tamaño de sus orejas o el arco de sus cejas. Su aspecto era diferente al de las fotos que guardaba en la maleta, mucho más adulto y masculino, pero el parecido seguía estando allí, podía verlo.

Mi mirada lo buscó de nuevo. Inspiré hondo y aguanté el aire en los pulmones. Solo tenía que abrir la boca y soltarlo. Pronunciar el nombre de mi madre, decirle que sabía que se conocían y que creía posible que él fuese mi padre. Dejé escapar el aliento y mis pulsaciones se dispararon, el estómago se me hizo muy pequeño y un sudor frío me empapó la nuca.

«Hazlo», me dije.

Aparté la vista y me encontré con la mirada de Catalina. Me sonrió y yo le devolví el gesto.

Ángela pegó un grito y la vi correr detrás de su marido con un paño de cocina a modo de látigo. Giulio reía a mi lado y yo solo podía pensar en la maravillosa posibilidad de que mi lugar estuviera allí. Con aquellas personas amables y cariñosas, que se adoraban entre ellas y querían al resto del mundo de tal modo que no tenían ningún reparo en abrir los brazos de par en par y hacer que te sintieras parte de su universo.

Una familia como siempre soñé que sería una de verdad.

Una que podría ser la mía.

«Díselo.»

De repente, los niños pasaron corriendo y tuvimos que apartarnos de un salto para que no nos arrollaran.

—*Bambini, per favore* —exclamó Giulio—. Son pequeños demonios.

Lo miré y apreté mis dedos alrededor de la copa.

—¿Tú tienes hijos?

—¿Yo? ¡No! —respondió rotundo, como si la simple idea fuese una locura—. No estoy hecho para ser padre.

—¿Cómo lo sabes?

—Algo así se sabe, ¿no crees?

—¿No te gustan los niños?

—Me encantan los niños, adoro a mis sobrinos. Pero no tengo la necesidad de ser padre, nunca he sentido ese impulso. Además, la idea de ser responsable de otra persona, de que alguien me necesite el resto de su vida y no estar a la altura, me asusta bastante. Ese tipo de compromiso no va conmigo. ¿Tú tienes hijos?

—No.

—Por supuesto, eres muy joven. —Bebió otro sorbo de vino y se lamió los labios—. ¿Y quieres tenerlos?

Pensé en ello un momento. Intenté imaginarme con una barriga como la de Mónica. Sosteniendo un bebé, cuidando de él, y sentí un terror profundo. No porque no quisiera ser madre, sino porque me horrorizaba que ese bebé creciera hasta convertirse en alguien como yo. Ser causante de la infelicidad de otra persona. Traer al mundo a un ser humano solo para hacerlo desgraciado.

—No lo sé.

Bajé la mirada y observé el líquido púrpura que contenía el cristal de mi copa. Giulio no quería ser padre. Nunca lo había querido y esa certeza me afectó, aunque sabía que no debería.

No sin la seguridad.

No sin la verdad.

No sin una prueba.

De pronto, Giulio alzó la mano y una sonrisa maravillosa apareció en su cara. Seguí su mirada y vi a un hombre de unos treinta y tantos años que se acercaba a nosotros. Era alto, delgado, tenía el pelo largo y anillado, de un color indefinido entre el castaño claro y el pelirrojo, y lo llevaba recogido en un moño del que escapaban algunos mechones. Vestía unas bermudas azules de corte chino y un polo de lino beis.

Giulio salió a su encuentro y se abrazaron. Entonces, el otro hombre le tomó el rostro entre las manos y lo besó en los labios. Un beso profundo que les hizo cerrar los ojos. Hubo risas, susurros y otro sinfín de besos más pequeños. Se tomaron de la mano.

—*Vieni, voglio presentarti la nuova vicina* —le dijo Giulio. Yo me enderecé de golpe, aún en *shock*, y me obligué a sonreír—. Dante, ella es Maya.

—*Ciao, Maya, piacere di conoscerti.*

—*Grazie.* —Solté un suspiro entrecortado—. No hablo muy bien italiano.

—Yo aún aprendo español, pero nos entenderemos bien. —Rio divertido—. Giulio me ha contado cómo os conocisteis.

Mis mejillas se transformaron en dos llamas. No pude evitarlo. La simple idea de que mis braguitas fuesen un tema de conversación me hacía querer esconder la cabeza como un avestruz.

Giulio le dio un codazo y sacudió la cabeza. Me dedicó una sonrisa de disculpa.

—Dante es mi marido.

¡¿Su marido?!

—Hacéis una pareja preciosa, ¿cuánto tiempo lleváis juntos? —logré decir.

No me llegaba el aire a los pulmones.

Dante frunció el ceño, pensativo, y miró a Giulio.

—Doce años, creo...

—Trece —lo corrigió Giulio.

—Sí, trece, aunque solo cuatro de casados.

—Vaya, es mucho tiempo.

—Casados de forma simbólica, en Italia no está permitido el matrimonio homosexual —señaló Giulio.

—No lo sabía.

—A nosotros no nos importa, no necesitamos el permiso de nadie.

Se miraron y pude verlo en sus ojos. Se adoraban el uno al otro. Pude sentirlo en sus cuerpos, en la forma en que buscaban tocarse, cómo se agarraban de la mano. Estaban enamorados. Sentí algo muy bonito al verlos tan unidos y, al mismo tiempo, amargo.

Marco apareció con una bandeja repleta de verduras y unas parrillas, y yo aproveché esa distracción para alejarme.

El corazón me latía muy rápido y me costaba respirar. Giulio era gay. Estaba casado y mantenía una relación estable desde hacía mucho.

¿Y si me había equivocado? ¿Y si había visto en esas fotos solo el reflejo de mi deseo?

Apreté los párpados con fuerza y me reprendí a mí misma. Una cosa no tenía que ver con la otra. La posibilidad de que mi madre y él hubieran podido estar juntos existía, y yo quería saber la verdad más que nunca.

20

—No hagas que me sienta más estúpida —lloriqueé.

Al otro lado del teléfono, Matías suspiró entre risas.

—Es que es una pregunta estúpida, Maya. Por supuesto que puede ser gay y también tu padre. —Hizo una pausa—. ¿Sabías que mi primera vez estuvo a punto de ser con una chica?

Captó toda mi atención. Me incorporé y me quedé sentada en la cama con el teléfono apretado entre los dedos.

—Eso no me lo has contado.

—Fue a los dieciséis. Durante el verano que pasé en Gijón con mi abuela. Un día le insinué que me gustaban los chicos y no se lo tomó muy bien. Es una persona religiosa y comenzó a hablarme de que Dios había creado al hombre y a la mujer para estar juntos, que todo lo demás eran perversiones, que si el pecado de la lujuria... —Se le escapó una risita que sonó muy triste—. Se cargó la poca seguridad que tenía en ese sentido y empecé a comerme la cabeza. Creí que salir con una chica sería la solución y entonces apareció Paula. Yo le gustaba, lo dejó muy claro desde el principio, y nos enrollamos.

—¿En serio? —pregunté, y no porque lo pusiera en duda,

sino porque Matías siempre me había parecido muy seguro de sí mismo y de su orientación. Jamás lo había visto mirar a una chica de ese modo.

—Sí, nos enrollamos, y una noche estuvimos a punto de hacerlo. Me rajé en el último momento, pero podría haber pasado.

—Vaya...

Fui a la cocina y me serví un vaso de agua. Me lo bebí a sorbitos, mientras miraba el cielo a través de la ventana abierta y Matías continuaba hablando:

—Hay personas que tardan en descubrir qué les gusta, y otras que lo saben desde el principio y lo ocultan tras relaciones heterosexuales. Lo hacen por puro miedo al rechazo o porque no se aceptan a sí mismos. Ese tío, Giulio, pudo acostarse con tu madre, dejarla embarazada y ahora haberse casado con otro tío.

—Lo sé.

—Entonces, ¿qué vas a hacer?

—Seguir aquí hasta que encuentre el momento oportuno para hablar con él.

—Y por lo que veo, no tienes mucha prisa.

Fui al salón y me tumbé en el sofá. Lucas se había marchado antes de que yo me despertara y la casa se encontraba sumida en un silencio acogedor. Era agradable disfrutar de un espacio para mí sola.

—Me gusta este sitio, Matías. Es como estar en otro mundo donde el tiempo discurre de forma distinta, más lento y tranquilo. Aquí todo es tan diferente, y la gente... Las personas que estoy conociendo son geniales y la familia de Giulio... No te haces una idea de cómo son, no se parecen en nada a la mía y es un alivio. Imagina que Catalina resulta ser mi abuela, es una mujer maravillosa. —Se me escapaba la risa, incapaz de contener la emoción que se concentraba dentro de mí—. No creo que pase nada si lo aprovecho y me dejo llevar un poco, ¿verdad?

—Claro que no, pero ten cuidado. Hay tantas posibilidades de que sea tu padre como de que no lo sea, y no quiero que te ilusiones demasiado. Por si acaso.

—Tranquilo, sé lo que hago.

—Bueno, y ahora háblame de lo importante. Ese tal Lucas, ¿está bueno?

Me cubrí los ojos con el brazo y resoplé.

—No pienso responder a eso.

—Así que está cañón. Esto mejora. Sé que ya eres mayorcita y no necesitas que te recuerde que debes ser precavida, pero usa condón y no te metas nada en la boca.

—¡Matías!

—¿Qué? —replicó en tono inocente—. Has repetido su nombre unas treinta veces en los primeros cinco minutos, es evidente que te gusta. Y solo yo sé lo mucho que necesitas divertirte, experimentar y vivir una aventura meramente sexual. Prométeme que lo harás y que después me lo contarás con detalles.

—No pienso prometerte eso.

—Vale, me conformo con un vídeo.

Me atraganté con una carcajada y él rompió a reír conmigo. Lo hicimos durante minutos, reírnos hasta llorar. Hasta que nos dolió la tripa y casi nos resultó imposible hablar. Pero así eran las cosas con Matías, y yo lo adoraba por ello.

Nos despedimos y fui directa a la ducha. Después de vestirme y desayunar, estuve dando vueltas por la casa. Puse la tele y aguanté media hora frente a un programa de talentos. Después cogí las llaves y bajé al jardín. Salí por la puerta principal y rodeé la casa. El sol brillaba en medio de un cielo sin nubes y el calor comenzaba a sentirse. Miré hacia los árboles, desde los que surgía un sonido algo molesto, como un chirrido constante y monótono.

—Son cigarras.

Bajé la vista y me encontré con Roi. Me observaba desde un sillón de mimbre que había colocado a la sombra. Vestía un traje blanco con camisa beis, un sombrero panamá y unas alpargatas estampadas.

—Hola, no te había visto. —Él me dedicó una sonrisa y se ajustó el sombrero de paja para cubrirse un poco más la cara. Sobre su estómago reposaba un libro abierto—. ¿Qué tal estás?

—Bien, ¿y tú?

—Curioseando un poco. —Señalé el libro con un gesto—. ¿Qué estás leyendo?

Él le dio la vuelta para que pudiera ver la portada. Parecía un libro romántico.

—Me lo ha prestado Julia, dice que es apasionante.

Sonreí, no pude evitarlo.

—¿Y a ti qué te parece?

—Contexto histórico mejorable, saltos en el tiempo con los que Wells habría llorado y una historia de amor apresurada. —Llenó su pecho de aire y sopesó el libro en la mano—. Y aun así, soy incapaz de soltarlo.

Apreté los labios para no reír y observé sus ojos castaños, astutos y despiertos a pesar de ese aire aburrido con el que forzaba su actitud.

—Entonces, será mejor que te deje seguir leyendo. Iré a dar una vuelta.

Lo dejé allí sentado y me alejé siguiendo el muro. Alcancé una verja de hierro. Tras ella apareció un campo de limoneros y me adentré en aquel bosque verde salpicado de frutos amarillos que me cobijaba del sol y el calor. Arranqué un par de hojas y las froté con las palmas de las manos. Olían muy bien.

Continué caminando hasta que el huerto quedó atrás y la costa apareció frente a mí. Me senté en la tierra, con las rodillas pegadas al pecho, y contemplé las vistas. El mar era una sinfonía de tonos turquesa y mi mente, un concierto de emociones contradictorias.

Me sentía feliz por estar allí, pero también me ponía triste darme cuenta de que la distancia que había puesto con España no era solo física. Mi familia pasaba de mí; y, pese a todo el tiempo que había compartido con el resto de bailarines de la compañía, no había logrado abrirme lo suficiente como para estrechar lazos y entablar amistad.

Esa certeza me hizo sentir más sola que nunca.

—Las vistas son preciosas desde aquí, ¿verdad?

Di un respingo y alcé la cabeza. Encontré a Catalina a mi espalda, con un cesto repleto de limones colgado del brazo.

—Hola. —Me puse de pie y me sacudí los pantalones—. Son muy bonitas. ¿Necesitas ayuda con eso?

Hizo una mueca.

—Pues ya que lo dices. —Me apresuré a coger el cesto y lo sostuve con las dos manos—. Suelo venir casi todas las mañanas a recoger limones. A mis nietos les gusta la limonada casera. —Se pasó la mano por la frente—. Hace calor. ¿Te importa si regresamos?

—Claro que no.

Nos adentramos en el limonar.

—A mi abuelo también le gustaba hacer limonada casera —dije en voz baja.

—¿Le gustaba? ¿El hombre ha fallecido?

—¡No, él está bien! —El rostro de Catalina se relajó—. Perdió la vista hace un par de años por la diabetes y dejó de hacer muchas cosas.

—¡Qué desgracia!

—Fue un duro golpe para él, pero ahora está mucho mejor. No es de los que se rinden.

Ella ladeó la cabeza y me miró sin perder la sonrisa. Me di cuenta de que curvaba los labios del mismo modo que Giulio. El lado derecho siempre tiraba un poco más hacia arriba.

—Os lleváis muy bien, ¿verdad? —me preguntó. Sonreí y sacudí la cabeza con un sí—. Se nota.

—He crecido con él y lo quiero muchísimo. Es como un padre para mí.

—¿Te has criado con tu abuelo?

—Y con mi abuela. Ellos se han ocupado de mí desde que nací.

Ella asintió y se abrazó la cintura mientras caminaba.

—¿Puedo preguntarte qué ocurrió con tus padres?

—¿Con mis padres? —susurré sorprendida. Hablar con Catalina era tan fácil que había empezado a contarle mi vida sin ser consciente de que lo hacía—. En realidad, nada... No sé...

Las palabras me faltaban. Se me atascaban. Catalina alargó el brazo y me colocó un mechón de pelo tras la oreja. Yo aparté la mirada, como el que esconde un secreto y trata de evitar que lo descubran.

—No tienes que contarme nada si no quieres. Solo soy una vieja curiosa que pregunta demasiado.

—No es eso. —La sensación de ahogo creció dentro de mi pecho—. No sé quién es mi padre, porque mi madre tampoco lo sabe. Ella me dejó a cargo de mis abuelos cuando yo tenía cuatro años, y no la he visto mucho desde entonces. No hay más.

¿Se puede decir la verdad y mentir al mismo tiempo? Sí, yo lo estaba haciendo, y me avergonzaba.

—Siento que haya sido así, pero ¿sabes una cosa? Lo importante es crecer rodeados de amor, porque eso es lo único que de verdad necesitamos. Sentirnos arropados, protegidos y queridos. Además, crecer con una abuela tiene una gran ventaja, siempre consienten más. ¡Que se lo digan a mis nietos! —exclamó con un aire teatral.

Me reí con ella y el corazón me dio una sacudida cuando me rodeó los hombros con su brazo.

—Tus nietos tienen suerte de tenerte. Eres una buena persona.

Estudió mi rostro y tuve la certeza de que notó algo en mí, porque su voz sonó cautelosa:

—¿Y cómo es tu abuela?

Tragué saliva, incómoda.

—Olga es... No sé, es... —No quería decir nada malo de ella, pero tampoco encontraba algo bueno que destacar—. No sé, Olga es... Olga.

Su brazo me apretó con más fuerza.

—No te preocupes, cuando a mí me preguntaban por mis maridos, que en paz descansen los dos, solo alcanzaba a decir que eran unos hombres muy limpios. ¿Te imaginas? ¡Limpios! Cuando ambos eran tan maravillosos que podría haber escrito un libro sobre cada uno.

—¿Murieron los dos? Lo siento.

—Sí, he enviudado dos veces. Desde entonces, ningún hombre del pueblo quiere salir conmigo. —Suspiró divertida—. Verás...

Y así, paseando entre limoneros y cigarras, Catalina me habló de los dos hombres que habían marcado su vida. De Vincenzo, su primer y gran amor. Un hombre de carácter arrollador, impulsivo y pasional, con el que vivió una intensa historia a la que un problema cardíaco puso fin demasiado pronto. De él solo le quedó su recuerdo y un hijo maravilloso, Giulio.

Años más tarde, en su camino se cruzó Alonzo, y volvió a sentir emociones que ya creía imposibles. Durante treinta años compartieron un amor dulce y sereno, y de esa unión nació su segunda hija, Ángela. Me confesó que, aunque ya habían pasado tres años desde su muerte, seguía conservando su ropa en el armario. Y que todas las noches abría sus puertas y olía sus camisas antes de irse a dormir.

Y así, a través de sus palabras, me mostró retazos de su vida. Me permitió conocerla más. Y me hizo desear, con ganas desesperadas, que esa historia también fuese un poco mía. Sentirme una consecuencia de algo tan especial, por muy idílico o estúpido que sonase.

21

Vencer mi timidez y salir de la casa me costó casi una hora, todo el tiempo que había pasado pegada a la ventana, escuchando las voces que ascendían desde el jardín. Llevaba cuatro días en Sorrento. Cuatro días en los que no había dejado de sentirme una intrusa, durante los cuales pensé un centenar de veces en largarme y olvidarme de todo.

Ya no se trataba solo de mí y de encontrar respuestas. Cualquier paso que pudiera dar involucraba a otras personas. Alteraría sus vidas sin vuelta atrás, y todo... ¿por qué?, ¿por unas fotografías que podrían no ser nada?

Mientras bajaba las escaleras, me sentí más insegura que nunca. Me ajusté la coleta. Ese gesto se había convertido en un tic, lo hacía continuamente. Como aplastar el pelo con las manos cuando lo llevaba recogido en un moño. Hábitos que había ido adquiriendo con los años y de los que empezaba a ser consciente ahora.

El portón trasero estaba abierto y desde el vestíbulo pude ver las guirnaldas de bombillas enredadas en los árboles y su cálida luz. Salí fuera y los encontré a todos alrededor de la mesa, excepto a Marco y los sobrinos de Julia.

Lucas tampoco estaba.

Apenas le había visto desde la noche de la barbacoa. Una camarera del restaurante donde trabajaba se había puesto enferma y él se había ofrecido a hacer sus turnos. Solo pasaba por casa el tiempo necesario para dormir y ducharse.

Nada más verme, me hicieron un sitio en la mesa. Giulio me sirvió una especie de licor y me lo ofreció con una sonrisa enorme, que yo le devolví con el mismo entusiasmo. Era contagioso.

—Gracias. —Di un sorbo y un escalofrío me recorrió el cuerpo. Era fuerte, pero sabía bien—. ¿Qué es?

—*Limoncello.*

—Está muy bueno.

Giulio me guiñó un ojo y después se sentó al lado de Dante.

—¿Te gusta estar aquí, Maya? —me preguntó Iria.

—Me encanta. Todo es muy bonito y tranquilo.

—¿Y dónde te metes? No se te ve el pelo —inquirió Julia.

—En casa, aunque he salido a dar algunos paseos.

—No nos has contado qué haces en Madrid, a qué te dedicas... ¿Algún novio?

Vi que Roi ponía los ojos en blanco.

—Porque no es asunto nuestro —intervino Catalina—. Aquí solo escuchamos, no preguntamos. Si Maya quiere contarnos algo, seguro que lo hará.

La miré y ella me devolvió la mirada. Lo había hecho por mí. Había frenado la curiosidad de Julia para evitarme la incomodidad de hablar sobre mí. ¿Tan transparente le resultaba? Porque no se había equivocado.

Tenía la sensación de que cualquier cosa que pudiera decir iba a ser un motivo de sospecha. Más aún si mencionaba el ballet, el conservatorio o cualquier otro detalle relacionado con ellos.

—Buenas noches.

La voz de Lucas sonó a mi espalda. Mis ojos volaron hasta él y el corazón me palpitó con fuerza al verlo. Fue un acto reflejo que me sorprendió.

—¿De fiesta sin mí? —añadió.

Catalina le echó los brazos y él se acercó para darle un beso en la mejilla.

—Pareces cansado.

—Estoy muerto, *nonna*.

—Daniela se encuentra mucho mejor. Volverá mañana —anunció Dante.

Lucas se dejó caer en la silla que había a mi lado y escondió un bostezo tras su mano.

—Eso es genial.

—Tú puedes tomarte el día libre.

—¿Estás seguro?

—Sí, mañana descansa —le aseguró Dante.

—No pienso discutirlo.

Se inclinó hacia delante. Alcanzó un vaso de la mesa, le puso hielo y después, un poco de *limoncello*. Volvió a acomodarse en la silla y me dio un golpecito con la rodilla.

—Hola —me susurró.

—Hola.

Nos sonreímos, como si hubiéramos compartido un momento, y eso me gustó.

Entonces, Roi le preguntó algo sobre cómo conectar no sé qué cable a un televisor y Lucas le prometió que pasaría al día siguiente para echarle una mano. Blas nos contó que había empezado a ver una serie alemana sobre saltos en el tiempo, e Iria aseguró que, tras cuatro capítulos, continuaba sin entender de qué iba realmente. Él le replicó que la comprendería mucho mejor si no se quedara dormida a los cinco minutos.

Todos rompieron a reír.

Y las conversaciones continuaron fluyendo como si nada. Sobre series, viajes, cotilleos, política y cualquier cosa que se les ocurría. Yo los escuchaba y, aunque trataban de hacerme partícipe, apenas lograba responder con algún monosílabo. No sabía nada sobre nada, y comencé a sentirme extraña, como si ellos pertenecieran a un planeta y yo, a otro muy distinto.

Con la excusa de que necesitaba estirar las piernas, me puse en pie y me alejé dando un paseo. Comenzaba a dolerme la cabeza. Me solté la coleta y la desenredé con los dedos. El alivio fue inmediato y empecé a preguntarme por qué continuaba peinándome de ese modo. Por qué seguía forzando la postura de mi cuerpo al moverme, doblaba los arcos de los pies o los apoyaba en las puntas para desentumecerlos y mantenerlos calientes.

Nada de eso tenía ya sentido.

Me giré al oír unos pasos y vi a Lucas acercándose.

—¿Estás bien? —me preguntó.

—Sí, solo quería andar un poco.

—Vale, ese es el pretexto, ahora cuéntame la verdad.

Lo miré sorprendida.

—¿Perdona?

—Eres muy expresiva, Maya.

—O tú me observas demasiado —repliqué.

—Eso también. —Alzó una ceja y sonrió. Me sonrojé, era un poco canalla—. Venga, dime por qué has salido huyendo.

—No he salido huyendo.

—Sí lo has hecho.

Resoplé.

—Es que... No sé relacionarme con gente normal. Lo intento, pero no me sale.

—¿No te consideras normal?

—¡No! Me he dado cuenta de que he estado viviendo en

una burbuja y, ahora que me encuentro fuera, me siento como un extraterrestre que se ha equivocado de planeta.

—¿Y en tu planeta son todos como tú? —Puse los ojos en blanco y me di la vuelta para marcharme. Él me sujetó por la muñeca—. ¡No, no..., perdona! Solo bromeaba para que no estés tan seria. Te escucho.

Solté el aire con fuerza.

—De todas formas, no lo entenderías.

—Prueba —me retó.

—Toda la gente con la que me he relacionado desde los cuatro años forma parte del mundo del ballet. Familia, compañeros de clase, profesores, novios, hasta mi mejor amigo es bailarín. Así que ya puedes imaginar en torno a qué giraban nuestras conversaciones.

—¿Al ballet? —aventuró él con una fingida inocencia.

—Incluso el poco tiempo libre que tenía lo dedicaba a ver vídeos de representaciones en YouTube, biografías sobre bailarines y documentales.

—Bueno, no voy a negar que suena un poco obsesivo, pero es a lo que te dedicabas. Es lógico. Tengo un amigo que es deportista de élite y está mucho peor que tú, te lo aseguro.

Su mano resbaló de mi muñeca a mis dedos y los envolvió con los suyos.

—No soy capaz de mantener una conversación con nadie, porque no sé qué decir. No he visto series, no he leído libros y, mucho menos, el periódico. Apenas soy consciente de lo que pasa en el mundo —me lamenté. Hice un puchero—. No tengo una opinión sobre absolutamente nada y, visto lo visto, tampoco poseo sentido del humor.

Lucas soltó el aire por la nariz.

—Si lo dices por Dante, créeme, el problema no es tuyo. Sus chistes son horribles.

—Aun así, soy una seta. Es lo que diría Julia.

Bajé la vista a nuestras manos unidas. No me soltaba y yo tampoco hice nada para que ocurriera.

—Eso no es cierto. Además, sí que sabes conversar. Lo estás haciendo ahora conmigo.

—Ya, pero contigo es fácil —susurré.

Lo miré a través de las pestañas y me perdí un poco en sus ojos. Era fácil hacerlo. Igual que era fácil hablar con él. Desconocía la razón por la que me abría de esa forma con Lucas. Quizá tuvo algo que ver ese vaso de leche que me ofreció la primera noche. O que no me dejara tirada en medio de aquella playa. El hecho de que se hubiera preocupado por mí sin conocerme de nada y que yo necesitara ese gesto más que nunca.

Puede que no hubiera un motivo.

Puede que simplemente fuese por él.

Lucas en conjunto.

Su mirada recorrió mi rostro, mientras su pulgar trazaba círculos sobre mi piel. De repente, tiró de mí y me obligó a caminar de vuelta a la casa.

—¿Sabes lo que necesitas? Salir. Así que nos vamos.

—¿Qué? ¿Adónde?

—¿Y qué importa? Solo... deja que suceda.

«Pero ¿que suceda el qué?», quise preguntarle.

Me miró por encima del hombro con una mezcla de ilusión y malicia. Con cierta expectación. Como si él tampoco tuviera ni la más remota idea de qué iba a hacer al minuto siguiente. Improvisaba. Se dejaba llevar. Y esa actitud rompía mis esquemas y me empujaba a ver el mundo desde una perspectiva menos rígida. Más libre.

Quizá ese era uno de los motivos por los que lo encontraba tan especial. Tan distinto. Parecía lo opuesto a todo lo que yo era. A todo lo que conocía. Y me fascinaba la idea de intentar ser un poco más como él.

Así que apreté su mano y me dejé arrastrar por esa espontaneidad que quería compartir conmigo. Tomé la decisión de dejar que sucediera, aunque no tenía la menor idea de qué significaba.

Y me sentí viva.

Por primera vez me sentí conectada a algo.

A alguien.

22

Rota. No me gusta esa palabra cuando se usa para referirse a una persona. Pensar que está rota es demasiado tajante, porque no todo lo roto puede arreglarse. Prefiero decir que está incompleta, que ha perdido una parte. Una parte que, si no se encuentra, puede reemplazarse por otra que se ajuste incluso mucho mejor.

Me gusta pensar que somos como un puzle dentro de una caja. Un montón de piezas a la espera de que llegue alguien que nos ayude a encajar. Alguien que nos mueva, nos pruebe y nos gire, hasta conectar cada parte y formar de nuevo una imagen completa. Alguien capaz de moldear nuevas piezas para reemplazar las que se hayan perdido.

Hasta que conocí a Lucas, solo podía ver partes dispersas de mí, como si me estuviese reflejando en un espejo agrietado. Con él aprendí que las palabras dicen una cosa, lo que pensamos que es correcto, pero es lo que grita nuestro cuerpo lo que importa. El cuerpo no sabe fingir, refleja los deseos. Se estremece con los impulsos. Tiembla con las sensaciones.

Con él aprendí que hay que dejarse llevar por las emociones. Sentirlas. Aunque a veces sintamos cosas que duelen, que dan miedo. Porque es el conjunto de todas ellas el que nos da forma, el que nos dibuja, con luces y sombras, desde distintos ángulos, hasta obtener un reflejo nítido de quiénes somos en realidad.

Él me enseñó que hay viajes sin destino.

Y que el destino es un viaje en sí mismo.

Sin mapa. Sin brújula. Sin estrellas que nos guíen.

Porque no importa el camino que elijas.

Ni que te pases la vida viajando a «ninguna» parte.

Al final, la última parada siempre será la tuya.

Tu destino.

23

Lucas me llevó hasta un pub situado en Corso Italia, la calle principal de Sorrento. Un local pequeñito y pintoresco, llamado Banana Split. Ocupamos una mesa en la terraza.

—¿Qué te apetece tomar? —me preguntó.

—¿Qué hay?

Lucas me señaló la pared y vi un cartel enorme con la carta de bebidas. La oferta era increíble. La leí con atención, hasta que llegué al apartado «Sexy Drinks». Me ruboricé como una quinceañera. Golden dream, Sex on the beach, Against the wall with a kiss, Orgasm, White lady, Sixty nine... Rompí a reír. Fue un ataque de risa estúpido y sin ningún sentido, pero no podía parar. Llevaba días nerviosa y, en ese preciso momento, exploté. Y fue liberador. La presión de mi pecho se aflojó y dejó mi cuerpo a través de las lágrimas que no lograba detener.

Poco a poco, recuperé la compostura y conseguí serenarme. Aunque, de vez en cuando, aún se me escapaba alguna risita, como pequeñas réplicas tras un terremoto. Lucas me miraba y parecía bastante divertido con mi reacción.

—Perdona —logré decir.

—¡Joder, me ha encantado!

—¿Verme histérica?

—Tienes que soltarte más, en serio, hazlo.

Una camarera se acercó a nuestra mesa.

—Hola, Lucas.

—Hola, Stella, ¿qué tal estás?

—Bien, como siempre. Hacía tiempo que no venías.

Noté que ella lo observaba con los ojos muy abiertos y un ligero rubor en las mejillas.

—He estado liado. Mucho trabajo en el restaurante.

—Ya, el verano es así. —Tragó saliva al ver que él no decía nada más—. ¿Sabéis ya qué vais a pedir?

Lucas me miró y yo negué con un gesto.

—Elige tú.

—Vale, ponnos dos *Big, Big Tits*, pero cortos de tequila.

No pude controlarme. Se me escapó otra carcajada, más histérica que la anterior, y Lucas rompió a reír conmigo. Parecíamos dos locos en plena crisis lunática. Cuando por fin nos calmamos, permanecimos observándonos, con una sonrisa en los labios y el cuerpo flojo. Me coloqué un mechón de pelo tras la oreja y sus ojos se oscurecieron mientras seguían mi gesto.

Me quedé atrapada en su mirada, directa y traviesa.

—¿Qué? —inquirí.

—Nada.

Sus pupilas cayeron hasta mis labios y ascendieron de nuevo, mucho más dilatadas. Como agujeros negros en medio de dos océanos muy azules. Y en ese preciso momento, pasó algo. Un instante en el que el mundo quedó suspendido. Un clic. Que no solo nos hizo mirarnos, sino vernos. Vernos de verdad y contener el aliento.

La atracción es un misterio, ¿verdad? Todos los días te cruzas con personas. Gente que pasa por tu lado. Miradas que se enredan durante un segundo. Palabras que se dicen en distintas situaciones, y no pasa nada. No sientes nada.

Y de repente ocurre. Imprevisible. Instintivo. Una sacudida inesperada. Una mirada distinta, en la que se dilatan las pupilas. Un cosquilleo en el estómago. El aire desaparece. La boca se seca. El corazón late con más fuerza. Una contracción en el vientre, que casi duele. Eso es atracción, que no debe confundirse con amor. El amor germina y crece. La atracción te explota en la cara y te sacude.

Yo noté temblar mis cimientos.

Nunca había sentido algo parecido con esa intensidad.

La camarera trajo las bebidas. Tomé el vaso y me llevé la pajita a los labios. Sorbí. Empecé a toser. Me ardía la garganta y se me saltaron las lágrimas. No estaba acostumbrada a beber, y mucho menos algo tan fuerte.

—¿Te encuentras bien?

Asentí y guiñé los ojos con un escalofrío.

Él le echó un vistazo al cartel de las bebidas y sonrió para sí mismo.

—No soy ninguna mojigata que se avergüenza cuando piensa en el sexo...

Alzó una ceja.

—¿Estás pensando en sexo?

—¿Tú no? —Señalé el cartel y me mordí el labio—. Parece un catálogo de películas porno.

—Yo pienso en eso casi todo el tiempo —me susurró con picardía.

Me llevé la pajita a la boca.

Él observó mi cara en silencio, con descaro, durante lo que me pareció una eternidad. Entonces, su mirada bajó hasta mi boca. Y yo... Yo necesitaba pensar en otra cosa.

—No le has contado nada a nadie sobre mí. Ni siquiera a Catalina, ¿por qué?

Se encogió de hombros, como si le quitara importancia.

—Podrías haberme mentido y decir cualquier cosa que te

hiciera quedar bien para conseguir la habitación, pero fuiste sincera de un modo que ni yo mismo esperaba. —Bajó la mirada a su vaso y recorrió el borde con la punta del dedo—. Lo que me contaste es demasiado personal, y yo voy a respetarlo.

—Gracias.

—Te he buscado en internet —me confesó, y sus mejillas enrojecieron un poco—. No es que haya encontrado mucho, pero lo suficiente para hacerme una idea.

—¿Y?

—Eres buena. En lo que haces, quiero decir. ¡Como bailarina eres la hostia! Y supongo que en todo lo demás, tienes pinta de ser bastante metódica.

—Si con metódica te refieres a ser insufriblemente perfeccionista, sí, tienes razón. Creo que esa es otra de las cosas de las que quiero alejarme.

—Yo te veo bastante soportable.

Hundí un dedo en mi bebida y lo salpiqué, lo que le arrancó una risita.

—Tampoco soy buena, ya no —suspiré.

—No digas tonterías. El talento no se gana ni se pierde, se nace con él. Es tuyo aunque ya no puedas demostrarlo como antes.

—Y no puedo, esa es la verdad. Aunque... —Inspiré hondo— cuesta aceptarlo.

—¿Tanto te gustaba tu trabajo?

—No era solo un trabajo, Lucas, era una forma de vida. ¡Iba a formar parte del American Ballet y vivir en Nueva York! Superé una audición a la que se presentaron cuarenta bailarinas de todo el mundo para una sola plaza y me seleccionaron. ¡A mí!

Él sonrió y cambió de postura, un poco más cerca.

—Suena alucinante.

—He dedicado cada minuto de mi existencia a conseguir algo así. No te haces una idea del esfuerzo y el sacrificio que cuesta destacar en ese mundo —confesé mientras agitaba el hielo de mi vaso con la pajita.

—Siento mucho que no saliera bien.

—Y yo.

Alargó la mano y me rozó la rodilla. Me quedé sin aire. La punta de su dedo trazó la cicatriz que yo era incapaz de tocar. Lo hizo despacio, con suavidad, hasta dibujarla por completo. Su mano envolvió mi pantorrilla y se quedó allí.

—¿Qué te pasó?

Traté de respirar con normalidad, pero su contacto era como una quemadura que me costaba ignorar.

—Un coche se saltó un semáforo y me destrozó la pierna. Tuvieron que operarme varias veces. Los médicos hicieron todo lo posible, pero no ha quedado bien. —Retiré la pierna y nos miramos—. ¿Sabes? El mismo día del accidente recibí la carta de admisión en el ABT.

—¡Qué putada!

—La peor.

Aparté la mirada y jugueteé con el hielo de mi vaso. Aún sentía las yemas de sus dedos marcadas en mi piel y me ponía nerviosa que me observara de ese modo tan intenso. Hacía que el corazón me martilleara dentro del pecho. Sorbí los últimos restos de mi bebida.

—¿Te apetece otra? —me preguntó. Asentí, pese a que no solía beber y ya notaba la mente un poco turbia—. ¿Lo mismo o quieres probar algo diferente?

Miré el cartel y me mordisqueé el labio mientras leía los ingredientes de cada cóctel.

—Quiero probar otro. Dudo entre Sex on the beach y Orgasm, ¿cuál me aconsejas?

—En este caso, el orden es importante.

Percibí la diversión en su voz. La risa que intentaba contener. El juego que había tras sus palabras. Y mi pulso se aceleró. Ladeé la cabeza para mirarlo y alzó las cejas con una expresión pícara que me robó el aire.

Rompimos a reír.

Lucas pidió otra ronda y la camarera no tardó en servirnos.

Él se inclinó hacia mí en modo de confidencia.

—¿Puedo hacerte una pregunta?

—Sí, claro.

—Los chicos... Los bailarines... He visto esas mallas que se ponen y... —Se le escapó una risita y vi que le brillaban los ojos por el alcohol—. ¡Joder, son muy finas! ¿Cómo hacen para que no se les note, ya sabes, el paquete?

Empezaron a arderme las mejillas. ¿De verdad acababa de preguntarme eso?

—Usan unos suspensores especiales que... —comencé a decir en el mismo tono susurrante— lo recogen todo de forma discreta.

—Vale, eso tiene más sentido.

—¿Por qué? ¿Qué habías pensado?

—Nada.

Se disparó mi curiosidad al ver que se avergonzaba un poco.

—Venga, suéltalo.

—¿Sabes lo que es el *tucking*? Lo hacen las *drag queens* para disimular...

Asentí y me llevé las manos a las mejillas.

—¿Te refieres a pegarlo con cinta? —Él dijo que sí con la cabeza y mi boca se abrió aún más. Rompí a reír al pensar en Matías intentando colocarse esa cosa—. ¡No! Pero ¿cómo se te ha ocurrido?

Chasqueó la lengua.

—¿Y yo qué sé? Tengo una imaginación algo perversa.

Su risa era contagiosa y reí con él. Además, sus ojos cobraban vida cuando reía con esa naturalidad. Tenía una boca preciosa y dos arruguitas la enmarcaban de una forma muy mona. No había modo de resistirse a él.

Y yo empecé a no poner empeño en lo contrario.

A dejarme llevar.

A dejar que sucediera.

Porque en el fondo no era fuerte.

No era firme.

Era una chica agotada de no permitirse sentir lo que quería.

Cansada de aparentar control, cuando dentro de mí solo había caos.

Perseguida por el deseo de que algo cambiara al que nunca daba alas.

24

Abandonamos el pub y dimos un paseo hasta la plaza Tasso. Una chica salió a nuestro encuentro y nos entregó dos invitaciones para un club cercano con un descuento en las copas. Esa noche contaban con música en vivo.

—¿Te apetece?

—Sí —respondí entusiasmada.

Me estaba divirtiendo como no recordaba haberlo hecho antes y no quería que la noche acabara. Todavía no. El club se llamaba Fauno Notte y se encontraba en el sótano de un edificio que hacía esquina en la plaza. Bajamos una escalera y recorrimos un largo pasillo hasta alcanzar una sala enorme, repleta de gente divirtiéndose. Luces estroboscópicas destellaban en todos los rincones y giraban sin parar en un torbellino de colores y neón.

Lucas me tomó de la mano y se abrió paso hasta la barra, entre las personas que bailaban al ritmo de la música que pinchaba un DJ en el escenario. Pidió la bebida y nos acomodamos en una esquina. Hacía calor y las luces me mareaban un poco, pero estar allí me resultaba excitante.

Lucas dijo algo y yo negué con la cabeza. La música estaba tan alta que era imposible oír otra cosa. Movió los labios de forma exagerada y pude leer en ellos:

—Vamos a bailar.

—¡No!

Ni de coña iba a dar botes al ritmo de una canción electrónica horrible y en medio de toda esa gente.

—Sí.

—No.

Lucas me quitó de la mano el vaso vacío y lo dejó en la barra. Después sujetó mi muñeca.

—Venga —insistió con una enorme sonrisa.

Me resistí. Me daba vergüenza. Era así de tonta.

Mi obstinación duró lo que su cuerpo tardó en colocarse a mi espalda y levantarme por la cintura. Cargó conmigo hasta el centro de la pista. Me dejó en el suelo y me dio la vuelta. Quedamos cara a cara y él me sonrió. Las luces iluminaban nuestros rostros entre sombras. Estaba guapo a rabiar y yo sentí que me derretía.

Terminó una canción y empezó la siguiente. Más lenta y regular. Una cadencia que poco a poco fue subiendo el ritmo y el volumen hasta estallar dentro de mis tímpanos y bajo mis pies.

Y bailé. ¡Bailé!

Me dejé arrastrar por la música y la atmósfera opresiva. El sudor envolvió nuestra piel, mientras nos movíamos muy cerca el uno del otro. Rozándonos de forma accidental.

O no.

Puede que su mano buscara mi cintura. Y la mía se encontrara con su estómago.

Puede que sus caderas rozaran las mías. Y mi espalda hallara apoyo en su pecho.

Nos miramos bajo las luces intermitentes. Mechones húmedos y desordenados le acariciaban la frente y se le rizaban en la nuca. Sus ojos bajaron a mis labios y lo vi debatirse. Un poco tenso. Un poco perdido. Una punzada de deseo me atravesó. Una sensación que me dejó aturdida.

Di un paso atrás.

—Hace demasiado calor —grité. Él se agachó un poco y yo me acerqué a su oído. Mi boca le rozó la piel. No fue premeditado, pero el olor de su perfume y el sabor de su sudor se me pegó a los labios—. Tengo calor. ¿Salimos?

Él asintió y volvió a tomarme de la mano. Regresamos arriba y suspiré al sentir de nuevo el aire fresco. La melena se me había pegado al cuello y la espalda. La recogí con ambas manos en un moño improvisado, que anudé con dos mechones. Él me observaba y yo era incapaz de devolverle la mirada. Demasiadas sensaciones.

—¿Qué quieres hacer? —me preguntó.

—¿Y tú?

—He bebido demasiado para conducir. ¿Damos un paseo?

—Vale.

La madrugada era fresca y agradable. Caminamos muy juntos, un poco borrachos, y sin rumbo. Hablamos de cosas triviales. Nos contamos anécdotas y recuerdos. Y reímos.

Y continuamos paseando.

Y reímos aún más, mientras los minutos transcurrían sin que nos diéramos cuenta de su paso.

—¿En serio?

—Te lo juro, acabé como una cuba —me aseguró él—. Fue el verano antes de que me matriculara en el grado de Enología. Mi padre se empeñó en que hiciera un curso privado con un sumiller francés muy reconocido. Solo éramos cuatro alumnos y no teníamos ni idea. Durante dos horas, el tipo nos estuvo hablando de los secretos de la cata, los aromas y matices del vino, al tiempo que practicábamos con distintos caldos. Dio por hecho que lo sabíamos, así que no nos dijo nada y, cada vez que probábamos uno, nos lo tragábamos.

—¿Y?

—¡Que había que escupirlo!

Puse cara de asco y rompí a reír.

—¡No!

—En esas jornadas se podían probar hasta veinte vinos diferentes, y, aunque no es una acción muy agradable, sí es lo aconsejable. Al cabo de una hora, no me tenía en pie. Me puse fatal y tuve la peor resaca de toda la historia. Creo que odio el vino desde ese día.

Lo miré de reojo y sacudí la cabeza.

—Y aun así hiciste el grado.

—Yo tampoco tenía muchas opciones entonces —respondió con la vista perdida en el horizonte.

Nos encontrábamos en uno de los muchos miradores al golfo de Nápoles que tenía Sorrento. En el horizonte comenzaba a distinguirse una leve claridad.

—Oye, ¿no te apetece comer algo? Yo me muero de hambre —me sugirió.

—Yo también, la verdad. —Miré a mi alrededor—. Pero parece que todo está cerrado.

Él me guiñó un ojo y volvió a tomarme de la mano. Tiró de mí y avanzó deprisa.

—¿Adónde vamos? —pregunté.

—Ahora lo verás. Tú ve pensando cómo vas a agradecérmelo.

Le di un manotazo y él se echó a reír. Enseguida reconocí la terraza y la fachada del restaurante. Lucas sacó unas llaves de su bolsillo y abrió la puerta. A continuación, desconectó la alarma.

—¿No tendrás problemas por hacer esto? —susurré desde la entrada.

—¡Qué va! Dante es un buen tío y sabe que puede confiar en mí. Ven, vamos a la cocina.

Lucas encendió las luces y yo me quedé en la puerta sin saber muy bien qué hacer. Mirándolo todo con un poco de aprensión. Las paredes eran de un blanco impoluto y los muebles y los electrodomésticos, de acero inoxidable. Olía a ambientador y desinfectante.

Lucas sacó pan de un armario y lo puso en la mesa. Después abrió un frigorífico de dos puertas enorme.

—¿Qué te apetece?

—¿Qué hay?

—Ven y lo verás.

Me asomé por encima de su brazo. La nevera estaba repleta de comida y todo tenía un aspecto estupendo.

—Queso y tomate —decidí.

Lucas tomó los ingredientes y los llevó a la mesa. Yo me acomodé en un taburete y lo observé, mientras él cortaba el queso en lonchas y el tomate en rodajas. Movía las manos con rapidez y destreza. Se le daba bien. Después abrió una barra de pan y la rellenó, le puso un poco de orégano, pimienta y aceite. La cortó por la mitad y la metió en una bolsa de papel.

Al salir, se coló tras la barra y cogió dos refrescos de cola. Cerró de nuevo el restaurante y nos encaminamos a un parque cercano. No había nadie en la calle, todo estaba desierto.

Nos sentamos sobre el césped, entre miradas y sonrisas, y comimos rodeados de un silencio cómodo.

Es increíble lo rápido que una persona puede acostumbrarse a lo bonito.

A lo que le hace sentir bien.

A vivirlo como si siempre hubiese estado ahí.

25

En cuanto terminamos de comer, Lucas se quitó las zapatillas y hundió los pies en el césped. Yo lo imité. Estiré las piernas y mi piel desnuda se estremeció al notar la humedad del suelo. Suspiré hondo. El alcohol aún enturbiaba un poco mi cerebro y mi cuerpo parecía de goma.

—¿Te importa si fumo?

Negué con la cabeza y Lucas se apresuró a sacar una cajetilla de su bolsillo trasero. Prendió un cigarrillo. Luego dio una profunda calada. Expulsó el humo y miró mis pies con curiosidad.

—¿Por qué no te quitas los calcetines?

—Estoy bien.

—Me refiero a por qué nunca te los quitas. Siempre llevas unos puestos.

Me ruboricé, un poco incómoda, y encogí las piernas hasta que las rodillas me tocaron el pecho.

—Me gustan.

En su boca se dibujó una sonrisa traviesa.

—Venga, dime la verdad.

—¿Y por qué debería?

Se puso serio de inmediato y un tic contrajo su mandíbula. Dio otra calada y entornó los párpados cuando el humo le entró en los ojos.

—Mentir hace daño.

Sonrió al mirarme y sus rasgos se suavizaron, pero yo sentí que lo había dicho en serio.

—¿Alguna vez has visto los pies de una bailarina que no ha hecho otra cosa más que bailar durante los últimos quince años? —Negó con un gesto y la curiosidad marcó arruguitas en su frente—. Pues son muy feos.

Alzó las cejas.

—¿No te quitas los calcetines porque crees que tus pies son feos?

—Sé que lo son.

—No puede ser para tanto. Enséñamelos.

—¿Qué? ¡No!

—Por favor.

—¡No!

Dio una última calada a su cigarrillo y metió la colilla en la lata. Me miró con una lentitud premeditada, que hizo que el estómago me diera un vuelco. No tuve tiempo para reaccionar. Se abalanzó sobre mí y yo grité. Nos convertimos en una maraña de brazos y piernas. De gritos y risas. Le di una patada en el estómago sin querer, y él me mordió en la pierna queriendo.

Solté una carcajada incontrolable.

De repente, Lucas se hizo a un lado y alzó los brazos victorioso. De sus manos colgaban mis calcetines y yo lo fulminé con la mirada. Bajó los ojos a mis pies. Yo traté de esconderlos, pero él atrapó mi tobillo derecho. La calidez de sus dedos se filtró por mi piel. Con la otra mano rodeó mi pie y deslizó el pulgar por el empeine hasta los dedos.

—¡Qué exagerada eres! No les pasa nada.

—Son feos.

—Los míos tampoco son de modelo. Tienen pelos, como los de un hobbit.

Bajé la cabeza para ocultar una sonrisa. Él continuó tocándome, con una presión tan liviana que casi parecían caricias. Entonces, se dejó caer hacia atrás y se tumbó de espaldas con la vista clavada en el cielo y mi talón sobre su estómago. Intenté apartarlo. No me soltó; y me resigné a que un chico, al que apenas conocía, acariciara una parte de mi cuerpo que me avergonzaba.

Sin embargo, me descubrí disfrutando de la intimidad de ese momento. De la calidez de ese gesto. De sus dedos fuertes y suaves presionando puntos que me hacían suspirar.

—¿Sabías que el universo tiene al menos noventa y tres mil millones de años luz? Y está lleno de galaxias y sistemas solares, con sus planetas y satélites. Sus asteroides y cometas. Sus estrellas —habló de repente.

—No tenía ni idea.

—Es inmenso, y tú y yo solo somos dos puntitos microscópicos en su interior. Sobrecoge un poco —dijo en voz baja y meditabunda.

Yo también contemplé las estrellas.

—¿Eso te asusta?

—No, solo me hace preguntarme si en otro planeta, a millones de años luz de este, habrá otros dos puntitos borrachos pensando chorradas.

Reí para mí misma.

—Puede que hasta seamos nosotros en una realidad alternativa.

—Me gusta esa idea —susurró.

—Leí en alguna parte que el momento en el que más brilla una estrella es cuando está a punto de morir.

Lucas hizo un ruidito ronco con la garganta.

—Recuérdame que no te pida que me animes si algún día estoy jodido.

—¡Qué idiota! —Puse los ojos en blanco—. Es porque estallan, aunque la fuerza de esa explosión desencadena la formación de nebulosas, dentro de las que pueden nacer otras estrellas. No estoy segura, puede que me lo esté inventando, pero me gusta la idea de que el final de algo origine más vida porque, en cierto modo, perdura. Se convierte en un ciclo infinito.

—De pequeño observaba las estrellas con mi abuelo. Podíamos pasar horas tumbados en el suelo con la mirada perdida en el cielo. Mi abuela pensaba que nos faltaba un tornillo y siempre nos preguntaba: «¿Cuándo pensáis levantaros de ahí?», a lo que mi abuelo le respondía: «Cuando no queden más estrellas que contar». —Hizo una pausa y su pecho se elevó con una profunda inspiración—. Yo me partía de risa, porque sabía que hay millones de millones de ellas. Era su forma de decirle que nos dejara tranquilos.

Nos quedamos en silencio, mientras las estrellas comenzaban a perder su brillo. Solo respirando. Lo miré y vi que tenía el ceño fruncido. Su mente estaba en otra parte.

—Lucas, ¿puedo hacerte una pregunta?

Ladeó la cabeza para verme.

—Dispara.

—¿Cuánto tiempo llevas sin ver a tu familia?

Su expresión cambió.

—¿Qué te hace pensar que no la veo?

—Algo que dijiste el otro día y... —hice un gesto con el que abarqué el espacio que nos rodeaba— todo esto.

Se sentó y apoyó los brazos en las rodillas. Se había puesto tenso, lo percibí por la forma en que cerraba los puños con fuerza y se marcaba su mandíbula.

—Hace dos años que no me hablo con nadie de mi familia. Solo mantengo el contacto con mi hermana, y no es mucho. Nos felicitamos los cumpleaños y las fiestas, poco más.

—Lo siento.

—No te preocupes por mí. Estoy mejor que nunca.

—¿Qué os pasó?

Se encogió de hombros y soltó una risita sin ningún humor.

—¡Qué no pasó! —exclamó—. Provengo de una familia muy convencional y religiosa, en la que el cabeza de familia manda y el resto obedece. Si a todo eso le sumas que mi padre siempre ha sido un hombre muy autoritario y exigente, pues ya puedes hacerte una idea de cómo eran las cosas.

Pensé en mi abuela, en su carácter absorbente y severo. Sí, podía hacerme una idea de cómo podía haber sido su vida dentro de esa familia. Lucas empezó a ponerse las zapatillas mientras hablaba:

—Creo que él ya tenía planificado mi futuro mucho antes de que yo naciera, y desde el primer día me educó para cumplir todas sus expectativas. Mientras era pequeño, no me importó, porque tampoco era muy consciente, ¿sabes? —Hizo una pausa y llenó su pecho de aire—. Hasta que cumplí los doce, hice nuevos amigos y me volví un poco más rebelde. Yo quería salir a jugar y apuntarme a actividades como el fútbol, en lugar de pasar todas las tardes en una academia.

—Y tu padre no te dejaba.

—No. Según él, eso me distraía de lo importante, y los Velasco nunca se distraen de lo importante —dijo con una mezcla de burla y desdén. Recogió la basura del suelo y se puso de pie—. Pero ni la academia evitó que suspendiera Matemáticas ese curso y se cabreó muchísimo la tarde que llegaron las notas. Empezó a gritarme como un loco y a alterarse cada vez más. Hasta que, de pronto, se agarró el pecho y cayó al suelo.

—¿Un infarto? —aventuré.

Lucas me ofreció la otra mano y yo me apresuré a ponerme los calcetines y las zapatillas.

—Sí, casi se muere —respondió al tiempo que tiraba de mí hacia arriba—. Estábamos solos en casa cuando pasó y yo apenas acerté a marcar el número de emergencias. Siempre pensé que había sido culpa mía y desde ese instante me esforcé por hacer siempre todo lo que él quería.

—Pero es imposible que tú tuvieras la culpa de algo así, Lucas.

Él apretó mi mano, que aún continuaba entre sus dedos; y con un gesto de rabia tiró la basura a una papelera.

—Bueno, ellos creen que sí y yo no estoy seguro del todo.

—¡¿Lo creen?! —Yo sí que no daba crédito.

Asintió y llenó sus pulmones con una profunda inspiración.

—Además, tras ese infarto, desarrolló problemas cardíacos y los médicos insistían en que debía estar tranquilo. Mi madre me lo recordaba todo el tiempo...

Se me hizo un nudo en el estómago al imaginarme a un Lucas de doce años sintiéndose culpable por la enfermedad de su padre. Era muy injusto.

—Y te convertiste en el hijo perfecto.

—Eso hice. Estudié en los colegios que él eligió. Me matriculé en la carrera que él quiso y pasé los veranos en La Rioja aprendiendo el funcionamiento de la bodega. Cuando me licencié, empecé a trabajar en el negocio y continué haciendo todo lo que me pedía. Hasta que ya no pude más.

—¿Qué pasó?

Lucas negó con la cabeza y guardó silencio.

Yo no insistí. Él casi no me conocía. Una semana antes, ni siquiera sabía que yo existía, y una parte de mí también sabía que el alcohol había ayudado a que me contara algo tan personal que, en otras circunstancias, habría sido más reservado a la hora de revelar.

Y cuando ya no lo esperaba, respondió:

—Me mintieron en algo muy importante y eso me hizo abrir los ojos. Me quedó claro que yo les importaba una mierda y que solo les interesaba la puta fantasía en la que vivían. Así que me largué de un día para otro y sin decir nada a nadie.

El rencor impregnaba sus palabras y yo no pude hacer otra cosa salvo apretar sus dedos para intentar reconfortarlo.

—¿Y no vas a regresar?

—No pienso volver —dijo tajante—. Mi familia me manejaba como si fuese una marioneta y yo se lo permitía. Me anulaban de un modo que aún hoy no comprendo. Necesito estar lejos de ellos para tener una vida, ¿entiendes? No puedo caer en esa inercia otra vez. Además, me gusta este pueblo. Me encanta estar aquí. Ir a mi aire.

Sonrió de nuevo, de verdad, con esa facilidad que solo él tenía. Balanceó nuestras manos unidas y yo intenté no pensar en lo mucho que me gustaba pasear de ese modo con él.

—Y puedes ser tú mismo —comenté.

Me miró y puso los ojos en blanco. La brisa le sacudía el cabello.

—¿Por qué todo el mundo se empeña en decir eso? Sé tú mismo. ¿Y si no quiero? No sé, es que a veces prefiero ser cualquiera menos yo. Además, ¿qué significa ser uno mismo? Porque creo que mucha gente se escuda en esas palabras para justificar que en realidad hace lo que le sale de los cojones todo el tiempo.

Me reí, no pude evitarlo. Parecía tan indignado en ese momento.

—¿Y quién te gustaría ser cuando no te apetece ser tú mismo?

—No sé, depende. ¿Actor famoso, estrella del porno, un gato...?

Se me escapó una carcajada tan fuerte que gruñí como un cerdito.

—¿Un gato, en serio?

—Es el mejor animal del mundo. ¿Y a ti quién te gustaría ser?

—¿Cómo puedes hacerme esa pregunta? Eres la única persona en este momento que conoce la crisis existencial que atravieso.

Me miró de reojo y una sonrisa traviesa curvó sus labios.

—¿La única? —preguntó en tono pícaro. Asentí—. ¿Tu confidente más íntimo? —Hice un gesto de «Puede que sí». Y él añadió—: ¿Vas a contarme todas tus fantasías íntimas e inconfesables?

Le enseñé el dedo corazón y él rompió a reír como un niño descarado. Me agarró por la cintura y me levantó en peso. Grité con una oleada de emoción arremolinándose en mi tripa, ascendiendo por mi pecho y estrujándome el corazón.

Me dejé envolver por sus brazos. Por el murmullo del mar. El aroma a verano.

Y por primera vez en mucho tiempo, me sentí yo misma.

Solo yo.

Y no quise ser nadie más.

26

El sol de la mañana se coló a través de las láminas de madera de las contraventanas. Delgadas líneas doradas que iluminaron la habitación con un patrón de luces y sombras. Abrí los ojos y parpadeé varias veces hasta que logré enfocar la vista. Me sentía como si hubiera dormido veinticuatro horas seguidas. Y, en cierto modo, así había sido.

El día anterior, Lucas y yo habíamos regresado a casa después de que amaneciera. Completamente agotados, cada uno se encerró en su cuarto y dormimos hasta muy entrada la tarde. Preparamos algo de cenar y nos acomodamos en el sofá.

A ratos, adormilados. A ratos, viendo la tele.

Apenas hablamos de nada. Solo estuvimos. Envueltos en un silencio cómodo, sin la necesidad de llenarlo con palabras.

A veces lo pillaba estudiándome. O él me descubría a mí. Y nos quedábamos atrapados en ese instante, sin ir a más. Con el deseo de que sucediera. Con el miedo a que ocurriera.

Contenidos.

Y la pregunta no era por qué, sino hasta cuándo.

Me levanté y arrastré mi cuerpo a la ducha. Con el agua

caliente resbalando por mi cara, volví a jurarme que nunca más bebería de ese modo. Aún notaba el estómago del revés.

Me quité la humedad del pelo con una toalla y lo desenredé sin prisa. Me lo dejé suelto y me miré en el espejo. Era el reflejo de siempre, pero había algo que nunca antes había visto en mí. Un brillo nuevo en mis ojos, color en las mejillas. Un latir nuevo, más rápido y ligero. Más vivo.

Alguien llamó a la puerta.

Abrí y encontré a Giulio al otro lado con una enorme sonrisa.

—Hola.

—Ho-hola —respondí.

Con él me quedaba sin palabras, no podía evitarlo. Tampoco podía dejar de mirarlo como si todas las respuestas a mis preguntas estuviesen escondidas en su rostro. No fue hasta que parpadeé cuando vi la bicicleta de paseo que había tras él, apoyada en la pared. Era de color crema y tenía una cestita, de la que colgaba un casco rosa.

Él la señaló con un gesto.

—Era de mi hermana y hemos pensado que podrías usarla mientras estés aquí.

—¿De verdad?

—Ella no la utiliza.

—Es muy bonita, gracias.

—No es lo mismo que un coche —apuntó él mientras se encogía de hombros—, pero podrás moverte a tu antojo, ir al pueblo o donde te apetezca.

Se me aceleró el corazón y una emoción inesperada se expandió bajo mis costillas. Miré de nuevo la bici y sonreí de oreja a oreja. Un mundo de posibilidades acababa de abrirse ante mí.

—¡Es genial! De verdad, gracias.

—De nada. Pero ten cuidado, ¿de acuerdo?

—Lo tendré, prometido.

Se me quedó mirando y yo le devolví la mirada. Mis ojos volaron hasta ese lunar sobre su ceja y me pregunté si él se habría dado cuenta del mío. Puede que no. Puede que sí. Puede que él solo viese un lunar más y yo, la mitad de mi vida.

Giulio esbozó una sonrisa, alzó la mano a modo de despedida y se lanzó escaleras abajo.

Yo respiré con fuerza, y sentí tanto en ese momento que me eché a temblar. Cerré la puerta y apoyé la espalda en la madera. Llevaba una semana en Sorrento y cada día imaginaba un escenario distinto en el que le contaba a Giulio que había ido hasta allí por él, a buscarlo. Creaba en mi mente los diálogos, les daba vida. Sin embargo, no lograba darles voz. Me quedaba muda siempre que lo veía. Cada vez que me encontraba con él. Paralizada por el miedo. Por las posibilidades.

Abrí de nuevo la puerta y contemplé la bici. Era increíblemente ñoña, y el casco rosa dolía a la vista; pero ¿a quién le importaba? A mí no.

Notaba un cosquilleo en todo el cuerpo mientras pedaleaba y admiraba el paisaje. Las vistas continuaban asombrándome. Acantilados escarpados se sumergían verticales en las aguas claras y azules de un mar Mediterráneo tan igual al que yo conocía, y tan distinto al mismo tiempo...

Desde lo alto, podía ver las pequeñas playas idílicas que rompían esa línea de roca. Las casas que salpicaban las laderas. Los huertos de naranjos y limoneros encastrados en terrazas de tierra que colgaban como balcones. Y todo bañado por una luz brillante que hacía que los colores resultaran chillones a la vista.

Dejé atrás la carretera y me adentré en las calles del pueblo.

Julio había traído consigo una marea de turistas. Casi no se podía andar por algunas travesías y las plazas hervían de gente que competía por una mesa en las terrazas o un rincón a la sombra en el que protegerse del calor.

Caminé con la bici y me entretuve curioseando en algunos puestos de ropa y zapatos, en una vía paralela a la calle San Cesareo que, junto con Corso Italia, formaban la columna vertebral de Sorrento y concentraban un gran número de comercios.

Descubrí una pequeña tienda de zapatos en la que vendían unas sandalias preciosas. Me fijé en unas de color rojo, planas y con tiras decoradas con cristalitos. Se me hizo un nudo en la tripa mientras las sostenía y miraba mis pies dentro de los calcetines y las zapatillas. Había arrastrado ese complejo durante más tiempo del que recordaba.

Cerré los ojos un momento, inspiré hondo y no lo pensé.

Compré las sandalias y también unas chanclas. En otro puesto me hice con un par de biquinis y conjuntos playeros. Por último, entré en una tienda de ropa de estilo *boho* y adquirí unos vestidos de temporadas anteriores, que estaban de oferta, y una falda con calados y volantes a juego con un top.

Colgué las bolsas en el manillar y comprobé la hora. Estaba pensando en comer algo por la zona, cuando oí que alguien gritaba mi nombre. A lo lejos, vi una mano que me saludaba. Era Mónica. Agité el brazo.

—Hola —grité.

Ella sonrió y vino a mi encuentro.

—¡Hola! No estaba segura de que fueses tú.

Inspiró hondo y colocó las manos a ambos lados de su cintura, lo que hizo que me fijara en su abultada barriga. Durante la barbacoa no me había percatado de que su embarazo estuviese tan avanzado. Resopló fatigada, y yo comencé a preocuparme.

—¿Te encuentras bien?

—Sí, es por este calor y los kilos extra que llevo encima.

—¿De cuánto estás?

—De seis meses, pero voy a tener mellizos y por eso parezco un globo aerostático.

Se me escapó la risa.

—Perdona, no quería reírme.

Hizo un gesto con la mano, quitándole importancia.

—Tranquila, yo también me reiría si no me hiciera pis encima. ¿Qué haces por aquí?

—Unas compras. ¿Y tú?

—Mi floristería está un poco más abajo, acabo de cerrar. —Frunció el ceño—. ¿Has comido?

—No, estaba pensando en buscar algo por aquí cerca.

—De eso nada, te vienes conmigo a casa de mis suegros. Los días que Tiziano trabaja en Nápoles, siempre como con ellos.

—Pero no quiero molestar.

Ella sacudió la cabeza y enlazó su brazo con el mío.

—Estarán encantados, ya lo verás.

Los suegros de Mónica me hicieron sentir una más de la familia desde el primer instante. Eran amables y cariñosos, y un poco escandalosos al hablar. Me atiborraron de comida hasta el empacho, pero no me quejé. Todo estaba delicioso. Probé por primera vez la tortilla de macarrones y el *gattò* de patatas. Y de postre comí *sfogliatella*, un hojaldre relleno que sabía a gloria.

Acababan de servir el café cuando Mónica recibió la llamada de un repartidor que la esperaba frente a su floristería. Tras despedirme de sus suegros y prometerles que los visitaría otro día, acompañé a Mónica hasta su negocio.

—Los llamé la semana pasada para recordarles que solo abriré por las mañanas y que el reparto deben hacerlo durante esas horas —me explicó muy enfadada.

Cuando llegamos a la floristería, el repartidor parecía molesto por haber tenido que esperarla. Mónica no se achantó ni un poco. Tras una breve discusión, en la que apenas logré entender algunas palabras, él abrió su furgoneta y sacó varios cubos de plástico repletos de flores, que llevó dentro del local mientras se disculpaba.

—No dejes la bici en la calle —me aconsejó Mónica, una vez que nos quedamos a solas.

—¿Seguro?

—Sí, colócala junto al mostrador.

Se agachó para levantar uno de los cubos, pero yo me apresuré a detenerla.

—Oye, podrías hacerte daño. ¿Por qué no me dices qué hacer y yo me encargo?

—¿Lo harías? —preguntó esperanzada.

—Sí, por supuesto.

—Gracias. La verdad es que últimamente todo me cuesta el doble de esfuerzo y ya ni siquiera me veo los pies. —Se frotó la barriga y suspiró—. Podrías empezar llevando todas esas flores a la trastienda. Después recortaremos los tallos, las pondremos en agua limpia y las guardaremos en la cámara frigorífica.

—Vale.

Seguí cada una de las instrucciones que Mónica me iba dando. Corté los tallos en bisel con cuidado de no aplastarlos y luego me enseñó a preparar su mezcla especial de conservantes para que las flores no se estropearan. Por último, colocamos unas orquídeas dentro de unas cajas de cartón. Según me explicó, aguantaban más tiempo frescas si las protegías de ese modo.

—Las flores necesitan un mimo especial y a ti se te da muy bien —me dijo ella mientras cerraba la puerta de la cámara.

—¿De verdad?

—No lo digo por quedar bien —respondió con una sonrisa radiante.

—¡Gracias! Y si necesitas que te ayude otro día, llámame. Lo haré encantada.

—¿En serio? Porque sé que estás de vacaciones y que lo último que querrías es hacer favores, pero igual te apetece pasarte dos o tres horas por las mañanas y ayudarme con los arreglos y alguna cosa más. Te pagaría, por supuesto.

La miré perpleja.

—¿Me estás ofreciendo trabajo?

—Algo así.

Me quedé parada. Lo último que habría esperado ese día era que alguien me ofreciera un empleo. Consideré su oferta. El dinero me vendría bien, por poco que fuese. Además, tendría algo con lo que ocupar mi tiempo. Los días se hacían muy largos sin ninguna distracción.

—Gracias, Mónica, sería estupendo.

—¿Eso es un sí?

—Sí.

—¡Qué bien, Maya! —Me envolvió con un fuerte abrazo—. ¿Te parece bien empezar mañana a las diez?

—Aquí estaré.

Me despedí de Mónica y regresé a Villa Vicenza.

Mientras pedaleaba, con el sol a mi espalda y la brisa del mar dándome en la cara, no podía dejar de sonreír. Estaba contenta y destellos de ilusión se mezclaban con un sentimiento de seguridad desconocido para mí.

Dejé la bici en el vestíbulo y, cargada con las bolsas, subí corriendo las escaleras.

Abrí la puerta al mismo tiempo que Lucas se disponía a salir y nos tropezamos. Ambos dimos un salto atrás, dejando paso al otro. Dudamos y nos movimos de nuevo. Chocamos otra vez.

Se hizo a un lado y me cedió el paso.

—Tú primero.

—Gracias.

Salió con su mochila al hombro y se dio la vuelta para mirarme.

—¿Dónde has estado?

—En el pueblo —respondí.

—¿Y cómo has ido hasta allí?

—En bici. Ángela me la ha prestado y puedo quedármela mientras me aloje aquí. —Suspiré feliz, eufórica, y agité las bolsas que aún colgaban de mis manos—. Y me he comprado un montón de cosas. Ropa, zapatos, biquinis... Espero que me queden bien, porque no he podido probármelos.

La sonrisa de Lucas se hizo más amplia mientras me observaba.

—Seguro que te quedan genial. Pero si necesitas una opinión objetiva, ya sabes, cuenta conmigo.

Me ruboricé, y odiaba hacerlo con tanta facilidad cuando era él quien provocaba esa reacción en mí.

—¿Te marchas?

—Tengo turno de tarde.

—Vale.

—Volveré de madrugada, intentaré no despertarte.

—No te preocupes.

Sus ojos brillaron sobre los míos y luego vagaron por mi cara.

—Adiós.

Me quedé callada, incapaz de repetir esa palabra. Después cerré la puerta y apoyé la frente en la madera, mientras oía sus pasos alejarse escaleras abajo.

Mi mente gritaba.

Mi corazón gritaba.

Todo mi cuerpo lo hacía.

Lucas me gustaba. De todas las maneras. Y cada día que pasaba, me gustaba un poco más. No solo porque fuese guapo, también porque era amable, divertido y un poco canalla, en el buen sentido.

Porque había logrado que pensara más en él que en mis problemas.

Porque mi mundo había comenzado a girar en el mismo instante en que lo vi por primera vez; y si eso no era una señal, no tenía ni idea de qué otra cosa podía ser.

27

—Matías...

—Solo digo que tengas cuidado y pienses muy bien lo que haces.

—Y lo hago —repliqué como una niña pequeña enfurruñada.

Lo oí suspirar al otro lado del teléfono. Mis pulmones lo imitaron y se quedaron vacíos.

Me levanté de la cama y me acerqué a la ventana entreabierta.

—Has ido hasta ahí por un motivo, ¿recuerdas? Pero has alquilado una casa...

—Una habitación —maticé.

—Lo que sea, Maya. Te has instalado en esa villa y has aceptado un trabajo. El tío con el que vives te pone y, por cómo hablas de él, vas a acabar muy pillada. Estás creando lazos con toda esa gente y...

—¿Y qué, Matías? —repuse en voz baja.

—Que ni siquiera sabes si ese hombre es tu padre, y es lo primero que deberías averiguar.

—Pienso hacerlo, pero elegir el momento oportuno es importante.

—Pues no tardes mucho, porque todo esto se te puede volver en contra.

—Vale —susurré mientras apoyaba la frente en el cristal y cerraba los ojos. Él tenía razón: guardar silencio y alargar esa situación solo podría acarrearme malentendidos y problemas—. Tengo que dejarte, entro a trabajar dentro de un rato.

—De acuerdo, hablamos pronto.

—Matías.

—¿Qué? —mascullò con desgana.

—Te quiero.

Percibí su sonrisa.

—Yo también te quiero.

Colgué el teléfono y llené mis pulmones de aire. Lucas llevaba un rato despierto y me pregunté qué estaría haciendo. Salí de mi cuarto con la ropa que usaba para dormir. Me asomé a la cocina y lo encontré de espaldas a la puerta, vestido tan solo con un pantalón ancho de cordones. Lo observé mientras secaba unos platos y los colocaba con aire distraído en el armario.

—Buenos días —saludé.

Él se giró y una sonrisa se desperezó en su rostro al verme.

—Buenos días. Queda café y Catalina ha traído bizcocho recién hecho.

—¡Qué bien, me muero de hambre!

Sobre la cocina de gas reposaba la cafetera italiana en la que Lucas solía hacer el café. Aún estaba caliente y me serví una taza.

—¿Y el bizcocho? —pregunté.

—En la mesa, bajo ese trapo.

Levanté el paño de cocina y el olor a bizcocho casero se coló en mi nariz. Corté un trozo y me senté a la mesa. Empecé a comer en silencio, mientras él colocaba los cubiertos en el cajón y limpiaba la encimera. Lo observé, recreándome en el color dorado de su piel, en la forma que su espalda desnuda se tensaba al moverse y en cómo los pantalones colgaban de sus caderas con tanta indolencia.

Estaba tan absorta mirándolo que no me di cuenta de que él también me observaba a mí. Quedamos atrapados en un desafío de miradas. La suya, directa y transparente. Seductora. La mía, más insegura, pero igual de intensa. Solté el aliento; no quería pensar en por qué me sentía así.

De repente, vi la hora que era y salté de la silla.

—¡Llego tarde!

—¿Tarde?

—Tengo trabajo. Ayudaré a Mónica en la floristería. ¿A que es increíble?

Lucas me miraba divertido, con una sonrisa torcida en los labios y los ojos brillantes.

—¿Necesitas que te lleve?

—No, me las arreglo bastante bien con la bici. Aunque gracias por ofrecerte.

Me guiñó un ojo, y yo sonreí como una idiota.

Corrí a mi habitación. Me puse un vestido de tirantes con falda de vuelo y abrí el cajón de la cómoda para sacar unos calcetines. Rebusqué hasta dar con unos cortos y me senté en la cama. Mis ojos volaron hasta la caja con las sandalias, que continuaba donde la había dejado la tarde anterior.

Cogí aire y la abrí.

Me sentí muy rara cuando me las puse, pero al mirarme en el espejo vi que quedaban genial con el vestido.

Entré al baño a toda prisa. Me lavé los dientes y la cara y me cepillé el pelo. Cuando salí, encontré a Lucas tirado en el sofá. Me miró de arriba abajo y se detuvo un poco más de lo necesario en mis pies. Esbozó una sonrisa lenta.

—Muy guapa.

—Gracias, tú también —dije sin pensar y con un millón de mariposas en el estómago.

Salí del piso a toda velocidad y me apoyé en la pared en cuanto la puerta se cerró. Después me lancé escaleras abajo, muerta de vergüenza.

—¿Tú también, en serio? —dije para mí misma—. Parezco idiota.

—¿Idiota?

Levanté la vista del suelo y me encontré con Dante, que entraba al vestíbulo cargado con varias bolsas de una tienda de decoración. Mis ojos se iluminaron al ver a Giulio tras él, siempre me ocurría.

—Nadie, cosas mías —me reí—. ¿Habéis ido de compras?

—Adornos para el salón, lo hemos reformado hace muy poco —respondió Giulio—. ¿Te marchas?

—Sí, voy al pueblo.

—Ten cuidado.

—Lo tendré —susurré sin apenas voz y con las mejillas rojas.

Su actitud amable y preocupada hacía que me sintiera mal conmigo misma. Un poco más cada día que pasaba y yo guardaba silencio, pero no lograba dar con la forma ni el momento para revelarle el motivo real de mi presencia en su casa.

Pasé por su lado y cogí la bici. Luego salí sin decir nada más.

Cuando llegué a la floristería, Mónica no daba abasto entre atender el teléfono, anotar pedidos y entregar los que ya estaban preparados. Los clientes hacían cola frente al mostrador y algunos comenzaban a impacientarse. Me abrí paso entre ellos.

—Hola —la saludé.

Su rostro se transformó con una expresión de alivio.

—¡Gracias a Dios que ya estás aquí! Ponte ese delantal para no mancharte y échame una mano con estas rosas.

—¿Las blancas?

—Sí, son para una boda. Sepáralas en docenas.

—De acuerdo.

Esa actividad frenética se mantuvo toda la mañana y tuve que aprender sobre la marcha cómo hacer cada cosa. Quité espinas, arreglé ramos, hice lazos y dediqué tarjetas. También recorrí medio pueblo entregando pedidos.

Cuando regresé a la villa, mi cuerpo se quejaba como si le hubieran dado una paliza.

Nada más entrar en casa, me recibió un olor delicioso y mi estómago hizo un ruido que debió de oírse en todo el edificio.

Lucas se asomó desde la cocina.

—Hola —me saludó—. ¿Te gusta el pescado?

—Sí.

Dejé el bolso en el sofá y fui a su encuentro. Lucas había preparado la mesa, con servilletas de tela y copas de cristal. En el centro había colocado un jarrón con flores del jardín que olían de maravilla.

—¿Todo esto es por mí?

Asintió mientras sacaba del horno una fuente con pescado y patatas. La colocó sobre la encimera y me miró.

—Vamos a celebrar que has conseguido trabajo. Siéntate.

Me explotó el corazón, y lo hizo de un modo tierno y doloroso al mismo tiempo. Empecé a emocionarme y forcé una sonrisa mientras parpadeaba rápidamente para alejar las lágrimas.

Nadie había hecho nada parecido por mí, ni siquiera Antoine durante todo el tiempo que estuvimos juntos.

Nunca hubo detalles ni complicidad.

No hubo seducción ni intimidad más allá del sexo, del acto en sí.

Nunca había sentido las emociones que ahora se retorcían bajo mi piel, enredándose. Enredándome.

Observé a Lucas mientras me sentaba a la mesa y él servía la comida en los platos. Abrió una botella de vino.

—Creía que no te gustaba el vino.

—Es para ti, este en particular va genial con el pescado. Yo voy a tomar cerveza.

Se sentó frente a mí. Me miró a los ojos y yo vi en los suyos un brillo especial. Uno que me aceleró el pulso e hizo temblar mis manos.

El asado de pescado estaba tan bueno que acabé repitiendo. Lucas cocinaba muy bien. Al menos, mucho mejor que yo, que lo más elaborado que sabía preparar era una tortilla con queso. Me preguntó sobre la floristería y yo le conté con todo lujo de detalles lo que era el mundo de la decoración floral. Aunque lo que más me había fascinado era la relación directa entre las distintas especies de flores y los sentimientos. Sus colores y el significado.

—Por ejemplo, la rosa roja simboliza el amor. La amarilla, amistad. La orquídea blanca expresa pureza, y la roja, deseo. Las gardenias son para un amor secreto —dije en un susurro cómplice. Lucas sonrió con los brazos cruzados sobre el pecho—. Y el girasol es considerado el símbolo de la felicidad.

—¿Y has aprendido todo eso en una sola mañana?

—Mónica habla muy rápido y yo he descubierto que tengo una facilidad pasmosa para guardar información en mi cabeza. Supongo que memorizar tantas coreografías ha servido para algo.

Lucas se puso en pie y comenzó a recoger la mesa.

—Eres lista.

—Acabé el bachillerato de milagro.

—Eso no quiere decir nada. Hiciste otras cosas mucho más importantes, Maya.

Contuve un suspiro. ¿Por qué mi nombre sonaba tan bien en su boca?

Entre los dos limpiamos la cocina. Después nos sentamos en el sofá.

Yo me quité las sandalias y subí los pies al asiento. Lucas entornó las contraventanas y encendió el ventilador del techo para aliviar el calor. A esas horas, el sol daba de lleno en el tejado. Se dejó caer a mi lado con descuido y me dedicó una sonrisa cuando nuestros ojos se encontraron.

Puso la tele y empezó a cambiar de canal. De pronto, se detuvo.

—¡Joder, me encanta esta película!

—A mí no me suena.

Ladeó la cabeza y me miró sorprendido.

—¿En serio? ¿No la has visto?

Parecía antigua y tenía una estética muy peculiar, cómica. La recordaría de haberla visto.

—Estoy segura de que no.

—Pues es muy divertida. Va sobre un doctor y su ayudante, que viajan a Transilvania para confirmar una teoría que afirma la existencia de los vampiros. Está llena de gags y tiene una trama completamente loca. Hay escenas geniales.

Tomé un cojín y lo coloqué bajo mi cabeza.

—¿Hace mucho que ha empezado?

—No, ahora están llegando a la posada. Solo lleva unos minutos. ¿Por qué, quieres verla?

—Puede que me guste.

—Te va a encantar —dijo él con una risita y se recostó un poco más en el sofá.

Cada uno de nuestros movimientos nos había acercado. Ahora su pierna rozaba la mía y su brazo encajaba en la curva de mi costado. Mi cabeza estaba a la altura de su hombro y, cada vez que él hablaba, sentía su aliento en la sien. Estábamos muy juntos y por más que intentaba ignorarlo y centrarme en la película, solo podía pensar que si movía mi meñique solo dos centímetros, se encontraría con el suyo.

Me desperté de repente, con la boca seca y el pelo enmarañado sobre la cara. Miré a mi alrededor, confundida, y de golpe recordé dónde se encontraba.

Lo busqué con la mirada, pero Lucas ya no estaba a mi lado.

Me desperecé y estiré los brazos por encima de la cabeza. La televisión continuaba encendida, aunque sin volumen. La apagué y fui a la cocina para beber agua.

El reloj del microondas marcaba las seis y media.

Me puse las sandalias y curioseé los libros que había en la estantería. Elegí uno que, por su aspecto, lo habían leído muchas veces.

Bajé las escaleras mientras lo ojeaba y salí al jardín trasero.

Encontré a Roi sentado en una hamaca bajo su árbol de siempre, tecleando en un ordenador portátil sobre el regazo. Lo saludé con la mano y él me dedicó un gesto cortés con su sombrero. Era todo un personaje.

Me dirigí al huerto de limoneros. Encontré un rincón bajo la maraña de ramas y hojas, y me senté en el suelo con la espalda apoyada en un tronco. Comencé a leer y las horas pasaron sin que me diera cuenta, en compañía de unos personajes que me fueron conquistando página tras página.

Cerré la novela cuando la escasa luz ya no me dejaba distinguir las palabras. La abracé contra mi pecho y me puse en pie. Regresé sin prisa, con mi cabeza aún inmersa en las historias de los protagonistas. En los sentimientos que habían despertado en mí.

«La palabra *melancolía* puede sonar dramática, pero a veces es la más ajustada. Es cuando te sientes a la vez un poco feliz y un poco triste», decía el relato.

Así me sentía yo la mayor parte del tiempo, melancólica.

A veces feliz porque estaba descubriendo que la vida está llena de nuevos comienzos. Que puedes perder cosas importantes que dejan vacíos inmensos, pero que en tu mano está tomarlo como un espacio libre para otras cosas nuevas que pueden llenarte incluso más.

A veces triste porque era más consciente que nunca de lo sola que había estado desde siempre, y esa soledad me había llevado a confundir sentimientos con anhelos. Carencias con deseos. A convencerme de que era eso lo que merecía porque nunca hice lo suficiente. Nunca fui bastante.

Dejé esos pensamientos a un lado en cuanto crucé la verja y me adentré en el jardín.

Las bombillas encendidas se mecían con la brisa y salía música de una de las ventanas de la planta baja. Los niños corrían y gritaban, perseguidos por Marco, que fingía ser un monstruo. Ángela caminaba de un lado a otro mientras hablaba por teléfono, y me saludó con la mano nada más verme. Roi había dejado su escondite y escuchaba con una sonrisa el parloteo constante de Julia sobre una nueva técnica de moldeado que iba a ser la bomba. En la mesa de la terraza, Catalina, Iria y Blas jugaban a las cartas y me invitaron a unirme a ellos.

Sonreí y mi corazón latió furioso contra mis costillas porque, en momentos como aquel, las sentía.

Mis alas.

Las que me habían llevado hasta allí.

28

Los días siguientes pasaron envueltos en una rutina muy similar. Por las mañanas ayudaba a Mónica en la floristería y volvía a casa para comer con Lucas. Después veíamos un rato la televisión mientras dormitábamos en el sofá, derrotados por el calor de un mes de julio que avanzaba muy rápido.

A media tarde, Lucas se marchaba al restaurante y no regresaba hasta la madrugada. Yo me perdía en el huerto con un libro nuevo y a última hora volvía y compartía lo que quedaba del día con todas aquellas personas que empezaban a convertirse en un pedacito de mí.

Abrí los ojos, muerta de calor y con el pelo pegado al cuello por el sudor. Miré el ventilador, que giraba en el techo con las aspas cortando el aire con un ligero zumbido. Un ruidito me hizo girar la vista y encontré a Lucas a mi lado. Dormía con la cabeza colgando hacia atrás y la boca entreabierta.

Me sorprendió verlo aún allí, pero entonces recordé que esa tarde no trabajaba.

Lo observé inmóvil. Tenía la mandíbula cuadrada, la nariz pequeña y recta y las cejas pobladas. La sombra de una barba endurecía sus rasgos y hacía imposible no fijarse en sus labios gruesos. Me encantaban sus pecas. Tenía un montón, aunque algunas eran tan pequeñas y claras que apenas se notaban. Sobre la mejilla izquierda había unas que, si las unías con una línea, formaban una *m*. Estaba segura.

M de Maya.

Puse los ojos en blanco por pensar esas tonterías como una adolescente enamoradiza.

—Si sigues mirándome así, voy a pensar que te gusto.

Pegué un bote al escuchar de pronto su voz. Me llevé una mano al pecho con un susto de muerte.

—No te estaba mirando.

Sonrió y abrió los ojos. Su sonrisa perezosa se hizo más amplia.

—Oye, que no me importa. Yo también te miro.

—¡Que no te estaba mirando! —Fruncí el ceño y el corazón se me aceleró hasta un punto crítico. Me giré hacia él—. ¿Me miras?

Se señaló un ojo y después, el otro. Una mirada socarrona transformó su expresión adormilada.

—Son unos descarados.

—Ya, como si tú no tuvieras nada que ver con eso.

—Tú también eres una descarada que me observa cuando duermo —dijo en voz baja y sugerente—. Me gusta.

Me levanté. Los latidos de mi corazón se extendían por todo mi cuerpo y me había puesto roja. El efecto que Lucas tenía en mí iba a más y las palabras de Matías se convirtieron en un zumbido molesto en mi cabeza. No podía pillarme por este chico.

Su mano en mi muñeca me detuvo.

—Perdona, como seductor soy un desastre.

—Y otras muchas cosas, pero ¿quién quiere contarlas?

Rompió a reír y tiró de mi brazo. Caí a su lado y mi cuerpo rebotó en el sofá. Se inclinó sobre mí.

—¿Qué otras cosas soy?

Lo miré, sin ninguna respuesta rápida e ingeniosa que me ayudara. Porque Lucas no era un desastre en ese sentido, al contrario. Cautivaba sin esfuerzo, como si se tratase de una cualidad innata, y eso lo hacía fascinante. Bajó la mirada a mis labios y una punzada de deseo me atravesó. Fue una sensación inesperada e intensa, y lo sentí. A él. Muy dentro. Colándose bajo mi piel como una tormenta. Y no lo vi venir.

—¿Te apetece que vayamos a la playa? —me preguntó de repente.

—Con este calor..., sí.

Otra sonrisa. Más traviesa. Más íntima. Más peligrosa.

Se puso en pie y yo volví a respirar. Alcé la cabeza al techo y contuve una risita que él descubrió.

Minutos después, subíamos al coche con una mochila con agua, algo para picar y unas toallas. Lucas condujo en dirección a Amalfi. Eran poco más de las cinco y media y el sol aún calentaba con fuerza. El aire que entraba por las ventanillas embotaba los oídos y era imposible hablar o poner la radio, así que me distraje contemplando el paisaje.

Media hora más tarde, Lucas aparcaba en el margen de la carretera. Caminamos un kilómetro por un sendero de tierra, hasta una pendiente escarpada. El paisaje era precioso en esa zona, lleno de vegetación y con unas vistas al mar increíbles.

Alcanzamos una escalera, formada por las rocas de la ladera.

—Ten cuidado, suelen estar húmedas y resbalan —dijo Lucas.

—Vale.

Di un par de traspiés. Era incapaz de apartar los ojos de la cala a la que nos dirigíamos, pequeña y escondida entre paredes de piedra y las ruinas de una antigua villa romana. Extendimos las toallas sobre una playa casi inexistente de guijarros, pero quién quería tumbarse, pudiendo sumergirse en un agua tan cristalina que destellaba con el reflejo del sol como si estuviera hecha de diamantes.

Me quité la ropa y la dejé junto a la mochila. Después me ajusté el biquini. Pillé a Lucas observándome y fingí no darme cuenta. Me daba un poco de corte que me viera tan desnuda. Porque así me sentía, expuesta.

—¿Estará fría? —pregunté.

—Solo un poco. Ven.

Lo seguí hasta la orilla, pero cuando el agua me rozó los pies, di un paso atrás. Estaba helada.

Lucas ya flotaba boca arriba unos metros más allá y ladeó la cabeza para mirarme.

—¿Quieres que vaya a por ti?

—Solo necesito un momento.

—Si lo piensas, no lo harás.

Inspiré hondo varias veces y me metí sin vacilar. El agua salada me cubrió hasta la coronilla. Tomé aire de golpe al sacar la cabeza y me reí solo por la impresión. Giré sobre mí misma, buscando a Lucas, pero no lo vi por ninguna parte.

De pronto, emergió a solo dos palmos de mí. Me salpicó.

—¡Eh!

Yo lo salpiqué a él y me contagié de su risa. Nos hicimos ahogadillas, como dos niños que juegan. Aunque, en realidad, éramos dos adultos con una excusa para tocarse. Su mano, en mi cintura. La mía, en su pecho. Su estómago, contra mi espalda. Piernas enredándose.

Acabamos meciéndonos en el agua, entre miradas fugaces y mal disimuladas. Hasta que el paso de los minutos nos hizo más osados y nos quedamos mirándonos. Sus pupilas, clavadas en las mías como si me viese por primera vez. Las mías, absorbiendo los detalles de su rostro, como las gotitas atrapadas en sus pestañas. Sus ojos azules, que bajo esa luz parecían de un gris muy claro. Los reflejos que el sol le arrancaba a su cabello castaño. El vaivén de la superficie salada chocando contra sus labios.

Vino más gente y nos decidimos a salir del agua. Me tumbé en la toalla y cerré los ojos al notar el calor de sol. Lucas se sentó a mi lado. Lo oí hurgar en la mochila. Después, el sonido del mechero. Sus labios aspirando. El chisporroteo de las hojas secas al quemarse. Una exhalación.

—¿Desde cuándo fumas?

—Empecé en la universidad, lo dejé y hace un par de años que me enganché de nuevo.

—Deberías dejarlo, pero esta vez de verdad. Es malo y no huele bien.

—Sí, mamá —se rio.

—A nadie le gusta besar un cenicero.

Sentí su mirada sobre mí.

—¿Tienes intención de besarme?

—¿Qué te hace pensar eso?

—Tu preocupación.

—Pues no.

—Si cambias de opinión...

—¿Dejarías de fumar?

—Sería una motivación.

—¿Y cuál sería la mía?

—Que beso de puta madre.

Me mordí la lengua para no echarme a reír.

Se tumbó a mi lado y yo me dejé envolver por la calidez del sol, el murmullo del mar y ese aroma a sal y perfume masculino que desprendía Lucas.

—¿Cuánto vas a quedarte? —preguntó de repente en voz baja.

Abrí los ojos y ladeé la cabeza. Contemplé su perfil.

—¿Ya quieres echarme?

Una pequeña sonrisa tiró de sus labios y se los humedeció con la lengua.

—No, solo tengo curiosidad.

—No lo sé, la verdad. ¿Eso es un problema?

—No para mí. Puedes quedarte todo el tiempo que quieras. —Giró la cabeza y nuestros ojos se encontraron—. En serio, quédate.

Tragué saliva y mi pecho se llenó con una inspiración entrecortada. Ese «quédate» había sonado como un ruego. Él cerró los párpados y yo contemplé el cielo. Permanecimos en silencio durante una eternidad, con los brazos tan juntos que nuestras manos jugaban a rozarse.

Y mientras, solo respirábamos.

29

—¿Seguro que no te importa? —preguntó Catalina otra vez.

—No me importa, en serio —dije en tono paciente.

—No te lo pediría si hubiera alguien más, pero Ángela y Marco están pasando el día en Positano con los niños, Roi aún no ha regresado y Blas es un peligro al volante.

Me reí y le froté el brazo.

—Tranquila, solo dime adónde debo ir.

—A la plaza Sant'Antonino. En la esquina, donde comienza una calle con un arco, verás una pequeña *boutique*. Es de mi amiga Donata. Solo tienes que darle esto y decirle que vas de mi parte.

—De acuerdo —convine mientras observaba con curiosidad la bolsa.

—Y ten mucho cuidado, he tardado un mes en bordarlo y no me daría tiempo a coser otro.

—Lo tendré, pero... ¿qué es?

—Un velo de novia. La hija de Donata se casa la próxima semana y me pidió que se lo hiciera.

—No sabía que te dedicaras a la costura.

—Ya no me dedico a nada, pero sí que trabajé como modista durante algunos años en un taller de alta costura. Este velo es un favor personal. Somos amigas desde siempre y no podía negarme.

—No te preocupes por nada, se lo llevaré y tendré muchísimo cuidado.

—Gracias, Maya, eres maravillosa.

Me dejé envolver por su abrazo y cerré los ojos. Olía a jazmín y bizcocho, y me encantaba ese aroma. Catalina me estrujaba el corazón de un modo que siempre me dejaba al borde de las lágrimas y hacía que me preguntara cómo habría sido mi vida si me hubiera criado ella y no Olga.

Coloqué la bolsa en la cesta de la bici y pedaleé hasta el centro de la ciudad.

No me resultó difícil encontrar la *boutique*. Entré y unas campanillas sonaron sobre mi cabeza. Enseguida salió a recibirme una mujer menuda, enfundada en un vestido ajustado de color cereza. Era igualita a Sophia Loren, pero rubia. Los mismos ojos grandes y rasgados, en un rostro ovalado. Senos encorsetados, cintura de avispa y unas caderas de infarto.

Le entregué el velo y, tras conversar un rato con el italiano que había aprendido últimamente, nos despedimos con un beso en la mejilla.

Al salir, pensé en pasarme por el restaurante y visitar a Lucas. Casi siempre trabajaba en el turno de tarde y solo podía verlo a la hora de la comida. Un tiempo que cada día se me antojaba más escaso y hacía que lo echara de menos.

¿Cómo puede alguien a quien solo conoces desde hace unas pocas semanas volverse tan imprescindible? No lo sé, pero Lucas lo había conseguido. Formaba parte de mis días y ya no los concebía de otro modo.

El tráfico era una locura a esas horas de la tarde, y no tuve más remedio que bajar de la bici y caminar por la acera.

Al llegar a un cruce, la vi. La academia de ballet.

La idea de acercarme se me hizo irresistible. El cartel estaba encendido y también las luces del interior. Me asomé, pero los cristales eran opacos y no se podía ver nada de lo que había dentro.

—Hola —susurró una voz profunda junto a mi oído.

Di un respingo y me encontré con la sonrisa de Giulio a solo unos centímetros de mi cara. En una mano llevaba una caja con un docena de botellines de agua.

—¡Hola! ¿Qué haces... aquí?

Mi primer impulso fue hacerme la despistada, no sé por qué. Quizá, porque hasta ahora nadie me había hablado de la academia, ni siquiera el propio Giulio, y lo que sabía lo había averiguado por mi cuenta. Sospechoso, ¿verdad?

—La escuela es mía, ¿no te lo había dicho?

—No, lo cierto es que no sé gran cosa sobre ti.

—Bueno, pues soy Giulio Dassori, profesor de danza, y esta es mi escuela. —Colocó el brazo libre en quinta posición y yo rompí a reír—. ¿Quieres entrar?

El corazón se me subió a la garganta.

—No querría molestar.

—Y no lo harás. Vamos, pasa —insistió.

Me rendí a sus ojos. Su sonrisa sincera. Las arruguitas que se le formaban en la frente y ese lunar en su ceja que había llegado a obsesionarme.

—De acuerdo.

La entrada daba a un pequeño recibidor, con un mostrador de cristal y unas sillas alrededor de una mesa baja. De las paredes colgaban fotos de actuaciones infantiles y carteles de grandes ballets como *El cascanueces*, *Romeo y Julieta*, *La bella durmiente* o *El corsario*. Una estantería con algunos trofeos y plantas naturales completaban la decoración.

—Puedes dejar aquí la bici —me indicó, señalando un lateral del mostrador.

Miré a mi alrededor con curiosidad.

—Este sitio es genial.

—¿Te gusta? —Asentí con la cabeza—. Ahora están dando una clase, ¿te apetece verla?

—Sí.

—Ven conmigo.

Me guio por un pasillo y se detuvo frente a dos puertas contiguas. En una habían dibujado un tutú y en la otra, unas puntas. De esta última provenía el sonido de un piano.

—A los niños les encanta tener público —dijo en voz baja.

Empujó la puerta y mi estómago se encogió hasta caber en un puño. Con un gesto me invitó a pasar y nos pegamos a la pared para no interrumpir la clase. Había una decena de alumnos haciendo ejercicios de barra. Ninguno superaba los siete años y ejecutaban atentos los pasos que les iba indicando su profesora. Mientras, una mujer mayor les marcaba el ritmo con el piano.

Sonreí con un nudo de emoción.

Entonces, en alguna parte, sonó un teléfono.

—Enseguida vuelvo —me susurró Giulio.

Musité un «bien» y me quedé allí, observando. Un par de minutos después, la profesora hizo una pausa para que un par de alumnos pudieran ir al baño y el resto bebiera agua. Ella me saludó al pasar por mi lado y salió de la clase. Los pequeños enseguida hicieron corrillos, salvo una niña que se quedó junto a la barra y, muy concentrada, trataba de realizar una pirueta.

Cada vez que lo intentaba, daba un traspié.

La observé. La postura no era correcta. Arqueaba demasiado la espalda y cargaba el peso en el pie equivocado.

Resopló, y su frustración me provocó mucha ternura. Yo había sido igual de exigente a su edad.

Me acerqué a ella y le dediqué una sonrisa. Después le pedí con gestos que se fijara en mí. Me coloqué en posición y ella me imitó. Con una mano en su espalda le indiqué que la colocara recta, y con la otra tiré de su barbilla hacia arriba para que alzara la cabeza y mirara al frente. Hice una pirueta, y luego una segunda. Ella me imitó y logró un giro perfecto. Esbocé una gran sonrisa, que ella me devolvió encantada. Ambas aplaudimos.

La voz de Giulio surgió a mi espalda.

—¿Método Balanchine?

—No, Vagánova —respondí sin pensar.

Me enderecé de golpe y lo miré. Él me observaba con curiosidad.

—Lo intuía desde que te vi la primera vez. La forma de andar, la postura... ¿Dónde has estudiado?

Noté que toda la sangre de mi cuerpo se concentraba en mi rostro.

—En el Real Conservatorio de Danza Mariemma.

Sus ojos se abrieron de par en par y una sonrisa enorme le ocupó toda la cara.

—¡Yo hice dos cursos de verano en ese conservatorio! Solo tenía dieciocho años. Conseguí una beca, que coincidió con una audición para el Ballet de la Ópera de París, y pasé en Madrid varias semanas.

Todo a mi alrededor comenzó a dar vueltas y sentí una fuerte opresión en el pecho. Ese era el momento que había estado esperando. Solo tenía que decirle que ya lo sabía, que por ese motivo había ido hasta allí, para conocerlo. Solo debía mencionar a mi madre, contarle que se había quedado embarazada ese mismo verano y que yo había encontrado unas fotos en las que ellos dos aparecían juntos. Sugerirle que cabía la posibilidad de que él fuese mi padre.

Abrí la boca varias veces.

No pude.

Un pánico descontrolado se apoderó de mí y las palabras

quedaron atascadas en mi garganta, sin forma ni orden, porque en conjunto me parecían un sinsentido.

—¡Qué coincidencia! —exclamé en un tono demasiado forzado.

—¡Sí! —Me miró como si me viera por primera vez—. ¿Y te dedicas al ballet de forma profesional?

—Antes sí. Llegué a formar parte del cuerpo de baile del Royal Ballet y después me incorporé como solista a la Compañía Nacional de Danza en España. Fui promocionada a primera bailarina.

—Es impresionante, y tan joven.

—No es para tanto —susurré con timidez.

—¿Cuál es tu interpretación favorita?

—Tengo muchas. El acto tercero de *El lago de los cisnes*, el acto segundo de *Giselle*, la *Danza del hada de azúcar*...

—Todos son *pas de deux*.

—Sí.

—*¿Romeo y Julieta?* —Asentí con una sonrisa y él rompió a reír—. ¡Es mi favorito! Quiero que bailes conmigo.

Me ofreció una mano y la otra se la llevó al pecho en un gesto suplicante. Yo di un paso atrás.

—¡No!

—Vamos, a los niños les va a encantar, y no todos los días tienen una oportunidad así.

Les dijo algo que yo no fui capaz de escuchar. Los alumnos comenzaron a gritar y a dar saltitos. La pianista hizo sonar los primeros acordes del acto tercero, escena primera: *La habitación de Julieta*.

—No tengo puntas —me quedaba sin excusas.

—Yo sí. ¿Qué número necesitas? —Giulio no se rendía. Señaló a la profesora, que acababa de regresar—. Yo diría que tienes su misma talla. *Marina, le tue scarpe da punta?*

—*Sì.*

La súplica en los ojos de Giulio me estaba matando y una parte de mí siempre había fantaseado con bailar entre sus brazos. Cuando aún no sabía ni que existía. Porque ¿qué niña no ha soñado bailar con su padre?

Asentí sin apenas aliento.

Marina me prestó unas puntas. Mientras retiraban las barras, yo me até las cintas y estiré durante unos segundos. Giulio se acercó descalzo, con los brazos extendidos hacia mí.

—¿Preparada?

—Sí.

El piano comenzó a sonar y yo ocupé mi posición.

Giulio se colocó en el extremo opuesto del aula.

Primero, una sonrisa. Luego, una inspiración.

Su expresión cambió y se transformó en la del amante obligado a separarse de su gran amor. Y la fantasía cobró vida.

Aquel momento fue mágico. Aún lo recuerdo como si acabara de suceder. Un inocente Romeo en vaqueros y camiseta blanca. Una Julieta con un vestido azul y la tortura de un secreto. Dos almas condenadas al desastre.

Y danzamos, metidos en el papel.

Las manos de Julieta, evitando la marcha de Romeo. Huyendo de sus brazos con un trágico desespero.

Las manos de Romeo, encontrando a Julieta en cada salto. Calmando entre piruetas su sombría decepción.

Una despedida sin palabras.

Una anticipación colmada de sufrimiento.

La música se torna más furiosa conforme el adiós de los amantes se acerca.

Julieta cubre el rostro de Romeo con besos histéricos.

Promesas de amor. De reencuentro.

Romeo se aleja y Julieta permanece, rota de dolor.

Fin del acto.

El aula se llenó de aplausos y Giulio corrió hacia mí. Me levantó del suelo con un fuerte abrazo. Se lo devolví con los ojos cerrados y lo apretujé. Notaba las lágrimas bajo los párpados y una emoción que no me dejaba respirar. Me costó un mundo soltarlo. Quería quedarme allí para siempre, con su corazón latiendo contra el mío.

—*Mia cara* —dijo Giulio de repente y me dejó en el suelo—. ¿Has visto qué maravilla? Tenía razón sobre ella.

Me giré y vi a Dante en la puerta del aula, desde donde me observaba con los brazos cruzados sobre el pecho. Su mirada me abandonó para posarse en Giulio y en su rostro se pintó una sonrisa.

—*È stato bellissimo, amore.*

—¿Has terminado en el restaurante?

—*Sì, andiamo a casa.*

—*Bene,* hoy estoy cansado —respondió Giulio, mirándome—. Maya, ¿vuelves con nosotros a la villa? Así podremos seguir hablando.

Rechacé su invitación con un gesto tímido. No quería molestarlos. Además, no me sentía muy bien conmigo misma. La sensación de estar haciendo algo malo me perseguía como una penitencia. Entonces, mi mirada se cruzó con la de Dante. Sus labios se curvaron con una pequeña sonrisa, amable y franca.

—*Andiamo,* ven con nosotros.

—¿Y mi bici?

—La colocaremos en el maletero.

—Vale —susurré.

30

Cuando llegamos a la villa, Giulio me propuso pasar un rato más en el jardín. Parecía emocionado por haber encontrado a alguien con quien compartir la pasión que sentía por el ballet. Y yo habría hecho cualquier cosa que él me hubiera pedido.

Nos sentamos en la terraza, con el sol a punto de desaparecer en un horizonte teñido de naranja. La brisa mecía las ramas de los árboles y entre la hierba comenzaban a cantar los primeros grillos.

Dante nos trajo unas bebidas y algo de picar, y regresó adentro para preparar la cena. Después, Giulio no paró de hacerme preguntas sobre mi carrera y los lugares en los que había estudiado, y yo se lo conté todo.

Le hablé de mis años en el conservatorio. De la beca que logré a los catorce para hacer un curso de verano en la Escuela de Ballet de la Ópera de París. De la que conseguí a los diecisiete para continuar mis estudios en Londres. De cómo me convertí en aprendiz del Royal Ballet y me gradué en la Escuela Nacional Inglesa a los veinte, tanto en danza clásica como en contemporánea. También de mi regreso a España y mi ascenso en la compañía. De lo importante que fue para mí que el ABT me llamara y lograr esa plaza que nunca pude ocupar.

Por último, le hablé del accidente y del alcance de sus secuelas.

—Es una lástima que una carrera profesional tan prometedora se trunque, pero aún puedes bailar. No has perdido esa libertad —comentó él mientras hacía girar un botellín de cerveza con los dedos.

—Antepuse la danza a todo y sin ella no soy nada. No soy nadie.

Sus ojos volaron hasta los míos y me observó como si intentara ver qué era eso que no funcionaba dentro de mí.

Me había prometido a mí misma dejar atrás ese tema, no darle más vueltas. ¿De qué sirve quedarse atascado en algo que no podrá ser? Sin embargo, las palabras habían salido solas. No sé si buscaba consuelo o comprensión. O si solo era una necesidad visceral de compartir con él cada trocito de mí.

—En primer lugar, sigues teniendo la danza, solo has dejado atrás una élite que no siempre aporta cosas buenas. Ahora, simplemente eres tú. Y eso es todo lo que necesitas, Maya. Ser tú.

—Pero es que no estoy preparada para otra cosa.

Giulio alargó la mano y me retiró la melena de la cara. Después puso un dedo bajo mi barbilla y me obligó a mirarlo.

—¿Por qué esa obsesión?

Me encogí de hombros, un poco avergonzada.

—Porque cuando bailaba dejaba de ser invisible y... —Se me llenaron los ojos de lágrimas y lo solté sin más—: Me querían.

Giulio suspiró sin dejar de mirarme.

—Maya, si te querían por lo buena que eras en un escenario, esas personas nunca te han querido de verdad. Y no eres invisible, porque yo puedo verte. Eres una chica preciosa con un talento infinito y toda una vida por delante. Has perdido un sueño, y es horrible; pero la vida está llena de ellos y encontrarás otro. Puede que sea más modesto, pero también puede que te haga mucho más feliz.

—¿Y si no lo encuentro?

—Lo harás, pero antes debes aprender que no se puede vivir buscando la aceptación de los demás y, mucho menos, la de personas que miden lo que vales por lo perfecto que sea tu *grand jeté* o cuántos dobles seguidos puedas hacer. —Enmarcó mi cara con sus manos—. Quiérete por lo que eres hoy, y mañana haz lo mismo. Así es como se sigue adelante. ¿De acuerdo?

—Sí.

—Vas a encontrar un montón de personas que te querrán sin condiciones. Nosotros ya lo hacemos —dijo con una sonrisa preciosa.

Asentí de nuevo y él se inclinó para secarme las lágrimas con los pulgares. Después me abrazó y yo me aferré a su camiseta con los puños. Me separé de él con reticencia y me llevé el botellín a los labios para aflojar el nudo que tenía en la garganta.

El sol casi se había puesto y dentro del edificio olía a comida recién hecha. Los dos gatos que siempre rondaban por allí aparecieron caminando por el muro y saltaron al jardín.

Miré a Giulio, mucho más tranquila.

—¿Y qué hay de ti? ¿Cuándo creaste la escuela? —pregunté; había tantas cosas que quería saber de él...

—Esa escuela pertenecía a la mujer que me ayudó a descubrir que yo tenía algo de talento para el ballet.

—Yo creo que tienes muchísimo talento.

Y no lo decía por quedar bien, ni como un halago frívolo. Durante esos minutos que había bailado con él, lo vi brillar como una estrella. Sus aptitudes eran innatas, y la simple idea de haber heredado solo un poquito de él me hacía sentir muy especial. Una conexión.

—Gracias, Maya. —Soltó un suspiro e hizo girar su botellín de cerveza entre los dedos—. Fue mi hermana la que empezó a dar clases de ballet en esa escuela, dos días a la semana después del colegio. Yo me encargaba de recogerla. Casi siempre la esperaba en la calle, pero un día entré y... ¡todo cambió! —Me miró a los ojos—. Nicoletta, que así se llamaba ella, vio algo en mí. Me enseñó todo lo que sabía y me ayudó a entrar en la Escuela de Ballet del Teatro de San Carlos en Nápoles, una de las más prestigiosas. Cursé estudios superiores. —Me señaló con un gesto y alzó las cejas—. Estuve en España un verano y ese mismo año entré en el Ballet de la Ópera de París.

—¿En serio?

—*Oui, mademoiselle;* allí trabajé hasta los veintiséis y ascendí a primer bailarín. Después, el Ballet del Bolshói me hizo una oferta y pasé con ellos tres años. Luego abandoné mi carrera.

—¡¿Por qué?! —inquirí atónita.

No lo entendía; esas dos compañías estaban entre las cinco más importantes de todo el mundo, iba camino de lo más alto. De una consagración.

—¿Quieres la respuesta sincera o la que doy a los que me miran como tú me estás mirando ahora mismo? No me volví loco, Maya.

Me ruboricé y bajé la mirada.

—La respuesta sincera.

—Me pudo la presión. Demasiada responsabilidad, mucho trabajo, sin más vida que las clases, los ensayos, las giras... No estaba hecho para eso. —Se puso muy serio y sacudió la cabeza—. Además, aunque pueda parecer lo contrario, ser gay en este mundo tampoco es fácil, y mucho menos en

Moscú. Incluso para un extranjero como yo. Por aquel entonces ya conocía a Dante, me había enamorado y él era todo mi mundo. —Su rostro se iluminó—. Lo sigue siendo.

—Entonces, ¿lo dejaste todo por amor?

—Fue una parte importante, sí. Él estaba aquí, yo allí. No podíamos vernos mucho y mi trabajo no lo compensaba. También estaba cansado. —Suspiró—. Muy cansado.

—Y regresaste.

—Regresé y ayudé a Dante a montar el restaurante. Él me ayudó a mí con mi negocio de buceo...

—¿Tienes una empresa de buceo? —pregunté sorprendida.

—Sí, ¿no lo sabías? —Negué con la cabeza—. Es un proyecto pequeño, solo tengo un par de barcos y cuatro instructores, pero estamos creciendo. La inmersión me ha gustado desde siempre.

—¿Y la escuela?

—Cuando regresé, Nicoletta ya estaba enferma. La escuela era su vida y yo sabía que perderla la hundiría. La ayudé a mantenerla abierta, se lo debía. Cuando murió, descubrí que me la había cedido en su testamento. No he podido desprenderme de ella, y no creo que pueda nunca. Sigo amando el ballet, esa es la verdad.

—Me ha gustado bailar contigo.

—A mí también —susurró con una sonrisa. Frunció el ceño y me observó con más atención—. ¿Cuánto tiempo vas a quedarte?

Se me aceleró el corazón por la pregunta.

—No estoy muy segura, depende... ¿Por qué lo preguntas?

—No suelo cerrar la escuela durante el verano, porque casi es una guardería. Este pueblo vive del turismo, muchos padres trabajan en la hostelería y no saben qué hacer con sus hijos.

—¿En serio?

—Sí, pero a mí no me importa. —Se pasó la mano por la mandíbula y después, por la nuca. Inspiró con fuerza—. ¿Te interesaría dar clases en la escuela? Tengo algunos niños con buenas aptitudes y mucho potencial, y aprender contigo les ayudaría.

—Pero ya trabajo en la floristería.

—Por las mañanas —me recordó—. En la escuela solo sería un par de horas, tres tardes a la semana, y te pagaría, por supuesto.

—Nunca he enseñado, no tengo formación en ese sentido.

—Tienes mucha experiencia y sabes cómo se siente un alumno, es más que suficiente.

—No sé qué decir.

—¿Sí?

Rompí a reír y él se contagió de mi risa.

—Vale, podemos probar.

—Podemos —repitió con su mirada enredada en la mía—. Es increíble, ¿verdad?

—¿Qué?

—¡Esto, tú y yo! —Chocó su botellín con el mío—. Que nuestras vidas hayan sido tan parecidas y que nos hayamos conocido. Que estemos aquí y ahora, compartiendo cosas que muy pocos comprenden. ¡Esta casualidad!

Forcé una sonrisa y asentí. Empecé a sentirme realmente mal. No estaba allí por una casualidad y no confesarlo me hacía sentir miserable. Mi silencio tenía el mismo peso que una mentira.

—Giulio...

—¿Sí?

Tenía las palabras en la boca, pero el miedo se transformó de nuevo en una mordaza que me impedía hablar. Semanas atrás, había llegado allí sin nada que perder. Ahora tenía la sensación de que podía perderlo todo, aunque nada me perteneciera.

—No importa.

Guardamos silencio y contemplamos muy quietos cómo el sol desaparecía por completo en el horizonte.

—Dicen que el pasado está hecho de recuerdos y que el futuro nace de los sueños —susurró él de repente—. Lo que ya ha ocurrido no se puede cambiar y lamentarse por ello es una pérdida de tiempo. Y quién sabe lo que está por venir. Nadie, te lo aseguro.

Ladeé la cabeza y contemplé su perfil.

—¿Y el presente?

Sonrió para sí mismo.

—El presente se compone de instantes, Maya. —Su mirada se cruzó con la mía y me tomó de la mano—. Céntrate en los momentos, en las pequeñas cosas de cada día, y vívelas con el corazón. Sueña con el mañana y no te escondas del pasado. Porque estamos hechos de recuerdos, *mia cara*. Es lo que somos.

Asentí y bajé la mirada. Mis ojos se encontraron con las huellas que me recorrían la pierna. Coloqué la mano en el muslo y la dejé allí. Poco a poco la moví, vacilante y temblorosa. Alcancé el borde de la cicatriz y la rocé con la punta del dedo. Tragué saliva al notar la suavidad de la piel en esa zona. No esperaba que tuviera ese tacto. Estiré los dedos y la toqué con más firmeza, mientras los recuerdos volvían a mi mente como si alguien hubiese vaciado una tina de ellos dentro de mi cabeza.

Y lo hice, me enfrenté al pasado con los ojos abiertos. Sin culpa ni remordimientos que ya no tenían cabida.

31

A los veinte años.
Junio.

Apreté el teléfono con fuerza.

—Sabes perfectamente que acabo de aceptar una plaza en el cuerpo de baile del Royal Ballet —dije con voz temblorosa.

—¿Y eso qué importancia tiene? —repuso mi abuela con desdén al otro lado del teléfono.

—Que esta gente me dio una beca completa hace dos años. Han pagado mis estudios, el alojamiento, me han ayudado a graduarme y ahora me han ofrecido trabajo. ¡Un buen trabajo! Y es uno de los mejores ballets del mundo. —Se me llenaron los ojos de lágrimas—. Tengo suerte.

—¿Suerte? Ahí solo serás una mediocre más. Aquí tienes la posibilidad de triunfar, de ser alguien en tu propio país. Podrías llegar a primera figura. ¿Tienes idea de lo importante que es esta oportunidad? No puedes echar a perder todo el trabajo que hemos hecho.

Siempre hablaba como si todo el mérito fuese suyo y yo

nunca hubiese hecho nada. Cuando todo lo había conseguido gracias a mi esfuerzo y dedicación.

Había sacrificado tanto...

Me había costado tanto escapar...

Dejé que mi cuerpo resbalara por la pared y me quedé sentada en el suelo de mi habitación en la residencia. Me sorbí la nariz y apreté los puños, frustrada. Me gustaba mi vida en Londres. Llevaba dos años viviendo en esa ciudad y era lo mejor que me había pasado nunca. No quería regresar a Madrid.

No podía volver con ella.

—Por favor, abuela. Yo deseo esto —supliqué.

—Deja de decir tonterías, Maya. Te quiero aquí el domingo como muy tarde. El lunes empezaremos a preparar la audición, tenemos menos de un mes.

—Pero...

—No hagas que vaya a buscarte.

Me tapé la boca con la mano para contener el llanto. Quería gritar con todas mis fuerzas. Aullar: «No, y mil veces no»; pero guardé silencio. Me encogí como hacía siempre, hasta casi desaparecer. Cedí. Por miedo y por costumbre. Me tragué la rabia y mis deseos, y dije lo que ella quería oír:

—Vale.

Un mes después.

Tendrían que haber llamado el lunes, estábamos a miércoles y el ambiente en casa era insoportable. La tensión se palpaba y el malestar pesaba como una losa.

—Debiste esforzarte más —dijo ella desde el sofá.

Sentada a la mesa, miré fijamente la ensalada, intacta en el plato.

—Lo hice bien —dije en voz baja.

—No lo suficiente, está claro.

—Había bailarinas muy buenas.

—Y permitiste que fueran mejores que tú —replicó con desprecio—. ¡Qué fracaso!

Apreté los labios. No dejaban de temblar, y el nudo de ansiedad que notaba en el pecho no me permitía respirar. Escondí las manos bajo la mesa y me clavé las uñas en los muslos. El dolor se extendió por mi cuerpo, pero no alivió las ganas de llorar. Una lágrima se deslizó por mi mejilla.

Entonces, sonó mi teléfono. Miré el número que apareció en la pantalla y supe que era de la Compañía Nacional de

Danza. Mi abuela se puso en pie y yo descolgué antes de que pudiera arrebatármelo.

—¿Sí?

—Buenas tardes, podría hablar con Maya Rivet, por favor.

—Sí, soy yo.

—Hola, Maya, soy Natalia Durán, directora de la Compañía Nacional de Danza.

—Encantada..., es un placer.

—Gracias, igualmente. —Hizo una pequeña pausa—. Verás, mi equipo y yo quedamos impresionados contigo durante la audición y nos gustaría mucho que formases parte de esta gran familia. Queremos que seas una de nuestras solistas.

—¿De verdad? —pregunté sin apenas voz.

—De verdad. Así que, si te parece bien, podrías pasarte mañana por nuestras instalaciones para que podamos hablar y te lo explique todo personalmente.

—Sí, por supuesto.

—¿Te parece bien a las nueve? —me propuso.

—Sí; por mí, bien.

—Estupendo. Pues nos vemos mañana, Maya. Y felicidades.

—Gracias.

Colgué el teléfono y apoyé los codos en la mesa. Su timbre había disparado mi adrenalina y ahora circulaba furiosa por todo mi cuerpo. Notaba el pulso como si fuese un tambor a la altura del cuello y unos pinchazos agudos me estaban taladrando el pecho. Gemí de alivio. Lo había conseguido.

Alcé la cabeza y miré a mi abuela a los ojos por primera vez en varios días.

—Me han dado la plaza.

Ella soltó el aire por la nariz y ese fue su único movimiento. Nada alteró su expresión. Ni su postura. Me sostuvo la mirada y al final hizo un pequeño ademán con la cabeza.

—Ahora no lo estropees. El siguiente paso es ascender a bailarina principal.

Asentí y respiré hondo. Había conseguido algo muy importante. Un sueño para miles de bailarines que trabajan sin descanso para lograr algo parecido. Sin embargo, no me sentía feliz. Un manto de ahogo me rodeaba. Me aplastaba.

Había regresado otra vez al principio. Junto a ella. No había modo de escapar. O yo no tenía el valor suficiente para hacerlo. Las palabras acababan muriendo en mi boca, porque su mera presencia era una mordaza entre mis labios. Siempre había sido así.

Además, se lo debía. Me lo había repetido tantas veces que esa frase se había convertido en un tatuaje invisible en mi piel, pero que yo podía ver cada día.

«Me lo debes. Me lo debes. Me lo debes.»

Y lo pagué.

Un año más tarde.
Principios de noviembre.

—¿Qué ocurre? —pregunté.

—No es nada malo. Al contrario.

Fiodora me tomó de las manos y me hizo sentarme a su lado en un banco del parque en el que habíamos quedado.

—Pero por teléfono parecías alterada.

—¡Es que lo estoy! —exclamó.

—Fiodora...

Me dio unas palmaditas en la rodilla para tranquilizarme.

—Tengo que contarte algo, pero no me mates, ¿vale? —Tomó aliento y me miró a los ojos—. Tengo una amiga que trabaja en la escuela del American Ballet, y hace un par de semanas me comentó que estaban buscando nuevos bailarines. Las audiciones no se iban a convocar, serían por invitación, así que presenté una solicitud por ti e incluí un vídeo.

—¿Que hiciste qué?

Sacó un sobre de su bolso y me lo entregó.

—Te han seleccionado. La audición será dentro de tres semanas en Nueva York.

Me recorrió un escalofrío, y no porque las temperaturas

se hubieran desplomado los últimos días. Mi sueño siempre había sido trabajar para Alexei Ratmansky y, desde hacía unos años, él coreografiaba para el ABT.

—¿Estás de broma?

—No, Maya. Te han elegido. Tienes una oportunidad, cariño.

Abrí el sobre y saqué la carta. Era cierto. La apreté contra mi pecho y entonces pensé en la compañía. Iban a ascenderme a bailarina profesional y había trabajado muy duro para conseguirlo. También pensé en Antoine, y en las pocas posibilidades que una relación como la nuestra tendría con tanta distancia de por medio.

Y pensé en mi abuela...

No, ella no me lo permitiría. Jamás me dejaría marchar.

—No puedo, Fiodora.

—Puedes, Maya. Y debes. Supera esa audición y vete a Nueva York. Vuela, cariño.

—¿Y cómo voy a costearlo todo?

—No te preocupes por eso.

La miré a los ojos, sin disimular la desesperación que se apoderaba de mí al enfrentarme a esa indecisión. Al quiero y no puedo. Al puedo y no sé si quiero. Me aterraba la sensación de caminar pendiendo de un hilo, porque así me sentía ante la simple idea de cambiar algo en mi vida. Y esta vez no se trataba solo de algo. Cambiaría mi futuro y mi vida en su totalidad.

—Pero...

—Pero nada, eso ya está solucionado. ¿Tienes el pasaporte en regla?

—Sí.

—Pues ahora solo queda preparar las coreografías que vas a interpretar.

Tres semanas después.

—Lo estás arruinando todo —gritó Olga.

—Solo es una audición, y es casi imposible que me cojan.

—¿Y para qué perder el tiempo entonces? Aún podrías ir con la compañía a Sevilla. Tu primera actuación como primera bailarina. Por Dios, Maya, recapacita.

Negué con un gesto, suplicándole con la mirada que me entendiera. Que por una sola vez se pusiera de mi parte.

—Natalia está de acuerdo con que haga esto. Se alegra por mí y me apoya.

—Por supuesto, a ella qué más le da. Si no eres tú, encontrará a otra.

—No voy a perder mi trabajo si no sale bien.

Me taladró con sus fríos ojos.

—¿Y si sale bien?

No me atreví a responder. No podía decirle que, si me aceptaban en el ABT, me marcharía de Madrid sin mirar atrás. Desaparecería de su vida para siempre y por fin tendría la mía. Solo mía.

Agarré la maleta y me dirigí a la puerta.

—Maya, te prohíbo que salgas de esta casa.

No me volví.

—No se te ocurra marcharte. Lo estás echando todo a perder.

Giré el pomo y abrí.

—Maya, no puedes hacerme esto. Ahora no. Me lo debes.

Cerré la puerta a mi espalda y no me detuve.

Esta vez iba a ser valiente.

Un mes más tarde.
Tres días antes de Nochebuena.

—Acaba de traerla el cartero —dijo Matías al teléfono.

El corazón se me disparó. Me ajusté el auricular. El tráfico a esas horas era muy intenso y casi no podía oír nada.

—¿Te refieres a...?

—La respuesta del ABT.

Empecé a hiperventilar.

—¿La has abierto?

—Claro que no. Debes hacerlo tú.

—¿Por qué no envían un e-mail como todo el mundo? —gimoteé.

—Pues a mí me gustan estas tonterías tan formales. Las cartas, los membretes... Quedan bien.

Esquivé a un tío en bicicleta que se había subido a la acera, y le mostré mi dedo corazón cuando me increpó por cortarle el paso.

—Gilipollas.

—¿Acabas de insultarme? —inquirió Matías.

—¡A ti no! A un imbécil que casi me atropella. —Doblé la

esquina y continué zigzagueando entre la gente—. Estoy muy nerviosa, Matías.

—¿Y crees que yo no? Vamos, nena, mueve ese culazo y ven ya. Hoy vamos a abrir ese puto champán que guardo desde la Prehistoria.

Rompí a reír.

—¿Vas a abrir tu Moët por mí?

—Solo por ti. Eres mi mejor amiga.

Se me encogió el corazón. ¡Cómo quería a ese idiota engreído!

Me detuve en la acera, frente al paso de cebra, y clavé los ojos en el hombrecito rojo.

—Estoy llegando a la parada del autobús.

—¡Joder, me va a dar un infarto! —exclamó.

—¡Nueva York! ¿Te imaginas?

La risa de Matías me calentó el pecho.

El semáforo cambió de color y yo empecé a cruzar.

Lo vi venir, pero pensé que se detendría.

No lo hizo.

Oí los gritos. El chirrido de unos frenos. Y sentí el golpe.

Mi cuerpo voló por los aires.

Después, nada.

32

El sábado me levanté temprano. Había pensado en coger el autobús hasta Nápoles y buscar una tienda especializada donde comprar unas zapatillas y algunas prendas cómodas para las clases que comenzaría a dar el lunes siguiente. También era la excusa para hacer algo diferente y conocer otro lugar.

Después de ducharme, me puse una falda larga blanca y un top a juego. Me recogí el pelo en una coleta alta y me maquillé un poco. Solo rímel, polvos bronceadores y un *gloss* con sabor a fresa.

Al salir del baño, me topé con Lucas.

Sus ojos eran dos rendijas, que apenas mostraban una pequeña línea azul, y su pelo, una maraña que apuntaba en todas direcciones. Solo llevaba puestos unos calzoncillos, que evité mirar a toda costa. Parpadeó al verme, aún medio dormido.

—¿Trabajas los sábados? —me preguntó con la voz ronca.

—No.

—¿Y qué haces levantada tan temprano?

—Voy a Nápoles.

—¿A Nápoles? ¿Cómo vas a ir hasta allí?

—En bici.

Sus ojos se abrieron de golpe y me miró muy despierto.

—¡¿En bici?! No puedes ir en bici.

Continuábamos parados en el vano de la puerta y él no se movía. Rompí a reír, no sé si por la expresión de su cara o porque tenerlo tan cerca sin ropa me ponía nerviosa.

—¡Voy en autobús, Lucas! ¿En serio has creído que iría pedaleando?

—Contigo no sé qué esperar, la verdad.

Lo fulminé con la mirada y lo empujé en el pecho para que me dejara pasar. Me dirigí a la cocina.

—Yo te llevo a Nápoles —dijo él a mi espalda.

Me detuve y lo miré por encima del hombro.

—¿No trabajas?

—No vuelvo hasta el lunes. Yo te llevo —insistió.

—¿Y no preferirías seguir durmiendo y descansar?

—No. Me ducho y nos vamos.

Se pasó la mano por el pelo, pensativo, como si intentara organizarse.

—Por mí no lo hagas, ¿eh? —yo también insistí. No quería que se sintiese obligado a ayudarme, ni que se comportase como una niñera—. Es tu tiempo. Si te apetece quedarte aquí tirado, soy perfectamente capaz de ir y volver sola.

—Maya...

—¿Sí?

—Quiero ir contigo —dijo tajante.

Y esa sonrisa tan suya hizo acto de presencia. Una sonrisa astuta y muy masculina.

Se me quedó mirando y yo me pregunté si se habría dado cuenta de que mi corazón se detenía continuamente por su culpa. Que después se aceleraba como un poseso y ahora lo sentía latiendo por todo el cuerpo.

—Vale.

Si me hubieran pedido que describiera Nápoles con una sola palabra, habría dicho que es color. En las calles, en los edificios, en las tiendas... La gama cromática era inmensa y te entraba por los ojos hasta abrumarte. No obstante, Nápoles era mucho más. Era el Vesubio de fondo, el mar azul, música en las calles, gente alegre y un tráfico horrible.

Un caos de ruedas, pitidos y frenazos.

—¡Cuidado! —exclamó Lucas al tiempo que me apartaba de un empujón y me pegaba a una pared.

Una moto con dos personas pasó a escasos centímetros de nosotros, subida a la acera.

Me llevé la mano al pecho con un susto de muerte.

—¡Joder! —gruñí sin apenas voz.

—¿Estás bien? Tiemblas.

Asentí. No le dije que, cada vez que un coche pasaba muy cerca o escuchaba un frenazo, todo mi cuerpo se tensaba a la espera del impacto. Que el recuerdo del accidente se volvía nítido y todo ese dolor fantasma regresaba a mi sistema nervioso durante unos segundos, hasta que mi mente racional me recordaba que todo eso ya había quedado atrás y yo me encontraba bien.

—Van como locos.

Lucas miró a ambos lados. Después me sonrió y me colocó un mechón suelto tras la oreja. Su cuerpo estaba pegado al mío como un escudo protector, mientras la gente transitaba a nuestro alrededor, abriéndose paso casi a empujones por la estrecha acera.

—*Vedi Napoli e muori.*

—¿Qué? —inquirí.

—«Ve Nápoles y muere», eso es lo que dicen por aquí. Empiezo a pensar que no es porque sea una ciudad muy bonita.

Me reí y mis músculos se relajaron. La inercia me llevó a

apoyarme en su pecho con los ojos cerrados. Solo necesitaba un momento para recomponerme. Sentí su aliento en la sien y su mano en mi espalda. Al principio solo un roce, pero enseguida se volvió más sólida. Más protectora. Más posesiva. Y me calmó.

—¿Seguimos? —me preguntó.

«No, quiero quedarme así para siempre.»

—Sí —susurré.

Continuamos caminando y Lucas no apartó su brazo de mi espalda. Ni yo le pedí que lo hiciera. Cuando me rodeó los hombros al cruzar un paso de cebra, me pegué a su costado. Dos partes que encajaron como si siempre hubieran formado un todo.

Miré el mapa abierto en mi teléfono.

—Creo que es la siguiente a la derecha.

—Me parece que ya sé dónde es —dijo Lucas.

Doblamos la esquina y enseguida la vi. Una tienda pequeñita, con un escaparate discreto decorado con guirnaldas de papel y nubes de tul.

Compré leotardos, maillots básicos y un par de faldas cruzadas de gasa. También unas zapatillas de media punta y otras de punta, con cintas y elásticos. El dependiente, además de ser muy amable y paciente, también me regaló un kit de costura, que le agradecí con un abrazo.

—¿Ya tienes todo lo que necesitas? —me preguntó Lucas una vez fuera.

—Sí, podemos volver a Sorrento cuando quieras.

Me guiñó un ojo.

—¿Y si pasamos aquí el día?

—¿Te apetece?

—A mí sí. ¿Y a ti?

Me encogí de hombros, haciéndome la indecisa. Poco a poco, una gran sonrisa apareció en mi cara. Di un saltito.

—¡Sí!

Ese día descubrí que era imposible aburrirse con Lucas. Aún no habíamos terminado de hacer una cosa cuando él ya estaba proponiendo la siguiente y planeando la de después. Con él solo tenías que dejarte llevar y disfrutar de su conversación, de las risas y de cada ocurrencia que se le pasaba por la cabeza. Casi siempre, una locura.

Me encantaba pasar tiempo con él. Me encantaba él. Con sus pensamientos descarados y su actitud despreocupada. Con esa mirada tan suya, que en ocasiones me hacía sentir desnuda y en otras, completamente arropada. A su lado me olvidaba de pensar y solo me centraba en el momento. En el ahora.

Compramos unos helados y nos dirigimos a la plaza del Plebiscito. Una vez allí, Lucas se empeñó en que cruzara la plaza con los ojos vendados, desde la puerta del Palacio Real hasta la entrada a la basílica de San Francesco di Paola. Era una especie de famosa tradición, cuyo desafío consistía en recorrer ese espacio en línea recta y pasar entre las dos estatuas ecuestres que lo flanqueaban. Lo logré al tercer intento y acabé haciendo reverencias ante un grupo de turistas que comenzaron a aplaudir.

Comimos en un restaurante llamado Sorbillo. Lucas me aseguró que hacían la mejor pizza del mundo, y no se equivocaba. Después visitamos una pastelería cercana para probar un dulce llamado *sfogliatella*, una especie de hojaldre relleno de ricota. Nunca había probado nada tan rico.

Pasamos la tarde recorriendo la Spaccanapoli, una zona que divide la ciudad antigua en norte y sur, y que discurre desde los barrios españoles hasta el barrio de Forcella. Sin lugar a dudas, el alma de Nápoles se encontraba en ese laberinto de callejuelas repleto de artistas y artesanos, de olores y vida cotidiana.

Nos habíamos detenido en un puesto de abalorios y bisutería cuando el sol desapareció de golpe. Miré hacia arriba y entre los tejados vi unos nubarrones negros que cubrían el cielo. Un trueno retumbó sobre nuestras cabezas y una corriente de aire hizo un remolino a nuestros pies. Una gota aterrizó en mi mejilla.

—Deberíamos volver al coche —sugirió Lucas.

Me tomó de la mano, algo que hacía cada vez con más frecuencia, y nos movimos pegados a los edificios para protegernos de la lluvia que empezaba a caer. Otro trueno crujió en el cielo y las nubes se iluminaron con un relámpago.

Alcanzamos el coche y entramos a toda prisa. Segundos después, un diluvio se apoderó de la ciudad. La lluvia golpeaba los cristales con un sonido ensordecedor y no se podía ver nada a través de ellos.

—Esperaremos a que amaine un poco, no creo que dure mucho —dijo Lucas mientras tiraba del bajo de su camiseta para secarse la cara.

—Vale.

Se giró en el asiento para mirarme y me dedicó una sonrisa. Vi un pequeño cambio en su expresión. Se inclinó hacia mí, alargó la mano y con el pulgar me apartó un mechón de pelo que se me había pegado a la mejilla.

—Te has calado —susurró.

Contemplé mi ropa. La falda se adhería a las piernas y se transparentaba, al igual que el top. Siempre he tenido muy poco pecho, por lo que no es habitual que use sujetadores. En aquel instante, el pudor me hizo arrepentirme de no llevar uno puesto. Crucé los brazos como si tuviera frío.

Nos quedamos en silencio, observando la lluvia.

Miré de reojo a Lucas la segunda vez que inspiró hondo y soltó el aliento de golpe. No dejaba de mover su pierna izquierda. Parecía nervioso, y no era el único. Yo no sabía qué hacer con el peso que sentía en el estómago, ni con el golpeteo desenfrenado que notaba más arriba, bajo las costillas. Lucas me convertía en un manojo de emociones y sensaciones, y empecé a preguntarme si a él le ocurría lo mismo conmigo. Si la atracción fluía en ambas direcciones con la misma intensidad. Con la misma contención.

—Lucas.

—¿Sí?

—El otro día, en la playa... —Me miró y sus pupilas se dilataron—. ¿Por qué me pediste que me quedara?

Apoyó la mano en el volante y deslizó los dedos por su contorno. Un músculo tensó su mandíbula.

—Tengo la impresión de que no hay nada importante esperándote en Madrid y parece que te gusta estar aquí.

No esperaba esa respuesta y fue un poco decepcionante. Aunque tampoco tenía muy claro qué esperaba realmente. ¿Una declaración? ¿Un «Porque me gustas»? Sí, creo que fantaseaba con esa posibilidad.

Y añadió:

—¿Me equivoco?

Hice un gesto de negación.

—Por no tener, no tengo ni casa. Mi abuela me dejó en la calle sin pestañear.

—¡Joder! ¿Lo dices en serio? —Asentí—. ¿Por qué hizo algo así?

Me encogí de hombros, como si no me afectara la respuesta.

—Porque nunca le he importado. Al menos, no como su nieta —confesé—. Intentó vivir a través de mí sus propios sueños y controló cada uno de mis pasos. Se aprovechó de lo mucho que yo necesitaba que me quisiera para manipularme, y yo se lo permití. Pero tuve el accidente y todo se vino abajo. —Hice una pequeña pausa y tragué saliva—. Cuando nos confirmaron que no podría seguir bailando a nivel profesional, me sacó de su vida sin el menor asomo de arrepentimiento. Se marchó a la costa para vivir con mis tíos y se llevó a mi abuelo con ella. Salvo él, todos pasan de mí.

—¿Y tus padres?

—No conozco a mi padre, no sé quién es —mentí a medias, porque no estaba segura de que Giulio lo fuese, aunque me supo igual de amargo—. Y mi madre no soportaba vivir con mi abuela, así que se marchó cuando yo solo tenía cuatro años. El problema es que se olvidó de llevarme con ella —murmuré con desprecio.

—¿Te abandonó?

—Sin vacilar. Así que tienes razón, no hay nada importante esperándome en Madrid ni en ninguna otra parte.

—Y eso te duele.

—¡Es mi familia!

Lucas se inclinó hacia mí, tan cerca que podía contar cada una de sus pestañas. Su mirada vagó por mi cara, como si necesitase memorizar cada detalle, y se detuvo en mis ojos.

—No malgastes un segundo más pensando en esa gente, no lo merecen. ¡Que se jodan! Han pasado de ti, pues pasa tú de ellos. No los necesitas para nada.

Me reí sin ganas.

—Ojalá fuese así de fácil, ¿verdad?

La mirada de Lucas se perdió en el parabrisas. Inspiró hondo y soltó el aire despacio.

—No lo es porque crecemos con la idea de que la familia es para siempre y que debemos quererla por más que nos amargue la vida. Tienes que respetar a tu padre aunque sea un cabrón, y querer a tu madre porque te trajo al mundo. ¿Qué importa si solo piensa en sí misma? Y no es así, Maya. La sangre solo es eso, sangre. Y no basta para perdonar que te hayan jodido la vida.

Parpadeé, turbada por sus palabras. Por el resentimiento y la rabia que destilaban. Por el dolor que las impregnaba. Y añadió:

—Si algún día tengo un hijo, jamás lo trataré como una propiedad. Ni como un medio para lograr otras cosas. Traer una vida al mundo ya es un acto bastante egoísta, qué menos que dejar que tome sus propias decisiones y que viva como quiera. —Ladeó la cabeza y me miró—. Tampoco lo abandonaría, ni lo dejaría al cuidado de alguien que no va a quererlo.

El poder de las palabras es descomunal, pueden elevarte al cielo o hundirte en el vacío más absoluto. En ese instante, yo miraba abajo y no alcanzaba a distinguir el suelo. Solo podía ver a Lucas, y a mi alrededor todo eran estrellas.

33

A la mañana siguiente, me despertó el olor a café. Me desperecé mientras empujaba la sábana con los pies y me quedé mirando el techo durante unos minutos, con los recuerdos del día anterior todavía estremeciendo mi piel en forma de sensaciones. Con el último sueño aún palpitando en mi corazón y entre mis piernas.

Apreté los muslos y me hice un ovillo con la respiración de nuevo agitada.

Nunca me había sentido así de frustrada. Quizá porque nunca me había sentido así de excitada. Porque no había deseado a nadie como lo deseaba a él. Escondí el rostro en la almohada y deslicé la mano por mi vientre, bajo la ropa interior.

Un jadeo.

El cosquilleo.

Sí...

La aspiradora se puso en marcha en el salón.

Mordí la almohada para ahogar un grito y salté de la cama. A través de la ventana vi nubes oscuras que cruzaban el cielo desde el mar al interior. El sol aparecía y desaparecía tras ellas, formando columnas de luz.

Salí de mi habitación y encontré a Lucas limpiando la alfombra sin camiseta y descalzo. Las ventanas del salón estaban abiertas y las cortinas ondeaban por la brisa. Olía a café y en los altavoces sonaba música. Él movía la cabeza y los hombros a su ritmo. Me apoyé en el marco de la puerta y lo observé.

Pensé que no me costaría nada acostumbrarme a que el resto de mis días comenzasen de ese modo, con Lucas medio desnudo, pasando la aspiradora, y una casa que olía a mar, limón y café. A hogar.

—Buenos días, dormilona.

Su voz me sacó de mis pensamientos y di un respingo. Me había pillado fantaseando mientras lo miraba embobada, y su sonrisa lo delataba.

—Buenos días.

—¿Vas a quedarte ahí comiéndome con los ojos o piensas coger el plumero?

Mis ojos se abrieron como platos y me puse roja. Él hizo un gesto hacia un cesto que había sobre la mesa con paños, productos de limpieza y... un plumero. Lo admito, mi cuerpo era un recipiente volátil repleto de endorfinas, feromonas, hormonas y cualquier otra sustancia que pudiera explicar que mi mente imaginara dobles sentidos donde no los había.

—Primero necesito un café.

Me dirigí a la cocina, pero di la vuelta de inmediato y regresé a mi cuarto al recordar que solo llevaba puesta una camiseta.

Su risa aceleró los latidos de mi corazón.

Lucas y yo dedicamos la mañana a limpiar la casa. Cerca de la una, Catalina apareció en la puerta con una lasaña que olía de maravilla. Mientras nos ayudaba a servirla en los platos, nos contó que la nieta de Iria y Blas había llegado la tarde anterior y que esa noche haríamos una barbacoa.

—¿Y cómo se llama? —me interesé.

—Judith —dijo Catalina—. Es una niña encantadora.

—¿Niña? ¿Cuántos años tiene? —preguntó Lucas.

—Dieciocho.

Él sacudió la cabeza y sacó del cajón unos tenedores. Después abrió el armario y cogió unos vasos. Me los entregó y yo los coloqué en la mesa. Se dirigió al frigorífico y me empujó con la cadera a propósito cuando pasó por mi lado. Me reí. Siempre buscaba el modo de picarme y yo me dejaba arrastrar a sus juegos como una tonta.

Catalina nos observaba. Luego contempló la casa como si la viera por primera vez. Sonrió para sí misma y su mirada se cruzó con la mía. Percibí una ternura especial en su expresión y se me encogió el estómago. Apenas la conocía, pero la adoraba de un modo que ni yo misma entendía.

La acompañé a la puerta, mientras Lucas terminaba de preparar la mesa. Se detuvo en el umbral y me miró. Sus ojos recorrieron mi rostro con una mezcla de curiosidad y ternura. Alzó la mano y la deslizó por mi pelo, como si recolocara los mechones.

—Giulio me ha contado lo de las clases. También lo que te pasó. Lo siento mucho —dijo bajito.

—Estoy bien —le aseguré.

—Eso parece. Me alegra ver que has encajado aquí.

—A mí también.

Catalina volvió a estudiar mi rostro con atención. Sus ojos parecían buscar grietas por las que colarse, separar mis capas y ver qué había debajo.

—Todo el mundo se merece un lugar en el que encajar, ¿verdad? Personas en las que confiar, a quienes contarles nuestros miedos y esperanzas. Todos nos merecemos alguien que nos mire a los ojos y nos diga que somos buenos. Que importamos.

Asentí con un nudo en la garganta y bajé la mirada para que no viera que sus palabras me habían afectado más de lo normal. No sabía si merecía algo así, pero era lo que siempre había deseado. Un lugar del que sentirme parte. Personas a las que yo pudiera importar.

Mis pensamientos debieron de reflejarse en mi rostro, porque Catalina me hizo levantar la cabeza con su mano en mi mejilla y me abrazó. Me rompí un poquito, no pude evitarlo. No estaba acostumbrada a caer en los brazos de otra persona y que me sostuviera. A la sensación de calidez que inunda tu piel cuando alguien te da su aliento para que no te ahogues. Y yo me aferré a ella como si se tratara de oxígeno.

—Nos vemos en la cena —me dijo en un susurro.

—Sí.

Me miré en el espejo del baño una última vez. Casi no me reconocía. Las ojeras habían desaparecido de mi rostro y mis mejillas tenían un color sonrosado natural. Había cogido algo de peso y mi piel lucía un ligero tono bronceado que hacía resaltar el blanco de mi vestido. Un modelo corto, con el escote cuadrado y tirantes de guipur.

Salí del baño algo nerviosa.

Lucas alzó la mirada de la revista de viajes que estaba hojeando y me miró. Ladeó la cabeza y sus ojos azules se deslizaron sin prisa por mi cuerpo.

—Estás muy guapa.

Sonreí, un poco cohibida.

—¿No te parece demasiado? Quizá me he pasado arreglándome.

—A mí me encanta. —Apartó los ojos casi con reticencia

y se frotó las manos en los vaqueros—. Yo llevo la bebida y tú, las bolsas con los aperitivos.

—Vale.

Fuimos los últimos en bajar al jardín.

Iria se acercó con su nieta nada más vernos y nos la presentó. Judith era una chica menuda, con el rostro en forma de corazón y una melena corta teñida de azul. Llevaba una camiseta de un grupo de rock que yo no conocía y botas de plataforma con cordones. Era simpática y sonreía con mucha facilidad. Me cayó bien de inmediato.

—¿Te gusta ese tipo de música? —le preguntó Lucas al tiempo que señalaba su camiseta.

—¡Sí! ¿Y a ti?

—No me van mucho estos subgéneros, aunque hay un par de grupos británicos de metal alternativo que me gustan bastante.

—Demasiado suave para mí —apuntó Judith entre risas.

—Las generaciones de ahora nacéis sin oído —dijo Iria a nuestro lado—. Carlos Gardel, Rodolfo Biagi, Nat King Cole... Eso sí que es música.

—¿Nat qué? —inquirió Judith.

Iria puso los ojos en blanco y la estrechó con un abrazo. Después se la llevó al encuentro de los sobrinos de Julia.

—Abuela, que me da vergüenza —protestaba Judith.

—Pero si tienen tu edad y son muy simpáticos.

Marco anunció que la cena estaba lista y todos nos sentamos a la mesa, donde había una cantidad ingente de comida.

El ambiente se llenó de voces y risas, del sonido de los cubiertos y el tintineo de los vasos, mientras los platos iban de un lado a otro, pasando de mano en mano. Ángela se había sentado a mi lado y no paraba de rellenar mi copa. Cuando descorchó la segunda botella, no me quedó más remedio que alejarla de ella.

Todo el mundo comía, charlaba y contaba anécdotas de gente cuyos nombres ni siquiera me sonaban, pero no me importaba. Me sentía realmente feliz entre todos ellos. Me sentía parte de ellos. Como si aquella hubiese sido siempre mi casa. Mi gente. Mi familia.

Mi mirada se cruzó con la de Lucas mientras terminábamos de comer los postres. Me perdí durante unos segundos en sus ojos y en ese mohín tan gracioso con el que arrugaba la nariz. En la curva burlona de su boca.

Inspiré hondo y traté de prestar atención a lo que me decía Julia. Algo sobre una nueva técnica de corte que le encantaría probar con mi pelo. La miré horrorizada.

Tras la cena, Dante sacó unas botellas de licor y Roi encendió su vieja radio.

Me senté en el sofá de mimbre, entre Julia y sus dos sobrinos.

Catalina bailaba con Dante, y Giulio vino hacia mí con los brazos extendidos. Me resistí todo lo que pude, con una timidez poco habitual en mí, pero acabé cediendo. No podía negarle nada cuando me sonreía de ese modo.

Me dejé arrastrar y me puse en pie. Él colocó su mano en mi cintura y con la otra entrelazó mis dedos. Se los llevó al pecho, sobre su corazón. Nos mecimos al ritmo de una melodía y cuando llegó el estribillo me hizo girar varias veces. Sorprendida, me reí con ganas y tuve que sujetarme a sus hombros para no resbalar sobre la hierba.

La canción terminó y yo aproveché la pausa para servirme algo de beber. Hacía calor y el aire húmedo parecía espesarse dentro de mis pulmones. Intenté abrir una botella de refresco, pero el tapón se me resistía. Dante apareció a mi lado y se ofreció a abrirla.

—Gracias.

—*Prego* —dijo en voz baja—. *Ti diverti?*

—Es imposible no hacerlo.

Me dedicó una sonrisa y estudió mi rostro con ojos penetrantes.

—Así que trabajarás en la *scuola di danza.* —Asentí mientras bebía un sorbito, y él añadió—: *Bene,* Giulio tendrá más tiempo libre, lo necesita.

Lo miré con curiosidad.

—¿Trabaja mucho?

—Sobre todo, en verano. —Suspiró y contempló a Giulio, que daba saltitos con Chiara subida a su espalda—. Nos prometimos que dedicaríamos menos horas al trabajo y más a estar juntos. *Il tempo è importante,* y más si quieres formar una familia.

Mis ojos volaron hasta él. El corazón me dio un vuelco.

—¿Familia?

—Quiero adoptar un niño, *due, tre*... Siempre he soñado con una familia numerosa.

Se esforzaba por hablarme en español, cosa que le agradecía. Su acento era un poco diferente al de los demás y a veces me costaba entender ciertas palabras si las decía muy rápido.

—¿Y Giulio? —inquirí más seria de lo que pretendía.

—Él dice que no tiene... *istinto paterno*?

—Sí, instinto paternal.

—*Ma comincia a cambiare idea.*

Tragué saliva, tensa, incómoda y culpable por sentirme así. Porque mi expresión había cambiado y sabía que se me notaba. La idea de que Giulio pudiera tener un hijo me hacía sentir rara. Casi celosa. Y eran emociones horribles.

—Estoy segura de que seréis unos padres estupendos.

—*Grazie.*

Bebí otro sorbo y observé el jardín.

Todo el mundo se divertía. Unos bailaban, otros reían, y

yo trataba de coger aire. De respirar tras la conversación con Dante. Noté un cosquilleo en la nuca. Me giré y descubrí a Lucas mirándome desde el otro lado de la terraza. Nos quedamos atrapados en ese instante. Nuestros ojos enredados. Observándonos con una lentitud mal disimulada.

Comenzó a sonar otra canción. Unos acordes que incluso yo reconocí. Los labios de Lucas temblaron con una sonrisa divertida mientras dejaba su copa en la ventana y venía hacia mí. Mi corazón enloqueció al adivinar sus intenciones. Ni de broma. No sería capaz. ¿Acaso no tenía sentido del ridículo?

Empecé a negar con la cabeza y él vocalizó un sí. Me giré para salir corriendo, pero no llegué muy lejos. Me atrapó por la cintura, muerto de risa, y me dio la vuelta. Me reí sofocada cuando mi cuerpo chocó con el suyo.

—No, por favor —gimoteé.

—Vamos, es verano, estás en Italia y suena una canción de Eros Ramazzotti. Algún día echarás la vista atrás y recordarás este momento como uno de los mejores de tu vida.

—Lo dudo.

—Me recordarás a mí.

—Lo dices como si fuese algo bueno.

—¡Qué mala eres! —musitó.

Me miró con complicidad. Llevó mis brazos a su cuello y luego su mano presionó la parte baja de mi espalda para acercarme a él. Con la otra mano me acarició la cintura. Empezamos a movernos y mi corazón duplicó su velocidad cuando me estrechó un poco más. Acercó su rostro al mío y sentí la sonrisa de sus labios contra la mejilla. Su aliento en el cuello cuando comenzó a cantar bajito:

—*Com'è cominciata io non saprei... Ci vuole passione con te, e un briciolo di pazzia... Ricordi la volta che ti cantai. Fu subito un brivido sì...*

Eché la cabeza hacia atrás y lo miré, consciente de cada

parte de él que se apretaba contra mí. Cada parte de mí que encajaba en él a la perfección. Nos balanceamos, y una cálida tensión se apoderó de mi respiración. Mis ojos se clavaron en su boca.

Era tan ridículo. Tan perfecto. Tan... especial.

—*Cantare d'amore non basta mai... Per dirtelo ancora, per dirti che... Più bella cosa di te. Unica come sei...*

Nunca había bailado así con nadie. Con esa intimidad. Con ese lenguaje mudo que fluía a través de la piel, de los roces y las sensaciones que provocaban. De las miradas cargadas de deseo y todo lo demás que ese anhelo trae consigo. Y supe que aquel sería un momento que quedaría grabado a fuego en mi memoria. Un destello de felicidad.

—*Com'è che non passa con gli anni miei... la voglia infinita di te...*

Inspiré hondo, temblando.

Que no estuviéramos solos ya no me parecía importante.

«Dejarme llevar.»

«Permitir que suceda.»

Mi mano acarició su nuca...

34

De pronto, un relámpago estalló en el cielo y el jardín se iluminó como si el sol hubiera aparecido de golpe. A lo lejos, un trueno crujió y un rayo zigzagueó en el horizonte como las grietas que resquebrajan un espejo.

Una ráfaga de aire nos sacudió y Lucas y yo nos separamos sin apenas aliento.

Con deseo. Con dudas.

Alguien propuso ir hasta el acantilado para observar la tormenta que se había formado sobre el mar y todo el mundo se dirigió hacia el huerto de limoneros con los móviles a modo de linternas. Roi tropezó y soltó una palabrota, que Chiara comenzó a repetir como un papagayo. Un coro de risitas quedó ahogado por los murmullos de las hojas.

—¡Ya os vale! —masculló Ángela.

Alcanzamos el acantilado y yo me quedé sin palabras. En el horizonte, las nubes se iluminaban sin descanso y los rayos caían sobre un mar agitado por el poniente. El ruido del oleaje y el aullido de la tormenta lo ahogaban todo. Era aterrador y fascinante. Hermoso y salvaje.

La electricidad que se acumulaba en el ambiente me erizaba el vello de un modo punzante. Di un paso adelante. El viento me sacudía como a una vela y el bramido de las olas sonaba tan abajo que el corazón me dio un vuelco al ser consciente de lo alto que me encontraba. De la proximidad del vacío.

Di otro paso y las puntas de mis pies quedaron suspendidas.

Una corriente de adrenalina me recorrió de arriba abajo.

Noté una gota en la mejilla. Otra en la frente. Comenzó a llover.

De repente, todo el mundo salió en estampida hacia el huerto. Las risas y los gritos se alejaron.

Yo no me moví. Las gotas sobre mi piel tenían un efecto hipnótico.

Cerré los ojos y eché la cabeza hacia atrás. Saqué la lengua y lamí la lluvia que me taladraba los labios, me empapaba el pelo y la ropa. Siempre me he preguntado por qué en las películas suele haber tantas escenas con lluvia. Qué placer puede encontrar una persona en calarse hasta los huesos bajo una tormenta, y acabar con el cabello aplastado y los pies salpicados de barro.

Sentí el cuerpo de Lucas a mi espalda y mi corazón empezó a latir más rápido, más caótico. Su mano en mi estómago me apartó del borde y permaneció allí, sólida contra mi piel. Su aliento me golpeó en la nuca y lo noté en cada terminación nerviosa. Fue devastador.

Un roce más suave. La caricia de unos labios.

No podía respirar.

Me di la vuelta, temblando. Sobre nosotros, el cielo permanecía iluminado como una bola de plasma chisporroteando. Alcé la barbilla y miré a Lucas a los ojos, brillantes, llenos de tanto que me estremecí. Se inclinó sobre mí, tan cerca que su frente casi rozaba la mía. Mis latidos se transformaron en golpes bruscos y me sentí de nuevo al borde del precipicio.

Uno distinto. Un abismo del que él no podía salvarme; al contrario, me empujaba con cada respiración compartida.

Entonces lo entendí, el porqué de esas escenas, la magia que las rodea. El placer que provoca la lluvia fría sobre una piel caliente que se muere de deseo. Que suplica y se retuerce pidiendo que la toquen.

Contuve el aliento. Hasta el aire sobraba porque ocupaba un espacio en el que no debería haber nada, solo nosotros.

Ya no era un sueño.

No era una fantasía tantas veces recreada en mi mente.

Estaba pasando.

Noté su mano en la mejilla. Sus labios suspendidos a solo unos centímetros de los míos.

Un segundo. Dos. Tres...

¡Qué agonía! Una tortura que una parte de mí no quería dejar de padecer. Una anticipación que me estaba volviendo loca. Porque ese instante, en el que él se debatía entre besarme o no besarme, era el más intenso que había experimentado nunca. El más erótico. Una palabra que hasta ahora no había tenido un sentido real para mí.

Cuatro. Cinco. Seis...

Decidí por los dos y busqué sus labios. Lo besé, porque me dolían las ganas. Me arañaban la piel. Él jadeó en mi boca y se detuvo para mirarme otra vez.

Un segundo. Dos. Tres...

Sus labios chocaron con los míos, ansiosos y firmes. Gemí al rozar su lengua, al probar su sabor. Al besarlo como si el mundo estuviera a punto de desaparecer y solo ese beso pudiera salvarnos.

Lucas inspiró con brusquedad mientras sus manos acogían mi rostro, casi con desesperación, apretándose contra mí para que pudiera sentirlo. Sentirme. Dos cuerpos vibrando bajo la ropa mojada.

Un rayo crujió sobre nuestras cabezas y su luz me deslumbró pese a tener los ojos cerrados. Miramos hacia arriba y otro destello rasgó el cielo.

Entonces, la lluvia se convirtió en un aguacero. Unas gotas gruesas que caían con furia.

Lucas me tomó de la mano y echamos a correr. Cruzamos el huerto, alcanzamos el jardín y entramos en la casa. Las luces del vestíbulo no funcionaban. Tampoco las de la escalera. Subimos casi a tientas y alcanzamos la puerta.

Entramos en el salón completamente a oscuras. Solo se oía el sonido de nuestras respiraciones y el fragor de la tormenta golpeando el tejado y azotando las ventanas. Me quedé inmóvil sin saber muy bien qué hacer. Menos valiente. Menos atrevida. Como si mi determinación se hubiese quedado a orillas del acantilado. Sin embargo, las ganas continuaban bajo mi piel, y aumentaban mientras contemplaba la silueta de Lucas frente a mí, igual de inmóvil.

Y sin saberlo, las dos gotas de agua que habíamos sido todo este tiempo dejaron de jugar a esconderse y se encontraron sobre el cristal. Se fundieron en una. Tan ciegas, tan necesitadas que no se dieron cuenta de que todo era una ilusión. Que estaban en lados opuestos y un muro invisible las separaba.

Lucas se acercó a mí, despacio. Solté un jadeo mientras me apartaba el pelo de la cara y me rodeaba la nuca con la mano. Su aliento me hizo separar los labios con otra respiración. Un segundo. Dos. Tres...

Me inclinó la cabeza hacia atrás y su boca reclamó la mía. Nuestras lenguas se enredaron y el anhelo aumentó al ritmo de las caricias, hambrientas y salvajes. También tiernas y dulces. Tiré de su camiseta y él me soltó para quitársela por la cabeza.

Me dio la vuelta y me pegó a la pared. Bajó la cremallera

del vestido y su pecho se aplastó contra mi espalda, cálido y firme. Me ahogaba, pero no era aire lo que necesitaba. Sus manos se deslizaron entre la tela y mi estómago, provocando a su paso escalofríos. Noté sus dientes recorriendo mi hombro, la curva de mi cuello y la línea de mi mandíbula. Me besó de nuevo y yo me giré entre sus brazos. El vestido cayó al suelo y me quité las sandalias con dos sacudidas. Demasiado ansiosa. Demasiado viva.

Entre besos y caricias bruscas, alcanzamos su habitación. Enredé las manos en su pelo. Llevaba tanto tiempo queriendo hacerlo... Averiguar cómo sería su tacto entre mis dedos...

—Tengo que preguntarlo —me susurró sin aliento—. ¿Hasta dónde quieres llegar?

Sonreí sobre su boca. La lamí. Pensaba que era evidente. Desabroché el botón de sus pantalones y tiré hacia abajo.

—Hasta donde me lleves.

Me mordió el labio con suavidad y mis ganas se intensificaron.

—Entonces... voy a llevarte jodidamente alto.

Caímos sobre la cama. Su cuerpo apretado contra el mío, con movimientos que me hacían delirar. Arqueé las caderas, buscándolo. Jadeó y sus manos se perdieron por mi piel. Estaban en todas partes, al igual que su boca. Sus dientes. Su lengua. Recreándose. Sonriendo cada vez que me impacientaba. Gruñendo cuando era yo la que lo provocaba.

Cuando se detuvo para abrir el cajón de la mesita, mi corazón estaba a punto de explotar. Cada pocos segundos, un relámpago iluminaba la habitación y yo podía verlo con total claridad. Su piel brillante, sus músculos tensos, la rigidez en su vientre y esos ojos que tanto me gustaban nublados por el deseo.

Lucas me miró desde arriba, con una mano en el colchón

y la otra en mi garganta. Su pulgar dibujó mis labios. Me estremecí y contuve el aliento al sentirlo. Su cuerpo acoplándose al mío. Tuve que obligarme a mantener los ojos abiertos, no quería perderme ningún detalle.

Sus caderas impusieron un lento vaivén y yo solo podía dejarme arrastrar, como lo haría la marea. Arquearme y sentirlo un poco más profundo. Una ola bailando con otra. Rompiendo en la misma orilla, transformándose en espuma.

—¿Quieres saber por qué te pedí que te quedaras? —susurró sobre mis labios. Asentí, incapaz de hablar—. Porque me gustas, Maya. Me gustas muchísimo. Eres preciosa...

Cerré los ojos y jadeé.

—Porque me vuelves loco cuando me miras y yo no puedo dejar de mirarte.

—Lucas...

Inspiró hondo y yo me sentí tan llena de él...

—Porque llevo días imaginando cómo sería tenerte así...

Más rápido. Más salvaje. Más arriba antes de susurrar:

—Y es una puta pasada.

Sus labios cubrieron los míos y me llevó alto. Muy alto.

Hasta que me dejó ir.

Nos dejamos ir.

Y temblamos juntos.

Permanecimos en silencio, escuchando la lluvia.

Poco a poco, nos quedamos dormidos, con las piernas entrelazadas y el cansancio envolviéndonos.

En mitad de la madrugada volvimos a sentirnos, como un mar en calma.

Y a la mañana siguiente fui yo la que lo miró desde arriba.

La que se adueñó un poquito más de él.

La que lo hizo volar muy alto con la luz del sol calentándonos la piel.

Y en ese instante, entre sus brazos, yo encontré mis alas.

35

Lucas se durmió con la cabeza sobre mi pecho, mientras yo deslizaba los dedos por su pelo, una y otra vez. Me quedé mirando la ventana, contemplando las motas de polvo que flotaban en el aire. No se oía nada, solo su respiración lenta y profunda.

Incliné la cabeza y lo miré. Observé su rostro, las constelaciones que formaban sus pecas al unirlas con una línea imaginaria. ¡Me encantaban sus pecas! Y la forma de su nariz, el arco que dibujaban sus cejas y las sombras que sus pestañas proyectaban sobre las mejillas. Las arruguitas que se le formaban a ambos lados de la boca cuando sonreía.

Aparté de mi mente todo pensamiento y solo dejé paso a las sensaciones. Me negaba a analizar lo que estaba pasando. Las consecuencias que podría tener. No quería pensar en nada, solo disfrutar de la inercia. Guiarme por el instinto. Conocer un poco más a la persona en la que me estaba convirtiendo. La persona que quizá siempre fui, pero que no me dejaron ser.

Un ruidito escapó de la garganta de Lucas y vibró en mi piel. Inspiró hondo, desperezándose como un gato. Un gato enorme que cubrió mi cuerpo y hundió la nariz en mi cuello mientras ronroneaba. Me estremecí cuando sus labios presionaron mi pulso y pronunciaron un «Hola» junto a mi oído. Después trazaron un camino de besos hacia mi pecho.

El reloj que había sobre su mesita marcaba las nueve.

Por mucho que lo deseara, por mucho que me tentara la idea de volver a derretirme bajo él, no quería llegar tarde a la floristería. Además, había partes de mi cuerpo que no sabía que podían doler. De un modo dulce, sí, pero dolían.

—Lucas —murmuré en tono resignado.

Se quedó quieto y noté que se ponía tenso.

—No lo digas.

—¿Qué?

—Que lo que ha ocurrido ha sido un error. Que compartimos casa. Que es demasiado complicado... ¡Yo qué sé! Solo... ¡no lo digas!

—No iba a decir nada de eso.

Levantó la cabeza de golpe.

—¿No?

—No. Solo iba a preguntarte si me llevarías al trabajo, no creo que pueda ir en bici.

Frunció el ceño y me miró a los ojos.

—Sí, claro. ¿Qué le ha pasado a la bici? —Todo el calor de mi cuerpo se concentró en mi cara y puse los ojos en blanco. Un instante después, él lo comprendió. Sus pupilas se dilataron y dejó caer la cabeza—. Vaya, lo siento. Lo siento.

Le di un manotazo al notar que sus hombros se sacudían.

—No te rías.

—No lo hago.

Alzó el rostro y me observó con una sonrisa enorme.

—Eres idiota —repliqué mientras trataba de quitármelo de encima.

Se puso en pie y pilló de la silla unos pantalones.

—Dúchate tú primero. Yo preparo el desayuno.

Fui a mi habitación para coger ropa limpia y vi sobre la cama las cosas que había comprado días atrás. Saqué las puntas de la bolsa y me las quedé mirando.

—¿Qué estoy haciendo? —susurré para mí misma.

Miré alrededor. Había convertido esa casa en un espacio tan mío como nunca lo había sido el piso de Madrid. Tenía un trabajo por las mañanas y otro por las tardes, que iban a proporcionarme una pequeña estabilidad. Había encontrado un hueco en la gran familia que formaban todas las personas que habitaban la villa y acababa de enrollarme con un chico que me gustaba muchísimo. Al que yo le gustaba y que me había pedido que me quedara.

¡Estaba construyendo una vida!

Y empezaba a asustarme perderla.

36

—¡Joder, Maya! No sé qué decirte, ¿vale? Fuiste a ese pueblo precisamente para eso, para hablar con él y saber la verdad —me recordó Matías al otro lado del teléfono.

—¿Y si abro la boca y lo estropeo todo?

—¿Por qué ibas a estropearlo?

—Y yo qué sé, por mil cosas, y no quiero.

Puse las últimas rosas en agua y me apoyé en el mostrador.

Resoplé disgustada, porque se suponía que él debía darme la razón. Al menos en esto.

—Maya, estás hablando de quedarte ahí de forma definitiva. Es muy fuerte. Es como si te hubieras metido en uno de esos programas de cambio radical, pero en lugar de tu aspecto te hubieran cambiado el cerebro.

—No bromees.

—Hablo en serio.

—Es que me encanta estar aquí. Siento que podría quedarme para siempre y ser feliz con esta vida. No necesito más.

—¿Esto no tendrá que ver con Lucas y sus polvos mágicos?

Me ruboricé.

—No debería habértelo contado.

Se echó a reír con ganas.

—Sabía que te estabas pillando por ese tío. —Hizo una pausa—. ¿Te trata bien? Porque si no lo hace, iré hasta allí y le daré de hostias.

Sonreí y el corazón se me hizo pequeñito dentro del pecho.

—Sabes que te quiero y que te echo muchísimo de menos, ¿verdad?

—Y yo a ti, tonta. Pero no me has contestado.

Solté un suspiro y me rodeé la cintura con el brazo libre. Asentí, aunque sabía que Matías no podía verme.

—Lucas es muy bueno, en serio. Se puede confiar en él. Es amable, atento y muy muy generoso.

—De eso no me cabe la menor duda. Dos días sin poder cerrar las piernas...; tuvo que darte mucho.

—¡Matías! —chillé.

Sus carcajadas sonaron con fuerza y acabé contagiándome.

—¡No puedo creer que hayas tardado una semana en contarme que te lo estás tirando! —exclamó.

—No era yo la que estaba ocupada.

Matías resopló y lo oí moverse por la casa, coger un vaso, abrir el grifo...

—Natalia se ha propuesto reinventar *Don Quijote* para la próxima temporada y está siendo una locura, pero siempre tengo tiempo para hablar de sexo. Nena, quiero detalles, muchos detalles.

—Pervertido.

—Dada mi inexistente vida sexual, tendré que conformarme con la tuya.

—A ti no te pone el sexo hetero.

—Pero ¿qué dices? A mí me pone todo lo que incluya un tío desnudo.

Rompí a reír con ganas, pero me detuve en seco al distinguir a Lucas entre la gente al otro lado del escaparate. Se acercaba con paso rápido y mi corazón comenzó a latir frenético. No habíamos quedado.

—Oye, Matías, tengo que... dejarte, pero prometo llamarte pronto.

—¿Va todo bien?

—Sí.

La puerta se abrió y las campanillas sonaron sobre la cabeza de Lucas.

—Hola —me saludó con ese tono ronco y seductor que me hacía hiperventilar.

—Hola.

—¡No me digas que es Lucas Potter y su varita mágica! —gritó Matías en el auricular. Me costó no reír—. Pon el manos libres, quiero oírlo. No, mejor FaceTime.

—Ni hablar.

—No seas avariciosa, tengo que verlo.

—Voy a colgar.

—Maya...

Colgué el teléfono y lo dejé sobre el mostrador sin apartar la mirada de Lucas.

—¿Interrumpo algo? —me preguntó.

—No, era mi amigo Matías, ya te he hablado de él.

Asintió.

—¿Cuándo cierras?

Miré el reloj.

—Ya debería haber cerrado, ¿por qué?

Lucas sonrió lentamente y se acercó a mí. Deslizó las manos por mi cintura y se me quedó mirando.

—¿Sabes que es viernes y que ni tú ni yo trabajamos esta tarde?

—¿Ah, no?

Se mordió el labio y sus dedos juguetearon con el bajo de mi vestido.

—No, y me gustaría invitarte a comer. ¿Quieres?

—Me encantaría.

—Después podemos volver a casa y...

Sus manos se colaron bajo mi ropa y su pecho se llenó con una profunda inspiración. El azul de sus ojos se oscureció.

Contuve el aliento.

—¿Y?

Inclinó la cabeza y sus labios quedaron suspendidos a pocos centímetros de los míos.

—Seguro que se nos ocurre algo.

Un segundo. Dos. Tres...

Me encantaba ese instante, ese espacio entre nosotros, justo antes de besarnos.

37

Hasta entonces no sabía que se podía ser adicto a otra persona.

Nunca había sentido la necesidad de tener a alguien tan cerca como deseaba tenerlo a él. A todas horas.

Nunca nadie me había hecho sentir esas ganas que me consumían por dentro y me hacían temblar por fuera. Llena de vida.

Hasta entonces no sabía que yo pudiera provocar esas mismas emociones en otra persona. Que alguien pudiera mirarme como él me miraba. Que pudiera tocarme como él me tocaba.

Y ya no me imaginaba haciendo todo aquello con nadie más.

No me veía en otro lugar y con otra vida.

Y con esa certeza tomé una decisión. Guardaría esas fotos para siempre y no le diría nada a Giulio. Me bastaba con verlo todos los días y saber que estaba ahí, que se preocupaba por mí. Con tenerlo cerca.

38

Los días fueron pasando tranquilos, envueltos en una rutina en la que las mañanas en la floristería se fundían con las tardes en la escuela sin que apenas me diera cuenta del transcurso del tiempo.

Sin embargo, yo me sentía más libre que nunca, más ligera y mucho más feliz. Dejar atrás mi vida en Madrid, esa vida a la que me había encadenado sin desearla, fue como nacer de nuevo. Abrir los ojos por primera vez a un mundo que me hacía sentir parte de él.

Aunque lo mejor de todo era el tiempo que Lucas y yo lográbamos compartir.

Esos momentos en los que nos desnudábamos sin quitarnos la ropa y nos abríamos un poco más para conocernos. Las horas entre las sábanas. El sexo. El placer. Las madrugadas sin dormir en las que solo nos acariciábamos. A veces, con las manos. Otras, con la boca. Con la mirada. Las siestas en la bañera para soportar el calor, con mi espalda en su pecho y las piernas enredadas.

—¿A qué hora acabarás esta noche? —pregunté.

Lucas alzó nuestras manos entrelazadas, cubiertas de espuma y algo arrugadas por el tiempo que llevábamos en el agua. Se las llevó a la boca y me besó los dedos.

—Sobre las once. Vendré a buscarte e iremos a ver los fuegos artificiales.

Estábamos a finales de julio y en Sorrento se celebraba la festividad de Santa Ana, una de las más importantes, que finalizaba a medianoche con un espectáculo de pirotecnia sobre el mar.

—Me parece bien.

Mi teléfono emitió un pitido, una notificación de alguna red social. Lo había dejado sobre el montón de ropa y estiré el cuello para verlo. El mensaje flotó durante unos segundos en la pantalla y pude leer las primeras palabras.

Se me escapó un suspiro.

—¿Qué pasa? —me susurró Lucas.

—Nada, Antoine, que ni capta los silencios ni se rinde.

—¿Tu ex?

—Sí.

—Han pasado muchas semanas, ¿aún te escribe?

—Quiere que le dé otra oportunidad y no deja de insistir.

—¿Y se la vas a dar?

Parpadeé sorprendida. ¿A qué venía esa pregunta? Intenté darme la vuelta, pero él me rodeó con los brazos para que no me moviera.

—¡No! Ni en broma. ¿A ti te parece que quiera dársela?

—No lo sé. No sueles hablar de él.

—¿Quieres que te hable de mi ex?

Deslizó las puntas de los dedos por mis brazos, de arriba abajo y de abajo arriba.

—No especialmente. —Presionó los labios contra mi cuello, y me hizo cosquillas con su respiración—. ¿Has tenido más novios?

Tragué saliva y ladeé la cabeza para verle el rostro.

—¿Por qué te interesa?

Se mordisqueó el labio inferior y en ese gesto percibí una vulnerabilidad que nunca había visto en él. Noté que mi corazón se aceleraba con su silencio.

—Porque soy un cotilla inseguro y que esquives mis preguntas me pone nervioso —acabó respondiendo con una risita de disculpa.

Inspiré y exhalé de forma entrecortada. Llevábamos dos semanas acostándonos y habíamos dejado claro que nos gustábamos, que nos sentíamos muy atraídos el uno por el otro. Joder, nos deseábamos a todas horas. No había más verdad. Y yo era muy consciente de que empezaba a tener otro tipo de sentimientos por él, emociones que se colaban por mis grietas sin que me diera cuenta y que poco a poco echaban raíces.

Sin embargo, no había percibido nada en Lucas, hasta ahora.

—He salido con tres chicos. El primero solo fue un rollo de verano. Se llamaba Daniel, y era un idiota pedante. Ambos teníamos dieciséis años y rompió conmigo en cuanto conoció a otra que sí le dejaba tocarle las tetas.

Lucas rio por lo bajo.

—Sí, era idiota.

—Cuando me mudé a Londres, conocí a Eddie. Salimos durante siete meses, hasta que me enteré por unas fotos en Instagram de que teníamos una relación abierta.

—¡Huy!

—Solo me picó un poco. Me gustaba, pero nada más. Después fue el turno de Antoine. Ya nos conocíamos, habíamos estudiado juntos en el conservatorio de danza. Y volvimos a coincidir cuando regresé de Londres y me uní a la compañía. Supongo que pasar tantas horas juntos tuvo su efecto y empezamos a salir.

—Te enamoraste —sonó más a pregunta que a afirmación.

—Eso creía, pero ya no estoy tan segura.

—¿Por qué?

—Porque no tenía con qué compararlo.

—¿Y ahora sí?

No me atreví a decirle que sí. Que nunca antes había sentido unas emociones tan intensas como las que él me provocaba y que había hecho que me cuestionara muchas cosas. Que empezara a preguntarme si me estaba enamorando de él o si solo se trataba de las circunstancias. De la intensidad con la que lo estaba viviendo todo.

—Estás muy preguntón. —Me di la vuelta para poder mirarlo de frente y el agua se desbordó un poco—. ¿Y qué hay de ti? ¿Has tenido muchas novias?

Se frotó la mandíbula y echó la cabeza hacia atrás

—Desde que estoy aquí, solo he tenido rollos. Nada serio.

—¿Y antes de eso?

—Tuve una relación de diez años con una chica.

Me quedé con la boca abierta.

—¡¿Diez años?! Lucas, eso es toda una vida.

—Y que lo digas.

Lo miré fijamente mientras él seguía contemplando la nada. Me moría de curiosidad. Le rodeé la cintura con las piernas.

—¿Qué os pasó?

Su mirada se clavó en la mía.

—Nunca he hablado con nadie de esto.

—Pero yo no soy nadie.

Sonrió mientras me observaba. Sus manos se deslizaron por mis piernas y me atrajeron un poco más hacia su cuerpo.

Inspiró, y después exhaló.

—Se llama Claudia. Nuestros padres se conocieron en el

colegio y se hicieron amigos. Estudiaron juntos, fueron padrinos el uno del otro en sus respectivas bodas, y con el tiempo se asociaron... Ya puedes hacerte una idea de lo unidos que siempre han estado. —Asentí—. Claudia y yo crecimos juntos. No tengo un solo recuerdo en el que ella no esté. Desde pequeños, nuestras familias bromeaban con que algún día nos casaríamos y, no sé si fue porque todo eso nos condicionó, o porque de verdad nos enamoramos, empezamos a salir juntos cuando teníamos unos quince años.

Hizo una pausa, como si estuviera ordenando sus pensamientos.

—Nunca tuvimos una buena relación, no era sana. Claudia siempre ha sido muy impulsiva y caprichosa, necesita llamar la atención constantemente. Cuando estaba conmigo, deseaba otras cosas; y cuando rompíamos, solo quería volver. Me dejó muchas veces. Decía que necesitaba conocer a otras personas, que se sentía asfixiada y que no estaba segura de sus sentimientos. Tiempo después regresaba, suplicando que volviera con ella, y yo la perdonaba. Nunca supe negarle nada y no sé por qué. No importaba cuánto daño me hiciera.

—Dicen que el amor es ciego.

—Eso no era amor, Maya. Dolía. Nos fuimos haciendo mayores y las cosas no cambiaron, al contrario. Ya no es que me dejara plantado cada dos por tres y regresara solo cuando se daba cuenta de que yo pasaba página. Es que, además, me engañó con otros tíos y me culpaba a mí escudándose en que yo siempre estaba estudiando o trabajando, y que no se sentía valorada. Y me lo creía, así que me esforzaba más y se lo perdonaba todo.

—A eso se le llama maltrato psicológico y dependencia, Lucas.

—Me ha costado verlo de ese modo, pero ahora lo sé. Por fin lo sé.

—¿Y tu familia lo permitía?

—Mi familia no me ayudó nada en ese sentido. Cada vez que reunía el valor para romper con Claudia, intervenían y yo volvía a ceder. Después de graduarme nos comprometimos formalmente. Mis padres organizaron la pedida de mano, compraron un anillo y nos regalaron una casa. Los de Claudia iban a encargarse de organizar la boda y el viaje, y cubrirían todos los gastos.

—Muy... tradicional todo.

—Una auténtica mierda —resopló agitado y se pellizcó el puente de la nariz—. Entonces, Claudia se quedó embarazada y nuestras familias quisieron adelantar la boda... Y es que a mí nadie me preguntaba nada. Si estaba de acuerdo, si me parecía bien, si tenía una opinión al respecto. Ellos decidían sin opción a réplica.

Me quedé sin respiración. ¿Embarazada? ¿Lucas tenía un hijo? No me atreví a preguntar. Sentía un nudo muy apretado creciendo en mi estómago, ascendiendo a mi garganta. Él continuó:

—Claudia tuvo una amenaza de aborto a las pocas semanas y los médicos dijeron que debía guardar reposo durante todo el embarazo. La boda se aplazó. Fueron unos meses horribles. Le provocaron el parto en cuanto fue seguro y desde el principio notamos que el bebé tenía problemas.

—Lo siento —susurré, y comencé a temer lo peor. Quizá lo habían perdido después de todo.

Lucas clavó sus ojos azules en mí.

Profundos. Heridos. Derrotados.

Y, durante un instante, vi todo lo que escondían.

—Los médicos sospechaban que podía tener el síndrome de Marfan. Es un trastorno hereditario, por lo que a Claudia y a mí nos hicieron unos test genéticos para hacer no sé qué estudio.

—¿Y qué pasó? —pregunté al ver que volvía a perderse en sus pensamientos.

—Que el niño no era mío.

Me llevé una mano al pecho de forma inconsciente.

—¿Y de quién es?

—Ni lo sé ni me importa —replicó con rabia—. Fue un palo muy gordo, no te haces una idea. Aunque eso no parecía importarle a nadie porque, además de confiado y cornudo, pensaron que también era gilipollas y que seguiría adelante con la boda, criaría al hijo de otro y agacharía la cabeza para mantener las apariencias.

—Pero no lo hiciste —constaté.

—No. Reuní el poco amor propio que me quedaba y me largué ese mismo día. No he vuelto a hablar con ninguno de ellos y no tengo intención de hacerlo.

—Siento mucho que tuvieras que pasar por eso, Lucas.

Forzó una sonrisa con la que intentaba aparentar que estaba bien, pero yo sabía que no era así. Había levantado la costra y hurgado en la herida. Una herida profunda que continuaba infectada.

Me dio un beso rápido en los labios. Se puso en pie y salió de la bañera.

—Paso a buscarte luego, ¿vale? —me dijo mientras se cubría las caderas con una toalla.

—Vale.

Continué un rato más en la bañera después de que Lucas se marchara, y pensé en todo lo que me había contado. Me resultaba difícil entender cómo alguien que parecía tan seguro de sí mismo, tan entero y fuerte, había permitido esas relaciones abusivas. A mis ojos lo eran. Lo habían manipulado, engañado, condicionado y hasta amenazado, y lo había aguantado todo sin respirar. Hasta que no tuvo más remedio que reaccionar para no desaparecer por completo.

Pero ¿quién era yo para juzgar?

Había estado igual de ciega con mi propia familia. Con mi abuela. Matías siempre había insistido en que ella no me trataba bien. Que no era una cuestión de ser más o menos amable o cariñosa. Autoritaria o severa. Según él, Olga me humillaba con sus desprecios y me hacía sentir insignificante sin ningún motivo.

Y nadie merece que lo traten de ese modo. Nadie.

En ese preciso momento, me di cuenta de que Lucas y yo éramos como dos espejos, y había tenido que ver mi reflejo en él para aceptar que el amor que duele, el que daña, no es amor.

39

Eran poco más de las nueve cuando llamaron a la puerta. Dejé a un lado el bol de palomitas y bajé el volumen de la tele. Después fui a abrir.

—¡Hola! —exclamé con efusividad al encontrar a Giulio al otro lado.

—Hola, perdona si te molesto...

—No, tranquilo. ¿Necesitas algo?

—Estaba en el jardín, a punto de irme, cuando he visto la luz encendida. —Enfundó las manos en los bolsillos de sus vaqueros—. Oye, todos se han marchado al pueblo para ver los fuegos. ¿No quieres venir?

—Sí, ya he quedado con Lucas. Vendrá a buscarme cuando acabe su turno.

—Para eso aún faltan un par de horas. ¿Por qué no te vienes conmigo? Voy al restaurante, nos reuniremos allí con los demás para tomar algo.

Asentí con una sonrisa enorme y creo que hasta di un par de saltitos.

—Sí, so-solo necesito un minuto.

Corrí al baño y me lavé los dientes a toda prisa. Después me cepillé el pelo, me apliqué un poco de perfume y troté hasta mi habitación para ponerme las sandalias. Las busqué por todas partes, hasta que recordé que me las había quitado en el cuarto de Lucas. Regresé al salón y encontré a Giulio mirando a su alrededor con ojos curiosos.

—No tardo nada.

—Sin prisa —dijo él.

Entré en el cuarto y vi las sandalias junto a la cama. Metí los pies dando trompicones y salí.

Giulio me contempló con una sonrisita.

—¿Qué?

—Nada —respondió mientras se encogía de hombros.

Le sostuve la mirada y me eché a reír.

—Es justo lo que parece.

—Hace días que lo sé —respondió entre risas.

—¿Sí?

—Me fijo en los detalles.

—¿Y te parece bien? —No sé por qué se me ocurrió hacerle esa pregunta. No tenía ningún sentido, y menos para él.

—¿Que Lucas y tú estéis juntos? —Encogió un hombro—. No tiene por qué parecerme mal.

—Sí, claro. —Cogí mi bolso del perchero y guardé dentro las llaves—. Ya podemos irnos.

Había tanta gente en la terraza del restaurante que nos costó unos minutos abrirnos camino hasta el interior. Giulio fue en busca de Dante y yo me quedé en la puerta. Vi a Lucas mucho antes de que él se percatara de mi presencia. Iba de un extremo a otro de la barra, sirviendo copas, abriendo botellines y recogiendo vasos. Su cara mostraba una sonrisita perenne y yo me descubrí con ganas de mordérsela.

Una chica se acercó a pedirle algo, él se inclinó hacia delante para escucharla por encima del bullicio y, en ese instante, sus ojos tropezaron con los míos. Entornó los párpados y un mohín travieso curvó su boca. Mi cuerpo se agitó como si estuviera lleno de burbujas, que explotaban una tras otra.

Lucas le dijo algo a su compañero y señaló a la chica.

Luego abandonó la barra y vino hacia mí.

—Hola, Giulio ha aparecido por casa y me ha...

Las palabras enmudecieron en sus labios. Su lengua rozó la mía y el resto del mundo se desdibujó alrededor. Mis sentimientos por él crecían como las olas de un mar enfurecido y me atrapaban, me engullían y me dejaban sin fuerzas para resistirme a su corriente. Lo miré mientras recuperaba la respiración.

Se inclinó y su boca rozó mi oreja mientras me tomaba de la mano.

—Ven, te llevaré con los demás.

Lo seguí hasta la balaustrada del mirador, junto a la que habían colocado una mesa. Todos los habitantes de la villa se encontraban allí, incluso los sobrinos de Julia. Catalina me saludó con la mano nada más verme y me pidió que me sentara a su lado.

—¿Tienes hambre? —me preguntó Lucas. Asentí. El aire olía a comida y mi estómago gruñó—. Voy a traerte algo.

El tiempo voló entre risas y conversaciones.

Giulio apareció con una bandeja de pasteles y se unió a nosotros. Poco después, Lucas se sentó a mi lado y me rodeó los hombros con el brazo. Me atrajo hacia él y me dio un beso en los labios. Era la primera vez que nos comportábamos con esa intimidad delante de todos. Como algo más que compañeros. Como algo más que amigos. Sentía sus miradas sobre nosotros, las risitas de los más pequeños y el codazo que Julia le dio a Roi en las costillas.

—Te lo dije —le espetó en un tono orgulloso.

Me reí, no pude evitarlo, y en ese momento comprendí mejor que nunca las palabras que Lucas me dijo aquel primer día:

«La gente que vive en esta villa es como una gran familia. No son de esa clase de personas que se saluda por educación o compromiso al cruzarse en el rellano. Aquí se convive y se comparten los días».

Y yo me sentía muy agradecida de tenerlos a todos en mi vida.

Dante apareció cuando apenas quedaban unos minutos para la medianoche y se sentó junto a Giulio. Los observé con disimulo. Cómo se miraban, cómo se sonreían, cómo parecían fundirse el uno con el otro cada vez que se tocaban. Era bonito verlos juntos. Ser testigo del amor que se profesaban, tan real y verdadero.

Aparté la vista y contemplé la luna, que brillaba sobre el agua cálida de ese mar que tanta tranquilidad me daba. El cielo estaba plagado de estrellas y el ambiente olía a flores y a sal. Todo era precioso.

Casi sin darme cuenta, mi atención volvió de nuevo a Giulio. Dante y él conversaban en voz baja. Dante dijo algo y la expresión de Giulio cambió. Intercambiaron unas palabras, sus gestos reflejaban tensión. Giulio comenzó a negar con la cabeza y retiró su mano de entre las de Dante. Este levantó la vista y me pilló observándolos.

Percibí cómo su cuerpo se tensaba y sus ojos se volvían fríos.

Los sentí sobre la piel. Bajo ella. Y una sensación muy incómoda se apoderó de mí.

Rompí el contacto y me incliné por puro instinto hacia Lucas. Su brazo me rodeó con más fuerza y noté la presión de sus labios sobre mi pelo. Solté el aire que había estado conteniendo.

De repente, un agudo siseo rompió la noche. Una estela luminosa ascendió y explotó sobre nuestras cabezas. El cielo se iluminó con los primeros fuegos artificiales y yo silencié la ansiedad que ese momento me había provocado.

Me dejé envolver por mi olor favorito.

Por el abrazo perfecto.

Por el chico que estaba haciendo realidad todos mis imposibles.

40

Las semanas siguientes se convirtieron en un borrón.

Al igual que en España, el 15 de agosto es fiesta nacional en Italia. La llaman el Ferragosto, una festividad muy tradicional que coincide con el Día de la Asunción y que los italianos festejan por todo lo alto. Suele haber procesiones, desfiles, conciertos...

Lucas no trabajaba ese día y me propuso visitar Positano, a solo cuarenta minutos en coche desde Sorrento. A Positano lo llaman «el pueblo de las escaleras», y mis rodillas no tardaron en descubrir que el nombre se lo había ganado a pulso. Aun así, es un lugar precioso entre el mar y el cielo. Construido en vertical, las casas cuelgan de la montaña sobre el golfo de Salerno y dan la sensación de estar posadas unas encima de otras.

Una postal inolvidable. Un lugar de ensueño.

Comimos *risotto* de curry en un restaurante situado en la terraza de un hotel, con unas vistas increíbles a la costa. Después dedicamos la tarde a pasear por el laberinto de callejuelas, arcos y plazoletas, repletas de tiendas de artesanía, jabones y *limoncello,* que se extendían por los distintos barrios.

Al caer la noche, cuando el sol se puso y todas las luces se encendieron, tuve la sensación de encontrarme en un lugar diferente. Como en un escenario de película. Descubrimos patios escondidos, balcones sombreados por higueras y escaleras secretas. Siempre bajo la mirada atenta de decenas de gatos que correteaban por los muros.

Decidimos cenar en un bar llamado Franco y en su terraza aguardamos el comienzo de los fuegos artificiales. Sentada en el regazo de Lucas, con sus brazos alrededor de mi cintura, vi el cielo iluminarse y sentí que la soledad que me había embargado durante la mayor parte de mi vida desaparecía. Así de simple. Así de fácil.

Regresamos a casa poco después de que terminara el espectáculo, agotados y felices.

Al empujar la puerta principal, oímos música y voces en el jardín trasero. Los encontramos a todos reunidos en torno a la mesa de la terraza, salvo los niños, que dormían en el sofá de mimbre cubiertos por una colcha. Mantenían una conversación acalorada, en la que parecía haber dos bandos bastante posicionados.

—¿Sobre qué discutís? —se interesó Lucas.

—Sobre el primer amor —respondió Ángela, acurrucada en los brazos de su marido—. Julia dice que el primer amor siempre será el más importante, el más intenso y especial.

—Porque todo es nuevo, desconocido, y se nos queda grabado —comentó la aludida.

—Y yo pienso que el primer amor solo es el nombre romántico que se le da a las primeras pulsiones sexuales. Inocentes púberes que confunden amor con excitación, y el impulso erótico con mariposas en el estómago —replicó Roi.

—¿No sabes hablar sin parecer una enciclopedia? —rezongó Julia.

—¿Disculpa?

—Eres tan prepotente que te sacudiría.

Roi se limitó a alzar una ceja y sonreír con picardía.

—Yo también creo que el primer amor es el más importante. Según cómo haya sido y lo hayamos vivido, nos marca de un modo u otro para el resto de relaciones que podamos tener más adelante —comentó Iria—. Si ese primer amor nos ha hecho daño, seremos más cautos a la hora de abrir nuestro corazón. Pero si ha sido feliz, nuestras defensas son inexistentes. No sé si me explico.

—Pues no mucho, la verdad —saltó Blas—. Porque si no estoy equivocado, soy tu primer y único amor, y parece que hablas con mucho conocimiento.

—¿De verdad te creíste eso? —inquirió Iria con un mohín travieso. Los ojos de Blas se abrieron como platos. Ella se echó a reír y le dio un beso en la mejilla—. Mira que eres tonto.

—Yo creo que el primer amor está sobrevalorado —declaró Lucas.

Ladeé la cabeza y lo miré. Él jugueteaba con el cubito que flotaba dentro de su bebida.

—¿Ah, sí? —se interesó Catalina.

Asintió convencido.

—El que cuenta es el último, el que eliges para que se quede contigo.

Me lanzó una mirada fugaz y sonrió para sí mismo, como si fuese dueño de un gran secreto.

Yo tragué saliva y me abracé los codos con un estremecimiento.

—¿Tienes frío? —me susurró.

—Sí, creo que voy a subir a por un jersey.

—Yo te lo traigo, tengo que ir al baño.

—Hay un par en el primer cajón de mi armario.

—No tardo.

Se puso en pie y entró en la casa con paso rápido.

—Yo pienso que el primer amor no es lo que marca, sino la ruptura con esa persona. *La prima volta che ti spezzano il cuore* —dijo Dante.

—Todas las rupturas marcan, sobre todo si te dejan. Yo sigo sin superar que Francesco cortara conmigo en primaria —apuntó Ángela.

—¿Te refieres a aquel niño con gafas que ceceaba? —preguntó Catalina entre risas.

La conversación fluyó hacia la inocencia y las primeras veces. Hacia recuerdos y confesiones, que esa noche se compartieron.

—Hay una frase que dice: «Al primer amor se le quiere más, pero a los otros se les quiere mejor» —intervino Giulio.

—Me gusta —dijo Catalina.

A mí me costaba concentrarme en aquellas divagaciones, aderezadas con el efecto del licor. Lucas tardaba mucho en bajar y empecé a preocuparme. Tras disculparme, fui en su busca. Subí las escaleras hasta el tercer piso y entré en la casa. La luz de mi habitación estaba encendida. Me asomé y vi a Lucas sentado en mi cama, con los codos apoyados en las rodillas y mis fotos colgando de sus dedos. Había abierto el cajón de la cómoda.

El corazón me dio un vuelco muy brusco y un vacío inmenso se abrió a mis pies. Él alzó la barbilla y me miró. Su expresión me hizo dar un paso atrás.

—Te dije que miraras en el cajón del armario —musité a la defensiva.

Los ojos de Lucas centellearon. Se puso en pie y vino hacia mí con una mueca airada, agitando en mi cara las fotografías y fotocopias que Fiodora me había conseguido.

—¿Qué haces con esto? ¿Y por qué la chica de la foto tiene tus mismos apellidos?

—Devuélvemelas.

Apartó la mano cuando traté de quitárselas.

—¿Por qué cojones aparece Giulio con ella?

—No es asunto tuyo.

—¿Que no es asunto mío? ¡Y una mierda, Maya! Claro que lo es. Porque me has mentido desde el primer momento que llegaste aquí.

—Yo no te he mentido.

Pasó por mi lado hecho una furia. Dejó las fotos con un golpe en la mesa del salón y agarró la cajetilla de tabaco. Prendió un cigarrillo sin dejar de mirarme, tan cabreado que casi podía ver su rabia fluyendo hacia mí en oleadas.

—Yo no te he mentido —insistí—. Simplemente, no te lo dije.

—Es lo mismo.

—No lo es. Te dije lo que necesitabas saber para alquilarme la habitación.

Daba caladas como si su vida dependiera de ese humo que inhalaba.

—No soporto las mentiras, Maya, y mucho menos a los mentirosos. Las mentiras hacen daño. Hacen sufrir a las personas y rompen vidas. ¡Las destrozan! —gritó.

Me encogí bajo su mirada, como si en ese momento me odiara de verdad. Me estaba comparando con Claudia, pude verlo en sus ojos, y me dolió que le resultara tan fácil.

—¿Y por qué tendría que habértelo dicho, eh? —me enfrenté a él—. No te conocía de nada para contarte algo que solo me pertenece a mí. ¿Entiendes? Solo a mí.

—¿Y ahora me conoces? —me espetó con la voz ronca—. Porque tú sí lo sabes todo sobre mí. ¿No crees que en todas estas semanas follando podrías haberte sincerado conmigo sobre esas putas fotos en algún momento?

—¿Quién te crees que eres para exigirme nada?

—Me has utilizado.

—¡No! —clamé con un nudo muy apretado en la garganta—. ¿Cómo se te ocurre?

Me fulminó con la mirada, aunque en sus ojos solo detecté desesperación y miedo.

—¿Y qué quieres que piense? Yo solo veo pistas que suman, y no a tu favor. —Agarró las fotos de nuevo y las apretó en su mano—. Llegaste aquí con esto. Por Giulio. ¿Por qué? —No fui capaz de responder. No me salían las palabras—. ¿Sabes qué? Me da igual, no quiero saber nada. Solo... Solo vete.

Dejó caer los hombros, derrotado, y me miró. Donde siempre encontraba una sonrisa, ya no había nada. Solo una máscara fría en la que no lo reconocía.

—¿Qué quieres decir?

—Coge tus cosas y lárgate. No te quiero aquí —dijo con voz firme.

Comencé a desmoronarme. Todo había cambiado en un instante y la realidad se desperezó a mi alrededor, ofreciéndome una nueva situación. Una muy amarga que podría haber evitado. Esa era la verdad.

—Tú, él..., que acabara aquí. Fue una coincidencia, Lucas, te lo juro. —Él ladeó la cabeza y me miró. Alcé la mano y señalé las fotos—. Es verdad, vine a Sorrento por Giulio. Creo que puede ser mi padre.

—¿Qué?

—Es posible.

La expresión de Lucas cambió. En otras circunstancias, creo que me habría echado a reír, porque resultaba bastante cómica, con la boca y los ojos abiertos.

—Dijiste que no conocías a tu padre.

—Y es verdad. Solo tengo esas fotos, unas fechas y un parecido. —Parpadeé para alejar las lágrimas—. ¿Lo has mirado bien?

Me dejé caer en el sofá, buscando un punto de apoyo que me ayudara a no hundirme.

Lucas contempló las fotos durante una eternidad.

—No lo entiendo —susurró.

—Ella me juró mil veces que no sabía quién era mi padre. Que solo se trataba de un desconocido. El mismo día que encontré esas fotos escondidas entre sus cosas, volví a preguntarle y no se molestó en contestar. Giulio pasó un verano en Madrid y conoció a mi madre. Yo nací nueve meses después. Mírame y dime que no es posible.

Lucas me observó sin parpadear durante un largo momento. Muy despacio, se acercó al sofá y se sentó en el otro extremo. Parecía más aturdido que enfadado.

Yo continué:

—Ni siquiera pensaba en lo que hacía cuando me subí a ese avión y vine hasta aquí. Fue un impulso sin vuelta atrás. —Inspiré hondo, con mis pensamientos atropellándose mientras intentaba ordenarlos—. Me topé con Giulio nada más llegar al pueblo, como si fuese cosa del destino. Lo seguí por las calles hasta el mirador y, de repente, lo perdí de vista. No sé, en ese momento creí que lo había imaginado. Entonces vi el restaurante, la terraza abarrotada y esa mesa libre, como si me hubiera estado esperando solo a mí... Después apareciste tú.

Nos miramos fijamente, en silencio. Apartó la vista de golpe, se echó hacia atrás y se apretó el puente de la nariz con los dedos. Permaneció quieto y yo me obligué a continuar.

Se lo conté todo. Le hablé de mi familia y de cómo habían sido siempre las cosas en Madrid. De la relación con mi madre. Me desnudé ante él hasta quedarme en los huesos y le confesé cada miedo, motivo y pensamiento que me habían empujado a ese instante. A ese sofá en el que por primera vez nos sentábamos tan lejos el uno del otro. A ese vacío que ahora nos separaba.

—Desde que llegué, me dormía cada noche prometiéndome a mí misma que al día siguiente hablaría con él, pero nunca reunía el valor y el tiempo pasaba —dije en voz baja. Incliné la cabeza y lo miré—. Jamás he querido hacerte daño, Lucas. Ni a ti ni a nadie; por eso decidí callarme y dejar las cosas como estaban. Aquí he encontrado mucho más que la familia que buscaba y me asusta arriesgarme y perderlo todo. Era mi secreto, solo mío, y guardarlo no hacía daño a nadie.

—Solo a ti —susurró.

—Me compensa más de lo que imaginas. Además, ni siquiera sé si es posible. Quizá todo esto sea un cúmulo de coincidencias y no una señal. Puede que mi madre diga la verdad y mi padre sea un desconocido que nunca sabrá que tiene una hija.

—O puede que Giulio sea tu padre y tampoco lo sabrá nunca.

El corazón se me subió a la garganta. ¿Esas palabras significaban que iba a guardar mi secreto?

—Lo que no se sabe no puede hacerte daño —musité.

—Yo lo sé.

—Pero no tiene que ver contigo, Lucas. Solo conmigo.

—Pero lo sé —insistió.

—También sabes lo que se siente cuando alguien toma decisiones que solo te corresponden a ti. Cuando te arrebatan esa libertad.

Ladeó la cabeza y me miró. Nuestros ojos se enredaron durante una eternidad. Sin filtros. Sin máscaras. Tan cerca... y tan lejos al mismo tiempo.

De pronto, se puso en pie y se marchó de la casa sin decir nada.

41

La conversación con Lucas me había dejado exhausta y, extrañamente, vacía. Esa sensación no era más que la calma que precede a la tempestad y, en algún momento, ese dique frágil y agrietado tras el que me protegía acabaría reventando en pedazos.

Solo era cuestión de tiempo. Después, la realidad me golpearía sin compasión y no sabía si podría soportarla.

Guardé de nuevo las fotografías en el cajón de la cómoda. Me quité la ropa despacio y la dejé caer al suelo. Desnuda, llegué hasta el baño. Abrí el grifo de la ducha y entré en la bañera.

Poco a poco, el vaho me envolvió y comencé a sentirme endeble. Sola. Incompleta.

Cuando salí del baño envuelta en una toalla, no fui a la habitación de Lucas, donde llevaba semanas durmiendo. Me dirigí a mi cuarto, me puse una camiseta limpia y me metí en la cama.

El silencio y la oscuridad me envolvieron, y yo me sentía como si estuviera flotando en la nada más absoluta. Un vacío frío, que comenzaba a llenarse de emociones caóticas que giraban dentro de un torbellino sin control.

Qué rápido se acostumbra uno a lo bueno. A lo bonito. A sentirse completo. Qué pronto se olvida que puede acabarse y dejar de ser.

Me apreté el pecho con fuerza. Me dolía con una agonía que apenas podía soportar. Lucas me había echado, quería que me fuera. Se había terminado casi antes de empezar. Entonces, ¿por qué sentía como si acabaran de arrancarme medio cuerpo?

Hundí el rostro en la almohada y ahogué un sollozo. Lamentaba tanto no haber sabido hacer las cosas de otra manera... Ser un absoluto desastre... Pero lo que ha sucedido ya no puede cambiarse, ¿verdad? Solo queda aceptarlo y aguantar mientras duela. Aunque toda tu vida haya quedado trastocada. Otra vez.

Respiré hondo y me dije a mí misma que lo haría, recogería mis cosas y me largaría. ¿Adónde? No lo sabía. Tampoco tenía la más remota idea de qué hacer después con todo lo demás.

Estaba agotada de tanto pensar.

No sabía qué hora era cuando oí pasos en la escalera y el chasquido de una llave en la puerta principal. Después, la del dormitorio de Lucas al cerrarse. Apreté los párpados con fuerza y me hice un ovillo más pequeño, incapaz de contener unas lágrimas que me quemaban las mejillas.

Casi me había quedado dormida cuando sentí que la puerta de mi habitación se abría. Contuve la respiración, de lado y con la vista clavada en la oscuridad. Noté su peso en el colchón y después, su cuerpo junto al mío, encajando como dos piezas perfectas. Me rodeó la cintura con la mano y me atrajo un poco más. Tenía la piel caliente y olía a tabaco.

—En esas fotos se parece mucho a ti —susurró.

—Sí.

Otro silencio. Inspiró y su aliento en la nuca me hizo estremecer.

—No es cierto lo que he dicho antes. No... No deseo que te vayas. Quiero que te quedes.

—Y yo quiero quedarme —se me quebró la voz y él hundió la nariz en mi pelo.

—Estoy muy enfadado, Maya.

—Lo siento.

—Todo esto me ha jodido mucho.

—Lo sé.

—Y no estoy de acuerdo con lo que estás haciendo. —Asentí y apreté los labios para no romper a llorar—. Pero voy a respetarlo.

Un profundo sentimiento de gratitud se apoderó de mí. Cogí la mano que él tenía sobre mi estómago y entrelazamos los dedos. Respiré hondo, y me sentí de nuevo un poquito más completa. Porque así me sentía cuando estaba con Lucas. Más yo. Más de verdad.

—Entonces, ¿nadie sabe que estás aquí? —me preguntó.

—No, solo Matías.

—Y desde que te marchaste, ¿tu familia no ha querido saber de ti?

—No, aunque yo tampoco lo he intentado mucho. Llamé a mi abuela un par de veces para hablar con mi abuelo, pero no lo cogió. —Me humedecí los labios y sorbí por la nariz—. No les importo, Lucas. No pasa nada.

—Sí que pasa, Maya. Lo sé mejor que nadie.

Tiró de mi mano para que me diera la vuelta. Me giré y me coloqué de lado. Busqué su rostro en la oscuridad.

—De pequeña pensaba que me quería.

—¿Te refieres a tu abuela o a tu madre?

—No sé, supongo que a las dos. Pensaba que me querían y que lo harían para siempre, porque así son las cosas, ¿no?

La familia te quiere. —Acaricié su mandíbula con los dedos hasta llegar a sus labios—. Pero no fue así y, a veces, siento que no he hecho lo suficiente para merecerlo.

Lucas pegó su frente a la mía y me cubrió la mejilla con su mano.

—Tú no tenías que hacer nada. Así que deja de preguntarte si mereces o no que te quieran y simplemente deja que alguien lo haga, Maya. Déjate querer.

Parpadeé sorprendida.

—¿Crees que no dejo que me quieran?

—Creo que te has convencido de que no es posible que alguien pueda quererte, y no te das cuenta de que estás rodeada de personas que ya lo hacen.

El corazón se me detuvo en el pecho antes de reanudar su movimiento con un ritmo errático.

«Que ya lo hacen», repetí en mi mente.

Lucas me rozó la mejilla con el pulgar. Estábamos tan cerca que compartíamos el mismo aliento. Un milímetro más y encontraría su boca. Pero había tanto en ese espacio entre nosotros, justo antes de besarnos, que necesitaba alargarlo un instante más. Necesitaba perderme en ese silencio que decía mucho más que las palabras. En el anhelo que revoloteaba como una mariposa entre sus labios y los míos.

Un segundo. Dos. Tres...

¿Cómo se ignora lo que late en tu interior? No se puede.

42

Durante las semanas siguientes, volvimos a caer en nuestra cómoda rutina como si nada hubiera pasado. No volvimos a sacar el tema de las fotos ni comentamos nada a ese respecto. Aunque, en ocasiones, descubría a Lucas mirando a Giulio con cierta preocupación. Observándonos cuando estábamos juntos, con un montón de emociones desfilando por su rostro que no lograba identificar.

No quise mencionarlo y lo dejé estar. Suponía que, con el tiempo, él dejaría de pensar tanto en ello.

Esa mañana, cuando desperté, lo encontré mirándome desde el otro lado de la cama. Había vuelto a dormir en su habitación cada noche. Ahora, un poquito más mía. Me sonrió y yo le devolví la sonrisa. Continuamos en silencio, mientras sus ojos se movían por mi cara de la misma forma que los míos por la suya, y sentí como si algo nuevo vibrara entre nosotros. Una emoción distinta que parecía emanar de nuestros cuerpos e inundar el aire a nuestro alrededor. Algo suave y bonito, que casi podía tocar con los dedos.

Una cálida expresión apareció en su mirada, y mis sentimientos se reflejaron en sus ojos en el momento en que se inclinó y me besó.

El mundo desapareció. Aunque el tiempo no se detuvo.

—Llego tarde, llego tarde... —murmuré mientras daba saltitos para subirme el pantalón.

—A una cita muy importante. No hay tiempo para decir «hola, adiós» —tarareó Lucas desde la cama con una risita.

—¿Qué?

—¿No es eso lo que dice el Conejo Blanco?

—¿El Conejo Blanco?

—Sí, ya sabes, *Alicia en el país de las maravillas.*

Parpadeé al darme cuenta de qué me estaba hablando.

—Pues no tengo ni idea. No he leído el libro y era muy pequeña cuando vi la película.

—¿Y no hay un ballet sobre *Alicia en el país de las maravillas*?

—Sí que lo hay —respondí al tiempo que me inclinaba para darle un beso—. Me voy.

—Adiós —me susurró.

Yo le dediqué una leve sonrisa y salí de la habitación.

Poco después, bajaba las escaleras como una exhalación. Se me había ocurrido una idea realmente buena y estaba emocionada.

Llamé a la puerta de Giulio.

Dante abrió pasados unos segundos, aún en pijama y con el pelo revuelto.

—*Buongiorno* —saludé.

—*Buongiorno.*

—¿Giulio está en casa?

—*Chi è?* —Giulio apareció detrás de Dante—. ¡Ah, hola, Maya. ¿Todo bien?

Asentí nerviosa.

—¿Recuerdas lo que comentaste sobre preparar una actuación para el festival de Navidad en el teatro Tasso? —le pregunté animada.

—Sí, claro.

—Pues deberíamos hacer nuestra propia interpretación de *Alicia en el país de las maravillas*. Hay muchos personajes y participarían todos los niños. Podríamos inspirarnos en la coreografía que Wheeldon preparó para el Royal Ballet, es preciosa y muy colorida. ¿Qué te parece?

Él se tomó un momento para considerar lo que le estaba proponiendo. Empezó a sonreír tanto o más que yo. Movió la cabeza con un gesto afirmativo.

—Me gusta.

Nos quedamos mirándonos y supe que en su mente ya veía lo mismo que yo: el escenario, los trajes, los pasos...

Mientras pedaleaba camino de la floristería, con el sol en mi piel y la brisa del mar en la cara, no podía dejar de sonreír como una idiota. Me sentía tan bien. Tan llena de alivio y gratitud por la vida que disfrutaba que me costaba no gritárselo al mundo.

Estaba aprendiendo a no hacerme preguntas para las que no tenía respuestas. A no cuestionármelo todo. A no obstinarme en llenar esos huecos que, quizá, debían estar vacíos para lo inesperado. Aprendiendo a dejarme llevar. A dejar que sucediera.

Lucas apareció a media mañana en la floristería con café y una caja de pastelitos. No lo esperaba y me hizo ilusión verlo entrar con el pelo revuelto, las gafas de sol sobre la cabeza y la camiseta arrugada. Siempre la llevaba arrugada.

—¿Estás sola?

—Mónica acaba de irse con Tiziano. Tienen cita con el médico —respondí.

—¿Se encuentra bien?

—Sí, van a hacerle una ecografía para ver cómo están los bebés. Se acerca la fecha.

Él forzó una sonrisa y dejó el café y los pastelitos sobre el mostrador. Después sacó de un bolsillo un par sobres de azúcar y unas paletinas. Me percaté de la tensión que, de repente, se había instalado en sus hombros. Un pálpito me hizo pensar que ese cambio tenía algo que ver con el estado de Mónica.

—Te has quedado muy callado, ¿va todo bien?

—Sí.

—¿Seguro? Porque he mencionado la ecografía y te ha cambiado la cara.

Yo nunca había notado nada extraño en ese sentido. La actitud de Lucas hacia Mónica siempre me había parecido muy normal. No obstante, ahora que sabía lo que le había sucedido con ese bebé que durante tantos meses creyó suyo, ya no estaba tan segura de lo que Lucas aparentaba.

Él inspiró hondo y dejó de remover su café.

—¿Sabes? Cuando me dijeron que iba a ser padre, no me alegré. No estaba preparado para algo así y no sabía cómo afrontarlo sin derrumbarme. Todo cambió cuando a Claudia le hicieron la tercera ecografía, una de esas en 3D, y pude ver la cara del bebé. Fue la primera vez que pensé en él como mi hijo y empecé a quererlo en ese mismo instante. Se convirtió en lo más importante.

—¿Aún piensas en él?

—A veces.

—Siento que tuvieras que pasar por algo así.

—Y yo —susurró. Soltó el aliento de golpe y su cara se iluminó con una sonrisa al mirarme y señalar la caja de pasteles—. ¿Nata o chocolate?

—Chocolate.

Lucas se quedó haciéndome compañía. A ratos, distraído con el goteo continuo de clientes. Otros, con el bajo de mis pantalones cortos o el hueco entre la blusa y mi espalda.

Le di un manotazo con disimulo y sonreí a Lola, una de

las clientas habituales, que también era española y solía pasarse a menudo para conversar.

—Disculpe, ¿qué ha dicho?

Lola me miró un poco impaciente.

—Te preguntaba si lo de poner una aspirina en el agua funciona para que las rosas duren más tiempo —contestó.

—Pues no sabría decirle... —La mano de Lucas se coló bajo mi pantalón. Aunque sabía que Lola no podía verlo desde donde se encontraba, me estaba poniendo nerviosa—. Pero tenemos este conservante con el que las rosas le durarán dos semanas sin ningún problema.

Le mostré el sobrecito.

—¿Es el mismo que me llevé para los claveles?

—Creo que sí.

—Los claveles no duraron dos semanas.

—Ya... Bueno... Puedo llamar a Mónica y preguntarle.

El dedo de Lucas rozó mi ropa interior. Le di un pisotón en el pie. Él ahogó una queja, mientras se encogía con un gesto de dolor que trató de disimular. Lola lo miró preocupada.

—¿Te encuentras bien?

Lucas le dedicó su mejor sonrisa.

—Tengo un juanete que me está matando.

Un ruidito estrangulado escapó de mi garganta, mientras hacía todo lo posible para no reír a carcajadas.

—Pues te recomiendo que te operes. Yo lo hice de los dos pies, y me cambió la vida —dijo ella. Después me miró a mí con una sonrisa amable—. Ponme también el conservante, aunque creo que voy a probar con la aspirina.

Le cobré el importe de la compra y le entregué el tique. Después corrí a la puerta para ayudarla a salir.

—Adiós —se despidió.

Me di la vuelta y fulminé a Lucas con la mirada.

—¡Eres un crío!

Se echó a reír y arrugó la nariz con una disculpa que no sentía. Vino a mi encuentro. Me tomó por las muñecas y se rodeó la cintura con mis brazos.

—¿No te aburres aquí? El tiempo no pasa.

—No soy un culo inquieto como tú y me gusta lo que hago. Además, nadie te obliga a quedarte —repliqué.

Hizo una mueca.

—Eso ha dolido.

Miré el reloj, era hora de cerrar. Me deshice de su abrazo y comencé a recoger. Él se sentó en el taburete, sin quitarme los ojos de encima.

—¿Por qué nunca dices adiós? —preguntó de repente.

—¿Qué quieres decir?

Se encogió de hombros.

—Eso, que nunca dices adiós. Ni siquiera con un gesto. Solo... solo curvas los labios un poquito cuando la gente se despide.

—Pues no me he dado cuenta.

—Yo creo que sí. Es premeditado, te pones tensa en ese preciso momento. Y si lo pienso un poco, llevas aquí meses y nunca te he visto despedirte de nadie.

Coloqué el cartel de cerrado en la puerta y bajé el pequeño estor que cubría el cristal. Me di la vuelta y lo miré a los ojos, un poquito confusa porque no entendía en qué momento Lucas había empezado a conocerme tan bien. A notar detalles de los que nadie más se había percatado.

—No me gusta esa palabra —declaré—. Lo que significa, lo que implica..., no lo sé. Es como muy... absoluta. Definitiva.

—¿Definitiva?

—Para siempre. O nunca más, depende.

—¿Como si decirla hiciese irremediable no ver nunca más a la otra persona?

—Algo así.

Se me quedó mirando, y vi su esfuerzo por comprenderme. Entonces añadí:

—Nunca le he perdonado a mi madre que desapareciera sin más, que no se despidiera de mí. No lo hizo, huyó. Quizá sea por eso, no lo sé —confesé. Sacudí la cabeza—. Es absurdo y un sinsentido, soy consciente. Ni yo misma lo entiendo, pero no soy capaz.

—Ya veo.

—Siento ser tan complicada.

Se levantó y me tomó de las manos para acercarme a su pecho y abrazarme.

—Me gusta que seas complicada.

—Mentiroso.

—De verdad, intentar desenredarte me encanta. Eres como un acertijo que me muero por resolver.

—¿Y si nunca lo consigues?

—No hay nada más sexy que una mujer misteriosa.

Escondí el rostro en su cuello y sonreí.

Y en ese preciso instante, me di cuenta de que me había enamorado.

Por primera vez.

De verdad.

Porque aquello que sentía en el pecho era completamente nuevo.

Y lo había hecho de Lucas.

43

Las personas no somos más que una capa tras otra de secretos. Motivos ocultos, enterrados en nuestros corazones, que nos da miedo compartir. Y, aun así, esperamos que los demás confíen en nosotros sin albergar dudas, como un salto de fe al que te lanzas con los ojos cerrados.

44

A todos nos llegan momentos en la vida en los que se nos escapa de las manos el control. Unas veces lo vemos venir y tratamos de recuperarlo a tiempo. Otras te quedas paralizado y es imposible evitarlo. Yo me encontré de repente en medio de un caos, como un empujón que no esperas y te desestabiliza. No hallas dónde agarrarte y tu cuerpo se precipita. Mueves brazos y piernas, pero no hay nada que evite el golpe.

Entonces, te aferras a lo único que te queda: el miedo. El instinto más caótico.

Yo no lo vi venir. No me fijé en los detalles. Ni en las miradas inseguras.

No vi las dudas.

—El *pas de deux* final entre Alicia y Jack debe ser apoteósico. Con saltos muy precisos y giros veloces. Y no pueden faltar elevaciones —dijo Giulio mientras volvía a anudarse el cordón de su pantalón de chándal.

Era domingo por la mañana y nos encontrábamos en la terraza de la villa, montando la coreografía para la obra. Aún faltaban tres meses para Navidad, pero queríamos tenerla lista lo antes posible para que los niños pudieran ensayar sin prisas.

—Las elevaciones deben ser sencillas, les falta seguridad —repliqué.

—Eres muy blanda. —Me reí y él me ofreció la mano para continuar—. ¡Vamos allá! Diagonal, tres poses en picada, *promenade*, pirueta, pirueta y *porté*... —Me elevó.

Yo me alcé al punto más alto de la subida. Arqueé la espalda sobre la mano que me sujetaba e iniciamos un lento descenso hasta que me recogió en sus brazos.

—Perfecto —suspiró.

Me dio un abrazo y yo se lo devolví con los ojos cerrados. Me separé con un poco de reticencia y me acerqué a la mesa para beber agua. Observé a Dante, que hacía yoga bajo la sombra de un árbol. Parecía muy concentrado. Luego busqué a Lucas con la mirada, había desaparecido de la tumbona en la que dormitaba al sol.

De repente, sonó el teléfono de Giulio. Descolgó y mantuvo una breve conversación, después me miró.

—Tenemos que dejarlo por hoy.

—No pasa nada, seguiremos otro día.

Entré en el edificio y subí las escaleras sin prisa. Empujé la puerta, que casi nunca dejábamos cerrada cuando bajábamos al jardín, y la dejé de nuevo entreabierta al ver las llaves de Lucas sobre la mesa. Fui a mi habitación para coger ropa limpia y darme a continuación una ducha.

—*Cosa fai*?

Me di la vuelta con un susto de muerte y encontré a Dante en el umbral de mi cuarto.

—Dante, ¿qué...?

—*Che diavolo stai facendo*?

Tragué saliva sin entender la agresividad que rezumaba en su postura, en su voz. Me miraba de un modo que me hacía sentir incómoda. Desprotegida. Casi no lo reconocía.

—Perdona, pero si hablas tan rápido no te entiendo.

—Veo cómo lo miras desde que *sei arrivata*. Cómo lo observas todo el tiempo. *Il modo* en que te brillan los ojos cuando *sei con lui*.

—¿Cómo miro a Lucas? —inquirí sorprendida. No entendía nada. ¿Qué le importaba eso a él?

—No te burles de mí.

Una voz de alarma sonó en mi cabeza y la comprensión se abrió paso en mi mente como una potente luz.

—¿Te refieres a Giulio?

—*Ti sei innamorata di mio marito.*

—¡¿Qué?! Te estás confundiendo.

—¿Confundido? No, *non sono io il confuso*. Aléjate de él —gritó, rezumando veneno en la voz.

—Dante, escucha...

—¿Qué crees que va a pasar? —De repente, su español parecía haber mejorado, porque lo escupía bastante bien—. ¿Que se va a fijar en ti entre piruetas y abrazos?

Me ardía el pecho y mi garganta se cerraba como si una mano la estuviera apretujando.

—¡No!

—¿Dejará de ser gay *per te*?

—Dante, por favor —le supliqué con lágrimas en los ojos.

—*Patetico e triste*. Y él no se da cuenta...

Sacudí la cabeza, impotente. Nunca antes había sido testigo de lo que los celos podían hacerle a una persona. La sinrazón de esa emoción que podía anular cualquier rastro de cordura.

—Porque no hay nada de lo que insinúas.

—Estoy harto de esto. *Di te*...

No me escuchaba. Solo me miraba y escupía palabras hirientes. Entró en la habitación y vino hacia mí con amenazas que casi no entendía y mucho despecho.

—*Lascialo in pace*.

Me sentía acorralada en todos los sentidos. Como si estuviera encerrada en un edificio a punto de derrumbarse y hubieran tapiado todas las salidas. Aquella situación era una locura. Un mal sueño.

—No ocurrirá, *capisci?* —masculló burlón.

Me derrumbé. Me rompí. Exploté.

—No, eres tú quien no lo entiende. Y lo que insinúas es asqueroso. ¡Porque creo que es mi padre, joder! ¡Mi padre!

A veces, las verdades más grandes se revelan en un instante, por un descuido, y ya nadie las detiene. Es imposible. Una vez quedan libres, ya no hay forma de atraparlas y volver a esconderlas.

—¿Qué has dicho?

Mis ojos volaron hasta la puerta del cuarto y vi a Giulio en medio del salón. Nos miraba con los ojos muy abiertos y palidecía por momentos. Dante dio un paso atrás. Me miró y luego lo miró a él.

—*È tua figlia?*

—Pero ¿qué dices? —saltó Giulio.

—*Adesso capisco, tu non vuoi figli perché ne avete già una!*

—*Dante, per favore...*

La expresión rota de Giulio me hizo sentir pena por él.

—Él no sabe nada —intervine. Con manos temblorosas, abrí el cajón de la cómoda y saqué las fotos. Se las ofrecí con el brazo estirado—. Ten.

Giulio las tomó sin apartar sus ojos de los míos. No parpadeaba, no se movía. Solo un ligero tic en su mandíbula le daba vida. Poco a poco, bajó la vista y las contempló.

—¿Te acuerdas de ella? —susurré insegura. Asintió con un gesto tan leve que casi no lo percibí—. Daria es mi madre. Se quedó embarazada el mismo verano que tú estuviste en Madrid.

Vi cómo sus párpados se abrían, sus pupilas se dilataban

y el poco color que quedaba en su cara se desvanecía. Tragó saliva.

—Giulio, ¿quién es Daria? —lo interrogó Dante.

Él ignoró la pregunta y se humedeció los labios mientras una miríada de emociones cruzaba por su semblante.

—¿Ella te ha dicho que soy tu padre?

—No, siempre ha mantenido que no sabe quién es.

Soltó una risa que parecía más un lamento.

—Entonces, ¿qué te hace creer que puedo serlo?

—Tenía las fotos escondidas, las fechas coinciden y... nos parecemos —dije casi sin voz. Me señalé el lunar de la ceja—. ¿Lo ves? Es idéntico.

Pronunciar esas palabras en voz alta me hizo sentir muy estúpida. De repente, nada tenía sentido. Todo parecía un despropósito y empecé a ahogarme. Un castillo en el aire, eso había levantado, con cimientos hechos de sueños y paredes repletas de carencias. Una fantasía que había ido construyendo día a día, hasta convertirla en una certeza. Ahora se desmoronaba, veía las grietas a mi alrededor, cada vez más grandes, dejando pasar la luz.

—Es imposible —susurró.

Dante se llevó las manos a la cabeza.

—*Vuoi dirmi che succede?*

—¿Piensas que yo lo sé? —replicó Giulio.

—Dice que es tu hija, *è possibile*?

—No. —Gimió como si algo le doliera—. No... No lo sé.

—*Non lo sai, davvero?* ¿Te acostaste con su madre, sí o no?

Giulio alzó las manos con un gesto suplicante. Eran tantas las emociones que inundaban sus ojos que no podía identificarlas.

—Dante, cállate.

—¿Lo hiciste?

—¡Tenía dieciocho años y pensé que quizá hacerlo me arreglaría! —gritó Giulio para los dos.

—Nunca has estado roto —susurró Dante en tono compasivo.

—Pero ¡no lo sabía entonces! —Se volvió hacia mí—. Mira, no sé qué te ha hecho pensar que yo podría ser tu... —No era capaz de decirlo. Resopló y apretó los párpados muy fuerte—. No es posible. No. Yo no tengo hijos, tampoco los quiero. Eso no va conmigo.

Las dudas se me clavaban como garras heladas.

—¿Y las fotos?

—Te has equivocado. —Su expresión se volvió muy dura e hizo que el trocito de corazón que aún me latía se parase—. Un lunar no te convierte en mi hija. Ni hablar.

Una emoción dolorosa inundó mi pecho tan rápido, tan de repente, que apenas podía dominar el llanto que me estremecía por dentro. Su mirada fría me atravesó como si yo fuese una extraña para él.

En realidad, lo era.

—Llegaste aquí con esa historia en la cabeza, ¿verdad? ¡Qué idiota he sido! Demasiadas casualidades para que fuese algo fortuito. Llevas semanas fingiendo conmigo y con mi familia...

Yo no podía dejar de temblar.

—Es que no sabía cómo decírtelo, porque la mayor parte del tiempo me parecía...

—¿Absurdo? —me cortó con una mezcla de pena y desdén—. Lo es. Y por mi parte todo se acaba aquí. Este asunto queda zanjado ya mismo. Enterrado en esta habitación. No quiero oír nada más.

—Giulio...

—Cállate.

—Por favor...

—No. Eres. Nada. Mío. —Esas palabras fueron susurradas con una profunda desesperación y la cadencia de un hachazo.

Durante un instante detenido en el tiempo, se limitó a mirarme. Después dio media vuelta y desapareció. Dante salió tras él y escuché sus voces perdiéndose en la escalera.

No lograba asimilar lo que acababa de pasar. Tenía la extraña sensación de estar dentro de una película. Todo me parecía irreal, como si mi conciencia estuviese flotando sobre mi cuerpo y lo contemplara desde arriba.

Me senté en el sofá. No podía respirar. Inspiré. Intenté tomar aire, pero mis esfuerzos eran insuficientes. Las lágrimas me quemaban las mejillas y me las limpié con el dorso de la mano. Me ahogaba. Un sollozo agudo escapó de mi garganta. Intenté calmarme y parar, pero no podía. Las lágrimas se agolpaban, caían y fluían otras.

—Maya, ¿qué te pasa?

La voz de Lucas terminó de romperme. Estaba en ruinas. Alcé la barbilla y me encontré con su mirada preocupada, mientras avanzaba hasta llegar a mi lado. Se agachó y apoyó sus manos en mis mejillas.

—¿Por qué estás así?

Otra cascada de lágrimas. Sollocé contra su cuello cuando me abrazó.

—Ha sido horrible.

—¿El qué?

—Se lo he confesado todo a Giulio y no ha ido bien.

Me apretó con más fuerza.

—¿Y por qué lo has hecho ahora?

—Dante ha aparecido aquí completamente desquiciado y ha empezado a decirme cosas terribles. Cosas que... —Yo seguía llorando. Respirando y llorando—, que me hacían daño y quería que parara. Porque lo que piensa de mí es asqueroso y...

—¿Qué piensa de ti?

—Que tengo interés en Giulio.

Lucas se apartó para mirarme.

—¿Interés?

Asentí con vehemencia.

—Que él me gusta. ¿Cómo ha podido pensar que me atrae? —Me froté las mejillas y sorbí por la nariz—. Entonces lo he soltado sin pensar. Le he dicho que era mi padre... Giulio lo ha oído todo.

—Y no ha reaccionado bien.

—No —le aseguré rotunda—. No cree que yo pueda ser su hija. Ni siquiera que exista una posibilidad. No quiere saber nada del tema ni de mí.

—Ponte en su piel, Maya. Dale tiempo.

El recuerdo de lo que había sucedido unos minutos antes se me clavaba como esquirlas de cristal. Negué con un gesto.

—Tú no lo has oído. No quiere volver a verme.

Lucas suspiró y se inclinó para darme un beso en la frente. Sus labios permanecieron pegados a mi piel un largo instante. Noté que le temblaban, también sus manos sobre mí. Entonces me fijé en él. En sus ojos un poco rojos y brillantes.

—¿Y a ti qué te pasa?

—Nada.

Me estaba mintiendo.

—Lucas —insistí.

—No es importante. Tú sí lo eres. —Intentó besarme, pero no lo dejé. Lo sujeté por las muñecas y lo obligué a que me mirara. Soltó una profunda exhalación—. Mi hermana me ha llamado. Mi padre tuvo un ataque. Lo operaron de urgencia y ahora está en la UCI. No creen que vaya a salir de esta.

Me quedé sin aliento.

—Lo siento mucho, Lucas. ¿Cómo estás?

Se encogió de hombros.

—No lo sé. Mi hermana dice que debo ir a verlo.

—¿Y tú qué crees?

—Que me costó mucho dejarlos atrás como para volver ahora, pero...

Soltó un suspiro entrecortado y se frotó el mentón.

—Aunque te hicieron daño, son tu familia —aventuré.

—Sí —convino sin apenas voz—. Sin embargo, nunca han sido una buena familia y no merecen nada por mi parte. Esa es la verdad.

Con los dedos le retiré los mechones que le caían por la frente.

—Hagas lo que hagas, hazlo solo por ti. Ni por ellos ni por nadie.

Sus ojos se clavaron en los míos. Parecía tan indefenso, con tantas dudas contenidas en sus pupilas dilatadas...

—¿Crees que debería ir?

—No lo sé. Si se está muriendo... —Hice una pausa para pensar muy bien lo que quería decir—. Si se muere y no estás allí, ¿te arrepentirás? Porque somos así de idiotas, y tú eres demasiado bueno.

Se sentó en el suelo y se frotó la cara con las manos.

—No tengo ni idea de lo que sentiré. Ni siquiera sé cómo me siento ahora.

—Tus padres no se portaron bien contigo e hiciste bien en marcharte, pero eso no borra lo que son. Tú lo sabes y yo también lo sé.

—No sé qué hacer.

—¿Quieres despedirte? ¿Quieres intentarlo al menos?

—Una parte de mí cree que debería, aunque... —Su rostro se transformó con un gesto de desesperación—. ¡Joder!

—Te fuiste sin decir nada y no habéis vuelto a hablar. Puede que esta sea la oportunidad para que lo resuelvas y te quites ese peso de encima.

Tragó saliva y vi que sus ojos se cubrían con un velo brillante. Se retorcía los dedos, nervioso. Podía ver el rechazo que le causaba la simple idea de regresar a Madrid, volver a ver a su familia. El pánico arremolinándose a su alrededor.

De repente, parecía un niño perdido. Un niño asustado en busca de protección.

—Puedo acompañarte —añadí. Su mirada se clavó en la mía con un anhelo que me hizo sonreír un poco—. Si tú quieres.

—¿De verdad?

Asentí con la cabeza.

—Y si una vez allí no te sientes capaz, nos largamos a cualquier otra parte. Eso se nos da bien.

Una pequeña sonrisa se dibujó en su boca.

—No puedo pedirte eso, Maya.

—¿Y qué voy a hacer, quedarme aquí tal y como están las cosas con Dante y Giulio?

—Maya...

Fue lo único que dijo, mi nombre, con la voz emocionada, casi ahogada. Luego tiró de mí y me sentó en su regazo. Nos abrazamos. Tan solo eso, pero se convirtió en el momento más íntimo que habíamos compartido nunca.

45

Esa misma mañana hicimos las maletas y llamamos a un taxi que nos llevaría a la parada de autobuses. Sé que estuvo mal. Fue un acto egoísta y cobarde, pero le pedí a Lucas que nos marchásemos sin despedirnos de nadie. No sabía si lo ocurrido con Giulio iba a permanecer enterrado tal y como él había dicho o si ya lo sabría todo el mundo.

De un modo u otro, era incapaz de enfrentarme a lo que yo misma había provocado.

Una vez en Nápoles, mientras esperábamos el tren que nos llevaría a Roma, Lucas llamó a Catalina y le explicó el motivo por el que nos habíamos marchado tan rápido y sin avisar.

Él no me dijo si ella había comentado algo sobre mí y yo no le pregunté.

Conseguimos pasajes para un vuelo que despegaba a las nueve de la noche.

No hubo retrasos ni contratiempos, y a medianoche pisábamos Madrid.

Me resultó raro volver a recorrer las calles de mi ciudad. Solo habían transcurrido unos meses desde mi huida, pero a mí se me antojaba una eternidad. Sentía una distancia enorme con todo lo que me rodeaba, también conmigo misma. La Maya que había regresado no tenía nada que ver con la que un día se fue. Lo notaba en las tripas, en las sensaciones que me recorrían la piel.

Lucas posó su mano temblorosa sobre la mía y yo se la apreté con fuerza para tranquilizarlo. En ese momento, él era lo que más me importaba y preocupaba.

El taxi se detuvo y Lucas pagó la carrera.

Sacamos el equipaje del maletero y nos dirigimos al portal del edificio donde se encontraba su piso. Un apartamento que años atrás heredó de su abuelo. Había vivido en él desde que comenzó sus estudios en la universidad, hasta el mismo día que se largó sin mirar atrás. Ahora llevaba dos años cerrado.

Entramos en el ascensor y subimos a la última planta.

—Es aquí —susurró.

Giró la llave en la cerradura y esta cedió con un ligero chirrido. Un aire cargado y un poco rancio atravesó el umbral. Lucas entró, trasteó a oscuras detrás de la puerta y las luces del pasillo se encendieron.

—Pasa.

Lo seguí hasta el dormitorio principal, donde dejamos las maletas.

Era un piso antiguo, con dos dormitorios, salón, cocina y un baño. Vestido con unos muebles sencillos y funcionales, sin apenas decoración salvo un par de cuadros en la pared del salón, sobre el sofá.

Sonreí para mí misma al darme cuenta de que Lucas y yo habíamos vivido muy cerca el uno del otro durante varios años. Quizá hasta nos habíamos cruzado en alguna ocasión, sin saber que un día acabaríamos compartiendo tantos momentos.

Lucas abrió todas las ventanas y el aire nocturno entró en

la casa. Acostumbrada al silencio que se respiraba en la villa, las voces y el ruido de los coches me parecieron estridentes.

—¿Pedimos algo para comer? Tengo hambre —me propuso.

—Es tarde, ¿no?

—Esto no es Sorrento, seguro que hay algo abierto. —Se le escapó un bostezo.

Forcé una sonrisa. Desde luego que no era Sorrento, y ya lo echaba de menos.

A la mañana siguiente, nos despertamos temprano para ir al hospital.

—¿Seguro que quieres venir? —inquirió Lucas.

En los diez minutos que llevábamos esperando el metro, era la cuarta vez que me lo preguntaba. Lo miré de reojo.

—Si dejaras de apretarme la mano tan fuerte, igual podría decirte que no y salir corriendo —respondí. Esbozó una leve sonrisa y aflojó un poco, pero no me soltó—. No voy a dejarte solo, Lucas.

Su pecho se desinfló con una temblorosa exhalación. Asintió varias veces. Estaba muy nervioso. Incluso yo lo estaba. Después de todo lo que me había contado sobre su familia, no iba a ser un encuentro fácil para él, y yo no era capaz de dejar que se enfrentara solo a esa situación tan difícil.

Nada más llegar al hospital, nos dirigimos a la cafetería. Lucas había quedado allí con su hermana.

—¿Puedes verla?

Él paseó la mirada por el comedor, repleto de clientes. Tardó unos segundos en localizarla.

—Al fondo, ven.

Zigzagueamos entre las mesas y Lucas se detuvo junto a una chica morena, con el pelo recogido en un moño, que tecleaba distraída en un móvil.

—Hola, Lucía.

Ella levantó la vista de golpe y sus ojos se agrandaron. Eran idénticos a los de Lucas, de un azul claro que casi parecía gris. Se puso en pie, mientras lo observaba nerviosa y se frotaba las palmas de las manos en el estómago. Percibí la tensión entre ellos, las dudas, como si ninguno supiera de qué forma comportarse con el otro.

Tras un par de incómodas sonrisas, se inclinaron con torpeza y se besaron en las mejillas.

—Te veo bien —dijo Lucas.

Ella alternó su mirada entre los dos.

—Yo a ti también.

Hubo otro silencio embarazoso.

—Por cierto, te presento a Maya. Ella es... es... —Vaciló y clavó sus ojos en mí, como si esperara que yo le diera la respuesta. Me quedé en blanco—. Maya es una amiga.

No sé qué contestación esperaba —yo misma no lo había sabido—, pero me decepcionó que me señalara solo como una amiga. Me dejó un regusto amargo en la boca y un presentimiento latiendo dentro del pecho.

Lucas y yo llevábamos juntos casi tres meses. Durante ese tiempo habíamos compartido casa, cama y nuestros pensamientos más íntimos. Sin embargo, en ningún momento habíamos definido nuestra relación. No le dimos nombre ni le pusimos etiqueta. Nunca hablamos sobre qué éramos; si es que éramos algo. Así que enfadarme no me parecía lo más racional, pero ¿quién controla lo que siente?

—Hola —saludé.

Lucía forzó una pequeña sonrisa.

—¿Cómo está? —preguntó Lucas.

—Lo llevaron a la UCI tras la operación y allí sigue. Su médico dice que solo podemos esperar a ver cómo evoluciona.

—¿Y mamá?

—En la sala para familiares. Hemos pasado allí la noche.

Lucas inspiró hondo y enfundó las manos en los bolsillos de sus vaqueros. Su mirada vagó por el comedor.

—¿Sabe que he venido?

Lucía asintió.

—¿Vas a ir a verla?

—No tengo motivos para esconderme.

—Si tú lo dices —replicó ella y la atmósfera entre ellos se oscureció un poco.

Sentí una punzada sorda en el pecho al notar el atisbo de rencor contenido en esas cuatro palabras. Lucas no dijo nada. Se limitó a bajar la mirada, pero yo lo conocía como para saber que le estaba costando un mundo no saltar. Una parte de mí quiso que lo hiciera, que respondiera y no se quedara callado.

Lucía nos condujo hasta la sala de espera para familiares, que se encontraba en la misma planta donde estaba situada la UCI. Mientras recorría los pasillos, se apoderó de mí una sensación incómoda. Recuerdos de las semanas que pasé en un espacio similar, dolorosos en muchos sentidos. Aquel hospital olía exactamente igual. Quizá todos olían del mismo modo. A desinfectante, miedo e incertidumbre.

Entramos en una sala amplia, con una veintena de sillones y varias mesas con sillas. Había mucha gente. Sin embargo, mi mirada se vio atraída por ella. La reconocí sin haberla visto nunca. Sin saber aún que sus ojos eran como los de Lucas. Al igual que su nariz y su boca. Fue por su porte. Por su apariencia perfecta y la frialdad que emanaba de ella. Me recordaba tanto a mi abuela...

Se puso en pie nada más ver a Lucas y no apartó su mirada de él mientras nos acercábamos.

—Hola, mamá.

Ella lo miró de arriba abajo como si fuese un desconocido. Poco a poco, sus ojos se llenaron de lágrimas.

—Dos años, Lucas. Dos años... —sollozó afectada—. ¿Cómo has podido hacernos esto? A nosotros, con todo lo que hemos sacrificado por ti.

—Mamá, habíamos quedado en que no hablaríamos del pasado —susurró Lucía.

—¿Cómo esperas que no lo haga? —murmuró enfadada. Dio un paso hacia él y alzó la barbilla—. Irte así, sin decir nada... Desentenderte de todo como si no fuese contigo...

—Y no iba conmigo, mamá. Yo ya no pintaba nada —replicó él.

—¡Qué menos que hablarlo, Lucas! Podrías haber puesto de tu parte.

—¿Hablar qué? ¿Y qué más esperabas que hiciera?

—Dios predicaba el perdón como un mandamiento más.

Lucas se pasó las manos por el pelo, sin apenas paciencia.

—No dar falso testimonio ni mentir sí que es un mandamiento.

Ella fingió no darse por aludida y soltó un sollozo que sonó más como un quejido.

—Lo podríamos haber arreglado, pero tú solo pensaste en ti. Desapareciste y la gente comenzó a hacer preguntas. —Apretó entre sus dedos la cruz que colgaba de su cuello—. Pasé tanta vergüenza cuando tuve que llamar uno por uno a los invitados y anular la boda... Y Claudia...

—No se te ocurra, mamá —replicó Lucas y su voz sonó como un latigazo—. No era a ella a la que debíais proteger. ¿Aún no lo entiendes? Era a mí, y queríais obligarme a que continuara con esa relación, otra vez.

—Solo es una pobre niña que se equivocó, y está tan arrepentida... Carga con su penitencia.

Miré a Lucas y tuve que morderme la lengua para no intervenir. Tenía el cuerpo tenso y en ese instante no parecía él, ya no brillaba. Al contrario, se oscurecía por momentos, como si le estuvieran robando la energía. Era lógico, dadas las circunstancias, pero también muy injusto.

—Solo se arrepintió de que se supiera la verdad. ¡Venga ya, joder!

—No hables de ese modo en mi presencia —murmuró su madre, sin ningún rastro de la congoja que mostraba unos segundos antes.

—La gente nos está mirando —les hizo notar Lucía.

Los labios de su madre se torcieron en una mueca y yo odié ese gesto.

—Al menos podrías haber llamado y preocuparte por nosotros.

—Lo mismo digo.

Entonces, por primera vez, ella se fijó en mí. Parpadeó varias veces y frunció el ceño.

—¿Y tú quién eres?

Lucas abrió la boca, pero su hermana se adelantó.

—Se llama Maya, solo es una amiga de Lucas.

Vi cómo él la fulminaba con la mirada. Después me miró y en sus ojos brilló una disculpa.

—Maya, ella es Águeda, mi madre.

—Encantada de conocerla. Siento mucho lo que le ha ocurrido a su marido.

Águeda me ignoró y yo me esforcé por mantener una expresión neutra. Por dentro, el pulso me martilleaba en las sienes.

—Me gustaría hablar contigo sobre tu padre. En privado, si es posible —le dijo a Lucas.

A él no se le escapó el nulo interés que su madre tenía en mostrarse educada conmigo. Sus mejillas se encendieron.

—Lo que tengas que decir...

—Mejor te espero fuera —lo corté.

—No, Maya...

—No te preocupes, iré a la máquina a por un café.

Me puso la mano en la espalda y me apartó unos pasos.

—Lo siento. Lo siento mucho. Ignórala, ¿vale?

—No importa, estoy bien. Pero lo mejor es que os deje hablar a solas. —Estaba avergonzado, podía verlo en sus ojos y en el rubor que le teñía la piel. Me sentí mal por él y le sonreí para tranquilizarlo—. No pasa nada, de verdad.

—No quiero que te vayas —susurró.

—No voy a irme, te lo prometo.

Le di un apretón en la mano y abandoné la sala con paso rápido y las rodillas temblorosas. Necesitaba salir de la órbita de esa mujer lo antes posible o acabaría diciendo algo de lo que me arrepentiría más tarde.

Una vez fuera, cerré los ojos y conté hasta diez. Después recorrí los pasillos hasta encontrar las máquinas expendedoras. Me quedé plantada frente a la del café, con una moneda entre los dedos y la mirada clavada en las distintas variedades. Suspiré y volví a guardarme el dinero en el bolsillo. El encuentro con la familia de Lucas me había puesto tan nerviosa que notaba el estómago revuelto.

Me dejé caer en una silla y esperé, mientras un pensamiento echaba raíces en mi mente y se aferraba con fuerza.

Quizá me había equivocado al convencer a Lucas de que debía volver a Madrid.

Quizá lo había empujado a que intentara cerrar un capítulo de su vida para el que no estaba preparado.

Quizá ni siquiera necesitaba superarlo, solo haber seguido como hasta ahora, a salvo de esa familia que le había hecho tanto daño.

Quizá solo había pensado en mí. En lo que yo necesitaba. La excusa para huir sin que lo pareciera. Y en el fondo de mi alma supe que esa era la razón, pero me hacía sentir tan miserable que de forma instintiva la ignoré.

46

—¿Estarás bien? —me preguntó por tercera vez.

Lo miré a los ojos, esos que me estaban revelando su lado más vulnerable y puro, y asentí con una sonrisa. Alcé la mano y le acaricié la mejilla.

—Eres tú el que va a pasar la noche en el hospital.

Ladeó la cabeza y dejó un besito en mi muñeca. Fue un gesto tierno que me encogió el corazón.

—No sé cuánto tiempo durará esta situación, pero tendremos que hablar de lo que vamos a hacer después.

Sabía que se refería a un posible regreso a Sorrento. Donde, al fin y al cabo, estaban sus cosas. Su casa. Su vida. La mía. Esa que había construido casi sin darme cuenta y que había perdido del mismo modo.

Volver ya no era una opción para mí. No podía.

Perder a Lucas tampoco lo era.

Le sostuve la mirada y todo lo llenó un sentimiento egoísta que no pude, y tampoco quise, reprimir. La posibilidad de encontrar otras alternativas. Otros caminos. Comenzar uno nuevo los dos juntos, en cualquier otra parte. Porque si algo bueno tiene el mundo, es su inmensidad.

—Ya lo hablaremos —susurré.

Lucas movió la cabeza y me dedicó una pequeña sonrisa.

—No te encierres aquí sola, sal a dar una vuelta.

—¿Y adónde quieres que vaya?

—Puedes quedar con tu amigo Matías. Llámalo y dile que has vuelto.

—¿Cómo sabes que no lo he llamado?

—Porque empiezo a conocerte, Maya.

Lo dijo de un modo que me hizo sentir expuesta, desnuda, pero no como si me faltara la ropa. Lo que no sentía era la piel. Esa capa viva tras la que solía ocultarme y fingir que todo iba bien. Sin ella solo era un conjunto de sentimientos y emociones que giraban dentro de un remolino descontrolado, que engullía unas partes de mí y escupía otras. Un caos que ahora Lucas comenzaba a ver.

—No sé si eso es bueno.

—¿Por qué?

Bajé la vista y me concentré en el dibujo de su camiseta: un símbolo oriental.

—Puede que deje de gustarte cuando termines de conocerme. Tengo más cosas malas que buenas, y un millón de defectos —le confesé.

—¿Crees que yo no?

—Tú eres perfecto.

Cogió mi barbilla con su mano y me obligó a mirarlo.

—¿Sabes qué fue lo primero que vi de ti? —Negué con la cabeza—. No fueron estos ojos preciosos. Ni estos labios que me vuelven loco. Ni estas dos... —Sus manos se posaron en mis pechos y yo solté una carcajada. Me abrazó por la cintura—. Fueron tus grietas, Maya. Las heridas que intentabas disimular y que yo quería lamer hasta curarlas. Lo quise desde que abriste la boca para pedir aquella pizza.

—¿Lamer? —Se me escapó una risa rota—. ¿Como un gato?

Se inclinó y dibujó con la lengua la línea que unía mis labios.

—Me encantan los gatos.

—A mí empiezan a gustarme —susurré.

—Pues deberíamos tener uno y ponerle un nombre con personalidad, como Ares, Odín, Thor...

—¿Y si es una gata?

—Galleta —dijo sin dudar.

—¡¿Qué clase de nombre es ese?!

Me besó y se llevó con él el eco de mi risa.

Se me aflojaron un poco las rodillas.

Ese efecto tenía en mí.

Me quedé en la puerta mientras él entraba en el ascensor. Y continué allí después de verlo desaparecer. Suspiré y pensé en Matías. No había dejado de hacerlo desde mi llegada a Madrid. Me moría de ganas de verlo y, al mismo tiempo, no estaba preparada para oír su «Te lo dije». Porque con Lucas me había obligado a mostrarme entera y fuerte, pero con Matías...

Con él podía derrumbarme y tenía miedo de que eso pasara.

Apreté los párpados con fuerza y me dije que me estaba comportando como una idiota. Si algo necesitaba más que nunca en ese momento era a ese chico un poco introvertido y un tanto rebelde que había estado a mi lado desde niños.

Quería sorprenderlo, así que me la jugué. Me senté en la parada de autobús que había frente a su casa y aguardé con la esperanza de que aún mantuviera sus horarios y rutinas. Unas costumbres que lo convertían en un tipo predecible, pero Matías era así, poco dado a improvisar.

Lo vi nada más doblar la esquina, con ropa de deporte y

una bolsa de lona que colgaba de su hombro. Pasó muy cerca de mí, tan despistado como siempre, y no se percató de mi presencia. Lo seguí muerta de risa, hasta que se detuvo en su portal y comenzó a rebuscar las llaves.

—Sabes que tú y yo seríamos la pareja perfecta, ¿verdad?

Se quedó inmóvil y su pecho se llenó con una brusca inspiración. Se dio la vuelta muy despacio y sus ojos se encontraron con los míos.

—¡No me jodas! Pero ¿qué haces tú aquí?

—¡Sorpresa!

Vino hacia mí y me abrazó tan fuerte que me crujieron las costillas mientras me levantaba del suelo sin apenas hacer ningún esfuerzo.

—No me puedo creer que estés aquí —dijo emocionado.

Le rodeé el cuello con los brazos y sorbí por la nariz. Había tardado treinta segundos en ponerme a llorar, todo un récord.

—Estás genial.

—Tú sí que estás genial. Mírate, te fuiste de aquí hecha un saco de ojeras y huesos y ahora...

Le di un manotazo en el pecho.

—¿Un saco de ojeras y huesos?

—Estás preciosa. Te ha sentado bien ese sitio. —Se puso serio y sus ojos estudiaron los míos con preocupación—. ¿Qué haces aquí? ¿Ha pasado algo?

—El padre de Lucas está enfermo, lo han operado y no saben si se recuperará. No quiero que pase solo por todo eso, la relación que tiene con su familia es bastante complicada.

—Pues me alegro muchísimo. ¡No de que su padre esté jodido, por supuesto! —se apresuró a aclarar—. Me alegro de que estés aquí.

—Yo también. Tenía muchas ganas de verte. ¿Te apetece que vayamos a tomar algo y así nos ponemos al día?

—Claro. Solo necesito cinco minutos para dejar la bolsa y cambiarme.

Enlacé mi brazo con el suyo y tiré de él en dirección contraria a su casa.

—No necesitas ponerte guapo, ya lo eres.

Empezó a reír y me siguió obediente. Con Matías las cosas siempre eran sencillas, cómodas y familiares. No importaba que hubiesen pasado tres meses desde la última vez que nos habíamos visto, el tiempo solo era un concepto ajeno a los sentimientos y las sensaciones que nos unían.

Entramos en un bar de tapas y bocadillos y nos acomodamos en una de las mesas. Pedimos varios platos para compartir y cerveza sin alcohol. El tintineo de los cubiertos y los vasos, junto con las voces de los otros comensales y la televisión de fondo, me resultó tan cercano y conocido que noté un nudo en el estómago. Un nudo agridulce. Me alegraba estar de vuelta, pero me entristecía sobremanera darme cuenta de que ya no lo consideraba mi casa.

—Bueno, cuéntame, ¿cuándo comenzáis la gira, ya tenéis fechas? —le pregunté.

Asintió mientras se llevaba el vaso a los labios y daba un sorbo.

—A principios de noviembre. Comenzaremos en Londres y sí, hay muchas fechas. Más de las que se esperaban. Así que vamos a pasar bastante tiempo fuera de Madrid.

—No pareces contento.

Y no lo decía por decir, parecía la fatalidad personificada.

—Estoy contentísimo, te lo aseguro —me rebatió con un asomo de sonrisa. Entonces, se ruborizó como un niño, y Matías no solía ruborizarse por nada—. Es que he conocido a alguien y me jode marcharme justo ahora.

Me atraganté con un trozo de espárrago y empecé a toser. Lo miré con los ojos muy abiertos.

—¿Qué? ¿A quién?

—Se llama Rubén y no tenemos nada en común, absolutamente nada; pero me gusta un montón.

—¿Cuándo os conocisteis?

—Hará unas tres semanas.

Fruncí el ceño, haciéndome la indignada, y le lancé una servilleta arrugada.

—¡Tres semanas! ¿Y no me has dicho nada hasta ahora?

—¡Joder, Maya, es que me da miedo gafarlo!

—Pues sí que te gusta.

—Es perfecto, y está tan seguro de sí mismo que me siento un crío cuando estoy con él. —Rompí a reír, porque era gracioso verlo tan ilusionado—. Te juro que nunca me había pasado nada igual.

—Háblame más de él.

—Tiene veintinueve años y es guapísimo. Trabaja en una asesoría, pero lo que le gusta es la música. Ha montado un grupo con unos amigos. Es el bajista.

—¿Qué tipo de música hacen?

—*Hardcore*. —Se me escapó una carcajada y me llevé la mano a la boca—. No te rías. Hace un par de noches fui a uno de sus ensayos y... ¡Dios! Me quise morir.

No podía dejar de reír. Matías solo escuchaba música clásica y de relajación, y tenía un montón de listas con sonidos de la naturaleza para poder dormir.

Matías continuó hablando. Me contó cómo había sido su primera cita, y ese primer beso que no llegó hasta la tercera. Se lo estaban tomando con calma, sin prisa, conociéndose primero con la mente y el corazón, y a ratos con el cuerpo. Me encantaba verlo tan emocionado. Era la primera vez que se sentía así de bien con otro chico y yo me alegraba tanto por él... Aunque no podía evitar un poco de miedo. No quería que nadie le hiciera daño. Era mi niño.

Después de cenar, deambulamos durante un rato por las calles. Matías apretaba mi mano entre la suya y deslizaba el pulgar sobre mis nudillos. Sonreí al rememorar otros paseos juntos. Era algo que siempre nos había gustado hacer, caminar en silencio porque no teníamos la necesidad de llenarlo con palabras. Nos entendíamos a niveles que muy poca gente compartía y, a veces, solo nos bastaba el contacto de nuestras manos, una mirada fugaz o una inspiración un poco más brusca para leer en el otro como en un libro abierto.

—¿Vas a contármelo? —me preguntó al cabo de un rato.

Lo miré de reojo.

—Tú tenías razón, debí decírselo nada más llegar. Hice mal callándome y ahora se ha estropeado todo.

Matías se detuvo y se plantó frente a mí. Sus ojos se clavaron en los míos. Me estudió durante unos segundos y después me atrajo a su pecho con un abrazo.

—¡Joder, mi niña, lo siento mucho!

—He metido la pata hasta el fondo, Matías.

—Seguro que puede arreglarse.

—No creo...

A nuestra espalda había un pequeño parque infantil y Matías me condujo hasta un banco. Nos sentamos muy juntos y él me rodeó los hombros con el brazo.

—Venga, cuéntamelo todo.

Y eso hice. Le hablé de Dante y sus celos infundados. De cómo Giulio había aparecido en el piso y oído la conversación. Lo mal que se había tomado todo lo que yo le revelé después. La intensidad de su rechazo y su negativa rotunda a pensar en ello, a considerarlo siquiera.

—Tendrías que haberte quedado allí, Maya.

—¿Para qué? Él no quiere saber nada.

—¡Pues que se joda! —exclamó enfadado—. Se folló a tu madre y nueve meses más tarde naciste tú. Puede que no sea tu padre, pero también puede que sí. La posibilidad existe, que apechugue con ella.

—No puedo obligarlo, y menos a estas alturas.

—Ya sé que no puedes obligarlo, pero... ¡Mierda! Tienes derecho a exigírselo y, si finalmente resulta que no, pues nada, cada uno a lo suyo. Y si es que sí...

—No es tan sencillo —lo corté.

—Ya lo sé, pero debiste quedarte allí e intentarlo porque, en el fondo, tú no has hecho nada malo, Maya.

—Es posible, pero me agobié y... —Suspiré—. Tampoco podía dejar a Lucas solo. —Matías frunció el ceño y luego puso los ojos en blanco—. No es una excusa. Si supieras todo lo que yo sé sobre él, lo entenderías. No te haces una idea de cómo es su familia, y él haría lo mismo por mí.

—¿Y qué pasará cuando Lucas solucione sus problemas aquí y decida volver?

—Quizá no quiera volver —dije en voz baja.

Lo miré a los ojos sin ocultar mi desazón. Tampoco podría haberlo evitado, porque ya no era capaz de esconder lo que sentía, y menos a él. Ya casi no me reconocía. Ya no era la misma persona que tres meses atrás. Me había acostumbrado a dejarme llevar. A permitir que sucediera. A que mi instinto tomara las riendas y los deseos marcaran mi ritmo. Me movía por impulsos y se me olvidaba pensar en el mañana. Me limitaba a vivir los instantes. A volar alto. Puede que demasiado.

—¿Sabes? —susurré. Matías me miró de reojo—. Encontré mis alas.

—Nunca las perdiste.

Se me escapó una pequeña risita al comprobar, una vez más, que no había nada que él no supiera de mí. Que recordaba todas las locuras absurdas que le había ido contando a lo largo de los años.

—Ahora siento que se rompen.

—Tú volarías hasta con las alas rotas, Maya. Pero si te sirve de algo, todo lo que se rompe puede remendarse.

—¿De verdad?

—Claro que sí, tonta. Mi punto de cruz es la hostia, yo me encargo.

Me miró y yo lo miré. Rompimos a reír. Así de fácil. Porque sabía que lo decía en serio, él nunca permitiría que yo me estrellara contra el suelo. Sus brazos siempre estarían allí un segundo antes.

47

Me desperté al notar su cuerpo deslizándose entre las sábanas. Su mano se coló bajo mi camiseta y la posó en mi estómago. Tiró de mí hacia él y mi espalda encajó en su pecho. Inspiró con la nariz entre mi pelo y dejó salir el aire muy despacio.

—Hola —susurré.

—Hola.

—¿Qué hora es?

—Casi las nueve.

Cerré los ojos otra vez y su abrazo me ciñó más fuerte.

—¿Cómo sigue?

—Igual. —Suspiró—. Una enfermera me ha dejado entrar a verlo en el cambio de turno. No... no esperaba encontrarlo así, ¿sabes? Tan... tan hecho polvo. Parece que ha envejecido diez años.

—¿Tú estás bien?

—Se ha emocionado al verme.

Me di la vuelta y lo miré en la penumbra. Deslicé el pulgar por su cara, como si así pudiera borrar las ojeras que le oscurecían la mirada.

—Eso es bueno, ¿no?

—Supongo que sí —musitó.

Me abrazó y apretó los labios contra mi frente. Yo disfruté de su cálido roce y del latido de su corazón en la palma de mi mano. Una sensación plácida, que me hacía sentirme adormilada. Cerré los ojos.

—He visto a Claudia, se ha pasado por el hospital.

Mis párpados se abrieron de golpe y contuve la respiración. Sus palabras me habían provocado un escalofrío y una punzada en el estómago. El silencio se alargó y yo no sabía qué decir, ni si él esperaba que comentara algo al respecto. Entonces, Lucas añadió:

—Ha sido muy incómodo. Se ha puesto a llorar y a pedirme perdón delante de todo el mundo. No me ha quedado más remedio que salir con ella al pasillo para que dejara de molestar. Aunque allí ha continuado dando un espectáculo y al final he tenido que prometerle que hablaríamos.

—¿Y vas a hablar con ella?

—Le he puesto como condición que me dé tiempo.

Eso era un sí. Lucas solo me había hablado una vez de su ex. Lo hizo una tarde de julio, dentro de una bañera llena de agua fría. Un relato escueto y conciso, pero no necesité más para darme cuenta de que esa chica se había pasado la vida manipulándolo, forzando sus sentimientos. Aprovechándose de él en tantos sentidos que al final lo había consumido. Lo había roto.

Dos años después, solo había necesitado un poco de drama para conseguir que él cediera a sus ruegos. Esa facilidad me asustaba.

—Si es lo que quieres...

—Es lo último que quiero, Maya, pero quizá mi hermana tenga razón y hablar con Claudia sea lo correcto.

Otra luz de alarma se iluminó en mi cerebro.

—¿Tu hermana te ha dicho eso?

—Dice que Claudia y yo nunca rompimos en realidad, porque yo me negué a verla después de saber que el niño no era mío, y luego me largué. Piensa que ambos necesitamos quitarnos ese peso de encima, y es posible que tenga razón y este sea el momento.

Me costaba respirar. Me ahogaba. De repente, perder a Lucas se convirtió en un miedo real y ese pánico me hizo darme cuenta de lo mucho que había llegado a importarme.

—Visto así, tiene sentido.

—¿De verdad lo crees?

—Bueno, solo quiere disculparse y pedirte perdón. Puedes escucharla y después reafirmarte en la decisión que tomaste hace dos años, si eso te hace sentir mejor. Porque... ella ya no te importa, ¿verdad?

—Claro que no, Maya —dijo sin vacilar. Se inclinó y me besó en los labios—. No tengo ninguna duda, y menos ahora que la he visto. No siento nada por ella. Nada.

—¿Nada de nada?

Sonrió y se colocó de espaldas, arrastrándome consigo. Yo me acurruqué con la cabeza sobre su pecho, mientras él deslizaba los dedos por mi pelo.

—Enfado, resentimiento... Eso aún lo siento, pero no como antes, y perdonarla puede que me ayude a deshacerme también de ese malestar. Me lo quitaré de encima y entonces ya no quedará nada.

—Vale.

Y quise creerlo de verdad, que fuese tan sencillo como él lo hacía parecer. Sin embargo, una vocecita había aparecido en mi cabeza, susurrándome cosas que no quería oír.

—Me alegro de que hayas venido conmigo —musitó poco después, con el sueño enredándose en sus palabras.

—Cómo iba a dejarte solo, somos amigos.

Dejé caer esa piedra a sus pies. Lo hice a propósito, porque necesitaba ver si tropezaba o saltaba por encima. Porque no sabía qué era yo para él, qué significaba, y mi cobardía me impedía preguntarle directamente. Si lo hacía, podía ser que su respuesta se convirtiese en un disparo directo a mi corazón. Podía ser que me viera obligada a confesar mis propios sentimientos y la simple idea de exponerme de ese modo me paralizaba.

—Lo somos —respondió.

La decepción clavó sus garras heladas en mi pecho. Y lo sentí. El amor. El dolor. Una ansiedad horrible y una inseguridad que me hizo sentirme muy sola.

La respiración de Lucas se volvió profunda, tranquila. Sus manos se quedaron flojas sobre mi cuerpo. Las mías se aferraron al suyo y así me quedé dormida.

48

Pasé quince minutos debatiéndome entre abrir el mensaje de Mónica o no abrirlo. Me daba miedo lo que pudiera encontrar. La culpa y los remordimientos que sentía tampoco me ayudaban. Había hecho las cosas mal. Había metido la pata hasta el fondo con Giulio y Dante. Había huido de todo y de todos sin dar la cara ni mirar atrás.

¿Qué decía eso de mí? «Que eres humana», me repetía Lucas siempre que yo sacaba el tema.

No me consolaba. Sentía que la vida me había puesto a prueba y que yo no había dado la talla. No había asumido las consecuencias de mis decisiones, y es que las personas sufren por las cosas que decimos, pero también por las que callamos. Incluso por las que no hacemos y evitamos, así que abrí el mensaje.

Se me hizo un nudo de emoción en la garganta. Solo encontré las palabras de una amiga preocupada por Lucas y por mí, que esperaba que todos los problemas se solucionaran lo antes posible para que pudiéramos volver a casa.

Casa.

Esa palabra me dolía como si algo punzante me atravesara el pecho.

También me enviaba saludos y buenos deseos de parte de Catalina, Marco y todos los demás. Me sequé las lágrimas con la manga de mi jersey. Supuse que entre todos esos saludos no se encontraban los de Giulio y Dante. Albergar esa esperanza era infantil por mi parte. Aunque sí me llevó a pensar que lo ocurrido entre nosotros tres no había trascendido. No sabía si esa posibilidad me tranquilizaba o no. Una parte de mí deseaba que todo explotara, que todo se supiera para quitarme de encima el peso que me aplastaba. Sin embargo, era incapaz de dar el paso yo misma.

49

Acababa de salir de la ducha cuando oí que llamaban al timbre. Descolgué el albornoz que colgaba de la puerta y me lo puse a toda prisa. Lucas aún dormía y no quería que se despertara. Giré el pomo y la voz de una mujer llegó hasta mí.

—Solo he venido a verte.

—Claudia, te he pedido tiempo —dijo Lucas en tono nervioso.

—Lo sé, pero han pasado dos años, ¿no crees que es tiempo suficiente?

—No puedes hacer esto, seguir imponiéndote así. No pienso permitírtelo.

—No es lo que estoy haciendo. Solo... solo quiero que hablemos. No puede resultarte tan difícil, Lucas.

Abrí un poco más la puerta, con el corazón latiéndome con fuerza en la garganta. Esa chica se había presentado en su casa sin avisar y él parecía muy alterado.

—Pues lo es, en este preciso momento lo es. Mira, tendré esta conversación contigo, pero no ahora, ¿de acuerdo?

—No lo entiendo —insistió ella—. Por favor, Lucas, hazlo por mí, por todo lo que hemos compartido... Dame la oportunidad, salgamos a comer y... escúchame. No te estoy pidiendo un imposible.

—Es que no tienes derecho a pedirme nada.

—Sé que no me porté bien contigo. Lo que hice fue horrible y no he dejado de arrepentirme ni un solo día. Te juro que aprendí la lección. Perderte... perderte ha sido lo más...

—No puedo volver a hacer esto —la cortó él—. No puedo dejar que vuelvas a mi vida e intentes que mi mundo gire a tu alrededor.

—No es eso lo que pretendo, sé que sería inútil.

—¿Y qué pretendes, entonces?

—Que me perdones. Que volvamos a ser amigos como antes o, al menos, lo intentemos. He cambiado, Lucas, y quiero demostrártelo.

—No necesito que me demuestres nada, solo que respetes lo que te digo.

—Y lo hago. Lo he hecho durante estos dos años, acepté que te fueras y asumí mis errores. Sin embargo, ahora estás aquí y... ¡Si supieras cómo me emocioné cuando tu madre me llamó para decirme que habías vuelto! Llevo esperando esta oportunidad mucho tiempo.

—Entonces, no te importará esperar un poco más.

Oí cómo se abría la puerta principal y solté de golpe el aliento que estaba conteniendo. Quería que esa mujer se fuera. Dejar de escuchar su voz empalagosa y suplicante. La quería lejos de Lucas.

—¿Por qué te resulta tan difícil complacerme en esto? —insistió ella. Era tan irritante que me entraron ganas de gritar.

—Porque ya no te quiero —respondió él con voz queda, y a mí se me paró el corazón. ¡Sí!—. Ni siquiera sé si lo que hice durante tantos años fue quererte.

—Por supuesto que me quisiste, y sé que una parte de ti...

Salí del baño. La situación me superaba y no podía permanecer al margen por más tiempo. Esa tía no cedería aunque Lucas le gritara «Déjame en paz» en sus narices.

Con paso seguro avancé por el pasillo y, al doblar la esquina, mis ojos se detuvieron en una chica alta y delgada, con una melena rubia y lisa, que le enmarcaba la cara con un flequillo. Tenía los ojos del color de la miel y hoyuelos en las mejillas. Llevaba un vestido rosa, corto y ceñido, a juego con unos zapatos de tacón alto que la hacían parecer una espiga. Era muy guapa, más de lo que podría haber imaginado, y, de pronto, fui consciente de mi propio aspecto. Del albornoz tres tallas más grande que me cubría y de mi pelo húmedo y enredado.

Ambos me miraron al percatarse de mi presencia. Claudia me observó de arriba abajo y giró el rostro hacia Lucas, como si yo no mereciera más atención por su parte.

—Me voy, pero llámame, por favor. Sigo teniendo el mismo número, seguro que te acuerdas. —Levantó la mano y la apoyó en su pecho desnudo. Él dio un paso atrás—. Te he echado de menos, mucho.

Después salió del piso y sus pasos se alejaron resonando con fuerza.

Lucas cerró la puerta y me miró. Tenía las mejillas rojas y por su rostro desfilaba una miríada de emociones. Se pasó las manos por la cara y las llevó hasta su nuca, donde las entrelazó.

—Esa era Claudia —resopló.

Yo asentí con un fuerte malestar en el estómago.

—Voy a vestirme —fue lo único que dije, cuando en mi mente los pensamientos se atropellaban unos a otros.

Entré de nuevo en el baño. Me senté en el borde de la bañera y tragué con esfuerzo el nudo que se me había hecho en la garganta.

Ahora no dejo de preguntarme si hice lo correcto al mantenerme en un segundo plano. Si las cosas habrían pasado de otro modo si yo hubiera dicho todo lo que pensaba en lugar de guardar silencio.

Ahora pienso en todos los detalles que decidí ignorar. En que lo dejé caminar solo, sin rumbo, cuando quizá me necesitaba como brújula. Pero ¿cómo podía guiarlo cuando yo misma estaba tan perdida?

Ahora me doy cuenta de que debía suceder. Ilusos, creíamos que caminábamos en la misma dirección, cuando en realidad solo nos movíamos de forma paralela. Y hay una gran diferencia. La perspectiva no nos dejaba ver nuestro verdadero rumbo, ese que nos alejaba, que nos empujaba a extremos opuestos.

50

Al contrario de lo que en un principio parecía, el padre de Lucas empezó a recuperarse. Pocos días después de nuestra llegada a Madrid, abandonó la UCI y lo trasladaron a una habitación en el área de cardiología. Aún debía seguir monitorizado y con vigilancia continua; necesitaba ayuda para casi todo, y Lucas comenzó a pasar más tiempo en el hospital.

Él no hablaba mucho sobre su familia. Al menos, no conmigo.

En realidad, creo que ni siquiera hablaban entre ellos de casi nada. Era como si hubieran llegado a un acuerdo tácito para dejar atrás el pasado y empezar de nuevo. Sin embargo, comenzar desde cero cuando las heridas aún escuecen y las palabras queman, cuando los errores pesan y la confianza no es más que un conjunto de sílabas, es peligroso.

Las partes feas no desaparecen si miras a otro lado. Las equivocaciones no se borran con goma. Lo que se guarda ocupa un espacio limitado y acaba por desbordarse. O puede que no, y esa posibilidad es aún peor. Entregarte a la inercia. Cerrar los ojos, taparte los oídos y morderte la lengua, hasta que olvides cómo funcionan esos sentidos y los otros terminen por diluirse como niebla en el viento.

Hasta que tu vida deje de pertenecerte y otros la dicten.

Entonces, desapareces.

Yo podía verlo, los bordes de Lucas desdibujándose, un poco más cada día.

Y me quedé mirando cómo se desvanecía. Inmóvil. Con mi propio cuerpo deshaciéndose como un dibujo de tiza bajo la lluvia.

51

Intentaba cerrar sin mucho éxito la cafetera italiana cuando Lucas apareció en la cocina. Se detuvo a mi espalda y noté sus labios en mi hombro.

—¿Te ayudo con eso?

Me hice a un lado para dejarle espacio.

—Sí, por favor.

La última palabra casi se me atragantó al ver cómo iba vestido.

Llevaba un traje gris oscuro con camisa azul y se había peinado con algún tipo de fijador que mantenía sus ondas rebeldes a raya. No parecía él, eso fue lo primero que pensé; y, al mismo tiempo, llevaba esa ropa con tanta soltura como si hubiera nacido con ella.

Lo observé mientras él ajustaba la cafetera y la ponía al fuego. Por lo que me había explicado la noche anterior, esa mañana iba a acudir a una notaría con el abogado de su padre, para firmar unos poderes que le permitirían llevar a cabo en su nombre unas gestiones relacionadas con la empresa que no podían esperar.

Iba a ser algo puntual, solo por unos días. Asistiría a un par de reuniones, firmaría algunos documentos y se aseguraría de que todo seguía funcionando correctamente en la empresa. Su padre se lo había pedido y él no había podido negarse al verlo en un estado tan delicado. Ya conocía el funcionamiento del negocio y era la opción más sensata.

—Deja de mirarme así —habló de repente, sobresaltándome.

—No te miro.

Se volvió y apoyó la cadera en la encimera. Sonrió.

—¿Tan raro estoy?

—Llevas la ropa planchada, es antinatural.

—A mi madre le daría un ataque si te oyera.

—Imagino que a tu madre le daría un ataque solo con verme.

Se echó a reír y me abrazó. Yo me dejé hacer. Me encantaba tenerlo cerca. Tocarlo. Besarlo... Todas esas cosas que últimamente casi no hacíamos, porque apenas nos veíamos. Y cuando conseguíamos algo de tiempo juntos, nada era como antes entre nosotros. No era como en Sorrento. Lucas hablaba menos, reía menos. Su carácter se enfriaba poco a poco, se volvía más introvertido.

Y yo...

Yo solo podía pensar que echaba de menos lo que habíamos sido.

No era capaz de ver lo que seríamos.

Y no tenía ni idea de lo que éramos.

Me dolía sentirme de ese modo. Tener tales pensamientos. No hacer nada al respecto. Porque no lo hacía y no tenía ni idea de cuál era el motivo que me frenaba.

Horas más tarde, Lucas me escribió para avisarme de que comería fuera con el socio de su padre y que después iría al hospital. Una parte de mí se enfadó con él. Sabía que era injusto, pero las emociones no se pueden controlar. Nacen, crecen, se extienden como raíces que se alimentan de ti y te rodean. Puedes fingir no sentirlas. Convencerte de que no existen, pero eso no las hará desaparecer. Son sombras con vida propia. No importa cuánto corras, cuánto trates de alejarte, siempre estarán ahí, pegadas a tus pies. Las proyectarás incluso en los días nublados.

Ese enfado se quedó conmigo el resto del día y aumentó cuando mis pensamientos regresaron a Sorrento, a Giulio, Catalina y todos los demás. A las noches en el jardín, los días de playa y tantas madrugadas arropada por el cuerpo de Lucas. Quería esa vida más que nada y haberla perdido me estaba destrozando. Esa era la verdad.

Matías me llamó a media tarde. Era el cumpleaños de Rodrigo e iban a darle una sorpresa al acabar el ensayo. Mi negativa a asistir enquistó algo más mi propio malestar. No sirvió de nada, Matías era experto en desmontar mis excusas y durante diez minutos desbarató cada evasiva que se me ocurría. Me hizo sentir como una tonta por querer evitar a Antoine y Sofía, y un poco idiota por intentar pasar de los que habían sido mis compañeros durante tanto tiempo. Por ocultarme de todo y de todos como si hubiera cometido un crimen.

—Tú ganas, allí estaré.

—A las ocho en La Cantina, no llegues tarde.

A las ocho menos diez entraba en las instalaciones de Matadero y me dirigía al café en el que habíamos quedado. Me gustaba ese lugar, escondido bajo las antiguas calderas, y me gustaba mucho más su patio, repleto de plantas y palés transformados en mobiliario.

Todos estaban allí cuando llegué, y enseguida me vi rodeada por un montón de abrazos, besos y saludos. Me emocioné, fue imposible no hacerlo. Al mismo tiempo me sentía estúpida por haber estado a punto de perdérmelo. Por ser tan rara y, en ocasiones, antisocial. Por abandonar tan rápido lo que me importaba y no permanecer cuando mi lugar sí lo hacía. Cuando nadie me había echado.

—¡Maya!

—Fiodora —exclamé.

Me llenó la cara de besos.

—Niña mala, ¿por qué me entero así de tu vuelta?

De repente, las voces se apagaron y solo quedaron murmullos y algunas risas. Eché un vistazo a mi alrededor y mi mirada se cruzó con la de Sofía. Me sorprendió no sentir nada. Ni bueno ni malo. Nada. Cualquier herida que pudiera haber tenido ya no estaba allí. Ni siquiera la huella. Ni el recuerdo.

Me reí al ver a Matías guiando a Rodrigo con los ojos vendados. Antoine iba con ellos. Nuestros ojos se encontraron y pude ver en los suyos la sorpresa. No esperaba encontrarme allí. Ni Rodrigo, que vino a mi encuentro nada más descubrirme entre todos aquellos rostros.

—Feliz cumpleaños —dije mientras lo abrazaba con fuerza. Después lo miré e hice un mohín con los labios—. No te he traído ningún regalo.

—El regalo eres tú. ¡Cuánto me alegro de verte!

Me reí y me dejé abrazar de nuevo.

La noche avanzó y yo me sorprendí a mí misma divirtiéndome, charlando y riendo.

Me levanté para ir al baño y al volver me detuve en la barra para pedir un té con hielo. Había un montón de gente y al darme la vuelta mi espalda chocó con algo sólido. Giré y me encontré con Antoine. Me miraba vacilante y una pequeña sonrisa se insinuaba en su cara.

—Hola.

—Hola —repetí.

Dejó escapar un suspiro pesado y su sonrisa se hizo más amplia.

—Vaya, estaba convencido de que no ibas a hablarme.

—Aun así, aquí estás.

—Sí. —Se pasó la mano por el pelo y cambió de pie el peso de su cuerpo—. Te he llamado y escrito muchas veces estos últimos meses.

—Lo sé, pero no quería hablar contigo —admití en voz baja.

Sus ojos verdes se apagaron un poco, mientras su pecho volvía a llenarse de aire.

—Lo siento mucho, Maya; fui un imbécil por no valorar lo que teníamos y no ha pasado un solo día sin que me arrepienta de lo que hice. Yo... Si tú quisieras... Nosotros...

Alcé la mano, rogándole que no continuara.

—Estoy con alguien, Antoine.

Él inspiró y asintió un par de veces. Sus dedos apretaron con más fuerza la botella de agua que sostenían. Abrió la boca y yo me preparé para recibir un comentario herido. Sin embargo, solo soltó otro suspiro.

—¿Vais en serio?

—No lo sé, la verdad; pero me gustaría —respondí con sinceridad.

—¿Dónde os conocisteis?

—En Italia.

—¿Italia? Espera un momento, ¿es allí donde has estado todo este tiempo?

—Sí. ¿No lo sabías? ¿Matías no te dijo nada? —inquirí.

Nunca lo había hablado con Matías, pero una parte de mí pensaba que, ya que eran amigos y vivían juntos, le había dado algún detalle sobre mi paradero los últimos meses.

—El muy cabrón ha sido una tumba. —Me reí y Antoine acabó riendo conmigo—. Sí que querías perderme de vista.

—En realidad, no me fui por ti.

De nuevo esa mirada de sorpresa mezclada con decepción. Otro baño de realidad para alguien que siempre se sintió un poco el centro del universo. Algo de él que había odiado y querido a partes iguales.

—¿Y por qué te fuiste?

—Porque...

Y sin darme cuenta, las palabras se me escaparon, fluyeron de mi interior y él las recogió sin apenas moverse, como si temiese romper el momento. Guardó silencio, con toda su atención puesta en mí, y creo que fue la primera vez que de verdad me escuchó. Que trató de entenderme. Que le interesaba lo que yo pudiera decir. Como Lucas había hecho desde el primer instante.

Pensé en él y sentí un profundo vacío. Le eché un vistazo a mi teléfono y descubrí que lo tenía silenciado, por eso no había oído las llamadas ni los mensajes. Le respondí con otro mensaje. No tardó en llegar su respuesta. Ya había salido del hospital, pero iba a acompañar a su madre a la casa familiar para recoger unos documentos que necesitaba al día siguiente. Me pidió que disfrutara del cumpleaños de mi amigo y ahí terminó la conversación.

Me quedé una hora más. Después, tras despedirme de todos y prometerles a Matías y Rodrigo que nos llamaríamos pronto para quedar, cogí un taxi de vuelta a la casa de Lucas.

Me di una ducha nada más entrar y me metí en la cama. Sentí las sábanas frías en contacto con mi piel. La llegada del otoño había traído consigo un descenso de la temperatura, aunque ese no era el motivo por el que yo las notaba tan heladas.

Lucas llegó poco después. Lo oí trastear en la cocina y luego entró al baño. El agua de la ducha comenzó a caer. Minutos más tarde, la puerta del dormitorio se abrió. Solo llevaba una toalla alrededor de las caderas, que dejó caer al suelo antes de meterse en la cama. Contuve el aliento y no me moví, aunque mi cuerpo se moría por darse la vuelta y trepar al suyo, calentarse con su piel. Y es que seguía enfadada. Muy enfadada. Tuviera sentido o no.

—Lo siento —dijo de repente.

El corazón empezó a latirme con tanta fuerza que solo oía mis propias palpitaciones. Me di la vuelta y lo encontré tumbado de espaldas, mirándome.

—¿Qué sientes?

—Todo esto. No estar contigo, dejarte sola, no tener tiempo para nosotros... —Se colocó de lado y me rozó la mejilla con los dedos—. Solo serán unos días, te lo prometo. Mi padre se está recuperando.

Se inclinó y posó sus labios sobre los míos. Húmedos, calientes, dulces... No quería devolverle el beso, pero mi voluntad se quebró en cuanto noté su lengua abriéndose paso en mi boca. Gemí con una mezcla de amor y dolor. De enfado y necesidad. Me aparté y él me miró con tanto deseo que temblé ante la intensidad codiciosa que brillaba en sus ojos.

Hundí los dedos en su pelo y apresé sus labios con los dientes. Lo besé, y lo hice con rabia. Necesitaba dar rienda suelta a lo que me quemaba por dentro. A todas esas emociones que bullían en mi interior y que me ahogaban. Sentimientos que me costaba distinguir, separar, nombrar... Que ni yo misma entendía. Solo sentía, y sentía, y no sabía cómo parar. Cómo acallar las voces que repetían en mi cabeza lo que yo no era capaz de pronunciar.

La poca ropa que llevaba puesta desapareció. Lo empujé con las manos en el pecho y lo obligué a tumbarse de espaldas. No dejó de observarme mientras me colocaba sobre él y lo acogía muy despacio en mi interior. Mis músculos, en tensión. Sus dedos, clavándose en mis caderas, guiándome. Lo vi apretar los dientes y contener el aliento cuando comencé a moverme sobre él. Por mí. Para mí. Porque era lo que necesitaba, y Lucas parecía saberlo, porque me cedió el control sin dudar. Entregado, expuesto, dejándome ver cada uno de sus gestos. Dándomelo todo, molécula a molécula. Diciéndome tantas cosas sin necesidad de palabras que yo no supe oír...

Me moví más rápido, más profundo. Busqué su boca en medio de aquel torbellino de sensaciones y un gemido ronco se abrió paso a través de mi garganta cuando comencé a temblar. Noté cómo él se estremecía un instante después y yo me derrumbé sobre su pecho.

Permanecimos en silencio, abrazados. Sus dedos, dibujando formas en mi espalda. Provocándome escalofríos. Cerré los ojos con fuerza y soñé. Imaginé que estábamos en otro lugar, en otra habitación, en otra cama. Allí olía a limón y a sal.

52

Mónica me había escrito.

> ¡Ya están aquí! Te presento a Ezio y Velia. Me encuentro como si me hubiera atropellado un camión, pero los miro y sé que volvería a hacerlo otra vez. Ahora sí que debéis volver pronto, aquí hay dos personitas que están deseando conoceros. Os echamos de menos.

Miré de nuevo la foto de los bebés y tuve que parpadear varias veces para deshacerme de las lágrimas y verla con claridad. Eran preciosos, y tan pequeñitos... Ojalá hubiera estado allí. Pero no estuve y dudaba de que algún día lo hiciera.

Me quedé en aquel sofá sentada durante horas.

Fuera, al otro lado de la pared, el mundo seguía girando. Los días pasaban. La vida lo hacía.

53

A veces, la vida se convierte en una gran ola. En apariencia solo ves agua y espuma, nada que deba darte miedo. Nada que pueda hacerte daño. Y te confías. Permaneces en la orilla, observando cómo se acerca.

En realidad, lo que se aproxima es un muro sólido e impenetrable a cuyo impacto es imposible sobrevivir. Pero así es la vida, ¿no? Nada perdura; hasta la ola, por muy grande que sea, desaparece al romper en la playa. Y sucede en un instante.

54

Cuando desperté, Lucas ya se había marchado.

Me quedé en la cama, abrazada a la almohada con la mirada perdida en la pared. Tampoco tenía nada mejor que hacer. Llevaba dos semanas en Madrid y el tiempo comenzaba a pesarme como una losa. Pasaba los días sin hacer nada, sumida en una especie de espera que empezaba a alargarse, y no me quedaba más remedio que tener paciencia.

Se suponía que aquella situación era transitoria. El padre de Lucas había mejorado mucho y en cualquier momento los médicos podrían enviarlo a casa. Cuando ocurriera, Lucas y yo tendríamos que hablar. De mis opciones, de las suyas, de hasta qué punto eran compatibles. Mientras, no había mucho que yo pudiera hacer, salvo pensar. Quizá demasiado. Y esperar.

Al menos, esa noche había quedado con Matías para cenar. Quería presentarme a Rubén. Y era la ocasión perfecta para que él conociera a Lucas, que me había prometido que asistiría.

El teléfono me arrastró fuera de las sábanas. Era Fiodora. Quedamos para comer en un restaurante cercano al conservatorio. Cuando llegué al local, ella ya me esperaba en una mesa. Se levantó para darme un abrazo y nos sentamos una al lado de la otra, con nuestras manos unidas sobre el mantel.

Pedimos el menú y, mientras comíamos, nos fuimos poniendo al día. Yo le hablé de los meses que había pasado en Italia, de Lucas y de Giulio. De lo mal que habían acabado las cosas allí y los motivos de mi inesperado regreso.

Ella me contó que ese iba a ser su último curso como profesora en el conservatorio. También que en unos meses dejaría su puesto como maestra repetidora en la compañía. Su cuerpo ya no tenía la misma energía ni la misma agilidad que antes. La jubilación ya no le parecía una idea horrible y pasar tiempo con su familia se había convertido en una necesidad.

—Podría proponerte como mi sustituta. Lo harías bien.

La miré muy seria y sorprendida.

—¿Te refieres a ser repetidora en la compañía?

—Sí.

—No tengo formación.

—Tienes todo lo que se necesita y, con un poco de cuidado, tus lesiones no te limitarán. Si yo puedo hacerlo a estas alturas, tú serás mil veces mejor. Podemos intentarlo.

—Es una oportunidad, no te lo voy a discutir.

—Es un trabajo, Maya. Es estabilidad, independencia y un futuro en algo que te gusta.

—No sé, Fiodora...

—Aún tienes tres meses para pensarlo.

Bajé la mirada a las miguitas de pan que salpicaban el mantel y comencé a aplastarlas con la punta del dedo.

—Ni siquiera sé si me quedaré en Madrid. No tengo ni idea de qué voy a hacer.

Ella sacudió la cabeza y estudió mi rostro con una pequeña sonrisa.

—¿Puedo darte un consejo?

—Claro.

Cogió mi mano entre la suya.

—No sigas a nadie, y menos a un hombre. Si vuestro camino es el mismo, adelante, hazlo con él. Pero si no es así, por mucho que te duela, busca tu propio rumbo.

Sus palabras me provocaron un escalofrío.

—¿Por qué dices eso?

—Porque te mereces una vida que te pertenezca solo a ti. El tiempo pasa, Maya. No vuelve, no se detiene y sigue una única dirección. Siempre hacia delante. Un día llegarás a mi edad y mirarás atrás, ¿qué te gustaría ver cuando llegue ese momento?

Recordé las palabras que una vez me dijo, la vehemencia con que las pronunció.

—Que he sido la protagonista de mi propia historia y no solo una secundaria en la vida de otros.

—Eso es. Por mucho que Lucas te importe, no puedes basar tus elecciones dando prioridad al papel que él tendrá en tu vida. En cuanto a Giulio, te digo lo mismo. Solo tú puedes decidir dónde, cuándo y cómo permanecer. Cómo ser. No olvides que tu derecho a saber es tan importante como el suyo a ignorar la verdad. Y lo principal: no tiene nada de malo ser un poco egoísta a veces.

Me la quedé mirando, meditando todo lo que había dicho. Y empecé a verme a través de sus ojos, a escucharme en el eco de mis propias palabras. Todos tenemos nuestro hueco en el mundo y, en lugar de buscar el mío, yo estaba a la espera de que otros me dijeran qué espacio ocupar.

Estaba convencida de que los últimos tres meses me habían cambiado, que ahora era otra persona. Una Maya distinta. Pero no era cierto. La vida que había creído fácil todo este tiempo, a mi alcance y controlable, solo era un espejismo.

Tragué saliva, notando que me faltaba el aire, y continué

con esa sensación el resto de la tarde, mientras me movía por la casa incapaz de sentarme o hacer cualquier otra cosa. Solo podía pensar en ese nudo que cada día se apretaba un poco más en mi interior.

Hasta que llamaron a la puerta.

Miré la hora en el reloj. Eran casi las siete. Pensé que se trataba de Lucas y que por algún motivo no llevaría las llaves encima. Llegaba un poco tarde. Aun así, teníamos tiempo suficiente para prepararnos e ir a casa de Matías.

Corrí a la puerta y la abrí de un tirón. La sangre se me congeló en las venas al ver a Claudia en el pasillo.

—¿Lucas está aquí?

«Hola a ti también», pensé.

—No.

Me miró de arriba abajo.

—Bueno, pues lo esperaré.

Hizo el ademán de entrar, pero yo me interpuse sin pensar. Un paso a la izquierda que di por puro instinto. Un impulso de autoprotección.

—Lo siento, pero tengo que salir.

—¿Y?

—Pues que no sé si Lucas estaría de acuerdo con esto.

Me dedicó una sonrisa burlona y se apartó el pelo de la cara. Sus manos lucían una manicura perfecta en la que era imposible no fijarse.

—Espero que seas consciente de que aquí solo eres una más que ha conocido. Y que esta fue mi casa.

Solo eran palabras de despecho, pero me dolieron como si una hoja afilada me atravesara el estómago.

—Sí, tú lo has dicho, fue tu casa. Ya no.

Bajó la mirada un momento y las aletas de su nariz se dilataron. Luego se lamió los labios y negó con la cabeza.

—No te acomodes mucho aquí —dijo con voz queda.

Después dio media vuelta y se dirigió al ascensor.

Yo empujé la puerta con manos temblorosas. El corazón me palpitaba con fuerza y me retumbaba en las sienes. Fui al salón y me asomé a la ventana. La vi cruzar la calle y detenerse en la acera de enfrente. Y allí se quedó. Había ido en busca de Lucas y era evidente que no pensaba marcharse sin verlo.

Yo permanecí tras las cortinas, con una opresión en el pecho que me hacía difícil respirar. Y como si mis pensamientos lo hubieran invocado, él apareció momentos después. Caminaba con paso rápido y miraba hacia arriba, al edificio, con la chaqueta colgando de un hombro y el maletín de su ordenador del otro.

Entonces vio a Claudia y frenó en seco. Ella corrió a su encuentro. Comenzaron a hablar y yo no podía apartar la vista de ellos. Lucas parecía tenso y retrocedía un paso cada vez que ella trataba de acercarse. La conversación se alargó y tuve la impresión de que el tono de la misma subía por momentos, al tiempo que los gestos de Claudia se volvían más enérgicos.

De pronto, Lucas alzó las manos en una actitud de derrota y asintió con la cabeza varias veces. Intercambiaron algunas palabras más. Luego, él sacó su teléfono del bolsillo y sus dedos se movieron por la pantalla. Segundos después, el mío vibraba sobre la mesa por un mensaje.

Me quedé paralizada al ver que se alejaban juntos.

Cerré los ojos con fuerza, esa imagen me había hecho daño. Respiré hondo y aparté mis miedos. Sabía que podía confiar en Lucas. Aunque nunca habíamos hablado de nuestra relación ni la habíamos etiquetado, el respeto y la exclusividad estaban implícitos entre nosotros desde el primer momento.

No obstante, tenía el presentimiento de que lo estaba perdiendo de igual modo. Solo conocía de su pasado lo poco que él me había contado, pero creía tener una visión muy clara de cómo había sido. Ahora sospechaba que la inercia que siempre lo había arrastrado hacia su familia tiraba otra vez de él en esa dirección. Esa gente tenía un don para manipularlo y habían logrado, en solo dos semanas, que Lucas volviera a su antigua vida. A respirar y pensar solo por ellos y para ellos.

Se estaba convirtiendo en esa persona que había jurado no volver a ser.

55

El mensaje de Lucas era escueto y no daba detalles.

> Me ha surgido algo, adelántate tú.
> Envíame la ubicación y yo iré en cuanto
> pueda.

Y eso hice, le envié la dirección sin más. No añadí nada, ni bueno ni malo, aunque había muchas cosas que me moría por decirle y ninguna era amable. Quizá porque una parte de mí pensaba que él no las merecía realmente. Quizá porque yo también vivía dentro de mi propia inercia, en la que había aprendido a guardar silencio, a no quejarme y a darlo todo por los demás. A soportar cada revés sin respirar. A aceptar las cosas como venían y conformarme.

Llamé al timbre. La puerta se abrió y me recibió el rostro alegre de mi mejor amigo. Su sonrisa se borró en cuanto miró por encima de mi hombro y comprobó que no había nadie más.

—¿Vienes sola?

—A Lucas le ha surgido algo, vendrá más tarde —respondí en tono despreocupado. Sus cejas se unieron al observarme. Odiaba que me conociera tan bien—. No sé si va a venir, ¿vale? Su ex pasó a buscarlo y...

Matías me abrazó y las palabras murieron en su pecho.

—Él se lo pierde, y a mí solo me importas tú. Que le vayan dando.

Le solté un manotazo por hablar de ese modo y él rompió a reír. Aún entre sus brazos, atisbé el salón y vi a Antoine en el sofá.

—¿Qué hace Antoine aquí? Me dijiste que no estaría —susurré.

—Se suponía que había quedado con algunos amigos, pero han cancelado los planes. Además, vive aquí. No puedo echarlo.

—Está bien, no importa.

—¿Seguro?

—Hablamos durante el cumpleaños de Rodrigo y fue bien. No te preocupes.

—¡Genial! Entonces pasa de una vez, que me muero por que conozcas a Rubén.

Matías estaba en lo cierto cuando dijo que no tenían nada en común. Rubén y él eran polos opuestos; y al mismo tiempo, si te detenías a observarlos con un poco de interés, podías ver dos mitades que encajaban sin esfuerzo. Sus diferencias se complementaban como partes de un todo y acababan por fundirse.

Verlos juntos, compartiendo miradas, sonrisas y caricias, me hizo darme cuenta de que eran perfectos el uno para el otro.

—Hacen buena pareja, ¿verdad? —me preguntó Antoine mientras sacaba de la nevera una tarta de limón.

—Matías parece muy feliz.

—Yo creo que lo es. ¿Me pasas unos platos?

Abrí el armario donde guardaban la vajilla y saqué unos

platos de postre. Los puse en la mesa, donde Antoine ya cortaba la tarta en porciones.

De pronto, el timbre de la puerta sonó y a mí se me subió el corazón a la garganta.

Escuché a Matías, y luego me llegó la voz de Lucas. Su sonido familiar me recorrió de arriba abajo.

Rodrigo entró en la cocina a toda prisa.

—Acaba de llegar tu chico. Antoine, ¿queda alguna cerveza en la nevera?

—En la parte de abajo hay un pack de seis —respondió. Alcé la mirada y mis ojos se encontraron con los suyos. Me dedicó una pequeña sonrisa, con la que me dijo que todo iba bien. Se la devolví—. ¿Me ayudas a sacar la tarta?

Asentí y los tres abandonamos la cocina. Lucas conversaba con Matías y Rubén en la mesa, a la que habían acercado una silla plegable del balcón. Nuestras miradas se enredaron mientras yo dejaba los platos.

—Hola —me dijo con una pequeña sonrisa.

—Hola —soné cortante, lo admito, pero me dominaba la tensión, la incredulidad y el enfado.

Él lo percibió, porque me conocía bien pese al poco tiempo que llevábamos juntos.

Porque había aprendido a ver más allá de mi piel.

Porque quizá su conciencia le hacía estar algo más alerta.

—Hola, soy Antoine. —Alargó el brazo por encima de la mesa y le ofreció su mano—. Me alegro de conocerte, Maya me ha hablado de ti.

Lucas la contempló un instante. Luego lo saludó con un apretón firme, al tiempo que sus ojos volaban hasta los míos.

—Gracias, yo soy Lucas.

Pese a mi malestar, el resto de la velada transcurrió en un ambiente tranquilo y relajado, divertido. Lucas derrochó su encanto natural y no tardó en ganarse a mis amigos. Encandilaba a la gente con su sencillez y sin ningún esfuerzo. Su magnetismo era casi mágico y su presencia llenaba la habitación. Tan seguro de sí mismo. Tan seductor. Y verlo siendo de nuevo él me desconcertaba aún más. No lo entendía. No comprendía qué hacía que con su familia y Claudia fuese de un modo y con el resto del mundo, de otro. Dos personas completamente distintas dentro de un mismo cuerpo.

—¿Quieres que pida un taxi? —me preguntó al salir del edificio.

—Prefiero andar, no estamos lejos.

Cruzamos la calle desierta y nos dirigimos hacia su piso. Lucas llevaba las manos enfundadas en los bolsillos de sus vaqueros y me miraba de reojo. Se había cambiado de ropa antes de aparecer por casa de Matías, pero decidí no comentar nada al respecto. No tenía intención de forzar la conversación, ni preguntarle sobre lo que había pasado esa tarde. Si quería mencionarlo, ya lo haría.

—Pensaba que no querías saber nada de él —dijo de pronto.

—¿De quién?

—De Antoine.

Ladeé la cabeza para mirarlo. Sonreí, y no porque me hubiera hecho gracia. Había percibido el tono celoso y me parecía tan fuera de lugar, dadas las circunstancias...

—Las cosas cambian. Tenemos amigos en común y lo mejor era limar asperezas.

—¿Y eso cuándo ha ocurrido?

—Poco a poco, cuando hemos coincidido.

—Y por lo que he podido apreciar esta noche, debéis de haber coincidido bastante.

Me detuve y me volví para mirarlo a los ojos. Palidecí al

ver el tormento que anidaba en ellos, pero había tanta furia bullendo en mí...

—¿Qué insinúas?

—Nada.

—¿Esperas que pase los días sola y encerrada en tu piso cuando tú apenas apareces por allí?

Tenía las mejillas rojas y una expresión de arrepentimiento que me hizo flaquear un poco en mi postura.

—No he dicho eso.

—Pues menos mal, porque no hago nada que no estés haciendo tú primero. Al menos, yo veo a mi ex sin escondértelo.

—¿Y eso qué significa? —preguntó con recelo.

—Te he visto hablar con Claudia y marcharte después con ella, y en lugar de decírmelo tal cual, me envías un mensaje con un «Me ha surgido algo».

Expulsó el aliento contenido y sacudió la cabeza.

—Iba a contártelo.

—¿Cuándo?

—Pensaba hacerlo ahora, en casa.

—Pues esta acera me parece igual de buena para eso —lo reté.

Se me quedó mirando, sin apartar los ojos de mí en ningún momento. Nunca los apartaba, era algo que me había llamado la atención de él desde el primer momento. Su forma de mirarme, abierta, limpia y sincera.

—La he encontrado esperándome en la calle cuando llegaba del trabajo.

—Lo sé, ya te he dicho que la he visto. Se ha presentado en tu casa, quería esperarte dentro, pero yo no me sentía cómoda dejándola entrar.

Frunció el ceño y la sorpresa pintó su rostro.

—¿Ha estado en el piso?

—¿No te lo ha dicho?

Sacudió la cabeza muy despacio. Después alzó la mirada al árbol que se levantaba sobre nosotros desde una jardinera. Supe lo que estaba cavilando, porque yo tenía el mismo pensamiento y en ciertas cosas éramos muy parecidos. Claudia, con su carita dulce y sus ojos grandes, era una lianta de mucho cuidado, con una facilidad maliciosa para provocar malentendidos a su conveniencia.

—Solo hemos hablado, Maya; te lo juro. Desde que llegué, no ha hecho otra cosa que perseguirme y al final he cedido. He pensado que era lo mejor, darle lo que quería y que así me dejara en paz.

—¿Y qué quería?

—Justificarse por todo lo que pasó, pedirme perdón... —Tragó saliva—. Y le he dicho que sí, que la perdonaba. Lo que sea para dejar todo esto atrás de una vez. Estoy cansado de sentirme incómodo siempre que la veo. Quiero ir a casa de mis padres sin comerme la cabeza pensando que tendré que encontrármela allí, porque, me guste o no, es una parte más de mi familia. Esto es lo mejor que puedo hacer.

—Si lo tienes claro...

Se pasó la mano por la nuca.

—Me jodió la vida y la odié por ello, pero ahora ni siquiera eso. No siento nada por ella. Solo... pena —susurró a media voz—. ¿Me crees?

—No tengo motivos para dudar de ti, Lucas.

—Solo intento hacer lo mejor para todos. Lo correcto. Aunque a veces no tenga muy claro qué es.

—Está bien.

Acortó la distancia que nos separaba y acunó mi rostro con sus manos.

—No soporto que te enfades conmigo.

—No estoy enfadada contigo. Es todo: la situación, estar

sola... —Me humedecí los labios y los suyos se entreabrieron—. Llevo aquí dos semanas de brazos cruzados, y tampoco puedo hacer nada porque aún no tengo claro si Madrid es una opción para mí.

—Para mí no lo es, Maya. Hasta he pensado en vender el piso. Esto... Esto es pasajero. No quiero quedarme aquí.

Su mirada me rompía y a la vez me arreglaba. Me daba esperanza. Yo no quería perderlo, quería seguir con él. Encontrar otro rincón perdido, lejos de todo y de todos, donde solo tuviéramos que dejarnos llevar. Donde dejar que sucediera. No necesitaba más.

Se me cerró la garganta. Los ojos me escocían.

—¿De verdad?

Me colocó un mechón de pelo tras la oreja.

—Sí. Aunque mi padre tiene razón sobre que no es un buen momento para el mercado inmobiliario y quizá deba esperar unos meses.

—Parece que estáis solucionando vuestros problemas.

—Lo intento. —Inspiró y me abrazó contra su pecho—. Solo necesito que aguantes un poco más. Mi padre volverá pronto a casa y tomará las riendas de todo. Mi hermana lo ayudará, está más cualificada que yo, y ahora él parece dispuesto a que ella forme parte del negocio.

—¿Y antes no?

—En ese sentido, siempre ha sido un poco machista.

—Ya...

—No sé, ver que se moría puede haberle hecho cambiar de perspectiva. Lo que trato de decir es... —soltó todo el aire de golpe— que me encanta estar contigo y no quiero joder lo que tenemos.

Me aparté para verle el rostro.

—¿Y qué tenemos, Lucas?

—Pues esto, tú y yo.

Esa respuesta no me bastaba.

No era suficiente.

Sin embargo, no insistí.

Lo dejé estar y permití que las dudas se apoderaran de mí otra vez. Esa inseguridad que me consumía un poco más cada día. Tampoco tuve valor para ser yo la que se abriera a él.

Así que me quedé en silencio, entre sus brazos, con ese pálpito de pérdida cada vez más intenso asentándose en mi pecho.

56

La luz de la mañana se abría paso tras las cortinas cuando desperté. Abrí los ojos, esperando encontrar a Lucas aún en la cama, pero su lado estaba vacío y su ropa había desaparecido de la silla.

Cada mañana madrugaba un poco más.

Me levanté y fui directa al baño. Noté el suelo frío bajo mis pies y se me puso la piel de gallina. La habitación estaba helada y el vaho de la ducha aún perduraba en las paredes y el espejo. Encendí la estufa que colgaba sobre la puerta y esperé a que calentara antes de abrir el grifo y desnudarme.

El tiempo había cambiado con la llegada de octubre y yo no tenía ropa de abrigo que ponerme. Después de vestirme y tomar un desayuno rápido, me encaminé al barrio donde había vivido toda mi vida. Se me hizo raro entrar en el edificio y notar el aroma tan familiar que desprendía el vestíbulo.

Fui directa al trastero. Logré abrir la puerta al tercer empujón y, durante un instante, mientras la luz parpadeaba, tuve miedo de que mis cosas no continuaran allí. De que en un arrebato, mi abuela se hubiese deshecho por completo de mí. La sensación que me apretaba el pecho desapareció en cuanto vi las cajas en el mismo lugar en que las había dejado.

Puse en el suelo las que contenían la ropa y con la punta de una llave rompí la cinta de embalaje. Llené con pantalones, prendas de manga larga y un par de chaquetas la maleta que había llevado conmigo, y volví a colocar las cajas en su sitio.

Contemplé aquel espacio durante unos momentos.

Una realidad que aún me costaba digerir.

El tiempo pasa, se apaga, no espera, y yo me movía en círculos.

Tres meses atrás, había estado allí mismo, mirando esas cajas.

Nada había cambiado desde entonces y, a la vez, nada era igual.

Yo no lo era.

57

Los días pasaron y al padre de Lucas finalmente le dieron el alta. Sin embargo, nada cambió. Lucas continuaba trabajando en el negocio familiar, tenía reuniones hasta tarde, comidas con compradores y proveedores. Y a todo ese ajetreo había que sumarle la presencia constante de su familia. Su teléfono no paraba nunca. Cuando no llamaba su madre, era su hermana, y si no, su padre, al que no le negaba absolutamente nada sin importar la hora, el lugar o la petición.

Claudia era otra constante.

Y Lucas...

Cada día estaba más desconectado de mí, de sus emociones. Escondía tan bien sus sentimientos que ni él mismo era capaz de encontrarlos en su interior. Mientras, un muro de ladrillos invisibles se alzaba entre nosotros y solo yo parecía consciente de esa realidad.

Lo observé mientras se vestía. Lo echaba de menos. Echaba de menos estar sentada a su lado sin hacer nada. Reír con él. Conversar. Confiarle mis pensamientos y que él me confiara los suyos.

Me miró mientras se abrochaba los vaqueros y su boca me regaló una sonrisa. Tragué saliva con fuerza. Quería dejar salir lo que me cerraba la garganta, pero no lo conseguía. Las palabras se me atascaban.

Se puso una cazadora y después guardó en sus bolsillos interiores el teléfono y la cartera.

—¿Nos vamos? —me preguntó.

—Sí.

Se acercó a mí y me rodeó la nuca con la mano. Sus dedos se enredaron en mi pelo, mientras sus ojos recorrían mi rostro del mismo modo que los míos recorrían el suyo. Nos quedamos así unos segundos, mirándonos. Alzó la otra mano y su pulgar rozó mis labios, dibujándolos. Se inclinó y su boca acarició la mía con ternura.

Nuestros ojos se encontraron de nuevo. Me estudió como si tratara de leer lo que pasaba por mi mente y, al mismo tiempo, le diera miedo descubrirlo. El silencio se alargó. Últimamente, nuestro tiempo juntos estaba lleno de esos silencios. Pausas que decían demasiado. Más que las palabras.

—Es tarde —susurré.

Asintió y me cogió de la mano.

Salimos del piso y caminamos hasta el cruce. Allí esperamos a que pasara un taxi libre.

Habíamos quedado con Matías y Rubén en un restaurante del centro, en la plaza del Carmen. Esa noche, el grupo de Rubén daba un concierto muy cerca de allí, en el Wurlitzer Ballroom, y nos habían invitado a acompañarlos. Durante el trayecto en taxi, yo miraba por la ventanilla, feliz por primera vez en mucho tiempo. Me hacía ilusión salir un rato con amigos y divertirme. Estar con Lucas haciendo cosas normales.

Distinguí a Matías en una mesa en la terraza. Se puso en pie nada más vernos y me recibió con uno de sus abrazos. Me encantaba la forma en que me mecía mientras me susurraba al oído: «Hola, mi niña».

Me senté junto a Rubén y nos saludamos con dos besos.

—Hola.

—Hola —respondió.

Llevaba el pelo recogido en un moño despeinado y una sudadera negra con capucha. Las manos repletas de anillos y un pequeño aro en el labio inferior. Me gustaba su rollo. Y aún más la manera en que se le iluminaban los ojos cuando miraba a Matías.

—¿A qué hora es el concierto? —me interesé.

—A las once y media —contestó con un suspiro.

—Pareces nervioso.

—Me pongo histérico siempre que vamos a tocar. Suerte que una vez en el escenario se me pasa.

Un camarero se acercó y nos tomó nota.

—¿Y cómo se llama vuestro grupo? No recuerdo si lo mencionaste la otra noche —dijo Lucas.

—Bad Sirens.

—¿Y ya tenéis algún disco?

—No, qué va. Solo tenemos una demo con cinco temas que grabamos este verano. La subimos a Spotify, Apple Music, Deezer... —El teléfono de Lucas comenzó a sonar—. Y está funcionando bastante bien, la verdad. Así que igual nos lanzamos con un álbum. Estamos componiendo más canciones.

Lucas le echó un vistazo al móvil, que continuaba sonando con insistencia.

—Perdonad —se disculpó mientras se ponía de pie.

Se alejó unos pasos y yo lo seguí con la mirada. Forcé una sonrisa y miré a Rubén.

—¡Suena genial! —exclamé. Coloqué mi mano sobre la suya y le di un ligero apretón—. Gracias por invitarnos.

—De nada, espero que os guste. Si no, podéis recurrir a los tapones, como Matías.

—¡¿Qué?! No me puse tapones, me encanta vuestra música —replicó mi amigo.

—Serás mentiroso —saltó Rubén. Se inclinó hacia mí como si fuese a contarme un secreto—. Luego se le olvidó quitárselos y pensé que se había quedado sordo por el volumen de los altavoces. Menudo susto.

Rompí a reír al ver la falsa expresión de culpabilidad de Matías.

Lucas regresó a la mesa justo cuando el camarero nos servía la cena.

—¿Todo bien? —le pregunté en voz baja.

—Sí, era mi madre. No estaba segura de cuál es la medicación que debe tomar mi padre antes de dormir.

Le dediqué una sonrisa y empezamos a cenar.

El teléfono de Lucas no permanecía en silencio más de diez minutos y, a cada rato que pasaba, yo me sentía más y más incómoda. Sobre todo, por Matías y Rubén, que comenzaron a lanzarse miraditas que acababan convergiendo en mí.

Faltaba media hora para que empezase el concierto cuando pedimos la cuenta.

La sala estaba a unos doscientos metros de la plaza y caminamos hasta allí sin prisa. Encontramos a decenas de personas en la puerta y dentro no cabía un alfiler. Rubén nos acompañó hasta la barra. Le dijo algo al camarero mientras nos señalaba y después desapareció entre la multitud en dirección al escenario, donde su grupo preparaba los instrumentos.

El camarero pasó un trapo por la barra y nos sirvió unas bebidas.

La música estaba alta y costaba hablar con tanta gente alrededor. Lucas me rodeó los hombros con el brazo y me dio un beso en la sien. Yo escondí la nariz en su cuello, me encantaba hacerlo y oler su piel. Me gustaba su aroma. Me gustaba su sabor. Me gustaba sentir su pulso en la mejilla.

De pronto, se hizo a un lado y coló la mano en el bolsillo de su cazadora. Sacó el teléfono y pude ver en la pantalla una sola palabra: «Mamá».

—Vuelvo enseguida.

—Vale —dije con la boca pequeña.

—¿Va todo bien? —me preguntó Matías en cuanto Lucas se alejó hacia la salida.

—Es su madre.

—¡Joder, estoy flipando mucho! ¿Cuántas veces le ha sonado el teléfono esta noche?

Negué con la cabeza. Ya había perdido la cuenta.

La voz del cantante sonó a través de los bafles y los gritos del público se convirtieron en un murmullo.

—¿Qué tal estáis? Somos Bad Sirens y esperamos que esta noche lo paséis de puta madre con nosotros.

Los compases del primer tema tronaron en el local. Matías me cogió de la mano y nos acercamos al escenario. La gente bebía y bailaba a nuestro alrededor. Un grupo de chicas comenzó a tararear el estribillo y Matías puso los ojos en blanco cuando una de ellas gritó el nombre de Rubén.

Me reí con él.

Sentí unas manos alrededor de mi cintura y unos labios en mi mejilla. Apoyé la espalda en el pecho de Lucas y nos mecimos al ritmo de un tema un poco más lento. Me di la vuelta entre sus brazos. Nos miramos y él me regaló una media sonrisa. Posó su frente en la mía y continuamos bailando. Su boca, a escasa distancia de la mía.

Un segundo. Dos. Tres...

Me besó.

Temblé cuando su lengua se enredó con la mía. Cuando sus dedos se colaron bajo mi jersey y me rozaron la piel. Me sostenía con tanta fuerza que nuestros cuerpos habrían podido fundirse si presionaba un poco más. Y allí, en ese instante, todo dejó de importarme. Solo nosotros y las sensaciones que nos hacían dar vueltas.

Hasta que su jodido teléfono vibró a través de la ropa.

Una vez. Dos. Tres...

Resopló y le echó un vistazo a la pantalla. Mis ojos captaron el nombre que aparecía: «Claudia».

Lo guardó.

Cuatro. Cinco. Seis...

—Hostia puta —masculló exasperado.

Lo sacó otra vez del bolsillo.

Yo no entendía cómo no lo había apagado todavía. Solo tenía que hacer un gesto. Uno tan sencillo como pulsar un botón. Un maldito botón.

Lo miré a los ojos enfadada, y él me devolvió una mirada suplicante.

—Apágalo —le pedí.

—Puede que me llame por mi padre. Solo... Solo será un momento —gritó por encima de la música.

Se dio la vuelta y se alejó entre la gente.

Esta vez lo seguí.

Me abrí paso como pude hasta alcanzar la calle. Lo busqué con la mirada y lo encontré a una decena de metros, con la cabeza apoyada en la pared de una tienda y el teléfono pegado a la oreja.

—¿Y qué esperas que haga yo? —preguntaba—. Joder, Claudia, si tiene fiebre, pilla un taxi y llévalo a urgencias... Llama a tus padres... Lo siento mucho, pero no puedo... Yo no he dicho que no me importe... ¡No estoy enfadado con el crío por lo que pasó! ¿Cómo puedes decir eso?... No tengo nada contra tu hijo... Tampoco contra ti, ya lo arreglamos. —Empezó a dar golpecitos con la frente en la pared, sin percatarse de mi presencia. A través del auricular podía oír la voz llorosa de una mujer, aunque no entendía lo que decía—.

Dios, no llores... Sé que tiene problemas. —Se dio la vuelta y se puso pálido al encontrarme allí—. No soy insensible, es solo que... Sí, dije que intentaríamos ser amigos... De acuerdo... Sí... —No apartó sus ojos de los míos—. Vístelo, no tardo en llegar.

Colgó el teléfono y lo apretó en su mano hasta que los nudillos se le pusieron blancos.

Una rabia cada vez más intensa me corría por las venas, y ese sentimiento se adueñó totalmente de mí. Noté un escozor en los ojos que apenas podía contener.

Carraspeé para poder hablar.

—¿Te vas?

—Su hijo tiene fiebre alta, sus padres se han marchado al pueblo y ella se ha quedado sola. Está muy nerviosa y preocupada. Le he dicho que no podía, pero...

Alzó los brazos en un gesto de derrota, como si realmente no pudiera hacer otra cosa.

—¿Y qué hay del padre de ese niño? —inquirí molesta. ¿Acaso no se daba cuenta de que toda aquella movida solo tenía un fin? ¿De verdad era tan inocente?—. Tiene uno, ¿no?

—Se desentendió por completo de él.

—¿De verdad vas a ir?

—No quiero, pero...

—Pero ¿qué? —exploté sin que me importara parecer insensible.

—¿Y si le pasa algo al niño?

—No puedes hacerte responsable de todo, Lucas. El mundo entero no depende de ti.

—¿Y qué hago, Maya? ¿Me lo quito de la cabeza y ya está?

Furiosa, lo taladré con la mirada, y me dolió sentirme así. Enfadarme con él por ser una buena persona. Sin embargo, no era tan sencillo. Al contrario, era una situación complicada. Demasiado compleja.

Nos miramos fijamente en la penumbra de aquella calle, en la que yo solo percibía el temblor de mis manos, el rumor de mi sangre y el ardor que se me agolpaba en las mejillas.

No pensaba pedirle que se quedara.

—De acuerdo, vete.

—Maya... —Me di la vuelta y me encaminé a la entrada del local—. Maya, por favor... Maya, habla conmigo.

Aceleré el paso y me colé a través de la puerta del local antes de que pudiera darme alcance. Casi de inmediato, comenzó a sonar mi teléfono. Era él. Yo sí lo apagué.

58

Me pasé la noche sentada en la cama, incapaz de dormir. Me culpaba por lo que había ocurrido con Lucas unas horas antes y, al mismo tiempo, sentía que tenía motivos más que suficientes para estar cabreada con él.

Decepcionada, dolida y muy triste.

Y estaba cansada de caminar en círculos. De sentirme rara, incómoda en mi propia piel. De esa mezcla de temor, confusión y ansiedad. Un manojo de emociones enredadas que no podía deshacer y que me hacían sentir perdida, como si estuviera presente y a la vez en ninguna parte.

Oí ruidos y voces fuera del dormitorio y me levanté. Abrí la puerta y escuché para asegurarme de que no molestaba. Avancé por el pasillo de aquella casa que no conocía y me asomé a la cocina. Encontré a Matías envuelto en un albornoz y a Rubén, aún en pijama, sentados a la mesa. Conversaban en voz baja, con las cabezas muy juntas y las manos entrelazadas. Se sonreían de un modo que yo comenzaba a envidiar.

—Hola —saludé desde la puerta.

Alzaron la vista y me miraron.

—Hola, mi niña. ¿Cómo estás? —me preguntó Matías.

Encogí un hombro e hice una mueca triste.

—Vamos, siéntate, no hay nada que el café no arregle —me dijo Rubén mientras se ponía en pie y encendía una cafetera de cápsulas—. ¿Con leche?

—Solo, si no te importa.

—¿Me preparas otro a mí? —le preguntó Matías.

—Te bajo la luna, si me la pides así.

Matías le lanzó un beso y yo me derretí.

De pronto, el teléfono de mi amigo comenzó a sonar. Se levantó y desapareció en el pasillo. Enseguida regresó hablando con alguien.

—Está bien, la tengo aquí delante... Hemos dormido en casa de Rubén... —Matías me miró y vocalizó el nombre de Antoine. Alcé las cejas con un gesto inquisitivo—. Pues dile que está bien, conmigo... Vale... Nos vemos en el ensayo.

—¿Qué pasa?

—Lucas está en mi casa. Ha aparecido por allí, parece que lleva horas llamándote.

Noté que la vida abandonaba mi rostro y me lo tapé con las manos.

—Lo apagué anoche.

—Antoine dice que ha llegado bastante agobiado porque no sabía dónde estabas. —Se sentó frente a mí y me miró. Rubén colocó las tazas en la mesa y se marchó con la excusa de darse una ducha—. ¿Qué pasa, Maya?

—Lucas y yo no estamos bien. Nos hemos distanciado mucho y creo que se ha acabado.

—¿Estás segura de eso?

—¡No, claro que no! Pero tampoco veo una solución. Fuiste testigo de lo que pasó anoche.

—¿Te refieres a las llamadas? —Asentí con una risita fingida, que acabó transformándose en un sollozo—. Te entiendo, hasta yo me agobié.

—Y luego pasó de mí y salió corriendo en cuanto su ex lo llamó y se puso a llorar.

—Eso no estuvo bien.

—Me sentó fatal que se marchara, y me sentí aún peor al molestarme que lo hiciera por ese niño. ¡Un bebé, Matías, que no tiene la culpa de nada!

—Tú tampoco la tienes, nena. Y en tu lugar, yo estaría igual. Todo esto no tiene pies ni cabeza.

—¿Cuánto hace que regresamos, un mes y medio?

—Sí, más o menos.

—Pues durante todo ese tiempo, Lucas no ha hecho otra cosa que salir corriendo cada vez que su familia abre la boca. Se levanta cuando se lo dicen. Se sienta cuando se lo ordenan. Se pasa los días en esa oficina, pegado al teléfono, haciendo recados, solucionando problemas... —Me ahogaba y tomé aire—. Y sé que es su familia y que debería entenderlo y respetarlo. Lo haría si él quisiera hacer todas esas cosas por propia voluntad, pero ¡es que no quiere! Sé que no quiere.

—¿Cómo que no quiere?

—Ya te dije que su familia es complicada.

—Todas lo son, en cierto modo.

—Esta es de película de miedo, te lo juro, Matías. Y su ex... Esa tía es mala, y no lo digo porque esté celosa. Es que ha jugado con Lucas toda su vida, le ha hecho cosas horribles y él ha vuelto a dejarse manipular como un idiota.

—¿Dices que ha vuelto?

—¿Por qué crees que se largó de Madrid hace dos años? Tocó fondo y salió huyendo de todos ellos.

Le conté a Matías todo lo que Lucas me había revelado sobre su familia. Sabía que no estaba bien hacerlo, pero yo necesitaba sacarme de dentro lo que me estaba torturando desde hacía semanas, y confiaba en mi amigo más que en mí misma. Así que le hablé de la infancia de Lucas, de la enfermedad de su padre y de cómo él se había sentido responsable de ese ataque cardíaco, que casi le cuesta la vida. Alucinó con la parte de Claudia y, mientras le contaba lo del embarazo y los resultados de los test genéticos, no dejó de resoplar y maldecir.

—¿Y crees que la historia se está repitiendo?

—No lo creo, estoy segura.

—Tienes que hablar con él.

—¿Crees que no lo he intentado? Pero solo me pide tiempo, y eso es justo lo que ya no tengo. No puedo pasarme la vida esperando a que él reúna el valor para enfrentarse a su familia. Vivo de prestado en su casa, no tengo trabajo... —Se me escapó un suspiro entrecortado—. No puedo estar así indefinidamente, por mucho que lo quiera.

Matías se inclinó sobre la mesa y buscó mis ojos con los suyos.

—¿Lo quieres?

—Mucho.

—¿Y aun así vas a romper con él?

Las lágrimas que trataba de contener se derramaron de golpe.

—¿Romper qué, Matías? Sé que lo parecemos todo, pero... no somos nada en realidad. Nada. —Se me quebró la voz y tuve que tomar aliento—. Él elige cada día que sale por la puerta, y no es quedarse conmigo.

—Dile todo esto, tal y como me lo has dicho a mí. Dile que lo quieres y que te duele perderlo de este modo.

Sacudí la cabeza, rechazando esa posibilidad.

—No puedo.

—¿Por qué?

—Porque llevo toda la vida mendigando afecto, esforzándome por merecerlo y perdiéndome en ese camino. Por una vez, necesito sentir que importo. Quiero ser la prioridad de alguien y que me lo demuestre, ¿entiendes?

Matías tomó mi mano y tiró de mí para que me levantara. Después me hizo sentarme en su regazo. Me rodeó la cintura con los brazos y apoyó la barbilla en mi hombro.

—¿Quieres que te diga lo que de verdad entiendo de todo esto? —me preguntó. Dije que sí con un gesto y me limpié la nariz en la manga—. Tienes razón, Lucas debe resolver muchas cosas para poder seguir adelante, y solo él puede hacerlo. Pero a ti te ocurre lo mismo, Maya.

—¿Qué quieres decir?

—Que tú también debes resolver muchas cosas para avanzar, y hasta que te liberes de todo ese peso que llevas sobre los hombros, no podrás estar con Lucas ni con nadie. Él no es tu salvavidas, ni tú el suyo, ¿comprendes? Tenéis que nadar solos o llegará un día en el que os ahogaréis el uno al otro.

—¿Y cómo lo hago? ¿Cómo me libero de esto? —lloré al tiempo que me golpeaba el pecho frustrada.

—Siendo valiente, Maya. Y también egoísta. Deja de agachar la cabeza solo porque los demás te lo digan. Haz preguntas. Grita. Exige. Enfádate. Estalla. Deja salir todo lo que has estado tragando y conteniendo.

Me giré y lo miré a los ojos. Sabía lo que estaba haciendo. Me empujaba hacia el borde de un precipicio al que nunca había tenido el valor de acercarme. Y allí, entre sus brazos, mientras le secaba las lágrimas y él limpiaba las mías con sus dedos, supe que tenía razón y que ese era el único camino.

Ir hacia atrás.

Regresar al principio.

Por mucho que me asustara golpear esa pared.

Por mucho que quisiera quedarme.

Porque ya me estaba ahogando.

Porque empezaba a odiarlo tanto como lo quería, y no lo merecía.

Él no.

Aunque marcharme significara volver cuando no quedaran más estrellas que contar.

59

Encontré a Lucas sentado en el sofá. Vestía uno de sus trajes y esa mañana se había puesto corbata. A sus pies estaba su maletín. Eran casi las diez y seguía allí, esperándome, supuse. Parecía tan perdido. Tan vulnerable. Y eso fue lo peor de todo. Darme cuenta de que, sin pretenderlo, yo también lo estaba manipulando con mi actitud y mi malestar. Convirtiéndome en una opción más entre las que se veía obligado a elegir.

No era justo para ninguno de los dos.

Nuestro mundo había perdido el equilibrio y ya no éramos capaces de gestionarlo. Sorrento había sido un sueño maravilloso, que nos empeñamos en mantener vivo en un Madrid repleto de fantasmas y recuerdos como manchas imborrables.

Un espejismo.

Una fantasía que se hacía pedazos.

Tragué saliva para aflojar el nudo que me ahogaba y entré en el salón.

Lucas alzó los ojos de sus manos y me miró. No dijo nada. Silencio. Por su parte y por la mía. Un silencio doloroso. Atronador. Entonces, cogió el maletín y se puso en pie.

—Tengo que irme —susurró al pasar por mi lado—. Solo te esperaba para asegurarme de que estás bien.

—Estoy bien. Siento haberte preocupado.

Se detuvo y se dio la vuelta para mirarme. Inspiró hondo. Estaba enfadado, lo notaba por la forma en que fruncía el ceño y apretaba los dientes. Del mismo modo que él sabía que yo continuaba cabreada. En el fondo de mi alma también supe que acabaríamos haciéndonos daño, si no encontrábamos una manera de comunicarnos.

Se acercó a mí y bajó la barbilla para mirarme a los ojos. A mí me costó un mundo sostenerle la mirada. Me envolvía con ella. Se colaba por todas mis grietas. Llenaba los vacíos y abría otros huecos, más oscuros, más profundos.

Cerró los ojos y apoyó su frente en la mía.

El corazón me retumbaba en el pecho.

—Tenemos que hablar, Maya.

—Deberíamos.

—Hoy trabajo hasta las tres y después tengo que acompañar a mi padre a una revisión. Volveré sobre las seis. ¿Estarás aquí?

—Sí.

—Vale —susurró sin disimular el alivio que le causaba mi respuesta.

Sus dedos se clavaron en mi cintura.

Su aliento me acariciaba la boca.

Sus labios casi rozaban los míos.

Un millón de sueños, desperdigados a nuestro alrededor.

Un segundo. Dos. Tres...

Ciertos momentos deberían ser eternos.

60

Él no regresó a las seis. Ni a las siete. Ni a las ocho.

Durante todo ese tiempo, tuvo el teléfono apagado.

Colgué cuando volvió a saltar el buzón de voz y me hundí en el sofá. No sé cuántas señales más necesitaba para reaccionar. Para asumir que, por mucho que me importara Lucas, no era nuestro momento.

Quizá no lo fuera nunca.

Quizá nunca lo fue.

Tenía miedo y entre esas paredes me sentía más atrapada que nunca.

Y sola. Muy sola.

De pronto, mi teléfono sonó.

—¿Dónde estás? —pregunté casi sin voz.

—Lo siento, lo siento, lo siento... No me he dado cuenta de que la batería se había agotado.

—¿Dónde estás? —insistí.

—En casa de mis padres, en Alcobendas. Cuando hemos vuelto de la revisión, toda mi familia estaba aquí. Mis tíos, mis primos..., querían darle una sorpresa. Mi padre me ha pedido que me quede esta noche con todos ellos. Se le ve tan contento, tan bien, que no quiero disgustarlo. Aún sigue delicado.

—Vale —susurré.

—Lo siento, de verdad que lo siento. Estaré allí a primera hora, te lo prometo.

Una mano invisible me apretaba la garganta tan fuerte que no podía responder. A través del teléfono oí otras voces. Unas más graves, otras más infantiles. La de ella pidiéndole que tapara la piscina por el niño.

Todo el mundo tiene un punto débil, y el de Lucas era su familia.

—¿Maya?

—Sí, mañana.

Colgué el teléfono y me lo quedé mirando.

Quería odiarlo, pero no fui capaz. Solo deseaba borrarlo todo de mi memoria y dejar de sentirme de ese modo. Aceptar que lo nuestro solo había sido algo efímero. Un puñado de momentos que en ese instante dolían, porque los habíamos vivido de forma distinta. Porque no nos habíamos querido igual.

Quizá cuando yo hacía el amor, él solo follaba.

Cuando yo pensaba en el mañana, él solo veía el ahora.

Éramos Lucas, el fantasma de su familia y yo, y uno de los tres sobraba.

Recogí todas mis cosas sin apenas respirar. No podía. Cada vez que trataba de llenar mis pulmones de aire, un dolor agudo me aplastaba las costillas. Sabía que estaba sufriendo un ataque de pánico, y repetí en mi cabeza que pasaría. Siempre lo hacía.

Con más determinación de la que realmente sentía, entré en el segundo cuarto de la casa. Allí había un ordenador de mesa y una impresora. Lo encendí y tecleé Renfe en el buscador. Pinché en el primer enlace. Esta vez lo haría bien. Pensaría antes de actuar. Planearía las cosas con toda la frialdad de la que fuera capaz.

Seleccioné la estación de origen y la de destino. Comprobé los horarios y compré un billete para el primer tren de la mañana. Después llamé a Matías.

—Me marcho, sola.

—Maya...

—Te juro que no estoy huyendo, esta vez no.

—¿Y adónde vas?

—Ya sabes adónde, tú me diste la idea. Voy a ser valiente, Matías. Voy a... —solté un suspiro entrecortado— nadar sola.

—Esa es mi niña.

Sonreí para mí y contemplé la pared.

—No sé si funcionará. No sé si saldrá bien. Solo sé que tengo que aprender a quererme a mí misma y que me baste con eso.

—Y lo harás, vas a quererte. Vas a enamorarte de cada trocito tuyo, porque eres maravillosa.

—Te quiero mucho.

—Yo sí que te quiero, tonta. Ten cuidado.

—Lo tendré.

—Y llámame todos los días.

—Casi todos.

—Mala.

—Nos vemos pronto.

61

Me desperté con el sonido de la lluvia golpeando los cristales. Durante unos minutos, no me moví y me limité a escuchar el suave repiqueteo mientras miraba el otro lado de la cama. Alargué el brazo y coloqué la mano sobre la almohada vacía.

Una leve claridad empezó a inundar el cuarto.

Debía ponerme en marcha si no quería perder el tren.

Puse las maletas junto a la puerta y di otra vuelta por la casa para asegurarme de que no olvidaba nada. Solo dejaba una cosa atrás, y no sabía cómo despedirme. No podía llamarlo. Me pediría que lo esperase, que me quedase, y yo flaquearía.

Y por ese mismo motivo, un mensaje tampoco era una opción.

Opté por la más cobarde, la que de alguna forma acallaba mi conciencia.

Busqué papel y algo con lo que escribir. A continuación, traté de convertir en trazos de tinta las emociones que me envolvían, repletas de aristas que cortaban y perforaban, abriendo agujeros por los que se me escapaban los sueños, las ganas y la esperanza.

Lo siento mucho, Lucas, pero no puedo quedarme. Así no, no es justo para ninguno de los dos. Vamos en direcciones distintas y alargar esta situación nos está haciendo daño. Me importas demasiado y creo que esto es lo mejor que puedo hacer por ti. Por mí. Por los dos.

Gracias por estos meses, en los que he sido más yo que nunca.

Gracias por acogerme y dejar que ocurra.

Cuídate mucho.

Releí la nota otra vez y la dejé sobre la cama.

Eché un último vistazo y atesoré los detalles de aquella casa. Los momentos.

Dejé mi juego de llaves en la mesa. Después abandoné el piso y cerré la puerta a mi espalda.

Cuando salí a la calle, el taxi ya me estaba esperando.

Apagué mi teléfono en cuanto estuve dentro.

Continuaba lloviendo y las calles al otro lado de la ventanilla eran un borrón difuso con luces destellando. Y yo solo notaba silencio dentro de mí.

El taxi apenas tardó unos minutos en dejarme en la estación de Atocha. Habían comenzado a llegar los trenes de cercanías y el interior era un hervidero de gente que se dirigía a las salidas para ir a sus trabajos. Comprobé la hora. Aún faltaban cuarenta minutos para que saliera mi tren.

Me senté en un banco, junto al jardín, y esperé paciente mientras observaba a otros viajeros yendo de un lado a otro. Solos y acompañados. Despedidas y bienvenidas. Para siempre y hasta pronto. Porque todo depende, dentro de esa constante. Las personas entran y salen de nuestras vidas. Nosotros llegamos y salimos de las suyas. Y sea como sea, la vida sigue. No se detiene. No se rompe. Simplemente, marca otro ritmo. Va en otra dirección.

En la pantalla anunciaron la salida de mi tren.

Me dirigí al control de equipajes y me puse en la cola.

—Maya...

De repente, el corazón se me detuvo bajo las costillas, antes de reanudar sus latidos con un ritmo caótico, errático y doloroso. Me di la vuelta y encontré a Lucas a solo un par de metros de distancia, completamente empapado. El agua goteaba de su pelo, y su pecho subía y bajaba muy rápido en busca de aire. Abrió la boca un par de veces, pero solo podía resollar como si hubiera llegado hasta allí corriendo.

Entonces, alzó la mano con la nota que yo le había dejado, apretujada y mojada entre sus dedos.

—¿En serio? ¿Y ya está? —escupió sin que pareciera importarle que todo el mundo lo estuviera mirando.

—¿Cómo has sabido que estaba aquí?

—Te has dejado el ordenador encendido y la web de Renfe abierta. —Soltó una risita que se asemejaba más a un sollozo—. ¿Una nota, Maya? ¿Una puta nota es lo único que merezco?

—No, pero es lo mejor.

—¿Para quién? —replicó con los ojos brillantes. Bajó la mirada y luego la alzó de nuevo hacia mí—. Creía que íbamos a hablar.

—Tú lo has dicho, íbamos a hablar, ayer —lo dije con un hilo de voz.

Él parpadeó y se revolvió el pelo con frustración. Se acercó unos pasos y vi tantas cosas en su rostro..., sobre todo miedo.

—¿Esto es por lo de ayer? Te dije que lo sentía.

—Es por lo de ayer, y lo del otro día, y el otro también.

—Sé que he estado muy liado estas semanas, pero no será así para siempre. En cuanto mi padre...

Su teléfono comenzó a sonar. Inspiró hondo, sin apartar la mirada de mí.

—Esto no funciona, Lucas.

—No, si te rindes.

—No me rindo, solo acepto la verdad.

Su teléfono continuaba sonando. Lo sacó del bolsillo y rechazó la llamada sin mirar.

—¿Qué verdad, Maya?

—Que tú sigues en el mismo punto en el que estabas hace dos años, antes de marcharte de aquí. Sigues siendo esa persona de la que me hablaste en Sorrento y que tan poco te gustaba.

Su expresión cambió. Bajó la mirada como si se encontrara frente a un espejo y su reflejo le hiciese sentir incómodo.

—No es cierto —mascculló impaciente.

El timbre de su móvil me estaba poniendo de los nervios. Volvió a rechazar la llamada.

—Sabes que sí. Volviste a esa inercia en cuanto pisaste Madrid y solo tú puedes resolverlo, Lucas. Yo no puedo ayudarte con esto.

—Vale, pues lo haré. Lo resolveré, te lo prometo. Solo dame unos días más, hasta que mi hermana se familiarice con el negocio.

—No puedo.

—¿Por qué no? ¿Adónde vas?

Me encogí de hombros, como si ese detalle no fuese importante.

—A resolver mis propios problemas.

Parpadeó desconcertado, enfadado y mil cosas más.

—Maya, podemos solucionarlo. Quédate un poco más. Vamos... a alguna otra parte y hablamos... ¡Joder! —estalló cuando su teléfono resonó de nuevo.

Descolgó con rabia y se lo llevó a la oreja.

—¿Qué?... No es un buen momento... Porque no... Te llamaré cuando pueda...

Parpadeé para no echarme a llorar, pero dejé salir el enfado. La rabia. La indignación contenida. Y me rendí del todo con él.

Me reafirmé en que estaba haciendo lo mejor para los dos.

Él debía encontrarse a sí mismo por su cuenta. Ojalá lo lograra.

Mientras, yo lo echaría de menos todo el tiempo, estaba segura. Añoraría al chico que conocí en Sorrento. El que me hizo desear una tarta de chocolate más que nada. El que bailó conmigo una canción de amor mientras me susurraba la letra al oído. El que después me besó bajo una tormenta y me enseñó que el sexo era otra cosa. Con el que aprendí a hacer el amor y a dejarme llevar. A contar estrellas y soñar con dos puntitos en el universo.

Me di la vuelta y me dirigí a la mujer que revisaba los billetes. Le mostré la fotocopia, escaneó el código y me pidió que continuara hasta el guardia de seguridad.

—¡Maya!

Me volví. La mujer salió al encuentro de Lucas y lo frenó cuando trató de llegar hasta mí.

—Lo siento, sin billete no puede pasar.

—Maya, lo siento. Solo...

Guardó silencio al darse cuenta de que solo iba a justificarse, una vez más.

Al darse cuenta de lo que yo había tratado de explicarle.

De la verdad.

—No te vayas.

—Tengo que hacerlo.

—Por favor, por favor... No puedes cortar conmigo.

—No estoy cortando contigo, Lucas.

—¿No? —inquirió confuso.

—Nunca hemos estado juntos de verdad, solo nos dejamos llevar. Nunca hubo un nosotros ni vi que lo quisieras.

—Lo quiero, claro que lo quiero.

Anunciaron la salida de mi tren.

Coloqué todo mi equipaje sobre la cinta del escáner. Después miré a Lucas, que me observaba impotente. Nunca me había entristecido tanto su imagen.

Me obligué a respirar.

—Quédate —dijo una vez más.

Forcé una sonrisa, aunque por dentro me rompía en pedacitos muy pequeños. Dolía tanto. Cada palabra. Cada mirada. Todo lo que nos distanciaba. Todo lo que no sería. Separé los labios y la sentí formándose en mi garganta, ascendiendo, deslizándose por mi lengua. Una sola palabra.

Todo un mundo por lo que suponía para mí.

Porque él conocía su significado.

—Adiós.

Y entonces sí, lo dejé atrás.

62

Nos pasamos la vida deseando cosas. Unas inútiles. Otras grandes. Otras imposibles.

También queriendo olvidar otras muchas.

Sin embargo, lo único que de verdad olvidamos es que solo tenemos una vida. Una sola, y dejamos que transcurra sin hacer nada salvo querer y desear, como si nuestro pensamiento fuese una varita mágica, capaz de solucionarlo todo mientras permanecemos de brazos cruzados.

Y convertimos la vida en una maldita espera en la que no sucede nada, porque la mayoría de las cosas importantes hay que crearlas. No nacen de los anhelos, de los lamentos, de la autocompasión y, mucho menos, de la cobardía y la pasividad. La vida no nos debe nada. Nada.

Así es como me he sentido todos esos años, a la espera y desesperando. Siempre frente a una puerta que solo cruzaba cuando me invitaban a entrar. Acercándome de puntillas, llamando sin hacer ruido. Sin entender que hay puertas que no queda más remedio que derribar por nosotros mismos, que atravesar sin pedir permiso. Sin anunciarte.

No basta con desear cambiar las cosas. Tienes que moverlas, darles la vuelta y transformarlas en lo que tú quieres que sean. Asumir que, hagas lo que hagas, el mundo sigue girando. No es un carrusel del que puedas subir y bajar a tu antojo, pero sí puedes elegir qué caballito quieres montar.

¿Y sabes qué? Todo parece cambiar cuando tú cambias. Esa es la verdad. Y una vez que comienzas ese tránsito, no te detienes hasta definir quién eres. Hasta aceptar tus contradicciones. Tus miedos. Tus deseos. Que no todo tiene sentido. Y cuando eso ocurra, baila. Lo digo en serio, baila. Lo fácil es rendirse, pero bailar... Bailar te obliga a ponerte en pie.

No recuerdo cuándo comencé a cambiar. En qué momento di el primer paso. Aunque, más que pasos, eran pequeños destellos de claridad que abrían mis ojos con el impacto de un flash y que me fueron despertando poco a poco. Empecé a ser más mía y menos de los demás. Me convertí en mi propio superhéroe y entendí que nadie puede salvarme, eso debo hacerlo yo.

Defenderme es cosa mía.

63

Apoyé la cabeza en la ventana fría y observé las gotas que corrían por el cristal, difuminando el exterior mientras el tren se alejaba de Madrid. Me dolía horrores pensar en Lucas y los remordimientos me aplastaban. No nos merecíamos esa despedida que nos habíamos dado, pero ya era tarde para cambiarla.

Lo hecho hecho está.

Además, si pensaba en ello con frialdad, Lucas había sido el primero en marcharse semanas atrás, pese a estar presente.

En cuanto a mi decisión, no albergaba ninguna duda. Hacía lo correcto separando nuestros caminos. No era nuestro momento y, probablemente, nunca lo sería. Permanecer el uno junto al otro solo nos habría consumido. Sin embargo, esa certeza no evitaba la verdad, sino que la hacía mucho más sólida. Quería a Lucas, lo quería muchísimo, y sabía que siempre lo llevaría conmigo. Con suerte, dentro de un tiempo, cuando pensara en él, lo haría con una sonrisa y no con las lágrimas que en ese momento apenas podía contener.

Cerré los ojos y me dejé mecer por el movimiento del tren.

Desperté cuando los otros viajeros comenzaron a ponerse en pie. Miré por la ventana y descubrí que ya estábamos en la estación de Alicante. Dejé atrás el andén y me dirigí a la consigna, donde guardé mi equipaje antes de continuar con mi plan.

No tenía miedo, pero estaba muy nerviosa. Había decidido ser valiente, enfrentarme a los tropiezos y ponerle fin a cada historia sin terminar que me había hecho sufrir. A partir de ahora, iba a hacer las cosas bien, aunque el resultado de ese empeño fuese quedarme sola definitivamente. Un sentimiento que me había acompañado desde siempre, así que constatarlo tampoco debería ser muy doloroso.

Una vez fuera, me acerqué a la parada de taxis.

Quince minutos más tarde, me encontraba frente a la casa de mis tíos, en una urbanización a las afueras, junto a la playa. Llamé al interfono de la puerta y esperé. La portezuela de hierro se abrió manualmente y el rostro de mi primo asomó por el hueco.

—¿Sí?

—Hola, Iván.

—¡Ostras, Maya! —Abrió la puerta de golpe y me miró de arriba abajo como si le costara creer que yo estuviera allí de verdad—. Casi no te reconozco.

—Ha pasado mucho tiempo desde que nos vimos la última vez.

—Años. Has crecido.

—Y tú. He venido a ver al abuelo, ¿puedo entrar?

—Claro, pasa. —Se hizo a un lado y yo penetré en el jardín que rodeaba la casa de dos plantas. Apartó de una patada la manguera que cruzaba el caminito hasta la entrada—. Ten cuidado y no tropieces. Ven, hace un rato estaba en el porche de atrás. Se sienta allí a escuchar la radio.

—Sí, en casa también lo hacía, se pasaba las horas pegado a la radio.

Me miró de reojo y sonrió.

—Te veo bien.

—Gracias. Tú estás genial.

Se encogió de hombros mientras me conducía a través de la planta baja hasta la cocina.

—No me puedo quejar. Voy a casarme, ¿te lo han dicho?

—La verdad es que no hablo mucho con la familia.

—Ya, no te preocupes. —Asintió varias veces, como si me diera la razón sobre algo—. Mi novia se llama Elena, nos conocimos durante unas prácticas en el hospital. Trabajo en el laboratorio, ¿sabes? —Negué con la cabeza, eso también lo desconocía. En realidad, apenas sabía nada sobre ninguno de ellos. Aunque Iván siempre me había parecido majo y ahora mis impresiones se confirmaban—. Aún no tenemos fecha para la boda, pero será la próxima primavera.

—Eso es genial, felicidades.

—Gracias. ¿Vendrás?

—¿Me estás invitando?

—Somos primos. ¡Claro!

Miré a mi alrededor: la casa estaba en silencio y no parecía que hubiera nadie más.

—¿No están tus padres ni... la abuela?

—Están todos en el mercadillo de Teulada.

Salimos al porche y el olor a hierba mojada y a mar me colmó el olfato. Descubrí a mi abuelo sentado en un sillón de mimbre, junto a una mesa. Se me encogió el corazón.

—Abuelo, tienes visita.

—¿Visita?

—Hola, abuelo.

Se enderezó de golpe y volvió la cabeza en nuestra dirección.

—¿Maya? Maya, ¿eres tú?

Corrí a su encuentro y me arrodillé a su lado.

—Hola, ¿qué tal estás? —pregunté casi sin voz.

Se le humedecieron los ojos al tiempo que levantaba las manos y las acercaba a mi rostro. Se las sujeté y las apoyé en mis mejillas.

—¡Ay, mi niña! ¡Cuánto tiempo! No puedo creer que estés aquí de verdad.

—Siento mucho no haber venido antes... y no llamar. Ella no solía cogerme el teléfono y dejé de intentarlo.

—Lo sé, no pasa nada. ¿Tú estás bien?

—Sí.

—Siéntate a mi lado y cuéntame qué has hecho durante estos meses.

Miré a mi primo y él me sonrió. Señaló la cocina.

—Voy a por algo de picar, ¿te apetece?

Asentí, estaba muerta de hambre. Después coloqué otro sillón junto al de mi abuelo y me senté. Nos cogimos de las manos. Iván no tardó en regresar con café, zumo y unas tostadas. Se unió a nosotros durante un rato y luego volvió a sus tareas en el jardín.

Entonces, mi abuelo comenzó a hacerme preguntas y yo traté de responder con toda la sinceridad que pude. Omití cosas, muchas cosas. No quería preocuparlo, ni tenía sentido a esas alturas.

—¿Hablas con ella? —le pregunté.

—Casi nada, con el único que tiene contacto es con tu tío Yoan. Ella suele llamar uno o dos domingos al mes, cuando sabe que está aquí, y entonces puedo saludarla durante unos segundos. Poco más. —Hizo una pausa y entrelazó las manos sobre la mantita que le cubría las piernas—. Nunca me perdonará, y la entiendo.

—No digas eso.

—A ti también te entiendo.

—Abuelo...

—Es verdad, no la protegí. Sabía que nada de lo que pasaba en mi casa estaba bien y nunca hice nada. Las madres cuidan de los hijos, así eran las cosas entonces, y yo las aceptaba porque era el hombre. O por comodidad, no lo sé. —Se inclinó hacia delante y palpó la radio hasta dar con el volumen. Lo bajó y continuó—: Los niños eran responsabilidad de Olga. Yo pasaba todo el día trabajando y, cuando volvía a casa, solo quería cenar tranquilo, ver la tele con mi mujer y pensar que mis hijos eran felices y no les faltaba de nada. Y Andrey y Yoan lo eran, pero solo ellos. Mi Daria no, y me daba cuenta cada vez que la miraba. Nos sentábamos a la mesa y ella ni siquiera comía lo mismo que los demás, y yo lo permitía. Del mismo modo que consentía que, con solo diez años, cada fin de semana madrugara para bailar, mientras sus hermanos dormían hasta tarde, salían a jugar y vivían como niños normales. Daria nunca pudo y se apagó poco a poco, como la llama de una vela que se consume. Como después te apagaste tú.

Me quedé en silencio, incapaz de decir nada. Era la primera vez que mi abuelo hablaba de esa forma tan cruda. Tan arrepentido. También fue la primera vez que miré más allá de mis sentimientos hacia él. De su afecto, de los abrazos y el consuelo que me había dado siempre. Vi al hombre que había cerrado los ojos en lugar de abrirlos y sentí cosas. Cosas malas, que me hicieron apretar los dientes y los puños. Cosas que nunca antes había sentido con tanta claridad.

Mi respiración se aceleró mientras lo observaba. El culpable es el que te daña, pero el que se queda mirando mientras te lastiman también es responsable. Sobre todo, si su actitud perpetúa una situación y la convierte en costumbre, si deja que el tiempo normalice las conductas.

Inspiré hondo, culparlo a esas alturas no iba a solucionar

nada. Además, estaba cansada de cargar con tanto peso. Necesitaba soltarlo y no añadir más. Perdonar por mí.

Alargué mi mano y la coloqué sobre la suya.

—¿Le has dicho a mi madre todo esto?

—No, no me escucharía.

—Hazlo, por ella y por ti. Pero, sobre todo, por ella.

Asintió con la cabeza y esbozó una triste sonrisa.

De repente, la puerta se abrió y entraron mis tíos y sus otros dos hijos. Mi abuela los seguía y todos se quedaron parados unos instantes al verme. Nos saludamos con cierta tensión, que se fue disipando en cuanto les dije que solo pasaba por allí de visita y que me marcharía pronto.

Ni siquiera me molesté por esa reacción.

Había dejado de importarme.

Ser familia no es una garantía de amor incondicional. La sangre solo es un tejido vivo. Plasma que corre por nuestras venas y nos mantiene vivos. Cualquier cualidad emocional no es más que una quimera. Me había costado comprenderlo y, en parte, ser testigo de la relación que Lucas mantenía con su familia me había hecho darme cuenta de las cadenas que me habían mantenido atada a la mía.

No compensaba dar tanto a cambio de nada. Sufrir por merecer. Sacrificar por un imposible. Ceder por chantaje. Mendigar algo que se siente o no se siente y, cuando existe, no hay que pedirlo, está ahí. Te lo ofrecen porque es lo natural, sale de dentro.

Me invitaron a comer por compromiso y, aun así, acepté para poder estar un poco más de tiempo con mi abuelo. También con Iván. Era un buen tío. Nos intercambiamos los números de teléfono y me animó a llamarlo cada vez que quisiera, ya fuera para saber de mi abuelo o, simplemente, para conversar.

Mi abuela apenas despegó los labios en todo el tiempo

que estuve allí. Me ignoraba adrede. Esta vez no me importó. El problema no era mío, ahora lo sabía. Pensé en Catalina, en Ángela, Marco y los niños. En Mónica, Julia y Roi. En Giulio... Pese a lo mal que había terminado todo, entre ellos me sentí parte de una familia, y no tenían nada que ver con las personas que me rodeaban en ese momento.

Yo tampoco tenía nada que ver.

Cuando terminó la comida, Iván se ofreció a llevarme a la estación.

Me despedí de mi abuelo y del resto de la familia, que continuaron en el porche tomando café. Yo me dirigí a la entrada, mientras mi primo subía a su habitación para cambiarse de ropa.

Esperé junto a la puerta.

Lo primero que capté fue su perfume. Intenso y pesado. Se ponía tanto que ese aroma se fijaba a su piel y la envolvía como una nube que nunca se disipaba. El aire se tornó gélido a mi alrededor. La casa entera pareció congelarse. Y yo me encogí como una pequeña pelota de plástico que vacían de golpe. Una reacción visceral que me obligué a controlar. Ella ya no tenía ese poder sobre mí.

—¿A qué has venido? Porque ya he comprobado que no ha sido para pedirme perdón.

Tragué saliva y me volví para mirarla. No sé por qué, pero me pareció mucho más pequeña. Más frágil. Más mayor. Como si los cuatro meses que llevaba sin verla hubieran pasado más rápido por ella.

—He venido a ver a mi abuelo. Quería saber cómo se encontraba y hablar con él. No tenía muchas más alternativas.

—No es apropiado presentarse en una casa ajena sin antes llamar.

—¿Y darte la oportunidad de buscar una excusa que me impida venir? No, gracias.

—No me hables con esa altanería, Maya.

—¿De verdad has creído por un segundo que estoy aquí para pedirte perdón? No tengo razones por las que disculparme. Yo nunca te he hecho nada malo.

—¿Nada malo? Has sido una desagradecida que nunca ha valorado lo que yo...

—Yo. Yo. Yo... ¡Para de una vez! Nunca fuiste tú, nunca se trató de ti, sino de mí. Mi vida. Mi carrera. Mi esfuerzo.

—¿Cómo puedes decir eso?

—Porque es la verdad. Te adueñaste de mí como si fuese una cosa, que rompías y arreglabas a tu antojo. ¿Qué clase de persona trata a otra como tú me tratabas a mí? Una que es cruel y mala.

—¿Qué acabas de llamarme?

—El abuelo siempre te disculpaba. Me decía que si hubiera visto cómo era tu familia, el ambiente en el que te habías criado, te entendería. Y yo me lo creía y te perdonaba por los gritos, las humillaciones y los castigos. Me esforzaba para ser mucho mejor, pero ya no. Se acabó. ¿Sabes por qué? Porque yo he crecido contigo y, aun así, soy una buena persona incapaz de hacer daño a nadie de forma deliberada. No tienes excusa.

En ese momento, mi primo bajó la escalera. Aparté sin prisa la mirada de mi abuela y lo miré. Por su expresión, supe que había oído gran parte de la conversación. Para mi sorpresa, me dedicó una sonrisa amable y sincera.

—Vámonos ya o perderás el tren.

Asentí y salí de la casa con él. Antes de que la puerta se cerrara a mi espalda, pude ver a mi abuela inmóvil en la entrada. Me observaba como si me viera por primera vez.

Para mí, era la última.

64

Las cosas parecen enormes en el instante en que las vives, pero con el paso del tiempo, casi sin darte cuenta, se van haciendo más y más pequeñas. Se desdibujan, se difuminan y hasta se desvanecen en el olvido.

Mi abuela siempre había sido para mí como un inmenso muro que me contenía, me aislaba y no me sentía capaz de saltar. Ahora solo era como ese polvo oscuro y denso que queda flotando tras un derrumbe, pero que el aire arrastra consigo y solo es cuestión de tiempo que desaparezca.

Inspiré hondo y me di cuenta de que el pecho ya no me pesaba tanto, que mis pulmones se llenaban más fácilmente. Me faltaba algo que se había quedado atrás, dentro de esa casa, y era una sensación maravillosa. Me sentía liberada de ese dolor guardado durante toda mi vida.

—Es una persona complicada, ¿eh? —dijo mi primo.

Aparté la mirada de la ventanilla y lo miré.

—Ojalá solo fuese complicada. No tienes ni idea.

—Oía a mis padres hablar sobre vosotras. A mi madre nunca le gustó cómo te trataba. Le preocupaba, pero mi padre siempre le decía que no era asunto suyo y que no se metiera.

Esbocé una pequeña sonrisa. Sus palabras me calentaron por dentro, la idea de que mi tía se hubiera preocupado por mí, aunque solo fuese un poco.

—No habría podido hacer mucho por mí.

—Eso no lo sabremos. Ahora no se llevan especialmente bien. Me refiero a ellas. Desde que llegó, la abuela ha hecho todo lo posible por imponerse y que las cosas se hagan a su modo. Ninguneaba a mi madre sin cortarse. Al principio fue muy difícil y complicado, hubo muchos roces entre mis padres por su culpa.

—Lo siento.

—¿Por qué te disculpas? Tú no eres responsable de nada.

—No sé, por costumbre, supongo. Hay hábitos que cuesta dejar más que otros. —Me aparté el pelo de la cara e inspiré para aflojar el nudo que sentía en el estómago—. No me ha parecido que las cosas fuesen mal en tu casa.

—Ahora no. Mi madre no está sola, nos tiene a mis hermanos y a mí. En cuanto nos dimos cuenta de lo que pasaba, la apoyamos. Nunca dejaré que mi madre se sienta incómoda o menospreciada en su propia casa. —Me miró mientras apartaba la mano del volante para cambiar de marcha—. He oído todo lo que le has dicho.

—Lo sé.

—No tenía ni idea de lo mal que te trataba.

—Ni siquiera yo. Pensaba que era culpa mía. Ahora sé que no.

—¿Vuelves a Madrid?

—No, aún tengo que ver a alguien.

Hay viajes en los que uno despierta. Abre los ojos y respira. Todo por primera vez.

Yo había empezado el mío cuatro meses atrás. Un viaje con días malos, días tristes y otros complicados. Pero también los hubo buenos y maravillosos, en los que aprendí a vivir, a soñar, a descubrir que lo pequeño puede hacerse grande.

Un viaje que aún no había terminado y que no sabía si lo haría algún día.

Porque conocerte a ti mismo puede ocuparte toda la vida.

Porque hay viajes que solo te llevan hacia dentro, y nuestro interior, a veces, tiene el tamaño del universo.

65

Me moví por los vagones del tren de cercanías hasta dar con el menos concurrido. Me desplomé en el asiento y no tardé en quedarme dormida, con las conversaciones de los otros pasajeros flotando a mi alrededor.

Había descubierto que los trenes tenían un efecto sedante en mí. Era liberador, mientras mi mente se sumía en el sueño no pensaba en nada. Me daba miedo hacerlo. Dudar. Arrepentirme de haber puesto el punto final. Ya sufría demasiado al echarlo de menos.

Cuando llegué a la estación de Murcia, anunciaban por megafonía la salida de un cercanías con destino Águilas. Allí me dirigía. Salí corriendo con todo mi equipaje a cuestas hacia una de las máquinas de venta de billetes.

«Cercanías con destino Lorca-Águilas, salida inmediata por vía dos, sector C.»

—¡Mieeeeerda!

Sujeté el billete entre los dientes y eché a correr.

Conseguí subir un instante antes de que se cerraran las puertas.

Sin aliento, y con un dolor agudo en el costado, me senté directamente en el suelo, entre dos vagones. Me quedé allí durante unos minutos, consciente de que acababa de iniciar el último tramo de mi viaje de ida.

De repente, sentí una ansiedad horrible dentro del pecho. Un nudo que no dejaba de apretarse, mientras me preguntaba si de verdad estaba preparada para el paso que iba a dar. Probablemente no, pero también dudaba de que hubiera un momento perfecto.

Cuando dejaron de temblarme las piernas, busqué un asiento libre junto a la ventana.

Por primera vez desde que lo había apagado esa mañana, saqué mi teléfono del bolso y lo encendí.

Aparecieron varias notificaciones y ninguna tenía que ver con Lucas.

Suspiré sin saber cómo me sentía al respecto, perdida en mis propias contradicciones.

¿De verdad esperaba que hubiera intentando contactar conmigo después de cómo me había marchado? ¿Y para qué, para hacerle más daño al no responderle y reafirmarme en lo irrevocable de mi decisión?

Quizá una parte de mí lo esperaba, porque necesitaba sentir que le importaba, que no se resignaba como había hecho con todo lo demás.

Se había resignado.

Guardé el teléfono y apoyé la cabeza en la ventana, con la mirada perdida en el paisaje.

Conforme las estaciones iban quedando atrás, me inundaron tantos pensamientos y emociones que no sabía qué hacer con todo ese caos. ¿Y si esta era la peor idea que había tenido nunca? Quizá lo fuera, pero ya no tenía nada que perder.

Los campos de cultivo e invernaderos dieron paso a los primeros edificios. Minutos después, el tren se detenía en la última parada: Águilas.

Cogí mi equipaje y descendí del vagón. El reloj de la estación marcaba las nueve menos cuarto. Miré al cielo, donde ya podían verse las estrellas, y fui más consciente que nunca de que estaba cometiendo una locura. Para empezar, ni siquiera sabía adónde ir. Lo único que tenía era el nombre del pueblo y unas cuantas fotos robadas de su Instagram. Posiblemente acabaría pasando la noche en alguna playa, pero, en esta ocasión, sin un chico de ojos azules y sonrisa preciosa que me ofreciera su ayuda.

—A Calabardina, por favor —dije al taxista.

—¿A qué calle?

—Sí, dame un momento. —Deslicé el dedo por la pantalla del móvil hasta dar con lo que buscaba. Giré el teléfono para que pudiera verlo—. Es aquí.

El taxista, un hombre que debía de rondar los treinta, clavó sus ojos oscuros en la foto. Alzó las cejas, confundido, y se rascó con los nudillos el mentón.

—A ver, Calabardina es bastante grande; no conozco cada calle y cada casa. Sin una dirección...

—Lo entiendo... —Me mordisqueé el labio, nerviosa—. Tengo más, quizá alguna te dé una pista. —Le mostré el resto de fotografías que guardaba y una de ellas llamó su atención. La señaló—. ¿Te suena?

Él asintió con una sonrisa.

—Sí, creo que ya sé dónde es.

—¡Genial! —exclamé aliviada—. ¿Se encuentra muy lejos de aquí?

—A unos doce kilómetros.

Se puso en marcha y yo me dejé caer en el asiento con un suspiro que no logró aplacar la inquietud que me hormigueaba bajo la piel. Dejamos atrás la ciudad y recorrimos una estrecha y solitaria carretera. Poco después, nos adentramos en un pueblecito de calles vacías.

—Creo que es aquí —dijo el taxista.

Observé a través del parabrisas la casa junto a la que nos habíamos detenido. Un edificio adosado de dos plantas, con una escalera exterior y una balaustrada blanca de piedra. Hacía esquina, frente a la playa, y un pequeño muro delimitaba la propiedad. Era idéntica a la de las fotos.

Pagué el trayecto y bajé del coche. El taxista me siguió para sacar el equipaje del maletero. Mi respiración se aceleró mientras me colgaba la bolsa al hombro y cargaba con las dos maletas.

—¿Quieres que te espere? Por si acaso —me propuso el chico. Su preocupación me hizo sonreírle. Negué con un gesto. Entonces, él sacó una tarjeta del bolsillo y me la ofreció—. Este es mi número, por si necesitas ir a alguna otra parte.

—Gracias.

—De nada.

Se subió al coche y se alejó calle abajo.

Miré de nuevo la casa, había luz en las ventanas y se atisbaban sombras tras las cortinas.

Cogí aire y empujé la portezuela entreabierta. El corazón me martilleaba con tanta fuerza el pecho que no sentía otra cosa salvo sus latidos. Golpeé la puerta con los nudillos. Tres veces. Esperé. Dentro se oían voces y música de fondo. Unos pasos se acercaron y la puerta se abrió.

Sus ojos grises se clavaron en los míos. Su gesto risueño se descompuso en uno sorprendido, tenso, asustado. Se quedó inmóvil con la mano sujetando la puerta, sin decir nada. Solo me miraba como si yo fuese una aparición y mi presencia no tuviera ningún sentido.

—Hola, mamá.

—¿Quién es? —preguntó su marido tras ella.

Se quedó igual de impactado al verme. Me contempló de arriba abajo y su escrutinio se detuvo en mis maletas. Después colocó su mano sobre el hombro de mi madre, como si tratara de infundirle ánimo.

—Hola, Alexis.

—Maya..., hola.

Bajé la vista a mis pies y me humedecí los labios, nerviosa. No era bienvenida, o eso parecía. No sé qué más esperaba, la verdad. Sin embargo, no me importó gran cosa. Había ido hasta allí por un motivo muy concreto y no pensaba marcharme. Aún no.

Miré a mi madre.

—No tengo adónde ir, y necesito un lugar en el que quedarme unos días.

Una miríada de emociones pasó por sus ojos y la vi dudar.

Durante un instante, creí que iba a cerrar aquella puerta en mis narices y dejarme fuera. Esa posibilidad me hizo cerrar los puños y apretar los dientes, porque, ¡joder!, ¿qué le había hecho yo para que me rechazara de ese modo y durante tanto tiempo?

Entonces, para mi sorpresa, se hizo a un lado y habló por primera vez:

—Pasa.

66

Los seguí hasta el salón. Las piernas me pesaban y me dolían los hombros por la tensión del viaje y el peso del equipaje.

—¿Dónde puedo dejar las maletas?

—Dámelas, las llevaré a la habitación que tenemos libre —se ofreció Alexis.

Me temblaban tanto las manos que la bolsa se me escurrió de entre los dedos y cayó al suelo con un sonoro golpe. Él me dedicó una pequeña sonrisa y la cogió. Luego desapareció por el pasillo con todas mis cosas.

Mi madre y yo permanecimos en el salón. El ambiente entre nosotras estaba cargado de algo tan espeso que casi se podía cortar. Era irrespirable.

De pronto, una puerta se abrió y Guille entró corriendo en el salón, con un pijama estampado con dinosaurios y la boca manchada de pasta de dientes. Frenó al verme y yo le sonreí sin darme cuenta. Tenía el mismo pelo anillado que su padre y la misma piel mestiza, pero sus ojos eran los de mi madre. Más claros incluso. Destacaban en su rostro como dos faros.

—Yo te conozco —dijo con timidez.

—¿En serio? —inquirí sorprendida.

—Sí, te llamas Maya.

—¿Y cómo me conoces? La última vez que te vi eras un bebé pequeñajo.

Guille sonrió y me mostró una hilera de dientes diminutos. ¡Qué guapo era!

—Por las fotos. —Señaló un mueble y noté que se me aflojaban las rodillas. En uno de los estantes había una decena de fotografías, todas mías, en las que se me veía a distintas edades—. ¿Tú me conoces?

Me costaba respirar y al abrir la boca se me escapó un suspiro entrecortado. No sabía qué pensar ni qué creer sobre esas fotografías. No sabía qué significaban. Si eran una posibilidad que creía perdida o una broma cruel. ¡No entendía nada!

Miré a mi madre. Ella observaba a su vez a Guille, mientras le pasaba la mano por la cabeza como si lo peinara.

—Claro que te conozco —respondí.

—¿Quieres ver mi caja de dinosaurios? Tengo muchos. Mi favorito es el diplodocus.

—Es tarde, Guille, y mañana tienes colegio. Ya deberías estar en la cama —dijo mi madre en voz baja.

Guille resopló y se cruzó de brazos, enfadado.

—Hazle caso a tu mamá —le pedí. Puse especial cuidado en esa frase, porque desconocía si ese niño era consciente del parentesco que nos unía y no quería confundirlo. Sentí los ojos de mi madre sobre mí y yo añadí—: Mañana podrás enseñarme tus dinosaurios, ¿vale?

Él se encogió de hombros, un poco más conforme.

—Voy a acostarlo, enseguida vuelvo —susurró ella.

Me acerqué al mueble en cuanto me dejaron sola. Contemplé las fotos con atención y un millón de preguntas surgieron en mi cabeza.

—En el armario guarda un álbum con muchas más —dijo Alexis a mi espalda.

Lo miré y sacudí la cabeza.

—¿Por qué? —mi voz sonó mordaz, casi despectiva.

—Es su forma de tenerte cerca. —Se me escapó una risita de desdén y él bajó la mirada, como si estuviera avergonzado—. ¿Has cenado? Puedo prepararte un sándwich y un zumo.

Inspiré hondo. Tenía hambre y estaba muy cansada, tanto que notaba un ligero mareo que me obligaba a parpadear y enfocar la vista. Sacudí la cabeza en respuesta a la pregunta. Luego asentí, aceptando la comida.

Me senté en el sofá y contemplé la habitación. Había juguetes por todas partes, ropa doblada en una silla y, sobre una mesa, una caja de costura y un disfraz de espantapájaros a medio coser.

Todo parecía tan normal, tan de verdad.

Era un hogar y olía como tal.

Alexis regresó poco después con la cena. Le di las gracias y empecé a comer con más apetito del que en un principio sentía. Se escucharon risas, que provenían de una de las habitaciones del pasillo. Alexis inclinó un poco la cabeza y sonrió para sí mismo.

—Algunas noches nos cuesta que se duerma —dijo en voz baja.

—Ya.

Tragué el último bocado y apuré el zumo. Podía oír perfectamente la voz de mi madre relatando un cuento, y a Guille dándole la réplica en unos diálogos que parecía saberse de memoria. Noté una punzada aguda en el pecho. Algo feo que no me gustaba, pero que no podía evitar. Esa emoción que se siente hacia una persona que posee algo que debería pertenecerle a uno. A mí.

Allí, sentada en aquel sofá, tenía celos de Guille. Una verdad que yo misma me negaba a aceptar. Una realidad que albergaba sentimientos que yo había rechazado hacía mucho, cuando decidí que ella ya no me importaba, que no era nada para mí. Sin embargo, solo era otra mentira que me había contado a mí misma, para mitigar la angustia y la incomprensión por el rechazo y la falta de amor que mi madre me había demostrado.

Había ido hasta allí para ponerle punto final a nuestra historia y quitarme ese peso de encima, convencida de que sería fácil porque, en cierto modo, creía haberla superado. Pero no era así, me sentía como si hubiera viajado hacia atrás en el tiempo, a mi adolescencia, a esos años en los que su ausencia fue mucho más dura. En los que no había espacio para otra cosa que no fuese el enfado y el odio que masticaba a todas horas, haciéndome preguntas cuya única respuesta siempre era yo. Yo era el problema que la había hecho huir.

—Estoy muy cansada. Si te parece bien, me iré a dormir.

—Claro, ve. Es la última puerta a la izquierda. El baño está justo al lado.

—Gracias.

Recorrí el pasillo en penumbra. A mi derecha había una puerta entreabierta de la que surgía una suave luz. Eché un vistazo al pasar y vi a mi madre y a Guille acurrucados en la cama, tras un cuento de tapas enormes, en cuya cubierta había un dinosaurio.

Entré en la habitación que Alexis me había indicado y encontré allí mis cosas.

Después de pasar por el baño, me metí en la cama. Las sábanas estaban frías y se notaba la humedad del ambiente. Me hice un ovillo y cerré los ojos con un doloroso vacío en mi interior. Algo contradictorio, porque el vacío no es nada en sí mismo y no debería doler; pero allí estaba, ocupando todo mi espacio. Colmándome. Retorciéndome las tripas.

67

A la mañana siguiente, casi tuve que arrastrarme fuera de la cama. Había pasado la noche en un duermevela, azotado por un sueño extraño que se repetía cada vez que cerraba los ojos. En ese sueño, yo me encontraba sobre un escenario y un foco muy potente me cegaba, impidiendo que viera al público con claridad. Apenas distinguía sus rostros, pero sabía quiénes eran. Estaban todos allí. Mis abuelos, mis tíos, mis primos; Catalina, Giulio, Dante y todas las personas que había conocido en Sorrento; mi madre, Alexis, Guille... Y Lucas.

Todos me miraban mientras yo trataba de hacer una pirueta. Cada vez que lo intentaba, mi rodilla crujía un poco más fuerte, hasta que finalmente se rompía y yo caía al suelo entre gritos de dolor. Ninguno de ellos se movía para auxiliarme, solo me observaban impasibles. Como maniquíes sin vida.

Me costó un buen rato reunir el valor suficiente para abandonar aquel cuarto y enfrentarme a lo que había fuera. No quería, era un signo de debilidad que no me podía permitir; pero me sentía pequeña y vulnerable. Un poco a la deriva.

Salí al pasillo. La casa estaba en silencio y el olor a café flotaba en el ambiente.

Encontré a mi madre sentada a la mesa de la cocina, con la mirada perdida en la ventana. Se giró al notar mi presencia. Tragó saliva y se puso de pie.

—¿Estás sola? —pregunté con incomodidad.

—Alexis ha llevado a Guille al colegio. ¿Te... Te gusta el café?

—Sí.

—¿Quieres tostadas? También hay galletas.

—Solo café, gracias —respondí mientras me sentaba.

Ella asintió y se apresuró a servirme una taza, que luego dejó sobre la mesa. Llenó la suya y se sentó frente a mí. Nos contemplamos. Su expresión era cauta y parecía aturdida. Esperaba a que yo diera el primer paso, pero yo ya no estaba segura de nada, y menos de los motivos que me habían llevado hasta allí.

La observé, me fijé en su pelo, en sus ojos y las arruguitas que los enmarcaban. En la forma de su nariz, sus labios finos y el contorno afilado de sus mejillas. Sus ojos se movían sobre mí del mismo modo, absorbiendo los detalles, y sentí que nos veíamos por primera vez.

—¿Cómo se perdona? —Las palabras escaparon de mi boca con vida propia.

Ella comenzó a retorcerse los dedos, nerviosa.

—No lo sé, aún no he podido llegar a ese punto. Fiodora solía decirme que se perdona asumiendo que te han hecho daño, y permitiendo que duela hasta que ya no sea una excusa para no hacerlo.

—¿Sabías que Olga me echó de casa?

—Sí.

—¿Durante estos cuatro meses te has preguntado en algún momento qué sería de mí?

—Sí.

—¿Y te importaba?

—Sí.

—Pues no es lo que...

—Te llamé y te escribí, varias veces —me interrumpió a la defensiva.

Una sonrisita desdeñosa y fría curvó mis labios, que desapareció de inmediato al darme cuenta de que no mentía. Decía la verdad, pero yo no había recibido nada porque la había bloqueado.

Bebí un sorbo de café, sin saber cómo continuar con la conversación. Al mismo tiempo, en mi mente daban vueltas miles de palabras. Quería pronunciarlas todas, pero ninguna de ellas tomaba forma.

Pensé en lo que había dicho sobre cómo perdonar. Fiodora solía dar buenos consejos. Al menos, a mí siempre me habían ayudado. Sin embargo, este no era fácil de seguir. Es difícil asumir que te han hecho daño, aunque sientas ese dolor cada día. También lo es permitir que duela: nuestra consciencia tiende a protegerse. Se esconde tras un sinfín de capas que mantienen recogidos nuestros pedazos y nos dan una falsa sensación de estar completos. Cuando, en realidad, esos trozos se hacen cada vez más pequeños, tan insignificantes que unirlos de nuevo es imposible.

Yo me sentía como un puñado de polvo que espera que el viento lo arrastre y lo esparza. Pero me negaba a desaparecer, y estaba dispuesta a enfrentarme a todos mis miedos con tal de tener una oportunidad para seguir adelante, incluso sola.

—¿Recuerdas el último mensaje que te envié?

—Sí —declaró.

—No respondiste.

—Porque no había nada que...

—Encontré tu caja de música y las fotos que escondías en su interior —la interrumpí, al ver que mentirme continuaba siendo su única opción—. En cuanto vi su rostro, lo supe. Me parecía tanto a él que no podía tratarse de una casualidad.

Sus ojos se llenaron de lágrimas y los cerró con fuerza.

Yo continué hablando, ya no podía ni quería detenerme:

—Sé que se llama Giulio, Giulio Dassori. Vive en una villa preciosa en Sorrento, junto a su familia y su marido. Por las mañanas da clases de buceo y por las tardes dirige una pequeña escuela de ballet. Tiene cuarenta años, aunque parece mucho más joven, y un lunar sobre la ceja idéntico al mío. Cuando sonríe, su comisura izquierda se eleva un poco más. Corta las tostadas en cuatro trozos antes de comérselas, y unta la mermelada en primer lugar y luego, la mantequilla. Tiene la risa más franca que he oído nunca y no perdona las mentiras. ¿Sabes por qué lo sé? —Mi madre abrió los ojos y me miró. Una mezcla de miedo y resignación brillaba en ellos—. Porque lo he tenido tan cerca como te tengo a ti ahora.

—¿Has estado con él todo este tiempo?

—Casi todo.

—¿Sabe quién eres?

Asentí. Si me quedaba alguna duda sobre la identidad de Giulio, acababa de disiparse.

—Siempre has jurado que no sabías quién era mi padre, ¿por qué?

—Era complicado en ese momento y después... Después la bola se hizo demasiado grande. —Le temblaba la voz. Inspiró hondo un par de veces—. ¿Cómo está?

—Bien, tiene una buena vida y es feliz. Pero llegué yo y se lo jodí todo. Supongo que me parezco a ti más de lo que creo.

—Yo nunca le hice daño a tu padre.

—Ahora sí, a través de mí —le dije con intención de herirla.

Sus ojos volvieron a llenarse de lágrimas.

—Tenía mis motivos para no decirle la verdad.

—Bueno, da igual, ahora la conoce y pasa completamente de todo. No quiere saber nada de mí.

—¿Por qué?

—¿Que por qué?

Quería gritarle sin parar. Quería decirle que lo había provocado ella, por ser una mentirosa y jugar con las vidas de otras personas. Demostrarle lo mucho que la culpaba y cuánto resentimiento guardaba contra ella por haber sido la peor madre del mundo. Porque nunca había demostrado interés por nadie, salvo por sí misma, y me había aparcado a un lado para seguir su camino, como el que se deshace de un perro en la carretera.

¿Qué madre hace eso?

La mía lo hizo.

No obstante, en lugar de escupir toda esa rabia que me consumía, la decepción y los reproches que guardaba, y que nunca había dejado salir, empecé a contarle lo que había vivido desde que encontré esas fotos.

Según salían las palabras de mi boca, la veía hacerse pequeña y débil ante mis ojos, como si encogiera mientras le hablaba de la vida que había descubierto en Sorrento, de lo feliz que había sido con todas aquellas personas. Con la fantasía de una familia en la que por fin encajaba.

Le hablé de Dante y del malentendido que hizo explotar la burbuja. De la reacción de Giulio y las palabras que dijo antes de desaparecer.

—No podía quedarme allí después de eso —susurré.

Incliné la cabeza hacia delante y me presioné los ojos con los puños hasta ver estrellitas. No iba a llorar. Otra vez no.

—Siento que salieran así las cosas.

—Lo hice todo mal desde el principio. Soy un desastre. No importa cuánto me esfuerce, siempre escojo el camino equivocado.

—En eso te pareces a mí.

—Pues vaya mierda —gemí.

Respiré hondo, intentando disipar la desilusión que me abrazaba.

Mi madre se reclinó en la silla con un suspiro entrecortado.

—¿Qué quieres de mí, Maya? —preguntó de repente.

Yo parpadeé varias veces y la miré, sorprendida por la pregunta. Me detuve a pensarlo. Había ido hasta allí para quitarme de encima el peso que ella suponía, para desprenderme del lastre que no me dejaba avanzar. El problema era que no tenía claro cómo hacerlo. Qué necesitaba realmente para cerrar esa historia.

¿Buscaba reconciliarme con ella? ¿Había ido hasta allí para renunciar definitivamente a lo que el ADN marcaba que éramos? ¿Alguna de esas opciones compensaría una vida entera de abandono? No estaba segura de nada, solo del cansancio que me consumía después de toda una existencia dando vueltas a ese círculo infinito que era mi madre, buscando una salida con desesperación. Una puerta que me ayudara a escapar de todas esas emociones que me carcomían desde siempre.

La estudié con atención, preguntándome qué sabía de ella realmente.

«Nada», la respuesta apareció como un fogonazo. No sabía nada sobre la persona que me había llevado en el vientre nueve meses y que había decidido el rumbo de mi vida según sus intereses.

Una vez leí que la verdad nos desliga de cualquier atadura. Quizá solo necesitaba saber.

—Quiero que me cuentes la verdad. Toda la verdad.

68

Mi madre me propuso dar un paseo por la playa. Yo accedí. Las paredes de la casa parecían encoger sobre mí y robarme el aire.

El sol brillaba, aunque el aire frío y húmedo que soplaba desde el mar no dejaba sentir su calor. Me subí el cuello de la cazadora y crucé la carretera. Mi madre caminaba a mi lado, con las manos en los bolsillos de sus pantalones y la mirada perdida en el horizonte.

La miré de reojo. Su expresión era triste y, al mismo tiempo, prudente.

Ninguna de las dos dijo nada durante un buen rato.

El mar estaba en calma y dibujaba pequeños trazos de espuma, que llegaban a la orilla de forma perezosa. Tragué con dificultad, presa de los nervios, y aguardé a que dijera algo mientras veía cómo explotaban las burbujas sobre la arena.

Ella soltó un suspiro pesado.

Entonces, comenzó a hablar:

—Cuando vi a Giulio por primera vez, pensé que era el chico más guapo del mundo. Me encapriché de él al instante, de una forma tan intensa que no podía respirar cuando me miraba. Entre clase y clase, nos fuimos conociendo. Era divertido, simpático y muy cariñoso. Lo tenía todo. —Una sonrisa muy leve se insinuó en sus labios—. Al acabar el primer curso de verano, se organizó una cena de despedida. Giulio y yo nos sentamos juntos, empezamos a hablar y no paramos durante horas. No sé cómo acabamos colándonos en la habitación de su residencia y... Bueno, ya sabes.

—Os acostasteis —dije para asegurarme, al ver que a ella le costaba expresarlo.

—Sí, nos acostamos. Después de esa noche, salimos juntos varias veces y yo me ilusioné con él. Se quedó más tiempo para hacer otro curso y me enamoré, tanto que incluso le confesé que lo amaba. —Hizo una pausa y se humedeció los labios mientras se apartaba el pelo de la cara—. Entonces, las cosas se pusieron raras por su parte. Me evitaba y pasaba más tiempo con otro chico, un alumno. Yo no entendía nada, así que lo enfrenté, discutimos y acabó confesándome que creía que le gustaban los hombres. Al principio me enfadé. Me cabreé muchísimo, pero ¿cómo iba a culparlo por ser humano? Se marchó tras las audiciones y no volvimos a vernos nunca más.

—¿No tratasteis de mantener el contacto?

—Él lo intentó, pero yo nunca respondí. Seguía enamorada como una idiota y pensé que era lo mejor para olvidarlo.

—¿Y qué pasó después?

—Ya estaba de once semanas cuando descubrí que me había quedado embarazada. Siempre tuve problemas con el periodo, era muy irregular, y ese tipo de retrasos no me preocupaban. Mi madre se volvió loca cuando se enteró. Empezó a mover cielo y tierra para que abortara, y casi me echó de casa cuando le dije que iba a seguir adelante.

Algo afilado se abrió camino a través de mi pecho.

—¿Quiso que abortaras?

—Sí.

—¿Por qué continuaste con el embarazo?

—Porque...

Apretó los párpados con fuerza y su respiración se aceleró. La vi dudar. Debatirse.

Yo no tenía ni idea de cómo me sentía, pero sabía que a esas alturas encajaría cualquier cosa que pudiera salir de su boca.

—Dime la verdad, por favor.

—Para dejar de bailar. No lo soportaba más. La presión a la que ella me sometía, sus exigencias, sus expectativas... Era imposible alcanzarlas. Tú fuiste mi salida.

Me dolió. Me dolió mucho.

Carraspeé para aflojar la presión que sentía en la garganta.

—Pero yo te recuerdo bailando, ensayando con ella en la academia.

—En cuanto me recuperé del parto, me obligó a volver. Era eso o marcharme de casa contigo y... —Se pasó las manos por las mejillas y limpió las lágrimas que las surcaban—. Solo tenía dieciocho años, no sabía cómo cuidar de nosotras.

—¿No se te pasó por la cabeza contactar con Giulio y pedirle ayuda?

—No.

—¿Por qué?

—Porque era una cría asustada que había mentido sobre él desde el principio. Tomé decisiones equivocadas de las que no pude arrepentirme y todo me sobrepasó. Así que agaché la cabeza de nuevo e hice todo lo que mi madre me pedía. Regresé al ballet, a sus clases, a las audiciones, y me limité a superar cada día lo mejor que podía.

—Pero...

—Tú deberías entenderlo mejor que nadie; si no, ¿por qué volviste de Londres? Ya lo habías conseguido, escapaste —repuso con una expresión torturada que le nublaba los ojos.

Mi respiración se aceleraba por momentos, mientras su mirada se anudaba a la mía. En ella vi un miedo descomunal, que la conectaba al mío propio. A todo aquello que estaba sintiendo y que nos unía, porque era imposible no darse cuenta de ese lazo, mucho más fuerte que el sanguíneo, y que nos ataba la una a la otra.

Éramos dos versiones de una misma historia.

Animales adiestrados que temían la mano de su dueño, aun siendo más fuertes que esa mano. Obedientes a la espera de una caricia. Temerosos del castigo. Agradecidos cada vez que les lanzaban un trozo de amor podrido, porque el dolor del hambre era mucho peor que el que provocaba esa migaja envenenada.

La ira, el rencor que sentía, fue evaporándose en oleadas y lo único que quedó fue mi propia vulnerabilidad, tan frágil como la suya.

Aparté la mirada y contemplé el mar. No sé qué me hizo plantearle la siguiente pregunta.

—¿Te gustaba bailar?

—Al principio sí, cuando era divertido y me hacía sentir especial. Luego ella lo convirtió en un infierno y acabé odiándolo.

—¿Por qué Olga es así?

Ella negó con un gesto y sus hombros se encogieron un poco.

—Mi madre no es una buena persona, Maya. Esa es la verdad. —Yo emití un pequeño sollozo, porque sabía que tenía razón—. Cuesta aceptarlo, lo sé. Yo he tardado años en hacerlo. Olga nunca ha querido a nadie, salvo a sí misma, y ha actuado en consecuencia sin ningún remordimiento ni reparo. Gestar un hijo, parirlo, solo es un proceso biológico que no garantiza el amor. Es el instinto el que hace que una madre proteja y cuide a su hijo cuando se lo ponen en los brazos, y no todas las madres poseen ese instinto.

—Aun así, te marchaste y me dejaste con ella. Supongo que tú tampoco tenías ese instinto y, mucho menos, amor.

Asintió varias veces y su expresión de congoja se coló a través de las grietas que había en mi corazón. Por un momento, pensé que quizá toda la culpa no fuese suya, que somos las circunstancias que nos encontramos en el camino.

—Es cierto, te tuve como una salida a mi infierno. No obstante, una vez que naciste, hice todo lo posible por cuidar bien de ti. Lo intenté cada día, pero entonces no sabía ser madre, ni tampoco me dejaron aprender. Al final tuve que marcharme, no tenía otra opción.

—¿Y ahora sabes?

—No, sigo sin saber ser tu madre.

Ese «tu» se convirtió en una gota de ácido que perforó mi piel, mis músculos y atravesó mis huesos. Llegó hasta mi corazón y lo calcinó. Algo en mí se quebró con un fuerte crujido y su rostro se desdibujó por culpa de las lágrimas que no logré contener.

—Siempre he creído que dejaste de visitarme porque había hecho algo malo.

—¡No! Tú no hiciste nada malo.

—¿Entonces?

—Nunca he dejado de sentirme culpable por abandonarte, y esos pocos días que pasaba contigo me dolían demasiado. Te veía crecer y cómo te consumías al mismo tiempo, y sabía que yo era la única responsable. Así que, en lugar de aliviar mi conciencia, verte hacía que me odiara a mí misma por no tener la fuerza suficiente para sacarte de allí.

Tragué saliva, pero el nudo no desapareció.

—Y dejaste de verme, sin ni siquiera poner una excusa que a mí me ayudara a entenderlo.

—Fui cobarde, otra vez. Y me sigo avergonzando por todo lo que hice.

La miré y sentí pena por ella, cuando debería odiarla. También deseé poder borrarlo todo de mi memoria y despertar con la mente en blanco. La vida sería mucho más sencilla. Sin embargo, dejé que aflorara de nuevo mi lado infantil y malicioso, buscando huecos en los que colarme para herirla.

—No he abierto ninguno de los regalos que me has enviado durante todos estos años.

—Lo sé, tu abuelo me lo contaba.

—Y la única intención que tenía al venir aquí era decirte que te odio por haberme abandonado. Te culpo por todo lo que Olga me ha hecho sufrir y no pienso malgastar ni un segundo más de mi vida pensando en ti.

—Lo entiendo, tienes todo el derecho del mundo.

Sí, lo tenía. Por ese motivo quería odiarla, culparla y no desperdiciar ni un instante más allí. Quería darme la vuelta y largarme sin mirar atrás, ahora que ya sabía todo lo que necesitaba saber. Ahora que mis preguntas tenían respuestas y la verdad ya no era una posibilidad, sino una certeza. Podía pasar página, la última, y desprenderme de esa historia como si no fuese mía.

Comenzar otra. Empezar de cero. Solo que... no podía.

Una nueva pregunta tropezaba en mi lengua y no entendía cómo había aparecido. No había nacido en mi cabeza, y sí más abajo, tras las costillas. En ese vacío que no es más que una paradoja, porque siempre ha estado repleto de anhelo, desesperación y miedo. Una pregunta que no tenía sentido, porque contradecía toda una vida.

—Entonces... —Se me quebró la voz y las lágrimas fluyeron de nuevo. Sollozos afligidos brotaban de mi pecho y me estrangulaban. Dolían—. ¡Oh, Dios!

—¿Qué, Maya? —me suplicó ella igual de rota.

—Entonces, ¿por qué... por qué quiero que me abraces?

—¿Quieres que te abrace?

Gimió y sus ojos se llenaron de lágrimas. Temblaba tanto como yo y no se movía, solo me miraba como un gato asustadizo preparado para huir si te estremeces lo más mínimo.

Entonces, su gesto cambió. Si no la hubiera estado observando, me lo habría perdido. Una chispa de determinación. Una inspiración valiente que la lanzó hacia mí como si una mano invisible la hubiera empujado. Me rodeó con sus brazos y me apretó muy fuerte a pesar de que yo no me movía. Solo podía llorar, con los brazos colgando y el rostro escondido en su pelo, con su olor entrando en mis pulmones y sus mechones acariciándome la piel. Recuerdos de cuando era niña me aplastaron el pecho y mi llanto se hizo más amargo.

Ella me sostuvo y no aflojó en ningún momento.

—Lo siento mucho, hija. Lo siento. Ojalá puedas perdonarme algún día.

Ese «hija» me rompió y, al mismo tiempo, me recompuso. Como un bisturí que corta y a la vez cauteriza. Permanecimos abrazadas y en silencio durante mucho tiempo. Después, tomó mi mano entre la suya y, sencillamente, paseamos.

Y conversamos. Y continuamos deambulando. Y hablamos aún más.

Aquel día me di cuenta de algo: estamos acostumbrados a ver solo un lado de las cosas y nos comportamos como si esa pequeña parte de lo que sabemos y percibimos fuese un todo absoluto. Mi verdad, mi razón. Así de sencillo. Sin embargo, no es tan simple. Olvidamos que cada persona ve su lado particular de las cosas, su pequeño fragmento que también confunde con el todo. Su verdad, su razón.

Mi madre tenía su realidad. Una que a mí me costaba entender, pero que no la hacía menos cierta que la mía, solo distinta. Yo sufrí por su culpa y ella sufrió por la de otros.

Cometió errores, al igual que yo. Equivocaciones que causaron daños irreparables a otras personas, y también a nosotras mismas.

¿Cómo se perdona? Depende. No hay una fórmula concreta. Hay quien nunca lo hará, quien tarda una vida y quien solo necesita un instante. Lo importante es perdonar de verdad, sin condiciones ni expectativas, sin pretensiones. Perdonar solo por ti, porque tú lo necesitas para continuar. El perdón no es un favor que se concede, es un privilegio que te permites. Una libertad que no anulará el sufrimiento, ese se quedará en tu interior y siempre formará parte de ti porque no se puede borrar el pasado. Pero que cerrará las heridas y las transformará en cicatrices.

Yo empecé a perdonar a mi madre en esa playa, en el preciso momento en que me di cuenta de algo importante. Ella no sabía cómo ser mi madre, y yo tampoco sabía cómo ser su hija. Nunca había sido la hija de nadie. No obstante, pensé que podríamos aprender a ser algo distinto. Algo nuevo. Aunque igual de importante.

69

Mi madre me pidió que me quedara en su casa. Al menos, hasta que me aclarara y resolviera qué hacer con mi vida. Acepté, no tenía otro lugar al que ir. Aunque mi decisión se debía más al deseo de conocerla a ella, de saber cómo era. De averiguar si nos parecíamos o éramos completamente distintas. Si nos gustaban las mismas cosas.

Ya no me daba tanto miedo improvisar. Ni dejarme llevar. No necesitaba controlar hasta el último detalle. Ni saber dónde me encontraría dentro de una semana, un mes o un año para sentirme segura.

Estaba convencida de que podría salir adelante si me lo proponía.

Ya no me daba miedo estar sola si esa soledad me convertía en dueña de mi propia vida. Si me hacía quererme a mí misma y ser yo de verdad. Tenemos la absurda creencia de que es la unión con otra persona la que nos completa, pero nadie está en este mundo para colmarnos y hacernos felices. Es una responsabilidad demasiado grande con la que no deberíamos cargar.

Yo me había aferrado a Lucas como si mi mundo fuese a resquebrajarse si no lo tenía conmigo, esperando a que sus pasos se acompasaran a los míos; y en esa espera casi desaparezco.

El amor no lo justifica todo y querer no siempre es suficiente. No basta para que dos personas puedan estar juntas. A veces, amar de verdad es dejar ir a la otra persona antes de hacerle más daño. Amar es poner distancia y elegirte a ti mismo por encima de todo lo demás.

Aunque duela.

Aunque te parezca imposible soportar su ausencia.

Yo apenas podía pensar en Lucas sin derrumbarme. Una semana después de haberlo abandonado en aquella estación, continuaba doliendo como una herida en la que se echa alcohol. Lo hacía un poco más cada día y no paraba de preguntarme cuándo dejaría de escocer. Cuándo dejaría de quererlo.

La respuesta siempre era la misma...

Cuando no queden más estrellas que contar.

70

Guille alzó la mano con otra concha que acababa de encontrar y yo le sonreí. Llevábamos un buen rato en la playa, jugando con la arena y chapoteando en la orilla. Me gustaba cuidar de él y, de paso, ayudaba a sus padres. Tanto mi madre como Alexis trabajaban desde casa.

Unos años atrás, Daria había comenzado a fabricar collares y pulseras con abalorios como un hobby, y ahora tenía un pequeño negocio online con el que podía pagar las facturas. Me sorprendió descubrirlo, porque nunca la habría imaginado dedicándose a algo así. Alexis trabajaba como traductor *freelance* y colaboraba con distintas editoriales. Les iba bien y parecían encantados con la vida tranquila y sencilla que llevaban.

Observé el mar mientras sujetaba el teléfono con fuerza, pegado a mi oreja. Al otro lado, Matías me hacía una lista detallada con todos los pros y los contras que tendría vivir con Rubén.

—Creo que se te está yendo la olla —me reí.

—Solo intento meditarlo muy bien. Es un paso muy serio y no quiero precipitarme.

—Puedes hacer veinte listas y mil simulaciones, pero el único modo de saber si funcionará es intentándolo.

Lo oí resoplar.

—Tienes razón.

—Sé que la tengo. —Inspiré hondo y le eché un vistazo a Guille—. Mira, solo tienes que ser sincero contigo mismo. ¿Quieres vivir con Rubén? Si la respuesta es sí, lánzate de cabeza. Pero si tienes dudas, no des el paso. Rubén es un buen tío y lo entenderá.

—¿Y si piensa que tengo dudas porque no lo quiero?

—Pero si lo adoras.

Di unos cuantos pasos hasta la orilla y me estremecí cuando el agua me lamió los pies.

—¿Y tú cómo estás?

—Bien —respondí. La brisa me agitó el pelo y lo aparté de mi cara con la mano libre—. Los primeros días me encontraba fuera de lugar, pero ahora me siento como si llevara aquí media vida.

—Entonces, ¿las cosas con tu madre se están arreglando?

—Más o menos. Digamos que... hemos empezado de cero. Intentamos ser amigas.

—¿Y a ti te basta con eso?

—Sí.

—¿Cuánto tiempo te vas a quedar ahí?

—No estoy segura, pero es posible que acabe aquí el año. Después puede que le haga caso a Fiodora e intente conseguir el puesto que deja libre en la compañía.

—¡Eso sería genial!

—Sí, ¿verdad? —Matías se quedó callado, y yo lo conocía muy bien como para saber que tras ese silencio había algo que le costaba decirme—. ¿Qué pasa?

—Nada.

—Matías...

—Ayer vi a Lucas.

Se me paró el corazón un segundo, y después comenzó a latir muy fuerte.

—¿Sigue en Madrid?

—Sí.

No sabía si esa respuesta me aliviaba o me entristecía. Supongo que me afligía, porque me era imposible no pensar que seguía en el mismo punto en que lo había dejado, junto a su familia, sujeto a unos hilos que marcaban sus pasos.

—Madrid es grande, pero no tanto como para no encontrarse, ¿verdad?

—No me lo encontré por casualidad, vino a verme.

—¿Por qué?

—¿Tú qué crees? Quería saber si estabas bien.

—Podría habérmelo preguntado a mí.

—Eso mismo le dije yo, y me contestó que dejarte en paz es lo mejor que puede hacer por ti. Yo también lo creo, Maya. Sé que es un tío majo, pero si no es capaz de darte el lugar que te mereces, no es bueno para ti.

—Eligió, ¿verdad? —se me quebró la voz.

—Y lo sigue haciendo, mi niña. Se ha quedado aquí.

—Yo lo convencí para que viniera, dejó Sorrento por mi culpa.

—Tú le diste el mejor consejo que le podías dar; su padre se moría, Maya. Todo lo que pasó desde que llegasteis a Madrid es cosa suya. Él decidió, eligió y actuó en consecuencia.

—Esa familia lo ha tenido siempre abducido, él no...

—Lucas tiene veintisiete años, Maya. Es un hombre adulto que debería ser capaz de enfrentar y cortar esa situación. Tendría que defender su independencia y vivir su vida sin el permiso de nadie. Ni siquiera lo ha intentado. No ha luchado por...

Se quedó callado y supe que era para no hacerme daño.

—Puedes decirlo.

—No ha luchado por ti.

Matías había dado de lleno en la herida y no le faltaba razón. Lucas no había luchado, se había dejado vencer, y eso era lo que más me dolía. Después de todo lo que habíamos compartido.

—Es verdad —susurré.

—No se te ocurra culparte, lo intentaste y no salió bien. Estas cosas pasan.

—Lo sé, pero duele, y lo echo de menos, y estoy cabreada porque se suponía que el fuerte de los dos era él.

—Son los efectos secundarios de enamorarse, ¿no leíste el prospecto?

Rompí a reír y los ojos se me llenaron de lágrimas. No me acostumbraba a vivir en medio de esa loca dualidad en la que oscilaba sin parar.

Mi teléfono emitió un pitido.

—Tengo que colgar, me estoy quedando sin batería.

—Llámame pronto, ¿vale?

—Vale.

Colgué e inspiré hondo varias veces.

Busqué a Guille con la mirada y lo vi correr hacia el paseo que bordeaba la playa, donde distinguí a mi madre. Junto a ella había dos personas. Una saltó a la arena y vino hacia mí. Entorné los párpados y forcé la vista.

De pronto, el corazón me dio un vuelco y un hormigueo doloroso se extendió por mi piel. Me dije a mí misma que lo estaba imaginando, porque no era posible. Sin embargo, conforme se acercaba, su presencia se adueñó de todo y yo solo podía mirarlo y temblar. Se detuvo frente a mí y sus ojos me recorrieron de arriba abajo. Yo me sentí pequeña, en todos los sentidos, y me rodeé la cintura con los brazos en un acto de protección.

Le había crecido el pelo y ahora le caía arremolinado por

la frente. Llevaba una sudadera blanca, que resaltaba el bronceado de su rostro, y unos vaqueros anchos que le colgaban de las caderas.

Sus labios se curvaron en una sonrisa.

—¿Sabes? Tu abuelo tenía un lunar idéntico al nuestro, en el mismo lugar. —Levantó la mano y se tocó la ceja con la punta del dedo—. Es curioso, pero, mirando viejas fotos, me he dado cuenta de que te pareces mucho más a él que a mí.

Lo observé nerviosa, con ese nudo que suele anticipar las lágrimas.

—¿Qué haces aquí?

—Daria me localizó hace unos días en la escuela. Hemos estado hablando desde entonces.

Todo empezaba a cobrar sentido, mi madre le había hecho venir.

—Ella no debería haberte llamado, y tú no tenías obligación de venir.

—Nadie me ha obligado a venir, Maya. Estoy aquí porque es lo correcto y...

Lo interrumpí con un gesto de impaciencia.

—Tú nunca has querido tener hijos y yo soy lo bastante mayor para arreglármelas por mi cuenta. No tienes que hacer nada de esto, ¿vale? No... no hay nada que compensar. Vuelve con tu familia y olvídalo todo.

Él dio un paso hacia mí y buscó mi mirada con la suya.

—No me has dejado terminar, Maya. ¿Puedo? —Asentí mientras me ruborizaba avergonzada—. Estoy aquí porque es lo correcto y porque quiero.

—Estabas muy enfadado y dolido cuando me marché.

—Me cogió tan de sorpresa que no supe encajarlo. —Alzó la vista al cielo un momento—. Me asusté.

—Fue culpa mía, lo hice todo mal desde el principio. Lo siento mucho.

—No te culpo, Maya. Tú no eres responsable de nada. Ni siquiera puedo imaginar lo difícil que debió de ser para ti.

—Tú tampoco eres responsable de nada.

—No, pero aquí estamos los dos, ¿verdad?

Asentí con la cabeza, mientras mi corazón marcaba un ritmo errático. Tragué saliva.

—Espero que no tuvieras problemas con Dante.

—Dante y yo estamos bien. De hecho, ha querido acompañarme.

Señaló un punto a su espalda y mi mirada voló hasta el paseo, donde mi madre conversaba con otra persona. Observé de nuevo a Giulio, seguía sin entender qué hacía allí. Tampoco estaba segura de querer averiguarlo, cualquier posibilidad me aterraba.

Nos miramos fijamente, los dos en silencio.

—Lo que dije sobre que no quería tener hijos... —empezó a decir. Me ceñí con más fuerza la cintura y se me saltaron las lágrimas—. No tuve la oportunidad de explicártelo.

—No es necesario que me expliques nada, cada uno es como es.

—No tiene nada que ver con cómo soy. Es más complejo que eso —dijo en voz baja.

Echó a andar hacia una barquita varada en la arena y yo lo seguí. Se apoyó en la popa, de frente al mar, y con un gesto me pidió que me acercara. Me coloqué a su lado, tan cerca que nuestros brazos se tocaban. Ladeé la cabeza y observé su perfil. Aún me parecía mentira que estuviera allí, como si nada, cuando me había convencido a mí misma de que no volvería a verlo nunca más.

El silencio lo absorbió todo durante unos instantes. Entonces, inclinó la cabeza y me miró.

—Mi padre se llamaba Vincenzo y era el mejor hombre del mundo. No había nadie como él y yo lo adoraba. Sé que habrá millones de hijos pensando lo mismo de sus padres, pero es que el mío era especial. No te haces una idea. —Una pequeña risa escapó de sus labios y los míos se curvaron con una sonrisa—. Estaba muy unido a él y quedé destrozado cuando murió. Nunca lo superé. Ese dolor se quedó conmigo y sigue aquí. —Se llevó la mano al pecho y se dio dos golpecitos—. Por eso, un día me prometí a mí mismo que nunca tendría hijos. No porque no los quisiera, sino porque me negaba a darle vida a una persona que un día sufriría tanto por mí como yo lo hacía por mi padre. No me parecía justo causar ese dolor, por mucho que la gente diga que es ley de vida.

Parpadeé sorprendida. ¿Esa era la razón? ¿No quería causar el sufrimiento que provoca una pérdida? Lo miré como si lo viera por primera vez. Yo nunca había experimentado la muerte de nadie que me importara. No sabía qué se sentía, aunque el desamparo que brillaba en la mirada de Giulio en ese momento me daba una pista.

—Pensarás que es absurdo, ¿no? —añadió sonriendo.

—No lo es. Perdiste a tu padre cuando solo eras un niño y esa experiencia traumática te marcó. No puedo juzgarte por eso.

—Ni yo a ti por haber ido a buscarme.

—No debí hacerlo.

—¡Por supuesto que sí! Yo habría hecho lo mismo en tu lugar.

—¿Cómo lo sabes? —pregunté.

—Porque no he dejado de pensar en ti un solo día desde que te marchaste. De darle vueltas a las cosas que me contaste sobre tu familia y el modo en que habías crecido. Lo sola que debías de sentirte para dejarlo todo y lanzarte tras una posibilidad escondida en una fotografía.

Me sequé con la manga las lágrimas que me quemaban las mejillas.

—Necesitaba averiguar si en alguna parte había un sitio para mí. Un lugar donde encajar.

—Y lo hay, Maya —replicó con vehemencia—. Me gustaría que volvieras conmigo a Sorrento.

El corazón me dio un vuelco y se me aceleró la respiración.

—¿Quieres que vuelva?

—Todos lo queremos. Dante, tu abuela, tu tía, los niños... Eres parte de la familia. —Alzó el brazo y me rozó el lunar con la punta de un dedo. Yo me estremecí—. Eres una Dassori.

—Pero tú nunca has querido...

—Eso ya no importa. Existes, eres mi hija y ni siquiera necesito una prueba que lo confirme, porque... ¡míranos! —Acunó mi mejilla con su mano—. No he tenido la ocasión de estar contigo y verte crecer. No tengo ni idea de cómo eras de niña o si yo habría sido un buen padre para ti. Pero sé algo, no quiero perderme más cosas que tengan que ver contigo.

Mis lágrimas se derramaron de nuevo. Un torrente que era incapaz de detener.

Dejé escapar el aliento, y una sonrisa se extendió por mi rostro. Giulio también sonrió. Me rodeó los hombros con el brazo y me atrajo hacia él, mientras yo reía y lloraba al mismo tiempo. La emoción me inundaba el pecho en oleadas, tan fuertes que lo único que pude hacer fue asentir.

Yo tampoco quería perderme más cosas que tuvieran que ver con él.

71

Me dolió despedirme de mi madre y de Guille. Aunque no fue un momento triste, porque no era un adiós, sino un hasta pronto. Había recuperado la relación con ellos y no pensaba perderla. Me esforzaría por mantener el contacto y sería una firme presencia en sus vidas.

El viaje hasta Madrid era largo y decidimos hacerlo en tren, mucho más cómodo que en autobús. Giulio no tardó en quedarse dormido, con la cabeza apoyada en el hombro de Dante. Él me miró y me dedicó una sonrisa sincera, que yo le devolví.

La noche anterior habíamos tenido la oportunidad de hablar a solas. Al principio fue un poco incómodo, pero estábamos unidos por una persona a la que ambos queríamos mucho, y nos prometimos que haríamos todo lo posible para que nuestra relación funcionara.

En Murcia debíamos hacer transbordo a otro tren y aprovechamos la espera para picar algo en la cafetería. Pedimos unos bocadillos y refrescos, que comimos mientras conversábamos sobre el viaje. La idea era pasar la noche en Madrid y al día siguiente tomar un avión con destino a Roma.

Mi corazón entraba en barrena cada vez que pensaba

adónde me dirigía, que vería de nuevo a Catalina. Mi abuela. Jamás imaginé que podría pronunciar esas dos palabras y mi pecho se encogería por la emoción y no por el miedo.

—¿Y esa sonrisa? —me preguntó Giulio.

Aparté la mirada de la ventana y me encontré con sus ojos sobre mí.

—Pensaba en Catalina. La he echado mucho de menos.

—Ella también os ha echado de menos. A ti y a Lucas... —Enmudeció de golpe y una disculpa brilló en su mirada—. Lo siento, lo he mencionado sin pensar. Tu madre me contó que habíais tenido problemas.

—No pasa nada.

—Entonces, ¿ya no estáis juntos?

—No, lo dejamos. Era lo mejor para los dos.

Ocupábamos una de las mesas del coche. Giulio se encontraba sentado frente a mí y se inclinó hacia delante.

—¿Y no hay posibilidad de que lo arregléis? Parecíais perfectos el uno para el otro.

—Y lo éramos, pero... —Me encogí de hombros y mi mirada se cruzó con la de Dante, que había dejado de leer para observarme—. Hay otras cosas en su vida que en este momento le importan más.

—¿Cuáles? —inquirió Giulio, como si le costara creerlo.

—*Amore, può sentirsi a disagio* —intervino Dante.

—Tranquilo, no me incomoda —susurré temblorosa. Miré a mi padre—. Es complicado...

Mientras el tren se aproximaba a Madrid, yo les fui relatando las semanas que había vivido con Lucas allí. Al principio me costó ordenar mis pensamientos y transformarlos en frases. Era doloroso recordar. Solo habían pasado tres semanas y mis sentimientos por él no habían disminuido ni un ápice, al contrario.

Ambos me escucharon en silencio, aunque sus expresiones decían mucho más que las palabras. Se me quebró la voz al llegar a la parte en la que Lucas me encontró en la estación, y la mano de Dante voló hasta la mía. La apretó con fuerza y ese gesto me reconfortó más que cualquier otro.

—Y no he vuelto a saber nada más de él.

—Maya... —susurró Giulio.

—Estoy bien.

—No lo estás. Nada de todo esto lo está, y no puedes dejar que quede así.

—¿Qué quieres decir?

—A veces necesitamos que alguien nos dé un empujón que nos ayude a movernos, y Lucas, más que un empujón, necesita que lo sacudan para espabilar.

—¿Piensas que yo no hice nada de eso?

—¿Lo hiciste?

Empecé a ponerme nerviosa. No me gustaba el giro que había tomado la conversación. Ni las dudas que se abrían paso en mi mente. ¿De verdad yo había hecho todo lo posible para cambiar la situación o me había limitado a esperar a que Lucas reaccionara por sí mismo?

—No sé adónde quieres llegar.

—Estoy contigo hoy porque tu madre me localizó y me obligó a hablar con ella. Me hizo pensar y enfrentarme a la realidad. Después, Dante me dio el empujón que me faltaba para venir a buscarte. Yo no lo habría hecho solo, Maya. Y es muy posible que Lucas no pueda huir de esa situación una segunda vez. No sin la motivación necesaria.

Resoplé frustrada. Estaba hecha un lío.

Dante volvió a apretarme la mano. Lo miré a los ojos.

—¿Tú piensas lo mismo?

—Creo que Giulio acierta. Conozco a Lucas, he sido su jefe y amigo durante dos años. —Arrugó la nariz con un mohín—. No es tan listo como crees.

Me hizo sonreír.

El tren se detuvo en la estación de Atocha. Recogimos nuestro equipaje y nos dirigimos a la salida principal. Mi padre había aprovechado la parada en Murcia para reservar dos habitaciones en un hotel cercano. Nos registramos en recepción y, tras dejar las maletas, salimos a dar un paseo. Dante quería conocer Madrid.

Llamé a Matías y le pedí que se reuniera con nosotros. Deseaba que conociera a mi padre, y también quería verlo de nuevo antes de marcharme. Despedirme de él.

No tardó en aparecer con Rubén.

Intenté ser una buena compañía, participar en las conversaciones y disfrutar de ese tiempo juntos. No lo logré, mi concentración apenas duraba unos segundos. La sombra de Lucas me sobrevolaba desde que habíamos bajado del tren y me distraía con dudas y pensamientos que oscurecían mi ánimo.

A última hora de la tarde, nos despedimos de mis amigos e iniciamos la vuelta al hotel. Caminamos sin prisa, deteniéndonos en algunos escaparates y haciéndonos fotos en cada rincón que despertaba un recuerdo en mi padre.

—¿Maya? ¡Maya!

Me había ensimismado, otra vez.

—¿Sí?

—¿Estás bien?

Forcé una sonrisa.

—Sí —contesté. Continuamos caminando, pero algo dentro de mí se retorcía y apenas me dejaba respirar. Me detuve—. Lo cierto es que no. No estoy bien.

Giulio arrugó la frente y acortó la distancia entre nosotros.

—¿Qué te ocurre?

—¿Y si tenéis razón? ¿Y si me he limitado a esperar a que él diera un paso que no es capaz de dar solo?

—*Ti riferisci a Lucas?* —me preguntó Dante.

Asentí con un gesto.

—Aún estás a tiempo de arreglarlo —convino mi padre.

Tragué saliva y le sostuve la mirada. Una mirada que tranquilizaba mis nervios y calmaba mis miedos. Que me daba la mano y me apoyaba, en la que podía confiar. Una mirada que me llenaba de determinación y seguridad.

Tenía que solucionarlo. Tenía que intentarlo al menos.

—Es verdad, no puedo dejar las cosas así. No puedo irme sin ser completamente sincera con él.

Giulio dio un paso hacia mí con una tierna sonrisa en su rostro. Me abrazó, era algo que no había dejado de hacer durante todo el día, y que a mí me encantaba. Había tantos abrazos que debíamos recuperar...

—¿Vas a darle un empujón?—me susurró al oído.

—Voy a sacudirlo.

Rompió reír con ganas.

—Pues dale fuerte, y dile que lo echamos de menos.

72

Respiré hondo, me pasé el cabello por detrás de la oreja y llamé al timbre, otra vez.

Nada. Ni un solo ruido.

De repente, la puerta del piso de enfrente se abrió y apareció un chico con una bolsa de basura en la mano. Lo conocía. Habíamos coincidido muchas veces en el portal y el pasillo.

—Hola —lo saludé.

—Hola.

Pasó por mi lado y se dirigió al ascensor. Yo volví a llamar al timbre.

—Lucas no está en casa y no volverá hasta mañana.

Me volví hacia él y mi pulso se aceleró.

—¿Cómo lo sabes? —pregunté.

—Me pidió que le recogiera unos paquetes.

—Ya... —Me mordisqueé el labio, nerviosa—. ¿Y te dijo adónde iba?

—A casa de sus padres, tienen no sé qué celebración.

La decepción se pintó en mi cara. Forcé una sonrisa y me aparté de la puerta.

—Gracias.

—De nada. ¿Bajas?

—Sí.

Nos despedimos al salir a la calle y yo inicié el camino de vuelta al hotel. Me sentía como si mi vida fuese una caja llena de trastos que, cada vez que lograba ordenar, alguien sacudía con violencia, poniéndolo todo otra vez patas arriba.

Y estaba cansada de ese desorden. De dar vueltas. De los recovecos y los atajos que solo sirven para perder el tiempo y no enfrentarnos a lo que de verdad nos da miedo.

Nos aterra que nos rompan el corazón.

Así que preferimos infligirnos nosotros mismos esas heridas, huyendo de lo que realmente queremos. Resignándonos por propia convicción. Infundada y caprichosa.

¡Qué idiotas podemos llegar a ser!

También estaba cansada de ser idiota, tonta y miedosa.

Así que me subí al primer taxi que encontré libre.

La casa familiar de Lucas se encontraba en una urbanización de Alcobendas. Yo nunca había estado allí, pero recordaba la dirección después de que él la hubiera mencionado en alguna ocasión.

Agarré con fuerza mi bolso y contemplé la calle desierta a través de la ventanilla.

—¿Podría esperarme aquí, por favor? —le pregunté al taxista.

—Sin problema.

Bajé del vehículo con el corazón encogido y me paré frente a una puerta corredera de acero, tan alta como el muro de piedra que la flanqueaba. Era imposible ver lo que había al otro lado, salvo las copas de unos árboles muy altos, agitadas por el viento frío de noviembre.

Sin más preámbulos, me acerqué al videoportero y llamé.

—Dígame —contestó una voz de mujer al otro lado, como si estuviera respondiendo al teléfono.

—Sí... Hola... Buenas noches, busco a Lucas, ¿está en casa?

—¿Lucas? Sí, es mi nieto.

Sonreí al darme cuenta de que hablaba con su abuela.

—Encantada de saludarla.

—¿Traes la tarta?

—¿Disculpe?

—¿No eres de la pastelería?

—No, lo siento. Soy una amiga de Lucas y necesito hablar con él. ¿Podría decirle que Maya está en la puerta?

—¿A quién?

—A Lucas.

—Lucas es mi nieto. Es un chico muy bueno.

Suspiré con la terrible sensación de que aquella conversación no conducía a ninguna parte.

—Sí, es muy bueno. Pero podría...

—Un momento.

La lucecita del videoportero se apagó.

Metí las manos en los bolsillos de mi abrigo y aguardé. El frío me traspasaba la ropa y, cada vez que exhalaba, una nube de vaho escapaba de mi boca. Di un par de saltitos, nerviosa, y comencé a moverme de un lado a otro. Mientras, el tiempo pasaba y nadie abría esa puerta.

Esperé un poco más. Transcurrió un minuto. Y otro. Y después, otro.

No iba a salir.

Triste y decepcionada, di media vuelta y me encaminé al taxi. Al menos, lo había intentado. También había fracasado, y me sentía frustrada y al borde de las lágrimas por no haber reaccionado mucho antes.

Entonces, el portón se abrió.

—¿Maya?

El corazón se me subió a la garganta y me volví. Lucas me observaba desde la acera. Llevaba un jersey de punto sobre una camisa y un pantalón chino, demasiado formal. En su rostro se adivinaba una barba incipiente y parecía muy cansado. Me miró a los ojos, en apariencia indiferente, aunque yo sabía que lo último que habría esperado era encontrarme allí.

—Hola —susurré.

—Hola.

—¿Cómo estás?

—Voy tirando. —Permaneció indeciso unos segundos—. ¿Y tú?

—Bien. —Hice un gesto hacia la casa—. Menuda fiesta tenéis montada.

—Es por mi cumpleaños.

Me atravesó un escalofrío y una sensación de vértigo se instaló en mi tripa.

—Felicidades.

—Gracias.

—Es curioso, hemos hablado de muchas cosas, pero nunca de cuándo eran nuestros cumpleaños. El mío es en abril.

Su pecho se llenó con una brusca inspiración y vi miedo en sus ojos. También recelo, dudas, confusión...

—¿A qué has venido, Maya?

El frío que unos minutos antes me envolvía había desaparecido. Las mejillas me ardían. Toda la piel.

—A decirte que vuelvo a Sorrento —susurré insegura. Sus ojos se abrieron como platos—. Giulio y Dante han venido a buscarme. Hemos arreglado las cosas y quieren que regrese a casa con ellos, para quedarme.

—¡¿Están aquí, en Madrid?!

—Sí. Quieren que te diga que todos te echan de menos en la villa.

—Podrían haberme llamado —replicó con cierto desdén.

—Y tú a ellos. Has perdido el contacto con todo el mundo.

Bajó la mirada un momento y tragó saliva. Abrió la boca para decir algo, pero lo pensó mejor y volvió a cerrarla. Su arranque irreverente se evaporó de golpe.

Cogí aire, impaciente y nerviosa. No había ido hasta allí para discutir. Di un paso hacia él. Me miró con cautela y una vulnerabilidad tan frágil como la que yo sentía.

—Lucas, estoy aquí porque alguien me comentó una vez que debería vivir según mi instinto. Me explicó que la intuición es un impulso que nace en nuestro interior. Un deseo. Aquello que realmente queremos más que nada —susurré temblorosa—. Bien, pues mi instinto es el que me ha traído hasta aquí para decirte que no me arrepiento de haberme ido, pero sí de no haberte dicho algunas cosas antes.

Su mirada brilló desconfiada.

—¿Qué cosas?

—Muchas, tantas que no sé por dónde empezar. —Inspiré hondo e hice acopio de todo mi valor—. Lucas, este no es tu sitio. Tú no deseas nada de esto y lo sabes. Es evidente que tu familia te importa y te preocupa lo que pueda ocurrirle a tu padre, y eso está bien. Pero no es ese sentimiento el que te mantiene aquí, sino la culpabilidad. ¡Y no es justo!, porque tú nunca has hecho nada malo que debas compensar. No es justo que te sacrifiques de este modo, porque se trata de tu vida y ya no te pertenece. Durante semanas he visto cómo dejabas de ser tú mismo y te transformabas en otra persona. Esa que prometiste no volver a ser nunca. Has ido desapareciendo poco a poco y ahora casi no te reconozco, y lo que más lamento es haberme quedado mirando mientras ocurría, en lugar de ayudarte. Lamento haberme marchado como si no me importaras. Y lamento haberte dicho que nunca hubo un nosotros, porque no era cierto, lo había. —Noté el escozor de las lágrimas tras los párpados—. Aún puede haberlo.

Lucas me lanzó una mirada con la que me cuestionaba.

—¿Aún? —inquirió con la voz ronca.

—Eh, perdona —dijo el taxista desde el otro lado de la calle—. Mi turno está a punto de terminar.

—Enseguida voy.

Contemplé de nuevo a Lucas. Tenía los hombros en tensión y le costaba mirarme.

En mi interior las emociones se agitaban como un mar revuelto.

—Te quiero, Lucas. Eso también debí decírtelo.

Sus ojos se abrieron de golpe y una miríada de emociones se reflejó en su interior. Parpadeó varias veces y movió la cabeza como si le costara creerme.

—Dices que me quieres, pero ¿también que te marchas otra vez? ¿Es algún tipo de broma cruel?

—No es una broma. Te quiero, te quiero muchísimo, y me marcho porque mi lugar, mi familia y mi casa están en Sorrento. Mi sitio se encuentra allí y también el tuyo, Lucas. —Vi que contenía la respiración—. En esa villa repleta de gente que te quiere de verdad, a la que solo le importa que seas feliz. Donde las mañanas huelen a mar y café y las noches, a barbacoa y *limoncello*. Donde la siesta se duerme en una bañera y las canciones se susurran al oído. Donde... —se me quebró la voz—. Donde no hacen falta alas para volar jodidamente alto.

Me sostuvo la mirada con los ojos acuosos.

De repente, alguien apareció tras él.

—¿Qué haces aquí? Tienes que abrir los regalos.

Era Claudia. Se quedo fría al verme, aunque no tardó en recomponerse.

—Ah, hola... Perdona, ¿cuál era tu nombre?

Sacudí la cabeza y fingí que ella no estaba allí. Clavé mi mirada suplicante en Lucas, consciente de que el taxista comenzaba a impacientarse. El corazón me latía con fuerza, porque sentía que solo tenía una oportunidad.

—No te quedes, por mucho que creas que debes hacerlo. No te quedes —le rogué.

Claudia resopló tras él.

—Lucas...

Le sonreí como si estuviéramos solos y esa despedida no pudiera ser definitiva.

—Adiós.

Me dirigí al coche sin mirar atrás.

—¿Adiós? Pensaba que no te gustaba esa palabra. Es demasiado... «definitiva».

Se me disparó el pulso al notar un asomo de diversión en su voz. Sacudí la cabeza y lo miré.

—Y yo que a ti te encantaba desenredar lo complicado, porque se te daba bien.

Lucas sonrió de verdad, y esa curva en sus labios me devolvió la vida.

La atesoré en mi mente, mientras subía al taxi y cerraba la puerta.

Mientras me alejaba y él se quedaba atrás.

Mentiría si dijese que no me dolió marcharme. Que mi corazón no se retorcía bajo las costillas, buscando un hueco por el que escapar para volver a su lado. Que no me mataba por dentro la idea de que aquel fuese nuestro final.

Corría ese riesgo, pero también lo aceptaba.

Dicen que el tiempo pone cada cosa en su lugar.

Ojalá nos colocara juntos.

73

Aterrizamos en Roma a primera hora de la tarde.

Me dirigí a la doble puerta de cristal, con Dante a mi espalda empujando un carrito con el equipaje y mi padre hablando por teléfono. Estaba nerviosa y el corazón me latía frenético. Había soñado tantas veces con regresar, cuando ni siquiera era una posibilidad real, que me parecía mentira encontrarme allí de nuevo.

Como si el tiempo no hubiera pasado.

Como si nada hubiera ocurrido.

Crucé las puertas y me abrí paso entre la gente que esperaba. De pronto, mis ojos se toparon con un rostro conocido.

—¿Chabela?

La mujer volvió la cabeza y me miró. Su frente se arrugó un momento. De golpe, una explosión de alegría transformó su expresión.

—¡Maya! ¿De verdad eres tú? ¡Qué alegría tan grande verte de nuevo!

Corrí hasta ella. Abrió los brazos y yo la rodeé con los míos.

—Yo también me alegro de verla. ¿Cómo se encuentra?

—Muy bien, bonita. Como siempre.

—¿Ha venido a ver a su hija?

—Sí, pero ya me marcho. Mi avión sale en un par de horas.

Giulio y Dante llegaron hasta nosotras. Contemplaron a Chabela con curiosidad y ella les devolvió la mirada con el mismo esmero.

—Os presento a Chabela, coincidimos en mi primer vuelo hasta aquí y fue muy buena conmigo. Ellos son... son... —No sé por qué vacilé.

—Sus padres —dijo Dante, al tiempo que le ofrecía la mano—. *Buonasera*, soy Dante.

Sonreí y las mejillas me temblaron de felicidad. Toda la vida deseando un padre y ahora tenía dos, que superaban cualquier expectativa que hubiera podido albergar.

Mi padre le dedicó su mejor sonrisa.

—Giulio, un placer conocerla. —Me miró—. Maya, debemos darnos prisa o perderemos el tren.

—Enseguida voy.

Chabela los siguió con la mirada, hasta que desaparecieron entre la multitud de pasajeros. Parpadeó sorprendida.

—¿Padres?

—Sí. Giulio es mi padre biológico y Dante es su marido, así que es mi padrastro, supongo. Viven en Sorrento.

—Parecen tan jóvenes que me preguntaba cuál de los dos sería tu novio. ¡Menos mal que no he tenido tiempo de abrir la boca!

Me reí al ver su apuro.

—No pasa nada, tiene razón. Cuesta creer que sea mi padre.

—¿Él era el motivo de tu viaje? Me alegro de que saliera bien.

La miré pasmada.

—¿Cómo lo sabe? Nunca le conté nada.

Ella rompió a reír.

—Era tan evidente que buscabas algo..., aunque no sabía el qué.

Cogí aire y la abracé.

—Tengo que marcharme, Chabela. Espero que volvamos a vernos.

—Ojalá, bonita. Cuídate mucho.

—Usted también.

Me alejé corriendo al ver en los monitores que el tren hacia Nápoles partía en pocos minutos.

Reencontrarme con Chabela hizo que pensara en la primera vez que pisé ese aeropuerto, en la persona que llegó entonces y en lo distinta que era ahora. Parecía que había pasado una eternidad desde ese veintiséis de junio. Por todo lo vivido. Por todo lo ocurrido. Tantos momentos importantes.

En realidad, solo habían transcurrido unos pocos meses. Un puñado de semanas en las que yo me había caído, levantado, vuelto a caer y resurgido, lo que me había convertido en una versión de mí misma mucho más libre. Más mía.

Había merecido la pena.

Cuando llegamos a Nápoles, fuimos directamente al parking, donde se encontraba el todoterreno de mis «padres». Me encanta decirlo. Llenarme la boca con esas dos palabras.

Dante se sentó al volante, Giulio a su lado y yo ocupé el asiento de atrás.

Durante los primeros minutos del viaje, traté de participar en las conversaciones. Sin embargo, conforme nos acercábamos a Sorrento, fui enmudeciendo. Estaba nerviosa, y también aterrada por reencontrarme con unas personas a las que había engañado y mentido. No podía olvidar ese detalle.

Por muchas razones que hubiera tenido para hacerlo, esa era la verdad.

Llegamos al pueblo y nos adentramos en sus calles, ahora vestidas de otoño. Me dije que por fin volvía a casa, y ese pensamiento me hizo derramar unas cuantas lágrimas.

Mi padre se giró en el asiento y me miró.

—¿Estás bien?

—Nerviosa.

—No tienes por qué.

—También les mentí.

—Eso ya no importa.

Sonreí y volví a contemplar la maravillosa panorámica que ofrecían los acantilados. Cuánto había echado de menos esas vistas.

Giulio me rodeó los hombros con un brazo y me arropó contra su costado mientras cruzábamos el jardín hasta la casa.

Todo estaba igual.

Olía igual.

A limón y a mar.

Empujó la puerta y entramos al vestíbulo.

Los recuerdos me asaltaron. Llenos de magia. De risas. De conversaciones.

Llenos de música. De lluvia. De estrellas.

Llenos de vida.

Me dirigí a las escaleras, pero Giulio me detuvo. Tomó mi mano y tiró de mí hacia el otro extremo del vestíbulo. La puerta estaba entreabierta y pude ver la terraza, la mesa que tantas cenas había soportado, los árboles de los que colgaban guirnaldas de bombillas y los sillones de mimbre bajo sus ramas.

El corazón me latía con tanta fuerza que me llevé una

mano al pecho de forma inconsciente. Crucé el umbral y sentí que el suelo empezaba a girar a mis pies. Todos estaban allí: Ángela, Marco, los niños, Mónica con sus bebés, Tiziano, Roi, Julia, Iria, Blas... Colocados como si estuvieran posando para una fotografía.

Tuve que agarrarme a mi padre para no caerme.

Catalina se abrió paso entre ellos y vino a mi encuentro con lágrimas en los ojos. Verla de ese modo hizo temblar mi interior, y el dique tras el que intentaba mantener a raya mis emociones se rompió. Abrió los brazos y yo me precipité entre ellos. Me abrazó un largo rato, meciéndome contra su cuerpo.

Me sentí tan pequeña. Tan niña. Y también tan querida...

Después me apartó para verme el rostro y me secó las lágrimas con sus dedos. No dejó de sonreírme en ningún momento.

—Lo siento mucho —musité.

Ella negó con la cabeza.

—No tienes que disculparte por nada. Tu madre ya me ha explicado todo lo que había que explicar, y lo único que me importa es si tú estás bien.

—Lo estoy.

Me tomó el rostro entre las manos y me besó en la frente.

—Me hace muy feliz tenerte de vuelta.

—Gracias, Catalina.

—¿Catalina? Oh, no, nada de eso. *Nonna*, quiero que me llames *nonna*.

Rompí a reír entre lágrimas.

Ella me abrazó de nuevo y yo sentí que por fin estaba de verdad en casa.

74

Esa primera noche de vuelta en la villa no pude dormir. Pasé las horas despierta, dando vueltas por la casa, hasta que terminé metiéndome en la cama de Lucas. Me acurruqué abrazada a la almohada y pensé en todo el tiempo que habíamos pasado queriéndonos entre esas sábanas.

Sus cosas seguían en los muebles y su ropa, en el armario, donde su aroma aún perduraba. Cada rincón de aquella casa le pertenecía y su presencia flotaba en el ambiente como lo haría un fantasma al que no puedes ver, pero que sientes en la piel. No lograba concebir ese espacio sin él y la mera idea de que no regresara me atormentaba.

Quería seguir oliendo su piel al amanecer.

Sentir su abrazo antes de dormir.

Leer su mirada en silencio.

Hablar hasta la madrugada cuando el sueño nos rehuía.

Notar el peso de su cuerpo sobre el mío.

Su mirada cómplice.

Sus ganas de comprenderme.

Quería que volviera.

Que se quedara.

Le hacía tanta falta a mi vida...

75

Los días transcurrían sin prisa y yo me sumergí de nuevo en esa rutina que tanto había echado de menos. Recuperé mi trabajo en la floristería y volví a dar clases en la escuela de ballet. Los fines de semana ayudaba a mi abuela en el jardín, mientras ella me relataba historias sobre nuestra familia y la infancia de mi padre. Guardaba cajas repletas de fotos, que no me cansaba de mirar.

Los domingos llamaba a mi primo Iván y charlaba unos minutos con mi abuelo.

Hablar con mi madre también se convirtió en una costumbre y nuestra relación comenzó a fluir sin esfuerzo.

Dejé de hacerme preguntas. De buscar ese «algo» con el que rellenar los vacíos que siempre había notado dentro de mí. Dejé de sentirme perdida y sola. De vivir a medias. De dormir hecha un ovillo.

De lo único que no podía liberarme era de esa sensación de espera que me aplastaba el pecho. Del miedo y la inseguridad que me provocaba no haber tenido ninguna noticia de Lucas.

Cada día debía enfrentarme al deseo de llamarlo, pero sabía que dar ese paso no sería justo para ninguno de los dos.

La libertad es un derecho y nadie debería condicionarla. Porque quien quiere volver vuelve. Quien quiere quedarse se queda. Te busca. Te encuentra. Y no te suelta.

Le había abierto mi puerta. Ahora le tocaba a él decidir si quería cruzarla.

Mientras, yo lo echaba de menos.

Puede que para siempre.

76

Lo que da sentido a la vida son los momentos.

Una verdad que hice mía con el paso de los días.

Momentos pequeños.

Momentos sencillos.

Momentos que llenan grandes vacíos, hasta colmarlos y hacerlos desaparecer.

Aprendí a disfrutar de esos instantes. De los detalles. De lo que tenía delante de mí.

Aprendí a ser esa niña a la que no dejaron ser cuando le tocaba.

77

Las luces navideñas, los árboles y los belenes decoraban desde hacía días las calles de Sorrento. Pese al frío, una multitud de turistas había invadido el pueblo durante la festividad de la Inmaculada. La gente se arremolinaba en los mercadillos, se hacía fotos bajo el árbol de Navidad gigante que se había instalado en la plaza Tasso y formaba colas frente a las pastelerías para comprar los dulces típicos de esos días. Mis favoritos eran los *struffoli,* unas bolitas dulces, recubiertas de miel y virutas de colores.

Me llevé otra a la boca y la mastiqué con ganas, mientras nos apiñábamos junto al árbol de la plaza. Éramos demasiados para entrar todos en el encuadre de la cámara, y por más que Dante estiraba el brazo, a los niños solo se les veía la coronilla, a Roi y a Julia parecía que los habían decapitado y de Blas apenas se atisbaba un hombro.

Al final, una mujer que vendía castañas se ofreció a tomarla por nosotros.

—*Sorridete!*

Inspiré hondo y compuse mi mejor sonrisa. Me sentía muy feliz.

Apreté con fuerza la mano de mi padre y estreché a mi abuela contra mi costado.

—*Un'altra.*

Mi primera foto en familia. Mi familia al completo, porque cada uno de ellos lo era. Partes de un todo. La familia no es sangre, es un sentimiento. Una emoción cálida que te arropa y te envuelve. Aunque la mía, pese a ser perfecta, estaba incompleta. El hueco era tan visible que me resultaba imposible ignorarlo y seguir adelante sin él se convertía en un reto que superar cada día.

—¿Estás bien?

La pregunta me arrancó de mis pensamientos. Alcé la vista del suelo y mis ojos se encontraron con los de mi padre, que me observaba preocupado. Me había quedado rezagada y los demás se alejaban. Asentí y forcé una sonrisa.

—Sí.

Eché a andar y él acomodó su paso al mío.

—Maya, puedes hablar conmigo de lo que sea; lo sabes, ¿no?

Sacudí la cabeza, mientras mi pecho se expandía con una brusca inspiración.

—No va a volver, ¿verdad? Él no va a regresar.

—No lo sé.

—Han pasado semanas.

Su expresión se ensombreció un poco y yo contuve el aliento.

—A veces, las personas que nos importan no llegan a nuestras vidas para quedarse, sino para enseñarnos a madurar.

—Madurar es un asco —resoplé.

Una sonrisa bailó en su boca, mientras me rodeaba los hombros con el brazo y me acercaba a su costado. Posó los labios en mi sien.

—Lo sé —susurró contra mi piel.

—¿Y ahora qué hago?

Me guiñó un ojo y deslizó su mano por mi brazo hasta alcanzar mis dedos.

—Cuando no sepas qué hacer...

Me hizo girar con una pirueta y exclamamos al mismo tiempo:

—¡Baila!

Rompimos a reír, con esa inmensidad que solo existe en las cosas pequeñas, las que no se pueden tocar, solo sentir.

Él suspiró mientras volvía a abrazarme y continuamos moviéndonos entre la gente que abarrotaba el mercadillo.

—Si te sirve de algo, yo pienso quedarme para siempre.

Sonreí y tuve que parpadear para contener la emoción que me velaba los ojos.

—Me sirve, papá.

78

Dicen que el amor es algo vivo y, como todas las cosas vivas, alguna vez tiene que morir. Me quedaba ese consuelo. Que algún día ese sentimiento, que ahora me rompía por dentro, se diluyera y solo quedara el vago recuerdo. Una pequeña cicatriz, que con el paso del tiempo se aclara, se afina y cuesta distinguir. Se convierte en historia.

Subí las escaleras sin prisa, perdida de nuevo en mis divagaciones. Solía distraerme con mis pensamientos. Me sumergía en mis sentimientos. Hay que dejarse llevar por el vaivén de las emociones. Sentirlas. Asumir que algunas duelen y que ninguna mata, por mucho que sientas lo contrario.

Encajé la llave en la cerradura y empujé la puerta. Me quedé paralizada al encontrar la luz del salón encendida. Entré y el suelo comenzó a girar bajo mis pies, mientras yo trataba de entender qué significaban las lucecitas, los adornos, las guirnaldas y los espumillones. Y, lo más importante, quién había colocado toda esa decoración.

La posibilidad me abrazó y yo me sentí débil por una ilusión que no podía permitirme. La caída me destrozaría.

Tiré el bolso al suelo y me moví por el salón casi con miedo. El ambiente olía a plástico y a algo delicioso que provenía de la cocina. Otra nota captó mi atención. Se coló en mis pulmones y me arrancó un jadeo. Un leve aroma que reconocería en cualquier parte. Tan suyo. Tan mío.

Me adentré en la cocina. Sobre la encimera había varias bolsas con comida y en el horno se doraba algo hecho con hojaldre. No sabía qué pensar, qué creer ni cómo sentirme. Todas las posibilidades me sobrecogían, tanto como prometían.

Intentaba respirar cuando lo sentí a mi espalda.

Me di la vuelta. Despacio. Muy despacio. Torpe. Insegura. Asustada y mil cosas más.

Estaba tan cerca que lo primero que vi fue su camisa y la piel de su cuello. Alcé la vista y me encontré con sus ojos, de un azul tormentoso, clavados en los míos. Recorrí su rostro, las pecas que lo salpicaban como diminutas estrellas, el contorno de sus labios...

Inspiré.

—¿Qué es todo esto?

—Aquí es costumbre poner la decoración de Navidad el Día de la Inmaculada. Aún queda por montar el árbol, te estaba esperando para hacerlo juntos.

Escuchar de nuevo su voz me hizo cerrar los ojos. Cuando volví a abrirlos, las lágrimas se derramaron sin que pudiera hacer nada por evitarlo.

—¡Eh! —susurró al tiempo que alzaba las manos y me secaba las mejillas—. No llores, por favor.

—Pensaba que no volverías.

—Tenía demasiadas cosas que resolver.

—Has tardado mucho.

Lucas sonrió ante mi tono disgustado.

—Lo sé, y lo siento de veras.

Una de sus manos resbaló por mi cuello y se enredó en mi nuca. La otra se posó en mi cintura. Las mías cayeron en su estómago, porque necesitaba cerciorarme de que era real. Y lo era. El calor de su piel se filtró hasta las puntas de mis dedos. Mi cuerpo reaccionó, absorbiéndolo, reconociéndolo, zambulléndose en él. Persiguiendo sus movimientos.

Nos miramos durante una eternidad, tan cerca que lo respiraba cada vez que inhalaba. Tan cerca que él me llevaba consigo cada vez que inspiraba.

—¿Vas a quedarte?

Apoyó su frente en la mía y asintió.

—Voy a quedarme contigo, para siempre... —Su voz ronca me traspasó y me acarició por dentro. Se coló en cada rincón vacío y lo colmó. Se me escapó un sollozo—. Si tú aún quieres.

—Quiero que te quedes —susurré sin apenas voz. Me abrazó contra su pecho y yo me sentí por fin completa—. Quédate.

—Sí.

—Quédate.

—Siempre.

Su boca entreabierta sobrevolaba la mía.

Uno. Dos. Tres...

Me encantaba ese espacio entre nosotros.

Cuatro. Cinco. Seis...

Justo antes de besarnos.

Siete. Ocho. Nueve...

Sus labios me buscaron, me encontraron, y yo cerré los ojos. Temblando. Sonriendo. Volando alto, muy alto.

Porque, a veces, dejar que suceda es todo lo que necesitas.

79

Hay gente que cree que somos las circunstancias que nos encontramos en la vida. Otros piensan que somos las decisiones que tomamos cada día. Yo no sé lo que soy, si un cúmulo de circunstancias o un puñado de decisiones. Quizá un conjunto de ambas. O ninguna.

No sé quién soy. No sé qué hago ni qué quiero hacer. No sé nada, esa es la verdad. Y ya no me preocupa averiguar todas esas cosas. Sin embargo, si alguien me preguntara qué soy, sé lo que respondería.

Giulio decía que el pasado está hecho de recuerdos, el presente se compone de instantes y el futuro nace de los sueños. Pues eso soy: recuerdos, instantes y sueños.

Epílogo

El cielo nos arropa como un manto negro de terciopelo y el aire dulce del verano nos envuelve mientras paseamos por la playa de la mano. Han pasado casi tres años desde que regresé a ella. Desde que elegí quedarme. Tres años en los que aún no he logrado encontrar una vocación que defina lo que soy, y no me importa.

Sigo viviendo al día y no me preocupa lo más mínimo, porque mi vida es perfecta tal y como está. Sin necesidad de buscarle un sentido ni de esperar el momento.

Este es perfecto. Y el que vendrá después. Y después. Porque ella es el momento. La chica que reconoció el amor y saltó. La chica que vivía en mis sueños y se hizo realidad.

Elijo abrazarla. Sentirla. Demostrarle cada día que es lo más importante.

Tiro de ella y aprieto su mano con fuerza. Me mira a los ojos y sonríe. En los suyos hay un brillo especial. Uno que provoca que se me acelere el corazón y no pueda respirar. Está a solo unos centímetros de mí y su aliento se funde con mi piel. Un cosquilleo que se extiende por mi cuerpo y me enciende. Me arrastra y me eleva.

Me inclino un poco más y observo sus labios. Mis dedos

rozan la piel de su muslo y escalan bajo el vestido. Tiemblan en respuesta a ese jadeo inaudible que me golpea.

Un segundo. Dos. Tres...

Si tuviera que elegir un instante, me quedaría en este para siempre. Tengo todo lo que necesito: mar, estrellas y a ella. Sobre todo, a ella. Mi brújula. Mi ancla.

La beso. La miro a los ojos y la beso de nuevo. Con ansia, deseo y todo lo que no puedo expresar de otro modo.

Me costó tan poco quererla que a veces creo que llegué al mundo con todo este amor dentro. Por ella. Para ella. Porque la quiero de todas las formas posibles. Por dentro. Por fuera. Por partes y completa.

Tan fácil. Tan bonito. Tan de verdad que a veces siento miedo y me pregunto si este sentimiento durará para siempre. Si algún día tomaremos direcciones diferentes.

Y ese miedo me mata.

Hasta que miro hacia arriba y aparece.

Un pequeño punto en el cielo.

Luego, otro.

Otro más.

Después, miles.

Millones de luces brillando en el universo.

Y me calmo, porque ahí encuentro la respuesta:

«Cuando no queden más estrellas que contar».

Agradecimientos

Quiero darle las gracias a la editorial Planeta, que se ha convertido en un hogar para mí y mis historias.

A Irene, mi editora, por su apoyo incondicional, su cariño y confianza.

A Míriam, por cuidarme tanto y hacer un trabajo inmejorable.

A mi familia, que me sostiene.

A Dani Ojeda, Iñigo Aguas y Andrea Longarela. No podría desear mejores compañeros. Como amigos, sois enormes.

Siempre a Alice, que confía en mí más que yo misma.

Gracias a mis chicas H. Os quiero mucho.

A mis estrellitas, por brillar tanto.

A vosotros, los lectores, porque este libro no existiría sin vosotros. Gracias por darme alas.